Herausgegeben von
Melissa Andersson
und
Gerd Rottenecker

Die Bücher der Fey bei Excalibur:

1. Die Felsenwächter (70168)
2. Das Schattenportal (70169)
3. Der Thron der Seherin (70170)
4. Die Nebelfestung (70171)
5. Der Schattenprinz (70172)
6. Die Erben der Macht (70173)

Weitere Bände in Vorbereitung.

Kristine Kathryn Rusch

DAS SECHSTE BUCH DER FEY

Die Erben der Macht

Ins Deutsche übertragen von
Gerald Jung und Sabine Reinhardus

Knaur

Die amerikanische Originalausgabe erschien 1997 unter dem Titel
»The Third Book of the Fey: The Rival/Part 2« bei
Bantam Spectra, New York

Besuchen Sie uns im Internet:
www.droemer-knaur.de

Deutsche Erstveröffentlichung 9/2000

Umschlagkonzept: Melissa Andersson
Umschlaggestaltung: Agentur Zero, München
Umschlagillustration: Geoff Taylor, »The Usurper«
Lektorat: Ralf Reiter
Satz: Ventura Publisher im Verlag
Druck und Bindung: Clausen & Bosse, Leck
Printed in Germany
ISBN 3-426-70173-1

2 4 5 3 1

1

Matthias fuhr jäh aus dem Schlaf hoch und stöhnte. Brust und Schultern schmerzten, seine Augen waren verklebt, und sein Mund fühlte sich an, als hätte er Baumwolle gegessen. Blinzelnd versuchte er, wach zu werden und herauszufinden, was ihn geweckt hatte.

Irgend etwas war anders.

Die Kerze war bis zum Ende des Dochts heruntergebrannt, ihr Licht flackerte unruhig. In dem fensterlosen Zimmer herrschte völlige Dunkelheit. Er spähte durch die geöffnete Tür. Neben dem Stickrahmen brannte eine zweite Kerze, aber von Marly war nichts zu sehen.

Er stützte sich auf den Ellenbogen und verzog das Gesicht, als sich die neue Haut schmerzhaft über den Wunden spannte. Mit der rechten Hand rieb er sich den Schlaf aus den Augen. Seine Finger fühlten sich klebrig an. Nach dem Sturz in den Fluß hätte er unbedingt ein Bad nehmen sollen. Wer konnte schon wissen, welcher Unrat im Wasser trieb?

Ein Rascheln im Nebenraum erregte seine Aufmerksamkeit. Er schlug die Decken zurück. Abgesehen von den Verbänden war er vollständig nackt. Im dämmrigen Licht sahen seine Beine spindeldürr aus, Oberschenkel und Waden waren mit Prellungen übersät. Bei dem Versuch, ihn zu ertränken, hatte die Fey-Frau ihn kräftig mit den Füßen bearbeitet.

Er konnte von Glück sagen, daß er noch am Leben war.

Neben dem Kamin bewegte sich ein Stück der hölzernen Wandverkleidung. Matthias zog die Decke bis zum Hals und sah sich nach seiner Hose um, konnte sie aber nirgendwo entdecken. Sein Herz pochte. Er wußte nicht, wie widerstandsfähig er schon war.

Und wieviel Kraft er noch sammeln mußte.

Mit leisem Knirschen schloß sich die Tür. Marly trat heraus. Offenbar hatte ihn ihr Eintreten geweckt.

Etwas stimmte hier nicht.

Als sie ihn erblickte, legte sie den Finger an die Lippen. Er nickte. Dann arretierte sie die Tür mit einem Ziegelstein und nahm einen Korb, der vor dem Kamin stand.

»Neben dem Bett liegen Männerkleider«, flüsterte sie. »Ich wollt' Eure noch saubermachen, aber 's war keine Zeit nit mehr.«

Welche Sorte Frauen hatte Männerkleidung neben dem Bett? Darüber wollte Matthias jetzt lieber keine Vermutungen anstellen. Er versuchte, aus dem Bett zu schlüpfen, ohne dabei die Decke fallen zu lassen.

»Braucht Euch gar nit geniern«, sagte sie. »Beeilt Euch lieber.«

Er hatte ohnehin keine Kraft, um sich weiter zu zieren. Er ließ die Decke fallen und hockte sich mit zitternden Beinen hin. Falls er sich je gefragt hatte, wie nahe er dem Tode gewesen war – jetzt hatte er die Antwort darauf bekommen. Es war schon zuviel für ihn, aus dem Bett zu steigen und sich hinzusetzen.

»Los, beeilt Euch doch!« drängte Marly.

Zwischen Bett und Wand lagen verschiedene umgestürzte Truhen. Matthias öffnete eine davon und entnahm ihr ein weiches blaues Hemd und eine braune Hose, die in der Taille geschnürt wurde. Dann ergriff er ein Paar Stoffschuhe neben dem Bett.

»So beeilt Euch doch!«

Matthias gehorchte. Er erhob sich, schwankte und wäre fast gefallen.

»Keine Zeit mehr zum Anziehn«, sagte Marly. »Hier rein mit Euch.«

Ohne sich darum zu kümmern, wie schwindlig ihm war, trug er die Kleider quer durch den Raum. Er legte eine Hand auf den Kaminsims und wäre fast durch die geöffnete Tür gestolpert, wenn Marly ihn nicht rechtzeitig gestützt hätte. Dann schob sie den Ziegelstein mit dem Fuß beiseite, und die Tür klappte hinter ihnen zu.

Matthias hatte sich noch niemals in so undurchdringlicher Dunkelheit befunden.

Marly nahm ihn an der Hand. »Ihr müßt jetzt ganz stille sein«, befahl sie. »Wenn wir ein gutes Stück vom Tunnel hinter uns ham, zünd' ich 'ne Laterne an. Bis dahin müssen wir im Dustern gehn.«

»Kann ich mich anziehen?« fragte er. Er wußte nicht genau, ob er gleichzeitig gehen und seine Kleider tragen konnte.

»Macht bloß schnell.«

Sie ließ ihn los. Sofort fehlte ihm ihre Wärme. Er lehnte sich gegen die warme Wand, die an den Kamin grenzte, und streifte die Hosen über. Dann zog er sich das Hemd über den Kopf. Er hatte noch nie zuvor so weichen Stoff getragen.

Auch die Schuhe waren weich, aber die verstärkten Sohlen schützten ihn vor allem, worauf er möglicherweise treten mußte. Als er sich angezogen hatte, tastete er in der Dunkelheit nach Marly. Seine Finger berührten den kostbaren Stoff ihres Kleides. Dann schob sie ihre Hand auch schon in seine.

Ihre Finger waren warm und trocken, ihr Griff fest. Langsam, Schritt für Schritt, führte sie ihn durch die Dunkelheit und stützte ihn, wenn er schwankte.

Da er weder sprechen noch sehen konnte, dachte er noch einmal über den Augenblick nach, als er erwacht war. Dieses sonderbare Gefühl, als stimme etwas nicht. Es hatte nichts mit dem Zimmer zu tun gehabt, auch wenn die Schwingtür vielleicht geknarrt hatte. Es hatte mit dem zu tun, was draußen vor sich ging.

Draußen.

Die Stimmung draußen hatte sich verändert.

Schon vor Jahren, als er noch im Tabernakel lebte, war ihm das einmal aufgefallen, und auch später in Jahn hatte er dieses Gefühl gehabt. Als sei eine fremde Person in sein Haus eingedrungen und habe seine Sachen angefaßt. Damals hatte er das Gefühl einfach von sich gewiesen. Seit er vor fünfzehn Jahren den Tabernakel verlassen hatte, war er ohne Besitz und Heim.

Jetzt hatte ihn dasselbe Gefühl wieder ereilt, nur viel stärker.

Es ähnelte dem Gefühl in jenem Traum, den ihm der Traumreiter geschickt hatte, als die Fey versuchten, ihn umzubringen. Das Gefühl von etwas, das auf furchtbare, grauenhafte Weise fehl am Platz war.

Sein Herz klopfte noch schneller. Er kannte diese Frau überhaupt nicht. Sie hatte behauptet, sie habe ihn gerettet, aber wie konnte er dessen sicher sein? Und warum gab es direkt neben ihrem Haus einen Tunnel?

Aber diese sonderbaren Gefühle hatten nichts mit ihr zu tun. Sie kamen von draußen.

Sie war keine Fey. Das hätte er gespürt. Fey lösten ganz eindeutige Empfindungen in ihm aus, auf die er schon seit langer Zeit eingestimmt war.

Marly war anders. Er hatte schon viele dieser Frauen getroffen, die Stickarbeiten für den Hof anfertigten. Sie hatten zusammengekniffene Augen und schmale Lippen und wirkten alle ein wenig verbittert, doch keine von ihnen hatte im entferntesten Ähnlichkeit mit Marly und ihrer Selbstsicherheit.

Der Pfad führte hinab. Matthias berührte die Mauer mit der freien Hand. Sie war aus Stein. Feuchtem Stein. Jemand hatte viel Arbeit in diesen Tunnel gesteckt.

Plötzlich bog der Pfad scharf nach rechts. Marly verlangsamte ihren Schritt und hielt Matthias dabei zurück. Es ging immer steiler bergab. Matthias fühlte, daß ihm wieder schwindlig wurde. Er fühlte sich so eigenartig. Seine Wunden taten weh, und sein Körper war noch ganz steif von den Prellungen. Dennoch hatte er das Gefühl, als sei dies der Körper eines anderen. Er fühlte sich merkwürdig losgelöst.

Vermutlich war das eine Art Schutz, um die Schmerzen nicht an sich herankommen zu lassen, damit er aufrecht gehen und in Bewegung bleiben konnte.

Wieder eine scharfe Kurve. Am äußersten Ende des Tunnels sahen sie jetzt schwaches Licht. Stimmen drangen an Matthias' Ohr, schallend und hohl. Es waren Echos.

»... Säule fünfzehn vorbei. Weiß nich' wie tief ...«

»... Killenys Brücke passiert ...«

»... 'n paar kommen jetzt aus den Wäldern, als hätten die da gewartet.«

»... aus diesem Schattenland da, oder was? ...«

»... was weiß denn ich. Was weiß ich, wieviel da drin war'n ...«

»... aber so viele warn's doch nit' ...«

Es waren ausschließlich männliche Stimmen. Matthias und Marly gingen weiter. Hier war die Wand plötzlich mit schleimigem Moos überzogen, und der Geruch des Flusses wurde immer penetranter. Das Licht nahm zu, und der Tunnel erweiterte sich.

Marly hielt ihn mit festem Griff am Arm gepackt. Die zusammengezogenen Brauen verrieten ihre Konzentration. Sie ging so vorsichtig auf dem Pfad entlang, als sei sie auf der Hut vor Pfützen.

Dann traten sie unter einem Bogen hindurch und befanden sich in einer großen unterirdischen Höhle. Zuerst glaubte Matthias, die Höhle sei auf natürliche Weise entstanden, aber er hatte noch niemals von Höhlen in der Nähe des Flusses gehört. Dafür war das Terrain hier viel zu flach. An den Küsten der Blauen Insel gab es viele Höhlen, aber keine einzige mitten auf der Insel. Als Matthias genauer hinsah, bemerkte er schließlich, daß man Wände und Decke mit Steinen eingefaßt hatte. Die Steine waren so alt und bemoost, daß sie auf den ersten Blick wie natürliches Gestein erschienen. Nicht weit entfernt tropfte Wasser auf den Boden, und Matthias fragte sich, wie sicher die Höhle sein mochte.

Der Raum war etwas größer als die Katakomben unter dem Tabernakel und sah so aus, als sei er zur selben Zeit entstanden.

In der Mitte der Höhle saßen ein Dutzend Männer auf Kisten. Neben den Kisten standen Laternen, und unter der Decke am äußersten Ende der Höhle blakten Fackeln in ihren Haltern. Dort war die Decke bereits schwarz verfärbt.

»Marly.« Der Mann, der ganz rechts saß, erhob sich. Er war untersetzt, sein Gesicht vom Ruß geschwärzt und sein Haar schlammverklebt. »'s wird auch höchste Zeit, Mädchen. Wollten dich grad holen kommen.«

»Klar doch«, gab sie zurück. »Man hat ja schon Pferde kotzen sehn.«

Dann zog sie Matthias ins Licht.

»Ich konnt' euern Prinzen hier doch nit' einfach im Stich lassen«, sagte sie.

Der Mann, der gerade gesprochen hatte, verdrehte die Augen. »Hätt' ich bloß vorher gewußt, was das für 'ne Nacht wird. Dann hätt' ich dir den nie aufgehalst.«

»Tja, jetzt isses zu spät.« Ihr munterer Tonfall war nur vorgetäuscht.

»Hättst'n doch da oben gelassen, Marly.« Der Sprecher stand mit einem Halm Flußgras zwischen den Zähnen an die Wand gelehnt.

»Stimmt, Marls.« Ein dritter Mann meldete sich zu Wort. Er war lang und schlaksig, und sein blondes Haar glänzte im Licht der Laternen. »Du weißt ja wohl, was das für einer is', oder? Der muß sofort kaltgemacht werden.«

Matthias' Benommenheit nahm zu. Er schwankte. Marly packte ihn noch fester. »Helft mir mal, ihn auf die Decke zu legen«, sagte sie.

Zwei der Männer, die bis jetzt geschwiegen hatten, ergriffen Matthias' Arme, schleppten ihn zu einem Stapel Decken und legten ihn dort nieder.

»Und wo soll'n wir schlafen?« fragte der erste Mann Marly.

»Hier, Jakib«, antwortete sie. »Genau wie geplant.«

»Ich brauche nichts Besonderes«, sagte Matthias. Seine Stimme zitterte.

»Los, am besten wir bringen's gleich hinter uns und legen ihn um«, sagte der dritte Mann.

»Moment«, schaltete sich Marly wieder ein. »Er is' verletzt und kann uns nix tun.«

»Und ob der gefährlich is', Marls«, sagte der dritte Mann. »Du weißt gar nit, was für'n fetten Fisch du da an der Angel hast.«

»Und was isses für einer, Yasep? Außer daß er meine Hilfe brauchen tut?«

»Das is' der Einundfuffzichste Rocaan.« Yasep verschränkte die Arme und lehnte sich gegen eine Kiste. »Der Kerl hat die meisten Fey abgemurkst. Der hat vor fuffzehn Jahren den Fey-Gefangenen über die Klinge springen lassen. Und die Dämonenkönigin hat er auch erledigt.«

Matthias blickte zu dem Mann auf. Yaseps Gesicht war kantig, die Augen kalt und eisblau. Seine Kleider waren zwar genauso mitgenommen wie die der anderen, aber insgesamt doch ein wenig gepflegter. An seinem Hemd waren immer noch Spuren des früheren Weiß zu erkennen.

Matthias hatte den Mann noch nie gesehen, aber das war unwichtig. Vielleicht hatte dieser Yasep an den Gottesdiensten teilgenommen. Oder er war einfach einer jener Menschen, die immer genau beobachten, was rund um sie vor sich geht. Daran hatte Matthias sowieso keinen Zweifel.

»Nee«, sagte Jakib. »Der Einundfuffzichste Rocaan is′ mausetot. Den hat der Zweiundfuffzichste Rocaan im Tabernakel ermordet.«

Matthias atmete tief ein. Wenn er schon heute nacht sterben mußte, dann konnte er es ebensogut gleich jetzt hinter sich bringen. »Nun«, entgegnete er, »Titus würde niemals jemanden ermorden. Ich selbst habe gezögert, ihn zu meinem Nachfolger zu ernennen.«

»Allmächtiger!« hauchte Marly ungläubig. Sie kauerte sich neben Matthias und nahm sein verletztes Gesicht behutsam in die Hände. Sie drehte es vorsichtig hin und her und berührte seine ergrauenden Locken. »Hab' Euch vor Jahrn in all Eurem Prunk gesehn, Heiliger Herr, aber Ihr wart nie so dünn und zart.«

»Nenn mich nicht Heiliger Herr«, gab Matthias zurück. »Ich bin kein Rocaan mehr.«

»Wie kann einer eigentlich plötzlich aufhörn, der Gottgefällige zu sein? Das würd' ich gern wissen«, sagte der zweite Mann.

»Still, Denl«, entgegnete Jakib.

Denl zuckte die Schultern. »Das ham mir die Auds beigebracht.«

»Interessiert uns nit«, sagte Yasep. »Wir müssen den umlegen.«

»Nein«, antwortete Marly. »Ich mach' ja fast alles mit, aber mit Mord will ich nix zu tun ham, das hab' ich euch schon vor Jahrn erzählt. Dafür geb' ich mich nit her. Is' ganz gegen meine Überzeugung.«

»Brauchst ja nix machen, Marly, aber hierbleiben kann der Kerl nit.« Yasep klang entschlossen. »Und von hier aus können wir den auch nit einfach abhaun lassen.«

Matthias hatte keine Kraft mehr, um sich selbst zu verteidigen. In einem Zweikampf war er schnell und einfach zu besiegen. Trotzdem klopfte sein Herz wie wild.

Marly lehnte sich gegen ihn und schirmte ihn mit ihrem Körper ab. »Ihr bringt ihn nit um. Ihr habt gar keinen Grund.«

»Von wegen«, sagte Yasep. »Die Fey hassen den. Die hassen den mehr als alle andern. Hat einen von ihren besten Leuten umgelegt, das werden die nit vergessen.«

»Vielleicht können wir ihn irgendwie brauchen«, überlegte Denl. Er warf Matthias einen prüfenden Blick zu. Sein Gesicht war bleich. »Weißt schon, ihn anbieten, zum Austauschen.«

»Is' doch allgemein bekannt, daß die Fey ihre Gefangenen nit behalten«, sagte einer der anderen Männer.

»Ich versteh' nit, warum ihr ihn töten müßt«, erhob Marly wieder die Stimme. »Er is' doch schwer verletzt. Der tut euch doch nix.«

»Hast du denn überhaupt nit zugehört, Weib?« fragte Yasep. »Das is der Mann, den die Fey am meisten von allen hassen. Und vor wem verstecken wir uns hier, hm? Wenn's den Platz hier nit geben würd', täten wir jetzt schon um unser Leben kämpfen.«

»Hier wern sie ihn nit finden.«

»Kann ma' nit wissen«, erwiderte Yasep. »Die ham besondere Kräfte, ganz besondere.«

Matthias schluckte. Er hatte nicht der ganzen Diskussion folgen können. Aber er hatte eine Idee. Eine Idee, bei der es ihn kalt überlief. »Sie haben besondere Kräfte«, sagte er und setzte sich mühsam auf. Er schwankte vor Schwindel und Erschöpfung. Halt suchend umfaßte er den Rand des Dekkenstapels. »Sie suchen seit fünfzehn Jahren nach mir und haben mich noch nicht gefunden. Ihre Macht reicht nicht aus, um jemand zu finden, der sich verstecken will.«

»Na? Seht ihr's?« sagte Marly. Sie legte eine Hand auf seine Schulter, und er hörte auf zu schwanken.

»Statt mich zu töten, solltet ihr mich besser um Hilfe bitten«, fuhr Matthias fort. »Ich bin über die Lage nicht im Bilde, Marly hat mir nichts gesagt, aber ich habe Fey getötet und mich erfolgreich vor ihnen versteckt. Ich finde, ich bin durchaus jemand, der euch im Kampf gegen die Fey helfen könnte. Das solltet ihr bedenken.«

»Wie's den andern geht, weiß ich nit«, sagte Denl, »aber ich bin nit gern mit Gottlosen zusammen. 'tschuldigt, Heiliger Herr.«

Jakib schnaubte. Yasep schüttelte den Kopf. Einer der anderen Männer unterdrückte ein Kichern.

»Das is' nit zum Lachen«, fuhr Marly auf. »Denl is' gläubig. Könnt ihr ruhig respektiern.«

Die Männer hörten auf zu kichern, senkten aber die Köpfe, als müßten sie ihre Heiterkeit verbergen.

Matthias krallte sich fester in die Decken. Er mußte bei Bewußtsein bleiben, mußte für sich selbst sprechen. Das war seine einzige Chance, am Leben zu bleiben.

»Ich habe Gott nicht verlassen«, sagte Matthias. »Ich bin von einer Position zurückgetreten, die ich niemals hätte einnehmen dürfen. Der Fünfzigste Rocaan wurde ermordet. Damit hatte er nicht gerechnet, ebensowenig wie er ernsthaft damit gerechnet hatte, daß ich Rocaan werden würde. Als Rocaan hätte ich den Rocaanismus zugrunde gerichtet. Ich habe meine Stellung aus Liebe zu Gott und zur Kirche aufgegeben, nicht, weil ich ungläubig bin.«

»Na so was.« Der Sprecher saß im Halbdunkel weiter hinten an den Kisten. Sein Gesicht war von Erschöpfung gezeichnet und seine Haare verfilzt. Seine Kleider waren so verschmutzt, daß Matthias sie riechen konnte. »Da erzählt uns der Einundfünfzigste Rocaan doch glatt, warum er nit auf'm Posten gebliebn is'. Schon komisch, was im Moment so alles passiert.«

»Das kann ma' wohl sagn«, stimmte Yasep zu. »Aber das kann uns doch eigentlich egal sein. Wir können uns nit um den kümmern, Religion hin oder her, und hier hat der auch gar nix verlorn. Die Fey, die wern ...«

»Was ist mit den Fey?« fragte Matthias. »Was hat sich verändert?«

Die Männer warfen einander vielsagende Blicke zu, und Marly umklammerte Matthias' Schulter noch fester.

»Hab' ich ihm noch nit erzählt«, sagte Marly. »War keine Zeit für.«

»Latse«, sagte Yasep, und nickte in Richtung des schmutzigen Mannes weiter hinten, »also, das war in der Nähe von Killenys Brücke, kurz vorm Morgengrauen. Er hat gesehn ...«

»Ich hab' gesehn«, fiel Latse mit lauter Stimme ein, offensichtlich entschlossen, selbst zu berichten, »wie Fey aus den Seitenstraßen rauskamen, als ob sie da schon 'ne ganze Weile gewesen wärn. Dann ham sie sich am Südende der Brücke getroffen und sind in Reihen rübermarschiert, immer fünfzehn Mann in einer Reihe, und die Reihen, also, die ham gar nit aufgehört. Und ich und mein Pferd, ja, wir ham unter der Brücke gestanden ...«

»Du hast ein Pferd?« fragte Matthias überrascht. Nur die wenigsten Inselbewohner besaßen Pferde, da deren Besitz fast ausschließlich dem Adel vorbehalten war.

»Richtig«, sagte Latse und warf einen Blick in die Runde. Mit verschränkten Armen wartete Yasep darauf, daß Latse weitererzählte. »Die ham mich nit gesehn. Aber hat lang gedauert, bis alle über die Brücke marschiert warn. Dann hab' ich das Pferd beim Zügel genommen und bin einen Pfad gegangen, den ich kenn', den alten Pfad der Auds, der zieht sich ...«

»Ich kenne ihn«, sagte Matthias. Er war in seinen Jahren als Aud oft genug auf diesem Pfad unterwegs gewesen.

»Also«, fuhr Latse fort, »ich komm' vor den Fey in Jahn an, aber da sind schon andre Fey. Ganz kleine, die auf irgendwelchen Tieren rumreiten. Und es werden immer mehr, die kommen vom Himmel und aus Verstecken. Paar sind auf der Straße, und erst ham die Gesichter, und dann leuchten die Gesichter ganz plötzlich und verschwinden. Da hab' ich'n Schreck gekriegt.«

»Dann kam er zu mir«, schaltete sich Yasep ein. »Aber ...«

»Ich war auch schon bei Yasep«, sagte Denl. »Ich hab' nämlich Fey gesehn, die von den Wäldern aus in den westlichen Teil der Stadt gegangen sind. Die großen Fey, die die Haut mit den Fingern abziehn.«

»Jakib hat mir 'ne Nachricht geschickt, dann hab' ich Euch hergebracht.«

Matthias blinzelte benommen und versuchte, die Informationen zu verarbeiten. Fey, die Jahn erneut angriffen, aber diesmal weder vom Fluß her noch aus dem Schattenland kamen, sondern aus dem Süden der Insel.

Er hatte es schon seit Wochen gespürt.

Irgendwie waren die Fey aus dem Süden angekommen. Die Frage war nur: Um welche Fey handelte es sich? Die gefürchtete Verstärkung? Oder Fey, die schon immer auf der Insel lebten?

Nicht, daß es darauf wirklich ankam. Für Matthias zählte hier nur eines: sein eigenes Leben zu retten.

Er seufzte. Es gab nur ein Angebot, das er den Männern machen konnte. Jetzt mußte er sehen, was es wert war. »Ich kann Weihwasser herstellen«, sagte er.

»Wirklich?« fragte Denl. »Ich hab' immer gedacht, der Segen vom Rocaan macht es heilig.«

Matthias schüttelte den Kopf. »Nein, es ist ein bestimmtes Verfahren. Ich weiß, wie es geht.«

»Das wär' aber Gotteslästerung«, wandte Denl ein.

»Stimmt«, pflichtete Latse ihm bei. »Aber auf die Art können wir unsere Haut retten.«

»Der is' durch und durch gerissen«, sagte Denl. »Versucht nur, seine eigene Haut zu retten.«

»Das ist wahr«, gab Matthias zu. »Aber würdest du das an meiner Stelle nicht auch versuchen?«

»Ein Mann Gottes sollte Gott vertrauen«, antwortete Denl.

»Ein Mann Gottes«, sagte Matthias mit einer Stimme, die er seit seiner Zeit als Rocaan nicht mehr benutzt hatte, »sollte Gottes Gnade nicht für etwas Selbstverständliches halten.«

Es war plötzlich still in der Höhle. Nur einer der Männer rührte sich und wippte auf den Zehen vor und zurück. Marly legte ihren Arm vorsichtig um Matthias und stützte ihn. Sein ganzer Körper schmerzte. Vor seinen Augen tanzten schwarze Punkte, aber er durfte jetzt nicht in Ohnmacht fallen.

Nicht jetzt.

Schließlich wandte sich Yasep ab. »Trotz allem«, sagte er. »Ich glaub' nit, daß er bei uns bleiben kann. Du mußt ihn wieder zurückbringen, Marly.«

»Auf keinen Fall«, protestierte Jakib. »Da oben isses viel zu gefährlich.«

»Deine Schwester muß doch nit ins Haus«, ewiderte Yasep. »Sie braucht doch bloß die kleine Tür aufzumachen.«

»Damit auch bloß jeder weiß, wo wir sind.«

»Die gehen doch in kein leeres Gebäude«, gab Yasep zurück. »Ham die vorher auch nit gemacht.«

»Aber beim letzten Mal ham die nit halb soviel Soldaten gehabt wie jetzt«, sagte Denl. »Jetzt können sie auch leere Gebäude benutzen.«

»Die wissen genau, daß in dem da einer drin war«, ergänzte Marly. »Wir ham beim Abhaun Spuren hinterlassen.«

»Sie geht nit«, entschied Jakib.

Matthias hatte jetzt endgültig genug. Bald würden ihn seine letzten Kräfte verlassen, ob er es wollte oder nicht. Er mußte jetzt etwas unternehmen.

Er holte tief Luft und raffte seine letzte Energie zusammen.

»Warum hast du Angst vor mir, Yasep?«

»Ich hab' vor niemand nit Angst«, entgegnete Yasep.

»Ich kann euch helfen. Ich kann Weihwasser herstellen. Ich kann euer Leben retten. Ich habe schon mehr Fey bezwungen, als ihr je gesehen habt, und ihr wollt trotzdem, daß ich verschwinde. Warum?« Matthias legte alle Kraft in seine Stimme. Sogar in seinen eigenen Ohren klang er herrisch.

Yasep leckte sich die Lippen. Er warf den anderen einen Blick zu. Mit Augen, die im dämmrigen Laternenlicht zu glühen schienen, beobachtete ihn die Gruppe. »Du bist ziemlich groß«, sagte er.

»Und?« fragte Matthias, der diesen Vorwurf kannte und haßte.

»Sie sagen, nur ein Dämon kann einen Dämonen besiegen.«

»Allmächtiger«, warf Marly jetzt ein. »Er is' von den Blutklippen. Deswegen isser noch kein Dämon.«

»So groß wie der is'!« sagte Yasep wieder.

Marly öffnete den Mund, aber Matthias hatte schnell seine Hand auf die ihre gelegt, in der Hoffnung, sie so zum Schweigen zu bringen. »Ich bin kein Dämon«, erwiderte er. »Ich habe keinen Einfluß darauf, wie ich gebaut bin, oder wo ich geboren wurde. Aber ihr könnt ruhig glauben, was ihr glauben wollt. Wenn ihr mich unbedingt für einen Dämon halten wollt, nur zu.«

»Sagt das nit«, zischte Marly.

Aber Matthias achtete nicht auf sie. »Es geht hier um folgendes: Ich bin ein Dämon, der euch seine Hilfe anbietet.«

»Und der Preis für die Hilfe is' dein Leben«, gab Yasep zurück. Er hielt die Arme verschränkt, aber mit den Fingern der rechten Hand trommelte er ungeduldig auf seinen Oberarm.

»Ich glaube, daß die Fey nicht auf die Blaue Insel gehören«, sagte Matthias. »Meiner Meinung nach sind sie die Soldaten des Feindes aus den Geschriebenen und Ungeschriebenen Worten.«

Er blickte zu Denl hinüber, als er das sagte. Denl wandte den Blick ab.

»Ich glaube, genau wie der Roca, daß jeder von uns alles daransetzen sollte, um sie aus Jahn und von der Insel zu vertreiben. Das habe ich schon als Rocaan versucht, aber es gab zuviel Widerstand. Jetzt erledige ich diese Aufgabe auf meine Weise. Das hier haben die Fey mir angetan.« Er fuhr sich mit der Hand über das bandagierte Gesicht. »Ich habe sie bekämpft und werde nicht damit aufhören, solange noch Leben in mir ist.«

Machtvoll erscholl seine Stimme in der Höhle. Marly hatte sich ihm zugewandt, um ihn besser sehen zu können. Niemand rührte sich.

»Ihr wißt, wer ich bin, aber ich kenne keinen einzigen von euch. Vermutlich soll ich eure Namen auch nicht erfahren. Das ist in Ordnung. Ich weiß von Diebesbanden, die ihre Waren in Jahn umschlagen und dabei so plötzlich erscheinen und verschwinden, daß man sie nicht fassen kann. Diese Höhlen sind ein gutes Versteck.«

Marly neben ihm spannte sich an.

»Es ist ein großartiger Plan, aber wenn das, was ihr von den Fey erzählt habt, stimmt, dann ist er völlig belanglos. Aber eigentlich ist das auch gleichgültig. Seit ich den Tabernakel verlassen habe, habe ich es mit der Wahl meiner Freunde nicht besonders genau genommen. Es kümmert mich nicht, wer ihr seid und was ihr macht, solange ihr gegen die Fey kämpft.«

»Du wirst nit unser Anführer, auch wenn du bleibst«, sagte Yasep.

Endlich hatte er verraten, was er insgeheim befürchtete. Matthias lächelte. Durch die Bewegung seiner Lippen verzog sich seine Gesichtshaut schmerzhaft, und er stöhnte leise auf. »Ich kann kaum sitzen«, antwortete er, »und bin mit Sicherheit nicht imstande, eine Gruppe von Menschen zu führen, die ich noch nie zuvor gesehen habe.«

Yasep nickte. »Das wär' dann also abgemacht.«

»Was ist abgemacht?« fragte Marly. »Ihr werdet ihn nit im Schlaf umbringen.«

»Nee«, erwiderte Yasep. »Er bleibt hier bei uns, bis der Kampf vorüber is' oder die Fey uns finden. Und wenn wir kein Weihwasser mehr ham, macht er neues.«

»Wieviel Weihwasser habt ihr denn?« fragte Matthias.

»Du guckst direkt drauf«, entgegnete Jakib und wies schwungvoll auf die Kisten.

Matthias unterdrückte ein erstauntes Pfeifen. Das bestätigte seinen Verdacht, daß die Gruppe in illegale Aktivitäten verwickelt war. Niemals hätte sich so viel Weihwasser außerhalb des Tabernakels befinden dürfen.

Der Diebstahl von Weihwasser war ohnehin eine merkwürdige Sache.

Wenn man nicht Angst vor den Fey hatte und gleichzeitig fürchtete, daß es keinen gab, der einen verteidigte.

»Dann wird es ja noch ein Weilchen dauern, bis ihr mich braucht«, sagte Matthias.

»Stimmt«, antwortete Yasep.

»Gut.« Matthias gestattete sich ein leichtes Schwanken. »In diesem Fall hoffe ich, daß ihr nichts daran auszusetzen habt, wenn ich jetzt ohnmächtig werde.«

Noch bevor sie Gelegenheit zu einer Antwort hatten, lehnte er sich gegen Marly und verlor das Bewußtsein.

2

Titus, der eben noch aus dem Fenster geblickt hatte, wirbelte herum. Eilig durchquerte er mit wild pochendem Herzen sein Zimmer und wäre dabei fast an die reichverzierten Möbel gestoßen.

Viele Fey umringten den Tabernakel, strömten in die Stadt. Eine neue Invasion. Und Titus war jetzt Rocaan. Es war seine Aufgabe, sich um das Weihwasser zu kümmern.

Allein das Weihwasser konnte die Inselbewohner retten.

Er rannte auf den Flur und sah sich nach einem Aud um, nach irgendwem. Aber der Flur war menschenleer. Nur die Fackeln der Nachtbeleuchtung brannten noch.

Er wußte, wo er die anderen finden würde. An den Fenstern.

Im Glauben, sie blickten auf ein Wunder.

Titus eilte den Flur entlang und hastete, zwei Stufen auf einmal nehmend, die Treppe hinab. Die Anstrengung machte sich sofort in seinen Knien bemerkbar. Seine schlechte körperliche Verfassung überraschte ihn. Er fühlte sich nicht viel älter als der Neunzehnjährige, der damals Rocaan geworden war.

An einem Fenster des Treppenabsatzes standen fünf Geistliche. Titus packte Lindo am Arm, dessen schwarze Samtrobe herumwirbelte, als er sich umdrehte. Lindo war einer der amtierenden Geistlichen, die den Sprung zum Ältesten nicht geschafft hatten, seither dem Tabernakel jedoch immer sehr gute Dienste als Geistlicher geleistet hatte. Seine schmalen Augen weiteten sich, als er Titus sah.

»Es ist ein Wunder, Heiliger Herr!« stammelte er.

Titus hatte keine Zeit zu diskutieren. »Die Ältesten sollen sofort in meine Gemächer kommen. Alle Türen müssen verriegelt werden. Laßt den Bestand an Weihwasser von zwei Leuten überprüfen und erstattet mir dann Bericht.«

»Heiliger Herr ...«

»Ach ja«, fügte Titus hinzu, »öffnet die Katakomben und schafft soviel Vorräte hinein, wie ihr könnt. Weihwasser eingeschlossen.«

»Was sagt Ihr, Heiliger Herr?«

»Das hier ist kein Wunder«, erwiderte Titus. »Das sind die Fey. Und jetzt macht euch an die Arbeit.«

Schockiert hatten sich die anderen Geistlichen umgewandt. Sie sahen verwirrt aus. Rusel befand sich ebenfalls unter ihnen. Seine behäbige Gestalt zitterte. »Heiliger Herr, wenn das hier die Fey sind ...«

»Dann bleibt uns nicht mehr viel Zeit«, ergänzte Titus.

»Sollten wir nicht gleich Weihwasser über sie gießen? Sie aufhalten, bevor sie Unheil anrichten?«

»Haben sie uns denn bedroht?« fragte Titus. »Soweit ich verstanden habe, sitzen sie seit heute morgen einfach nur dort draußen herum.«

»Ja, Heiliger Herr.«

»Also haben wir keine Veranlassung, sie anzugreifen. Wir haben schließlich einen Waffenstillstand mit ihnen geschlossen, oder habt ihr das vergessen?«

Ohne eine Antwort abzuwarten, stieg er eilig die Treppe wieder hinauf. Die Tür zu seinen Räumen stand genauso offen, wie er sie zurückgelassen hatte. Mit klopfendem Herzen trat er ein. Rusel hatte einen guten Vorschlag gemacht. Einfach angreifen. Aber das konnte Titus nicht. Matthias wäre dazu fähig gewesen. Aber Titus kannte Gottes Gebote und achtete sie. *Ein Mensch ist soviel wert wie sein Wort,* hieß es in den Geschriebenen und Ungeschriebenen Worten. Und an anderer Stelle stand: *Ein gebrochenes Versprechen ist wie vergessenes Vertrauen.* Und noch einmal: *Das Versprechen ist der feierliche Eid des Menschen, geschlossen zwischen sich selbst, einem anderen und Gott.*

Vielleicht wäre Matthias dazu fähig gewesen, sein Versprechen zu brechen und seine Bindung an Gott zu lösen. Titus hingegen konnte es nicht.

Als er in der Mitte seines Zimmers angekommen war, blieb er stehen und schöpfte erst einmal Atem. Er stützte sich dabei so schwer auf eines der samtenen Sofas, daß es plötzlich wegrutschte. Titus hielt es fest und stützte sich erneut auf. Ganz plötzlich stand er vor unlösbaren Schwierigkeiten. Er mußte eine Attacke vorbereiten, ohne daß seine Leute angreifen durften. Und er mußte sie beschützen. Außerdem mußte er auch noch auf das hören, was die Fey zu sagen hatten.

Er vermutete, daß sie ihm etwas zu sagen hatten. Oder warum hatten sie den Tabernakel umzingelt? Warum nicht sofort mit der Invasion begonnen?

Er ging auf den Balkon, umklammerte das Holzgeländer und blickte hinunter. Keines dieser Geschöpfe hatte sich von seinem Platz gerührt. Er ging ins Zimmer zurück und zog die Doppeltüren zu. Durch die Ritzen fiel immer noch Sonnenlicht in den Raum. Titus löste einen Vorhang nach dem anderen und ließ ihn herabfallen. Die Fey würden wissen, daß sich irgend etwas verändert hatte. Anstatt sie weiter zu beobachten, hatte man die Türen verriegelt und die Wandteppiche vor die Fenster gezogen.

Titus mußte unbedingt Nicholas benachrichtigen. Wenn es vor dem Tabernakel Schwierigkeiten gab, war der Palast bestimmt auch nicht verschont geblieben. Titus streckte vorsichtig den Kopf zur Tür hinaus. Rusel stand wie ein stummer Wächter davor.

»Bist du mein Wachposten?« fragte Titus. In diesem Fall

konnte Titus ebensogut gleich selbst Wache halten. Rusel war weder imstande zu kämpfen noch zu rennen.

Rusel zuckte die Achseln. »So lange, bis wir die Fenster geräumt haben, muß einer der Geistlichen die Aufgabe übernehmen.«

»Nun, kümmere dich lieber um andere Aufgaben. Ich brauche einen Aud und zwar möglichst schnell.«

Rusel nickte. »Sofort, Heiliger Herr.« Er drehte sich auf dem Absatz herum und eilte mit flatterndem Talar den Flur entlang.

Die Stimmung im Tabernakel war unterdessen umgeschlagen. Titus konnte es spüren. Aus dem vermeintlichen Wunder war eine Krise geworden. Er selbst hatte mit seiner Reaktion dafür gesorgt. Nun galt es, eine Panik zu vermeiden.

Er ging in seine Zimmer zurück, wo er in einem kleinen Wandschrank, der zwischen Schlafzimmer und Wohnraum eingelassen war, einen Vorrat an Weihwasser aufbewahrte. Matthias hatte den Schrank während seiner Amtszeit einbauen lassen, und die Auds hatten den Vorrat seither nicht angetastet. Titus öffnete die Türen. Mehrere Reihen grüner Fläschchen glitzerten auf. Es war genug, um ihn und die Ältesten eine Zeitlang zu versorgen. Er wußte, daß die Ältesten ähnliche Schränkchen in ihren Räumen hatten. Auch in den Schlafsälen, der Kapelle der Dienstboten und den dahinterliegenden Räumen sowie der Sakristei lagerten Vorräte.

Ein Tropfen Weihwasser genügte, um einen Fey zu töten.

Also war der Tabernakel in Sicherheit. Zumindest im Augenblick.

Es klopfte. Titus öffnete, und vor ihm stand Porciluna. Im Lauf der Jahre hatte sein Leibesumfang noch zugenommen. Er konnte jetzt keine Treppen mehr gehen, ohne daß ihm der Schweiß ausbrach. Der schwarze Talar bauschte sich gewaltig über seinem Bauch. Die rote Schärpe trug er um den Hals, da sie an der Taille keinen Halt mehr fand.

»Auf den Tieren sitzen Fey«, sagte Porciluna und tupfte sich die Brauen mit einem weißen Tuch.

»Wann habt Ihr das bemerkt?«

»Bevor Lindo an meiner Tür klopfte, wußte ich nicht einmal, daß sie draußen sitzen.« Aufgeregt glitten seine kleinen Augen hin und her. »Ich war in meinem Studierzimmer.«

Oder er hatte geschlafen oder sich irgendeiner Beschäftigung hingegeben, von der Titus lieber nichts erfahren wollte. Seit Titus zum Rocaan ernannt wurde, hatte Porciluna jegliches Interesse am religiösen Leben des Tabernakels verloren. Einige der Ältesten hegten den Verdacht, Porciluna habe seine Pflichten nur dem Schein nach erfüllt, während er darauf wartete, zum Rocaan ernannt zu werden. Er war bitter enttäuscht gewesen, als der Fünfzigste Rocaan Matthias in das Amt berufen hatte. Und wütend, als Matthias das geheime Wissen an Titus weitergegeben und Titus beschlossen hatte, es für sich zu behalten.

Titus trat von der Tür zurück. »Die anderen werden auch gleich kommen.«

»Ich glaube nicht, daß jetzt der richtige Zeitpunkt für eine Versammlung ist«, sagte Porciluna. Er keuchte, als bereite ihm jedes einzelne Wort Schwierigkeiten.

»Nichtsdestotrotz«, sagte Titus. Er hatte die Tür nicht geschlossen und kämpfte mit der Versuchung, einen Blick in den Korridor zu werfen.

Rusel erschien in Begleitung eines Auds, der nicht älter als dreizehn aussah. Sein Gesicht war schmutzig, und seine Füße starrten vor Dreck. Titus fragte sich, ob er auch so ausgesehen hatte, als der Fünfzigste Rocaan ihm damals seine Erste Weisung erteilt hatte.

»Danke«, sagte Titus und gab Rusel durch seinen Ton zu verstehen, daß seine Aufgabe damit erledigt war. Als sich Rusel gerade zum Gehen anschickte, steckte Porciluna den Kopf zur Tür heraus. »Ich glaube, wir sollten ein paar Auds mit Weihwasser herbestellen.«

Titus unterdrückte den aufsteigenden Ärger. Rusel verhielt sich untadelig und sah zuerst Titus an. Titus nickte, und Porciluna ging wieder in das Zimmer zurück.

Titus ergriff den Arm des Aud und zog ihn ebenfalls in den Raum. Sein Gewand war aus grobem Stoff, und er verbreitete einen leichten Schweißgeruch. »Wie heißt du, Junge?« fragte Titus.

»Constantin«, flüsterte der Aud. Er hielt den Kopf gesenkt. »Nach dem alten König.«

Also kam der Junge aus einer der besseren Familien. Seine Art zu sprechen und der Name verrieten es.

»Mir ist Con lieber«, sagte der Junge, als Titus schwieg.

»Dann wollen wir dich Con nennen«, erwiderte Titus. »Hör zu, Con, ich habe eine Weisung für dich. Aber es ist gefährlich und könnte dich das Leben kosten.«

Con hielt den Kopf immer noch gesenkt. Sein Hinterkopf war mit dichten, schmutzigen, blonden Locken bedeckt.

»Er verschafft dir eine Fluchtmöglichkeit«, mischte sich Porciluna ein. »Auf die Art kannst du dich selbst retten.«

»Es ist die Pflicht eines Auds zu tun, was sein Rocaan von ihm verlangt«, antwortete Con und warf Porciluna einen Seitenblick zu.

Volltreffer für den wohlerzogenen jungen Mann! Titus unterdrückte ein Lächeln und legte eine Hand auf die Schulter des Jungen. »Kennst du dich in den Katakomben unterhalb des Tabernakels aus?«

Endlich hob der Junge den Kopf. Titus hatte noch nie so helle blaue Augen gesehen. Seine Haut war rosig und makellos. Er war schön, so schön, daß einem der Atem stockte, wenn man ihn ansah.

»Nein, Heiliger Herr«, sagte Con.

»Porciluna«, sagte Titus, »würdet Ihr uns bitte die Karte holen? Sie liegt in der Schublade neben meinem Schreibtisch.«

»Ihr könnt ihm doch erklären ...«

»Wir benötigen sie auch für das Treffen, das Eurer Meinung nach nicht nötig ist«, fügte Titus hinzu.

Porciluna stieß einen tiefen Seufzer aus und machte sich auf den Weg in Titus' Schlafzimmer. Sein Atem ging heftig und schwer, aber Titus vermutete, daß es sich diesmal um reine Schauspielerei handelte.

Titus führte den Jungen weiter ins Zimmer hinein. »Unter dem Tabernakel befinden sich uralte Gewölbe«, sagte er. »Sie erstrecken sich bis nach Jahn. Sie verbinden den Tabernakel mit dem Palast, jedenfalls sind sie aus diesem Grund unter dem Dreizehnten Rocaan gebaut worden.«

»Verzeiht, Heiliger Herr, aber ich verstehe nicht, wie das möglich ist. Der Fluß liegt doch dazwischen.« Der Junge brachte es irgendwie fertig, gleichzeitig erschrocken und feierlich auszusehen.

»Es ist ein Wunder der Baukunst«, entgegnete Porciluna, der jetzt wieder aus dem Schlafzimmer auftauchte. Die Karte lag zusammengerollt in seiner rechten Hand. »Sie haben einen geheimen Gang durch die Jahn-Brücke gebaut.«

»Ich würde dich lieber auf dem normalen Weg schicken«, sagte Titus, »aber diese Fey da unten gefallen mir ganz und gar nicht. Die konnten uns noch nie leiden. Vielleicht haben sie sich aus völlig harmlosen Gründen vor dem Tabernakel versammelt – vielleicht auch nicht. Wir haben keine Ahnung, was in der Stadt vor sich geht. Möglicherweise sind nur wir betroffen. Wir können nicht warten, bis der König uns eine Nachricht schickt. Wir müssen ihm selbst Bericht erstatten.«

»Wollt Ihr, daß ich mit dem König rede, Heiliger Herr?« Vor Aufregung war die Stimme des Jungen in ein hohes Quieken umgeschlagen.

»Ja, Con, das möchte ich. Du mußt ihn von den Geschehnissen vor dem Tabernakel in Kenntnis setzen, und zwar so schnell wie möglich.«

Jetzt erschien Reece, ein weiterer Ältester, in der Tür. Er war lang und hager, mit tiefen Falten im Gesicht. Titus winkte ihn herein. Reece hatte Con erblickt, runzelte die Stirn und ging prüfend einmal um ihn herum.

Porciluna entrollte die Karte auf einem von Titus' Beistelltischen und beschwerte sie mit Votivkerzenständern, damit sich das Papier nicht wieder einrollte. »Hier, mein Junge«, sagte Porciluna mit freundlicher Stimme. Titus konnte kaum glauben, daß Porciluna so hilfsbereit war. Der Anblick der Fey auf dem Rücken ihrer sonderbaren Tiere mußte auch auf ihn wie ein böser Spuk wirken.

»Diese Karte ist alt, aber der geheime Gang ist gut darauf zu erkennen.«

Con blickte Titus an, und Titus führte den Jungen zum Tisch hinüber. Reece, der verwirrt aussah, folgte ihnen.

Die Karte war so alt, daß das Papier bereits mehrere brüchige Stellen aufwies. Die Katakomben waren mit einem Pinsel als einfache schwarze Linie eingezeichnet. Das Terrain über den Katakomben war mit einer Tuschfeder markiert. Abgesehen von Palast, Tabernakel und Brücke waren die meisten der jetzigen wichtigen Gebäude noch nicht erbaut.

»Er muß die Karte mitnehmen«, sagte Porciluna. »Die Katakomben sind ziemlich verzweigt. Er darf sich auf keinen Fall da unten verlaufen.«

»Ich habe gehört«, erhob sich plötzlich eine Stimme von der Tür, »daß man immer auf das Geräusch des Wassers zugehen soll, wenn man zur Brücke will.«

Titus drehte sich um. Dort stand Linus. Er gehörte zu den älteren unter den Ältesten und lebte schon seit langer Zeit im Tabernakel. Sein blondes Haar war zu einem schlichten Pagenkopf zurechtgestutzt, der sein ausgeprägt rundes Gesicht noch betonte.

»Wart Ihr schon einmal dort unten?« fragte Titus.

Linus schüttelte den Kopf. »Ich kenne nur einen einzigen Menschen, der jemals in den Katakomben war, und den können wir nicht fragen, glaube ich.«

Aus seinem Tonfall erriet Titus, daß er von Matthias sprach.

»Nimm dir genug Wasser mit, Kleiner«, sagte Reece. »Der Staub dort unten wird dich durstig machen.«

»Und Essen«, fügte Porciluna hinzu.

»Und Weihwasser«, vollendete Titus leise.

Porciluna rollte die Karte auf und reichte sie dem Jungen. »Der Eingang zu den Katakomben liegt im ersten Stock, wo die alte Kirche an den neueren Tabernakel grenzt.«

»In der Nähe der Kapelle der Dienstboten«, sagte Titus. »Gegenüber des beschädigten Porträts des Zehnten Rocaan.« Er nestelte seinen Schlüsselbund von der Schärpe und löste daraus einen auffallend langen Schlüssel mit herzförmigem Oberteil. »Es ist eine schmale Holztür. Mit diesem Schlüssel kannst du sie öffnen.«

»Ich gebe ihm lieber meinen«, erhob Reece die Stimme. »Ihr könntet Euren vielleicht noch brauchen, Heiliger Herr.«

Titus lächelte ihn dankbar an und hakte den Schlüssel wieder an den Bund. Mit zitternder Hand nahm Con Reeces Schlüssel entgegen und klemmte dann die Karte unter den Arm.

»Was soll ich tun, nachdem ich mit dem König gesprochen habe, Heiliger Herr?«

»Dann kehre zurück, wenn das noch möglich ist«, sagte Titus.

Der Junge nickte. Er drehte sich um und steuerte mit gesenktem Kopf auf die Tür zu.

»Con«, sagte Titus. »Gott wird mit dir sein.«

Der Junge blickte auf und lächelte, und einen Moment schien es, als sonnte sich die ganze Welt im Glanz seiner Schönheit. Dann schlüpfte er an dem Ältesten Vaughn vorbei aus dem Zimmer. Vaughn blickte dem Jungen hinterher, als könne er nicht begreifen, was er sah.

Was vermutlich auch den Tatsachen entsprach.

»Es ist nicht gesagt, daß er es schaffen wird«, sagte Reece. »Seit Generationen ist niemand mehr in diesen Gängen gewesen.«

Titus zuckte die Achseln. »Wir tun, was wir können. Aber vielleicht ist auch alles vergebens.«

Zwei weitere Älteste, Timothy und Illim, waren jetzt eingetreten. Diese Ältesten waren schon unter Matthias im Amt gewesen. Sein Rücktritt hatte zu vielen Streitereien und Gezänk unter ihnen geführt. Titus hatte keinem der Ältesten vertraut.

Und daran hatte sich bis heute nichts geändert.

Fedo war der letzte Älteste aus dieser Zeit. Der Älteste Eirman war vor vier Jahren an einem Schlaganfall gestorben.

Hinter Fedo betraten Catton, Ury und Hume den Raum, die alle von Titus ausgewählt worden waren. Catton war älter als die anderen, ein Geistlicher, der nicht mehr damit gerechnet hatte, zum Ältesten aufzusteigen. Er erinnerte Titus häufig an den Fünfzigsten Rocaan, insbesondere was die kleine Gestalt, das schüttere Haar und die Konzentration auf die spirituelle Seite des Tabernakels anging.

Ury war jünger als Titus, noch keine dreißig, und sein Aufstieg im Tabernakel war schnell und mühelos erfolgt. Er war schlank und kräftig, hatte den Körper eines jungen Mannes und intelligente Augen. Er war klug und sein Glaube nicht besonders gefestigt, aber er unterstützte Titus. Titus brauchte ihn als Gegengewicht zu Porciluna; wenigstens hatte er das nach dem Tod Eirmans geglaubt.

Hume war der Verdienstvollste. Er war klein, gekrümmt und ungefähr in Titus' Alter, was ihn zu einem der jüngeren Männer in diesem Raum machte. Von einem kümmerlichen, gelockten Haarkränzchen abgesehen, das ein Ältester einmal unfreundlich als Fransen bezeichnet hatte, war er bereits kahl. Hume hatte dem Tabernakel mit Eifer und Sachverstand gedient. Er war ein genauer Kenner der Worte und hatte Eirmans Nachfolge in der mündlichen Überlieferung der Legenden angetreten, aber er war auch tief gläubig und erhob sich jeden Morgen noch vor Sonnenaufgang, um in aller Stille mit dem Heiligsten und Gott allein zu sein.

»Einer von euch muß nach unten gehen und mit den Fey sprechen«, sagte Titus ohne lange Vorrede. »Das ist gefährlich. Es besteht die Möglichkeit, daß sie den Boten töten. Aus diesem Grund kann ich nicht selbst gehen – keiner außer mir kennt das Geheimnis –, und ich kann auch keinen Aud schikken. Die Fey sind lange genug auf der Insel gewesen und kennen die hierarchische Ordnung des Tabernakels genau. Ich will sie nicht dadurch beleidigen, daß ich ihnen den Falschen schicke. Es muß einer der Ältesten sein, und er darf keine Angst vor ihnen haben. Er muß ohne Weihwasser gehen. Sie werden nicht annehmen, daß er bewaffnet ist.«

»Das ist der reinste Selbstmord!« stammelte Porciluna.

»Vielleicht«, antwortete Titus. »Vielleicht ist es auch einfach nur der erste Schritt zu weiteren Verhandlungen.«

Die Ältesten blickten einander an. Keiner trat vor.

»Ich habe nicht viel Zeit. Die Fey haben sich noch nicht gerührt, aber ich weiß nicht, worauf sie warten.«

»Was es auch sein mag, angenehm ist es bestimmt nicht«, sagte Linus. »Sie haben uns umzingelt.«

Titus verschränkte die Hände hinter dem Rücken. Immer noch hatte sich keiner der Ältesten gemeldet.

»Der junge Aud«, erhob Titus wieder die Stimme, »hat seine Aufgabe ohne Widerspruch angenommen. Besitzt keiner von euch diesen Mut? Den Mut eines dreizehnjährigen Jungen?«

»Ich gehe«, sagte Reece. »Ich rede mit ihnen, und ich reagiere körperlich auf Weihwasser. Nicht so wie sie, aber man könnte es als einen Bund zwischen ihnen und mir ansehen.«

»Ihr braucht nicht gleich ihre ganze Lebensgeschichte in Erfahrung zu bringen«, sagte Titus. »Es reicht, wenn wir wissen, warum sie sich dort unten versammelt haben.«

»Ist recht, Heiliger Herr.« Reece verneigte sich und verließ rückwärts gehend den Raum. Im gleichen Augenblick trat Lindo ein.

»Ihr hattet nach dem Vorrat an Weihwasser gefragt, Heiliger Herr?« erkundigte sich Lindo.

Titus nickte. Dieser Punkt mußte unbedingt geklärt werden, bevor sie weitere Pläne schmiedeten.

»Über den ganzen Tabernakel verteilt befinden sich hier zweitausend Fläschchen, dazu fünf Fässer im Vorratsraum.«

»Wir brauchen mehr«, sagte Porciluna sofort.

Titus beachtete den Einwand nicht. »Danke, Lindo«, antwortete er. »Und wie steht es mit meinen anderen Befehlen?«

»Wir schaffen gerade die Vorräte in die Katakomben, aber wir kommen nur langsam voran, Heiliger Herr. Die Stufen sind zum Teil verrottet. Einer der Daniten hat eine Strickleiter gebaut, aber es ist schwierig, die Vorräte damit hinabzubefördern.«

»Ich bin sicher, ihr werdet diese Probleme meistern«, entgegnete Titus, der nichts von Schwierigkeiten hören wollte. »Vielen Dank für deinen Bericht.«

Lindo bedankte sich für die Anerkennung, verbeugte sich und verließ das Zimmer. Porciluna wartete, bis er außer Hörweite war, und fragte dann: »Ihr laßt die Katakomben mit Vorräten füllen? Wer soll denn dort hingehen?«

»Ich hoffe niemand«, antwortete Titus.

»Was habt Ihr überhaupt vor?«

»Ich denke, daß die Fey vielleicht aus einem triftigen Grund gekommen sind. Deswegen habe ich Reece zu ihnen geschickt. Wenn sie sich jedoch weigern, auf friedliche Weise mit uns zu verhandeln, dann stecken wir in Schwierigkeiten. Sie werden versuchen, uns zu vernichten.«

»Daher also die Weihwasservorräte«, sagte Linus.

Titus bestätigte das nicht. Er wollte am liebsten nicht darüber nachdenken.

»Dort unten sind sehr viele von diesen Tieren«, sagte Titus. »Mehr als ich zählen kann. Und ich fürchte, sie könnten uns überwältigen, ganz egal, wie heftig wir uns wehren. Dann werden wir die Katakomben benutzen.«

»Die Fey werden uns verfolgen«, wandte Linus ein.

Titus zuckte die Achseln. »Dieses Risiko müssen wir eben eingehen. Die Katakomben sind unsere letzte Zuflucht.«

Porciluna legte die Hand auf den Bauch. »Wenn dem so ist, dann finde ich es sonderbar, daß Ihr jetzt alle Vorbereitungen trefft.«

Titus funkelte ihn wütend an. Es war ihm noch nie gelungen, Porciluna zu überzeugen. Noch kein einziges Mal. »Das war's«, sagte er kurz angebunden. »Ihr dürft Euch zurückziehen. Sorgt dafür, daß jeder von Euch mit ausreichend Weihwasser versorgt ist. Und haltet Euch von den Fenstern fern.«

Die Ältesten blickten ihn überrascht an, als könnten sie seinen plötzlichen Wutausbruch nicht fassen. Auch Titus mußte zugeben, daß er von sich selbst überrascht war. Nach einem etwas mißglückten Start hatte er schließlich eine ausgeglichene Amtsführung zuwege gebracht, die mittlerweile schon ein volles Jahrzehnt andauerte. Jetzt kam es ihm vor, als habe man ihn plötzlich wieder auf das unsichere Terrain geführt, das er für immer hatte meiden wollen.

»Hume, bleibt bitte noch einen Augenblick«, sagte Titus.

Langsam gingen die Ältesten zur Tür. Porciluna war sogar stehengeblieben, als habe er noch mehr zu sagen, aber als Titus ihn böse anstarrte, zog auch er sich zurück.

Titus ging zur Tür und schloß sie. Er lehnte sich dagegen, und spürte, wie sich die Schnitzereien in seinen Rücken bohrten. »Jetzt sind wir doch an dem Punkt angekommen«, sagte er.

Hume hatte sich auf die Lehne eines mit Samt bezogenen Sessels gesetzt. Seine Haltung war immer noch gebeugt, als versuche er, etwas auf dem Boden zu erkennen. »Weihwasser.«

Titus nickte. »Wir haben genug, um einen Angriff durchzuführen, wenn es sein muß, aber die Fey sind so zahlreich, daß wir damit nicht weit kommen werden. Und wenn ich es dieses Mal herstelle, dann weiß ich, es ist eine Waffe, kein Mittel zur Ausübung unserer Religion.«

»Nun, da gibt es Präzedenzfälle«, entgegnete Hume. »Der Fünfzigste Rocaan hat bei der ersten Fey-Invasion genauso gehandelt.«

»Matthias hat ihn auf die Idee gebracht.«

»Das spielt keine Rolle«, sagte Hume. »Der Fünfzigste Rocaan war sein eigener Herr. Er hätte nicht so entschieden, wenn er nicht daran geglaubt hätte.«

Titus seufzte. »Ich glaube nicht daran«, sagte er. »Ich glaube nicht, daß wir richtig handeln, wenn wir Menschen töten. Der Roca hat uns das gezeigt, indem er sein Schwert senkte.«

»Er hat sein Schwert nicht sinken lassen, Heiliger Herr. Er hat es gereinigt und den Soldaten des Feindes überreicht. Das könnte man als eine Handlung deuten, die zeigen soll, daß es mitunter notwendig ist, zu töten.«

Titus lächelte. »Ihr macht es mir nicht gerade leichter.«

»Ich wußte nicht, daß das meine Aufgabe ist«, sagte Hume. Dann lehnte er sich zurück. »Ich will damit nur sagen, Heiliger Herr, daß ich Gelehrter bin. Ich kann immer etwas in den Worten finden, mit dem sich jeder Glaube verteidigen läßt.«

»Ihr seid auch gläubig«, entgegnete Titus. »Ich habe Euch nicht zum Bleiben aufgefordert, weil Ihr über ein umfangreiches Wissen verfügt. Ich wollte hören, was Euer Herz Euch sagt.«

Hume blickte auf seine Hände. Sie waren verwittert, gekrümmt, von Tintenflecken übersät und ziemlich schmutzig.

»Hume«, wiederholte Titus.

»Mein Herz sagt mir zweierlei«, erwiderte Hume schließlich langsam. »Wenn ich den Soldaten des Feindes und meinem eigenen Tod gegenüberstehe, dann würde ich mich anders verhalten als der Roca. Ich würde mich wehren, und zwar mit allem, was mir zur Verfügung steht.«

»Aber?« fragte Titus weiter.

»Aber wenn Frieden und Ruhe um mich sind, dann glaube ich, daß der Mensch nicht töten sollte.«

»Das tun wir aber doch die ganze Zeit. Wir essen ...«

»Ich spreche vom Töten vernunftbegabter Wesen. Ganz gleich, was die Fey für uns auch darstellen mögen, sie sind Geschöpfe wie wir. Sie leben, denken, lieben. Ich kann es nicht gutheißen, sie zu töten.«

»Nicht einmal im Krieg?« fragte Titus.

»Krieg.« Hume rieb mit den Händen über seinen Talar. Die Tintenspritzer auf seinen Fingern verschwanden. »Ich habe noch nie an den Krieg geglaubt, Heiliger Herr.«

»Obwohl die Fey Krieg gegen uns führen?«

»Sie haben es seit einer Generation nicht mehr getan. Wir kennen ihre Absichten nicht. Falls Ihr einen Rat von mir haben wollt, Heiliger Herr, so wartet, bis Reece mit ihnen gesprochen hat. Dann könnt Ihr Eure Entscheidung treffen.«

»Und gegen sie kämpfen, wenn sie kämpfen wollen?«

Hume holte tief Luft und atmete dann geräuschvoll aus. »Ersetzt einfach das verbrauchte Weihwasser, genau wie sonst auch. Nehmt einfach an, Ihr würdet es für religiöse Zwecke herstellen.«

»Aber das tue ich ja nicht«, antwortete Titus.

Hume erhob sich. »Da beginnen die Probleme der Gelehrten. Es gibt auch heilige Kriege.«

»Was wollt Ihr damit sagen, Hume?« fragte Titus.

Hume leckte sich die Lippen. »Heiliger Herr, ich sage, daß der Roca die letzten Jahre seines Lebens damit verbrachte, Angreifer zu bekämpfen, die Soldaten des Feindes. Wir nehmen an, daß er sie geschlagen hat, weil wir ihn verehren, nicht seine Feinde. Und wir glauben, daß sein Opfer den Kampf entschieden hat.«

»Ja?« fragte Titus und wußte nicht genau, ob ihm das, was er hörte, gefiel.

»Unser großer religiöser Führer, der Mann, den wir den Gottgefälligen nennen, den wir Gott fast gleichstellen, er hat Krieg geführt. Er ist seinen Männern in die Schlacht vorangegangen. Vielleicht müßt Ihr das auch tun.«

Humes Worte standen zwischen den beiden Männern in der Luft. Titus trat von der Tür zurück. »Ihr könnt jetzt gehen«, sagte er.

Hume nickte und verließ das Zimmer.

Das Religionsoberhaupt als Kriegsfürst. Das Schwert ... Waffe und Symbol zugleich. Weihwasser ... religiöse Reinigung und Mordinstrument.

Eins kam zum anderen.

Und das verabscheute Titus ganz besonders.

3

Die Finger auf seinem Gesicht fühlten sich kühl und leicht an. Nicholas fuhr aus dem Schlaf hoch. Sebastian beugte sich über ihn. Die Haut um seine grauen Augen war vor Sorge ganz zerknittert.

»Papa …«, sagte er leise.

Nicholas streckte sich. Er hatte eigentlich nicht einschlafen wollen. Er hatte in Sebastians Zimmer auf dem Stuhl neben dem Kamin gesessen. Er hatte sich nur für einen Moment hingesetzt, nachdem er Wachen zu seinen Kindern geschickt hatte, und er fragte sich, wie ein Kind, das so untrennbar zu seinem Leben gehörte, nicht sein eigen Fleisch und Blut sein konnte. Die Tatsache, daß Sebastian nicht einmal menschlich, sondern aus Stein war, machte alles noch unsinniger.

Die Morgensonne tauchte das Zimmer in sanftes Licht, das sich langsam über den Boden ausbreitete und die Dunkelheit vertrieb. Es war noch rosa von der Dämmerung. Sebastian kauerte im Nachtgewand neben Nicholas' Stuhl.

Wieder strich er vorsichtig mit dem Finger über Nicholas' Gesicht.

»Papa?«

Schnell ergriff Nicholas Sebastians Hand und drückte die harte, glatte Handfläche, bevor er losließ. »Ich bin wach, mein Sohn«, sagte er. Bei dem Wort ›Sohn‹ überlief ihn ein Schauer. Es war gleichzeitig richtig und falsch.

»Papa …«, sagte Sebastian und wies mit der linken Hand zum Fenster. Er schien aufgeregt zu sein. Seine Unterlippe zitterte, und er rutschte unruhig hin und her.

Nicholas fuhr mit der Hand durch das strohige Haar seines Sohnes und erhob sich. Er trug immer noch die Staatsrobe, die er gestern abend angelegt hatte. Er hatte nicht lange geschlafen. Die Runde im Kriegszimmer hatte sich kurz vor Morgengrauen aufgelöst, und Nicholas war hierhergekommen, um sich davon zu überzeugen, daß seine Kinder gut bewacht waren. Er hatte eigentlich geplant, dem Rocaan am frühen Morgen einen Boten zu schicken. Ihr Zwist hatte lange genug gedauert. Sie mußten einfach zusammenarbeiten.

Die Schuhe drückten ihn, und seine Kleider fühlten sich unangenehm klebrig an. Sebastian rückte beiseite, als Nicholas jetzt ans Fenster trat.

Genau wie er erwartet hatte, herrschte draußen rosige Morgendämmerung. Wolken in den verschiedensten Rottönen trieben über den Himmel und vermischten sich mit dem ersten, beständigeren Gelb. Es duftete nach Rosen und Gras. Ein schöner Tag kündigte sich an.

Sebastian schob sich neben ihn und zeigte jetzt hinab. Nicholas stützte sich auf die steinerne Brüstung und spähte hinunter.

Unten in den Gartenanlagen herrschte eine sonderbare Stille. Normalerweise vermischte sich das Tirilieren und Zwitschern der Vögel zu einem lauten Morgengruß. Heute morgen saßen sie in den Bäumen, Sträuchern und auf dem Gras. Hunderte und Aberhunderte Stare, Rotkehlchen und Möwen blickten unbeweglich auf den Palast. Nicholas hatte einen Teil dieser Vögel noch nie gesehen. Er erkannte Adler, aber nicht die großen Vögel neben ihnen. Auf den oberen Ästen saßen Vögel mit langen bunten Schnäbeln. Sie waren größer als Katzen, und ihre Schnäbel sahen so kräftig aus, als könnten sie damit kleinere Tiere zerhacken.

Nicholas blickte nach links. Nichts als Vögel, die einen Kreis um den Palast gebildet hatten. Er blickte nach rechts. Noch mehr Vögel. Dann zog er sich vom Fenster zurück, durchquerte den Raum und sah aus dem Fenster, das auf die andere Seite hinausging. Auch dieser etwas weiter entfernte Teil des Gartens war voller Vögel, und noch mehr saßen auf der Steinmauer, die den Palast schützend einfaßte. Als Nicholas zum Küchentrakt hinüberblickte, sah er die Vögel dort so dicht nebeneinander sitzen, daß sie den Hof wie eine Art Teppich bedeckten.

»Papa ...«, sagte Sebastian leise. Er zeigte nochmals auf die Vögel. Nicholas kniff die Augen zusammen.

Auf jedem Vogelrücken saß ein winziger Fey.

Nicholas wich so rasch vom Fenster zurück, daß er fast über den anderen Stuhl gefallen wäre. Mit beachtlicher Geistesgegenwart hielt Sebastian die Lehne gerade noch rechtzeitig fest.

»Was ist das?« flüsterte Nicholas. »Was tun sie da?«

»Ich ... weiß ... nicht«, erwiderte Sebastian.

»Woher wußtest du, daß sie da waren?«

»Magie«, antwortete Sebastian.

Nicholas nickte. Das überraschte ihn nicht. Sebastian hatte schon häufiger Zauberkraft gespürt, besonders stark an jenem Tag, als Ariannas Großvater hier aufgetaucht war, um seine Enkelin zu stehlen. Damals war Sebastian erst drei Jahre alt gewesen und verängstigter, als es einem Lebewesen zukam, jedenfalls nach Solandas Ansicht.

Aber Sebastian spürte Zauberkraft nicht immer. Irgend etwas war anders als sonst.

»Sind wir in Gefahr?« fragte Nicholas.

Langsam hob und senkte Sebastian den Kopf. Er machte plötzlich einen zerstreuten Eindruck, als konzentriere er sich mehr auf die Vögel als auf Nicholas.

Die Tür zu Sebastians Zimmer öffnete sich, und Arianna trat ein. Sie trug das Haar offen, war barfuß und noch im Nachtgewand. Im Schlepptau hatte sie ein halbes Dutzend Wachen.

»Paps?« fragte sie besorgt. Als sie Nicholas sah, seufzte sie erleichtert.

»Ich weiß, Ari«, sagte Nicholas.

»Ein winziger Fey sitzt auf jedem Vogel.«

Auch das wußte er. Und was es bedeutete, ebenfalls.

Es bedeutete schlicht und einfach, daß der Schwarze König nicht verhandeln würde.

»Du da«, sagte Nicholas zu einem der Wachposten. »Ich möchte, daß du allen Dienern Anweisung gibst, Wandteppiche vor die Fenster zu hängen und die Türen zu verriegeln. An jedem Fenster soll ein Posten aufgestellt werden. Die erfahrensten Wachen sollen für meine Kinder bereitgestellt werden, und zwar voll bewaffnet.«

»Weihwasser, Sire?« fragte der Angesprochene, dessen Augen zu Arianna glitten, bevor er Nicholas direkt ansah.

Nicholas zögerte, und noch während er überlegte, erinnerte er sich, daß er Fey gesehen hatte, die auch ohne direkten Kontakt mit dem Wasser gestorben waren.

»Nein«, sagte er. »Wir werden uns auf Schwerter beschränken.«

»Sehr wohl, Sire«, sagte der Wachposten. Er verneigte sich, drehte sich um und verließ das Zimmer.

»Uns wird nichts geschehen, Paps«, sagte Arianna. »Ich kann Sebastian beschützen.«

»Du hast ja keine Ahnung, womit wir es hier zu tun haben«, antwortete Nicholas. Er wußte nicht einmal, ob er selbst es verstand. Er lüftete den Wandteppich und spähte erneut aus dem Fenster. Das Gebiet rund um den Palast war bis zum Horizont schwarz von Vögeln. Nicholas machte gar nicht erst den Versuch, sie zu zählen; vermutlich befanden sich mehr Vögel rund um den Palast, als Soldaten in der gesamten Streitmacht der ersten Invasion.

Er hob das Kinn und blickte über den makellosen Sonnenaufgang auf seine Stadt. Aus dieser Entfernung waren keine Bewegungen zu erkennen, aber westlich des Flusses stiegen Rauchwolken auf. Viele Rauchwolken.

Er mußte nachdenken. Der Schwarze König war gekommen, um seine Urenkel zu holen. Solange Nicholas nichts Näheres über die Absichten des Schwarzen Königs wußte, mußte er seine Kinder vor ihm verstecken.

Jewel hatte über das Kriegszimmer und einige der Geheimgänge Bescheid gewußt. Sie hatte sie lange vor ihrer Heirat mit Nicholas gesehen. Vielleicht hatte sie anderen Fey von ihrer Existenz berichtet, Fey, die jetzt in der Armee des Schwarzen Königs dienten.

Der einzig sichere Ort, der ihm einfiel, waren die Verliese. Dort war Jewel nicht hingekommen. Nicholas selbst hatte sie nie benutzt und sein Vater nur ein einziges Mal, beim ersten Angriff der Fey, aber das war kein Erfolg gewesen. Bevor jener Fey seinen Bestimmungsort erreicht hatte, hatte er noch in den Gängen, die zum Verlies führten, seinen Wächter ermordet.

Nicholas ergriff Sebastians Hand. »Ihr müßt beide mit mir kommen«, sagte Nicholas.

Arianna blieb trotzig stehen. »Was hast du vor?«

»Ich bringe euch an einen sicheren Ort.«

»Du willst uns verstecken.«

Nicholas unterdrückte einen Seufzer. Er hatte jetzt keine Zeit, um sich auf ein Wortgefecht mit ihr einzulassen. »Genau.«

»Ich werde mich nicht verstecken«, antwortete sie. »Du brauchst mich.«

Als die erste Invasion begann, hatte Nicholas dasselbe zu seinem Vater gesagt. Jetzt hegte er den Verdacht, daß es etwas damit zu tun hatte, wie jung man war und daß man sich für unsterblich hielt.

»Ich brauche dich lebendig, Arianna«, sagte er. »Und ich brauche dich, um Sebastian zu beschützen.«

»Du kannst uns doch nicht nur verstecken, weil ...«

»Ich kann und werde«, entgegnete Nicholas. »Die Schamanin hat mir befohlen, euch in Sicherheit zu bringen.«

»Aber ich kann mich vor aller Augen verstecken«, wandte Arianna ein.

Nicholas packte seine Tochter und zog sie von den Wachen weg. Dann senkte er die Stimme. »Erstens: Du mußt deinen Bruder beschützen. Zweitens: Du bist den Fey noch nie begegnet. Den richtigen Fey. Deine Zauberkünste sind ihnen vertraut, anders als den Menschen hier. Du denkst vielleicht, du könntest dich vor aller Augen verstecken, aber das gilt nicht für die Fey.«

»Ich konnte mich vor Solanda verstecken. Sie war eine echte Fey. Sie war genau wie ich.«

»Das ist etwas anderes«, sagte Nicholas.

»Nein«, widersprach Arianna.

Nicholas drehte sich der Magen um. Sie war seine Tochter, Jewels Tochter. Sie würde sich nicht verstecken. Ebensowenig, wie er sich in ihrem Alter versteckt hatte. Er hatte seinen Vater angeschrien, als dieser ihn in Sicherheit bringen wollte. Und Arianna hatte sogar noch bessere Gründe.

Das Blut zweier Krieger strömte durch ihre Adern.

»Man kann schlau sein und kämpfen.«

Er verschränkte die Arme. »Genau wie du, als du beinahe deinen richtigen Bruder ermordet hast?«

»Das war etwas anderes«, antwortete sie. »Er hat versucht, Sebastian zu entführen.«

»Und was haben deiner Ansicht nach diese Fey vor?« fragte Nicholas. Er preßte die Hände gegen die Fensterscheiben. Von unten sahen die Vögel und ihre Fey-Reiter zu ihm herauf. Er ergriff den Wandteppich und ließ ihn wieder herab. »Wenn sie uns nur abschlachten wollten, hätten sie es längst getan. Sieh doch, wie viele von ihnen dort sind, Arianna. Mehr als wir Wachen haben. Und das sind nur die Tierreiter. Auf der Insel müssen sich auch Infanterie, Fußsoldaten und alle möglichen anderen Fey befinden. Im Westen steigt Rauch auf. Was ist wohl deiner Meinung nach die Ursache dafür?«

Arianna schluckte. »Glaubst du, sie bewachen uns?«

»Ich sage nur, daß sie sehr vorsichtig sind. Sie wissen, daß sich in diesem Palast Schwarzes Blut befindet, und sie werden warten, bis sie herausbekommen haben, in wessen Adern es fließt, bevor sie hier alle abschlachten.«

»Sebastian ist nicht aus Fleisch und Blut«, sagte Arianna.

»Das können sie nicht wissen.«

»Vielleicht doch.« Sie sah zu ihrem Bruder hinüber. Er hatte den Kopf zur Seite geneigt und sein Blick war leer. Es sah aus, als lausche er einer fernen Musik.

»Aber das ist unwichtig. Du bist von Schwarzem Blut.«

Arianna berührte die Wange ihres Bruders. Er zuckte überrascht zusammen, sah sie an und runzelte die Stirn. »Dann ist es auch egal, ob du uns versteckst oder nicht«, entgegnete sie.

Nicholas beobachtete sie. Für sie zählte es nicht, daß Sebastian nicht blutsverwandt mit ihr war. Diese Tatsache änderte überhaupt nichts an ihrem Verhalten. Sie liebte ihn mit einer Leidenschaft, die Nicholas noch nie wahrgenommen hatte.

»Wenn sie wissen, daß wir hier sind – und das wissen sie ja –, werden sie so lange nach uns suchen, bis sie uns gefunden haben. Sie werden überall suchen. Wenn du uns in den Verliesen oder unten in den Tunnels verstecken willst, dann wird das die Suche nur verlängern.«

Sie hörte sich an wie der junge Nicholas selbst. Und sie hatte recht. Die Fey waren gnadenlos. Hatten sie erst einmal losgeschlagen, würden sie nicht wieder aufhören. Wenn sie den Palast durchsuchten, würden sie keine Ruhe geben, ehe sie Arianna und Sebastian gefunden hatten.

Nicholas holte tief Luft. Er wollte keinesfalls das Leben seiner Tochter oder seines Sohnes, seines Sebastian, aufs Spiel setzen. Seine Kinder bedeuteten ihm alles.

Das Problem war, daß sie sich vom Moment ihrer Geburt an in Gefahr befunden hatten.

»Was schlägst du vor?« fragte er.

»Ich weiß es noch nicht«, antwortete Arianna.

Und Nicholas wußte es ebensowenig. Tierreiter vor dem Palast, die Stadt in Flammen, und er konnte kein Weihwasser benutzen, weil er seine Kinder nicht gefährden wollte.

Er war umzingelt und unterlegen.

Aber er hatte noch einiges in der Hand. Er mußte es nur finden.

»Du wirst dich jedenfalls nicht ausliefern«, sagte er.

Arianna lachte. »Das kann ich nicht versprechen, Paps.«

»Du bist die Zukunft der Blauen Insel, Ari. Du ganz allein.«

Sie schüttelte den Kopf, ihre Augen blickten traurig. »Du hast zwei Kinder, Paps. Stößt mir etwas zu, so mußt du Sebastian vertrauen.«

»Drei«, erhob sich plötzlich Sebastians Stimme.

Beide drehten sich zu ihm um. Nicholas hatte nicht damit gerechnet, daß sein Sohn sprechen würde.

»Du ... hast ... drei ... Kinder«, sagte Sebastian. »Ari ... mich ... und ... Gabe.«

»Gabe wurde von Fey erzogen. Er steht auf der Seite des Schwarzen Königs«, entgegnete Arianna.

Nicholas ergriff ihren Arm. Er war sich nicht so sicher, ob sein leiblicher Sohn den Fey helfen würde. Immerhin war der Junge hierhergekommen, um Sebastian zu retten. Jedenfalls hatte er es behauptet.

Dieser Junge war Jewels Sohn. Jewels und sein eigener Sohn. Das mußte doch etwas bedeuten.

»Nein«, sagte Sebastian. »Er...in...nert ... Euch ... an ... die ... Ver...bindung.«

»Die Verbindung?« fragte Arianna. »Bist du jetzt mit ihm Verbunden?«

»Immer«, erwiderte Sebastian.

Nicholas runzelte die Stirn. Wußte Sebastian, was Gabe gerade tat?

»Hat er sich seinem Urgroßvater angeschlossen?«

Sebastians Blick wurde wieder leer. So sah er also aus, wenn er die Verbindung überprüfte. Dann füllten sich seine Augen mit Tränen. »Gabe ... ist ... allein. Kein ... Schwarzer ... König ... aber ... etwas ... stimmt ... nicht. Gabe ... ist ... verletzt.« Sebastian war auf die Knie gesunken. »Er ... ist ... verletzt.«

4

Er hatte sich noch nie für einen mutigen Mann gehalten. Jetzt, da er die Stufen herabstieg, hielt sich Reece sogar für den größten Feigling aller Zeiten. Seine Hände zitterten, und sein Mund war wie ausgetrocknet. Er war sich nicht sicher, ob er zwei Worte hintereinander herausbringen würde.

Aber der Rocaan hatte den Fey mit vierzehn Jahren ganz allein gegenübergestanden. Damals, als er den magischen Ring der Fey betreten hatte, hatte er nicht einmal Weihwasser bei sich gehabt.

Reece würde doch wohl dasselbe können wie ein Junge von vierzehn Jahren.

Hoffte er wenigstens.

Ein Aud hatte ihm ein Fläschchen mit Weihwasser angeboten, aber Reece hatte abgelehnt. Er würde hinausgehen und mit den kleinen, unbewaffneten Fey sprechen. Er würde ihnen zeigen, daß der Tabernakel keine Angst vor ihnen hatte. Daß er in gutem Glauben zu ihnen sprach.

Deswegen hatte er sich entschlossen zu gehen, deswegen hatte er sich gemeldet, bevor der Rocaan jemand anderen beauftragen konnte. Reece hatte Angst, ja, aber er wußte auch, daß seine Pflichten gegenüber dem Tabernakel bedeutender waren als die Pflichten gegenüber sich selbst. Er wußte auch, daß viele der Ältesten das erst noch erkennen mußten.

Der Tabernakel wirkte merkwürdig dunkel, da man vor allen Fenstern die Wandteppiche heruntergelassen hatte. Jemand hatte die Kerzen und Fackeln im Erdgeschoß entzündet. Es schien, als sei mitten am Tag ein Sturm aufgezogen, als bereite sich der Tabernakel auf die ewige Dunkelheit vor.

Obwohl Reece wußte, daß es sinnlos war, ballte er die Hände zu Fäusten, um das Zittern zu unterdrücken. Alle Tiere dort unten würden seine Angst riechen. Er konnte nur hoffen, daß die Fey ihre Tiere im Zaum halten würden.

Neben Reece war plötzlich ein Danite aufgetaucht. »Verehrter Herr?« fragte er. Reece, der normalerweise jeden Namen im Tabernakel kannte, konnte sich nicht an den Namen des Daniten erinnern, obwohl er den Mann schon häufig gesehen hatte. Das unmittelbar bevorstehende Treffen mit den Fey beschäftigte Reece so intensiv, daß er alles andere darüber vergessen hatte.

»Nicht jetzt«, erwiderte Reece leise.

»Ihr braucht Weihwasser, Verehrter Herr«, sagte der Danite. Reece schüttelte den Kopf. Er mußte jetzt deutlich werden, sonst würde man ihn mit diesem Angebot bis zur Tür verfolgen. »Ich habe mich entschieden, mit leeren Händen hinauszugehen.«

»Verehrter Herr ...«

Reece klopfte dem Daniten auf die Schulter und setzte seinen Weg fort. Neben dem Eingangsportal standen noch mehr Daniten. Sie beobachteten ihn mit weit aufgerissenen Augen. Er nickte ihnen zu und wünschte, sie würden die Ereignisse etwas gelassener hinnehmen.

Ihre Feierlichkeit machte ihn noch nervöser.

Dann ergriff er die goldenen Klinken und zog beide Türflügel auf.

Das hereinströmende Sonnenlicht blendete ihn. Die Daniten wichen zurück. Reece trat in die gleißende Helligkeit hinaus und schloß die Tür hinter sich.

Der einzige Inselbewohner unter Hunderten von Fey.

Der durchdringende Gestank traf ihn unvorbereitet. Betäubend und scharf mischte sich der Moschusdunst der Felle mit dem einzelner Tiere: der beißende Geruch von Katern; der Fellgeruch der Hunde; die scharfen Ausdünstungen der Wölfe. Reece drehte sich der Magen um. Zum ersten Mal roch er so viele wilde Geschöpfe aus nächster Nähe.

Er schluckte und kämpfte die Übelkeit mit Willenskraft nieder. Sie waren nur ein paar Meter von ihm entfernt. Die meisten Fliesen im Hof waren unbedeckt, und die Szenen aus dem Leben des Roca glänzten im Sonnenschein. Die Tiere umringten den Tabernakel wie eine pelzige Mauer und sahen ihn mit leeren Augen an. Ein Wolf, der ihm direkt gegenüberhockte, öffnete das Maul und zeigte scharfe gelbe Fänge.

Aus dem Mund einer kleinen Katze tropfte Speichel.

Reece überwand sich und trat einen Schritt näher heran. Nicht einmal aus nächster Nähe konnte er die Fey auf den Rücken der Tiere erkennen. Es sah aus, als befinde er sich mit lauter wilden Geschöpfen allein und schutzlos im Wald.

»Ich würde gern einige Worte mit eurem Anführer wechseln«, sagte er auf Nye. Sein Fey war schlecht, er kannte nur wenige Worte.

»Du bist nicht der Anführer von deinen Leuten.« Die Stimme, die jetzt ertönte, war weiblich. Sie sprach in Inselsprache.

»Nein, ich bin nicht der Rocaan«, sagte Reece. »Ich bin einer der Ältesten, eine Stufe unter dem Rocaan.«

»Wir sprechen nur mit dem Anführer.«

Das ging nicht. Um nichts auf der Welt würde der Rocaan hier herunterkommen. »Vergebt mir«, erwiderte Reece ebenfalls in Inselsprache, »aber auch Ihr seid nicht die Anführerin der Fey. Einen anderen Gesprächspartner als mich wird es nicht geben.«

Links neben Reece knurrte ein Hund. Er vermied es, das Tier anzusehen.

»Gutes Argument«, sagte die Frau. »Du kannst sprechen.«

»Ich kann Euch nicht sehen.« Er mußte langsam sprechen, damit er nicht stotterte. Er konzentrierte sich noch schärfer. »Bitte laßt mich sehen, an wen ich meine Worte richte.«

Einer der Hunde trottete vor. Es war der größte Hund, den Reece je gesehen hatte. Sein Fell war kurz und braun, die Muskeln der Vorderbeine waren besonders ausgeprägt. Sein Kopf befand sich auf Schulterhöhe von Reece. Die Fey-Frau saß auf dem flachen Nacken des Tieres und war nicht größer als Reeces Finger. Sie hatte die Hände in das Fell des Tieres geklammert und ihre Beine ...

Sie hatte keine Beine. Es schien, als sei sie ein Teil des Hundes, denn ihr Unterkörper ging nahtlos in den Körper des Tieres über.

»Du sprichst zu mir«, sagte sie. »Ich bin Onha. Diese Truppe untersteht meinem Befehl.«

»Onha.« Reece deutete eine leichte Verbeugung an. Es verwirrte ihn immer noch, daß die Fey ihren Frauen die Führung überließen, obwohl ihm dieser Umstand nun schon seit zwei Jahrzehnten bekannt war. »Mein Name ist Reece. Ich bin einer der Ältesten des Tabernakels.«

»Nun«, sagte sie mit einer Stimme, die für ihre geringe Körpergröße erstaunlich kräftig war, »damit hätten wir den amüsanten Teil hinter uns. Wie wäre es jetzt mit einem nahrhaften Mittagessen?«

Das schallende Gelächter in ihrem Rücken zeigte Reece, daß sie einen Witz gerissen hatte, vermutlich auf seine Kosten. Ihre Anspielung gefiel ihm gar nicht.

»Der Rocaan heißt Euch willkommen und fragt nach dem Grund Eures Besuchs.«

»Das hätte er auch selbst vom Balkon aus erledigen können.« Sie sah nach oben und winkte.

Reece blickte ebenfalls hinauf. Titus stand auf dem Balkon, neben sich Hume. Die anderen Balkone waren leer.

»Nun, die Umstände sind etwas ungewöhnlich«, sagte Reece. »Wir hielten es für das Beste ...«

»Euren Rocaan zu schonen, falls wir seinen Boten auffressen sollten?«

Ein Schauder überlief Reece. Wieder eine Anspielung auf Essen. Das gefiel ihm überhaupt nicht.

Reece schluckte, bevor er antwortete. »Es ist bei uns Brauch, daß jeder Gast zum Rocaan geführt wird.«

Die kleine Fey-Frau lächelte. »Wir sind nicht irgendwelche Gäste.«

»In der Tat«, stimmte Reece zu. »So eine Truppe haben wir hier noch nie gesehen.«

»Das glaube ich auch.«

Hinter Onha ertönte ein neuerliches Knurren. Erschrocken hob Reece den Kopf. Er hatte noch niemals einen so durchdringenden Tierlaut gehört.

»Ach ja, die Bärenreiter«, sagte Onha leichthin. »Es ist gar nicht so einfach, sie unter Kontrolle zu halten.«

»Bär?« fragte Reece und wünschte augenblicklich, er hätte diese Frage nicht gestellt.

Das Lächeln der kleinen Fey wurde noch breiter. »Richtig. Ihr habt keine großen Raubtiere auf der Blauen Insel, nicht wahr?«

»Raubtiere?« Reece plapperte nur noch nach, was sie sagte, aber er konnte einfach nicht anders.

»Raubtiere«, bestätigte Onha. Sie lehnte sich zurück und ließ winzige Brüste sehen. All die kleinen Fey waren nackt. »Bären. Tiger. Löwen. Tiere, zu deren Beute auch Menschen gehören.«

Wieder erschauerte Reece. Er mußte unbedingt den Verlauf dieses Gesprächs ändern. Er würde dem Tabernakel keinen Dienst erweisen, wenn er jetzt die Kontrolle über sich verlor. Obwohl die Fey es genau darauf abgesehen hatten.

»Der Rocaan wird Euch empfangen«, sagte Reece und reckte sich, so hoch er konnte. Er hob die Stimme. »Aber er würde es vorziehen, einen nach dem anderen zu empfangen.«

»Er wird uns empfangen, ja?« fragte Onha. »Warum eigentlich, wenn er auch von seinem Balkon aus eine Rede halten kann?«

»Das wird dann auch seine letzte sein«, knurrte eine männliche Stimme hinter Reece.

Reece holte tief Luft, hielt sie an und atmete langsam aus, bevor er antwortete. »Ihr seid gekommen, um uns einen Besuch abzustatten«, sagte er und fühlte sich ohnmächtig.

»Nein.« Onha löste eine Hand aus den Genickfalten des Hundes und strich sich das Haar aus dem Gesicht. »Wir sind nicht gekommen, um euch zu *besuchen.*«

»Warum seid Ihr dann hier?«

»Ihr seid die berühmten Schwarzkittel, nicht wahr?« fragte sie.

Schwarzkittel war der Name der Fey für die Bewohner des Tabernakels. Ein herablassender Name, den sie von Anfang an benutzt hatten. Reece gab keine Antwort.

»Ihr seid so mächtig, daß ihr die Fey aufhalten könnt.«

»Wir haben einen Waffenstillstand geschlossen«, gab Reece zurück. »Wir leben jetzt zusammen auf der Insel.«

»Ihr habt einen Waffenstillstand geschlossen.« Onhas Stimme klang spöttisch. »Einen Waffenstillstand, der durch euer Weihwasser und die Feigheit unserer Leute zustande kam.«

Reece streckte die Hände aus. »Ich bin unbewaffnet. Ich bin in gutem Glauben zu Euch gekommen.«

»Gutem Glauben. Was für ein religiöser Ausdruck«, entgegnete Onha. »Natürlich ist Euer Glaube gut, Schwarzkittel. Ihr habt die Situation von Anfang an beherrscht.«

Reece leckte sich die Lippen und blickte zu den Tieren hinüber. Sie beobachteten ihn immer noch unbeweglich. Eines der größeren, aufrechten Tiere (ein Bär?) hatte die Schnauze geöffnet und zeigte seine kurzen Zähne.

»Wenn es Euch um einen Angriff gegangen wäre, dann hättet Ihr das auf die typische Art der Fey erledigt«, sagte Reece. »Ihr hättet das Überraschungsmoment ausgenutzt. Also wollt Ihr etwas anderes. Was wollt Ihr?«

Der Hund hockte sich hin und legte den Schwanz um die Hinterpfoten. Die Fey-Frau auf seinem Rücken beugte sich vor, als hingen ihre Beine an den Seiten des Hundes herab, und zwängen sie, das Gleichgewicht zu halten.

»Deine Annahme ist falsch, Schwarzkittel«, sagte sie. »Mein Befehl lautet, zu warten, bis ihr uns bemerkt, oder, solltet ihr uns nicht bemerken, bis zum Mittag zu warten, wenn die Fußsoldaten hier eintreffen werden.«

Reece runzelte die Stirn. Er verstand überhaupt nichts. Oder vielleicht hatte er auch nur Angst davor.

»Wir sind zu einem Gespräch bereit. Der Rocaan wird Euch alle empfangen«, antwortete Reece. »Ich begreife nicht ...«

»Du mußt einfach nur begreifen, was dich töten wird, Schwarzkittel«, entgegnete Onha. »Ihr müßt alle begreifen, daß Eure unbedeutenden Kräfte dem Schwarzen König nicht gewachsen sind.«

»Dem Schwarzen König?« Reece schluckte heftig. »Aber es herrscht doch Waffenstillstand.«

»Ihr habt einen Waffenstillstand mit einem Haufen von Versagern geschlossen«, sagte Onha.

Das Knurren hinter ihr wurde immer lauter.

Wie auf ein geheimes Zeichen stürzten die Tiere vor.

Bevor er starb, blieb Reece kaum noch Zeit, den Roca um Vergebung zu bitten.

5

Die Schreie trieben Adrian auf die Lichtung. Es waren die Schreie eines Mannes, leise und schmerzerfüllt. Adrian rannte, so schnell er konnte, und neben ihm lief die Fey-Frau. Beide dachten genau das Gegenteil: Adrian hatte Angst, Gabe habe Coulter womöglich doch noch angegriffen, und die Fey-Frau fürchtete offenbar, Coulter habe Gabe verletzt.

Beide blieben wie angewurzelt stehen, als sie an Coulters Lieblingsplatz ankamen. Die beiden jungen Männer waren von grellem Licht umgeben. Gabe hielt die Hände an den Kopf gepreßt. Er schrie, und endlich konnte Adrian verstehen, was er sagte.

Es war das Fey-Wort für ›nein‹.

Coulters Gesichtsausdruck war voller Panik. Seine Hände bewegten sich schnell, ersetzten und verwoben die Lichtstränge, die beide miteinander verbanden. Die Stränge zerbrachen immer wieder. Jeder neue Strahl, den Coulter sandte, zerriß wie mürbes Papier.

»Hör auf!« schrie die Fey-Frau. Sie wollte zu den beiden stürzen, aber Adrian hielt sie am Arm fest. Sie versuchte, sich loszureißen. »Der Inselbewohner bringt ihn um!«

»Coulter hat ihm schon einmal das Leben gerettet«, sagte Adrian. »Er wird es auch ein zweites Mal tun, wenn es sein muß.«

Sie zog ihren Arm aus Adrians Griff, blieb aber stehen.

Die Jungen waren in den Lichtsträngen wie eingeschlossen. Diejenigen Stränge, die die beiden miteinander verbanden, leuchteten. Sobald einer der Stränge zerriß, flogen Funken aus dem Kreis und landeten auf dem Boden. Die Funken hinterließen winzige Brandmale im Gras.

»Nein!« schrie Gabe in Fey.

Coulter sagte kein Wort. Er war näher an Gabe herangerückt und fügte währenddessen die Stränge wieder zusammen oder schuf neue, die bald darauf zerbarsten. Adrians Herz klopfte heftig. Er hatte die beiden schon einmal in diesem Gewebe aus Licht gesehen, am Tag, als er und Coulter das Schattenland verließen. Auch damals hatte Gabe ›nein‹ geschrien, aber Jahre später hatte Coulter ihm erzählt, daß Gabe nicht wollte, daß er wegging.

Hier war etwas anderes geschehen.

»Wir müssen etwas dagegen tun«, sagte Leen.

Adrian packte sie noch fester am Arm. Er hatte gelernt, Coulter trotz seiner sonderbaren Kräfte zu vertrauen. Er wußte, daß Coulter allein damit fertig werden würde.

Das mußte er auch. Adrian konnte nichts tun, und die Frau ebensowenig. So wie sie aussah, gehörte sie zur Infanterie und war noch zu jung, um über Zauberkräfte zu verfügen.

Coulter war jetzt dicht neben Gabe, streckte die Hand aus und ergriff Gabes Schulter. Das Licht um die beiden leuchtete so blendend hell auf, daß Adrian und Leen sich die Augen zuhielten. Gabe hörte auf zu schreien.

Jegliches Geräusch schien zu verstummen.

Adrian nahm die Hand von den Augen, blinzelte und runzelte die Stirn. Vor ihm hatte jemand ein Loch in die Luft geschnitten. Durch dieses Loch konnte er den Cardidas sehen und auf der anderen Seite des Flusses die Stadt Jahn, die leer und verlassen aussah. Der Tabernakel war kaum noch zu erkennen, die weißen Wände waren verrußt. Coulter und Gabe standen auf einem großen Boot. Coulter zeigte auf den Tabernakel, aber Gabe blickte geradeaus auf die Brücke.

Er sah verängstigt aus.

Dann verschwamm das Bild und mit ihm alles Licht. Coulter hielt den schluchzenden Gabe fest in den Armen.

»Hast du das gesehen?« fragte die Fey.

Adrian, der nicht wußte, was er davon halten sollte, nickte unsicher.

»Mir hat der Anblick nicht besonders gefallen«, ertönte eine Stimme hinter ihm. Adrian wandte sich um. Dort stand Fledderer zusammen mit Luke. Fledderer war eine Rotkappe und gehörte somit zu den Niedrigsten aller Fey. Er war klein und stämmig, und das einzige, was ihn als Fey auswies, war die dunkle Haut, das dunkle Haar und seine geschwungenen Gesichtszüge.

Luke blickte dümmlich. »Er hat mich einfach hergeschleppt. Ich weiß, daß es Coulter nicht gefallen wird.«

Adrian zuckte die Achseln. Es scherte ihn im Augenblick wenig, was Coulter gefiel oder nicht. Coulter kümmerte sich immer noch um Gabe, der versuchte, ihn wegzuschieben.

Die Fey verschränkte die Arme. »Du bist ein Verstoßener«, sagte sie.

»Ich«, entgegnete Fledderer, »bin der geborene Verstoßene. Und du bist viel zu lang, um meine Freundin zu sein.«

»Man soll nie nach dem Äußeren urteilen«, warf Luke ein. Seine Beziehung zu Fledderer ähnelte der eines zänkischen, aber dennoch liebevollen älteren Ehepaares. Er sah Fledderer nicht an, sondern musterte interessiert die Fey. Noch nie hatte er an einer der hiesigen Frauen soviel Interesse gezeigt.

Das gefiel wiederum Adrian ganz und gar nicht. »Hast du das Bild auch gesehen?« fragte er Fledderer.

»Das war eine Offene Vision«, sagte Fledderer. »Ziemlich selten. Sie ereignen sich, wenn Schicksale beschlossen sind, wenn alle Beteiligten durch ein Ereignis aneinandergefesselt werden, das so wichtig ist, daß es die Zukunft der Welt verändern kann.«

»Der Welt?« fragte die Fey. Sie wurde immer sarkastischer.

»Der Welt«, bestätigte Fledderer, ohne sie anzusehen. Er beobachtete Coulter und Gabe. Gabe lag weinend in Coulters Armen und zitterte am ganzen Körper.

»Ihr Verstoßenen denkt euch immer die tollsten Geschichten aus«, sagte Leen.

»Ich denke mir das nicht aus«, antwortete Fledderer. »Du bist nur ein Kind, das man falsch erzogen hat. Du hast keine Ahnung von Fey-Magie. Wahrscheinlich wirst du es nicht einmal bemerken, wenn sich deine eigenen Kräfte entwikkeln.«

»Fledderer«, mahnte Adrian. Jetzt war vielleicht nicht der günstigste Zeitpunkt, diese junge Frau zu reizen.

»Und du bist doch bloß eine von diesen verkrüppelten Rotkappen«, erwiderte die Frau jetzt. »Es spielt keine Rolle, wie sauber du bist, denn der Gestank deines erbärmlichen Lebens wird dich überallhin begleiten.«

Adrians Griff um ihren Arm wurde fester. »Er ist mein Freund«, sagte er. »Sprich nicht so mit ihm auf meinem Grund und Boden.«

»Ach, laß sie doch«, antwortete Fledderer. »Ist auch nicht schlimmer als alles, was sie hinter meinem Rücken über mich reden. Deswegen habe ich diese Leute ja verlassen, weil sie uns so schlecht behandelt haben.«

Gabe hatte sich jetzt hingesetzt und fuhr sich mit der Hand über das Gesicht.

»Du hast mir nie erzählt, daß Coulter mit dem Urenkel des Schwarzen Königs verbunden ist«, flüsterte Fledderer Adrian zu. »Kein Wort hast du davon gesagt.«

»Ich dachte, es wäre nicht wichtig.«

»Es ist aber wichtig«, entgegnete Fledderer. »Es ist ein mächtiger Bund. Ein Lebensbund. Einer kann ohne den anderen nicht leben.«

»Coulter hat Gabes Leben gerettet.«

Fledderer schloß die Augen.

Die junge Fey wand sich aus Adrians Griff. »Warum hörst du ihm zu? Rotkappen wissen überhaupt nichts.«

»Leute, die das von anderen behaupten, wissen selbst meist auch nicht viel«, gab Adrian zurück.

»Papa«, sagte Luke. »Sie hat ein Recht auf ihre eigene Meinung.«

»Ihre Meinung beruht nicht auf Tatsachen«, widersprach Adrian. »Fledderer hat die Zauberkünste der Fey studiert, um herauszufinden, warum er selbst keine hat. Wahrscheinlich weiß er mehr darüber als die meisten zaubermächtigen Fey. Ich habe ihm schon oft zugehört, und sein Wissen hat mir das Leben gerettet.«

Gabe fuhr sich mit dem Handrücken über das Gesicht. Seine Haut war fahl, und er zitterte. Coulter sprach so leise auf ihn ein, daß Adrian nicht hören konnte, was er sagte.

»Mir gefällt das alles nicht«, sagte Fledderer. »Ein Lebensbund und eine Offene Vision.«

»So schlimm kann es doch nicht sein«, entgegnete Luke.

Fledderer sah ihn stirnrunzelnd an. »Du weißt ja gar nicht, was schlimm bedeutet«, sagte er. »Die Fey haben sich bis jetzt auf der Blauen Insel sehr zurückgehalten. Du hättest mal sehen sollen, was sie mit den Nye angestellt haben.«

Fledderer erschauerte. Er mußte es wissen. Schließlich hatte er sich damals um die Leichen gekümmert.

»Die Dinge verändern sich«, bemerkte die Frau.

»Wer bist *du* eigentlich?« fragte Fledderer.

»Ich heiße Leen«, sagte sie.

»Wessen Tochter?«

»Die Tochter von Dello und Frill«, antwortete sie.

Fledderer verdrehte die Augen. »Eine Domestikin und ein Spitzel. Und da hoffst du noch auf echte Zauberkräfte?«

Leen öffnete den Mund, aber in diesem Augenblick sagte Coulter: »Adrian, kommst du bitte mal? Allein?«

Adrian legte eine Hand auf Fledderers Schulter und hoffte, das würde ihn für einen Augenblick besänftigen. Dann ging er zu Coulter hinüber. Unter Coulters Augen lagen tiefe Schatten, und seine Lippen waren zusammengepreßt. Er schien innerhalb von Sekunden um Jahre gealtert.

Coulter bedeutete ihm, sich zu setzen, und Adrian ließ sich im taunassen Gras nieder.

»Du kannst ihm vertrauen«, sagte Coulter zu Gabe.

Gabes Augen, die noch vor einem Augenblick klar gewesen waren, waren jetzt trüb und vom Weinen gerötet. Seine Unterlippe zitterte. »Ich ... kann nicht«, antwortete er.

Coulter nickte. »Stört es dich, wenn ich rede?«

Gabe schüttelte den Kopf. Er vermied es, Adrian anzusehen. Die Luft war von Gabes gewaltigen Emotionen erfüllt. Adrian konnte sie fast sehen. Noch niemals hatte er einen solchen Aufruhr der Gefühle erlebt, nicht einmal bei sich selbst.

»Das Schattenland ist vernichtet«, sagte Coulter.

»Was?« rief Adrian entgeistert. Das Schattenland war mit seinem Schöpfer verbunden. Gabe hat es neu errichtet, nachdem es durch Rugars Tod auseinandergebrochen war. Coulter hatte einmal gesagt, daß dieser Prozeß auch umkehrbar sei. Sollte das Schattenland zerstört werden, so würde auch sein Schöpfer die Zerstörung nicht überleben. Adrian warf einen Blick auf Gabe, der abgesehen von seiner grauen Gesichtsfarbe einen gesunden Eindruck machte. »Wie ist das möglich?«

»Die Wände stehen noch«, entgegnete Coulter. »Aber alle Fey darin sind tot.«

»Alle Fey?« Adrian fühlte sich plötzlich wie ausgehöhlt. Er hatte lange Zeit im Schattenland zugebracht, und obwohl er nur wenige Freundschaften geschlossen hatte, kannte er alle Fey, die dort gelebt hatten.

Es war Gabe, der seine Frage beantwortete. »Ohne Ausnahme«, sagte er. »Auch meine Eltern.«

Damit meinte er seine Adoptiveltern, Niche und Wind. Sie hatten ihn von seinem fünften Lebenstag an großgezogen. Kein Wunder, daß er die Fassung verloren hatte. Kein Wunder, daß er völlig mitgenommen war.

Ohne nachzudenken, ergriff Adrian Gabes Hand. Er wußte, wie es war, seine Familie zu verlieren. Während der Invasion waren viele seiner Familienmitglieder gestorben, und bald darauf hatte er Luke für mehrere Jahre verloren.

Gabe sah auf Adrians Hand, zog seine eigene aber nicht weg. »Ich hätte dort sein sollen«, sagte er.

Adrian beachtete seine Worte gar nicht. Wäre Gabe dagewesen, dann wäre er jetzt ebenfalls tot. »Was ist geschehen?« fragte er.

»Der Schwarze König«, antwortete Coulter. »Er hat beschlossen, zuerst die Fey im Schattenland loszuwerden.«

Adrian schüttelte ungläubig den Kopf. Obwohl er die Fey nun schon seit Jahrzehnten kannte, waren sie ihm immer noch ein Rätsel. »Warum? Würden sie nicht ...?«

»Versager«, sagte Gabe mit belegter Stimme. »Er hielt sie alle für Versager. Er hätte ins Schattenland kommen und sie als Vorhut benutzen können – jedenfalls dachten sie, das sei sein Plan. Aber vermutlich wollte er ihre Hilfe nicht. Er hielt sie für zu nutzlos, um sie zu retten. Ich glaube ...«

Bei den letzten Worten brach seine Stimme, und er rieb sich energisch mit der Hand über das Gesicht. »Sie sind tot«, fuhr er fort. »Und ich habe geschworen, sie zu beschützen.«

»Du hättest doch nichts an ihrem Schicksal ändern können«, antwortete Adrian. Erst dann bemerkte er, daß Coulter ihn wütend ansah.

»Gemeinplätze bringen uns jetzt auch nicht weiter«, sagte Coulter.

»Aber es ist doch wahr«, erwiderte Adrian.

»Nein, es ist eben nicht wahr«, widersprach Gabe leise. »Ich bin der Urenkel des Schwarzen Königs. Gegen mich darf er nicht kämpfen. Wäre ich dagewesen, um das Schattenland zu verteidigen, hätte er nicht alle töten können.«

Seine Worte hingen in der Morgenluft. Adrian spürte ihre tiefe Wahrheit, und Kummer erfüllte ihn. Er erinnerte sich an dieses Gefühl. Hätte er an jenem Morgen Luke nicht zu dem Angriff auf das Schattenland mitgenommen, wären sie niemals in Gefangenschaft geraten. Adrian hätte nicht die ganzen Jahre verloren, und die Fey hätten Luke niemals behext.

»Aber er wußte es«, sagte Gabe. »Er wußte genau, daß ich mich außerhalb der Schattenlande befand. Er hat die Mauern des Schattenlandes nicht zerstört, damit ich am Leben bleibe. Er hätte niemals angegriffen ...«

»Schluß jetzt«, unterbrach ihn Adrian bestimmt. »Das führt zu nichts.«

»Außerdem«, fügte Coulter hinzu, »müssen wir ein noch wichtigeres Problem lösen.«

Gabe blickte mit leeren Augen zu ihm auf. »Niche und Wind waren meine Eltern, Coulter. Ein noch wichtigeres Problem gibt es nicht.«

»Für mich schon«, antwortete Coulter. »Der Schwarze König wußte, daß du nicht im Schattenland warst. Weiß er dann auch, wo du jetzt bist?«

»Wie sollte er?«

Adrian wußte, welchen Weg Coulters Gedanken gingen. »Wie konnte er die Insel betreten, ohne den Cardidas zu befahren? Ich glaube, dein Urgroßvater ist viel gerissener als dein Großvater.«

»Das ist mir egal«, antwortete Gabe. »Er hat meine Familie auf dem Gewissen. Und ich habe es nicht einmal Gesehen.«

»Aber du hast deinen eigenen Tod Gesehen?«

»Oder den Sebastians.« Nachdenklich legte Gabe seine freie Hand auf den Mund. »Der alte Fey, den ich gesehen habe ... war das vielleicht mein Großvater?«

Dieser Gedanke ernüchterte Coulter. Er legte Gabe die Hand auf den Rücken. »Wann hattest du diese Vision zum ersten Mal?«

»Vor zwei Wochen.«

»Also zu dem Zeitpunkt, als sich deine Energie veränderte«, sagte Adrian.

Coulter nickte. »Und Visionen werden durch besondere Ereignisse ausgelöst.«

»Es war mein Urgroßvater.«

»Aber er hat dich nicht getötet«, antwortete Coulter.

Adrian rieb sich mit Daumen und Zeigefinger über die Nase. »Irgendwie ist mir das alles unerklärlich. Warum sollte er alles zerstören, was mit dir in Zusammenhang steht?«

»Er könnte die ganze Insel vernichten, solange er mich und meine Blutsverwandten schont«, erwiderte Gabe. Er klang plötzlich müde und resigniert. »Das schließt aber nicht Sebastian ein.«

»Vielleicht doch«, widersprach Coulter. »Er ist ein Teil von dir.«

»Wir müssen Sebastian holen.«

»Das ist im Moment nicht möglich, glaube ich. Der Schwarze König wird dich im Palast suchen. Wir müssen dich verstecken.«

»Aber wir können Sebastian in dieser Gefahr doch nicht allein lassen.«

»Er ist nicht allein«, antwortete Coulter. »Er hat seinen Vater und seine Schwester.«

Gabe schüttelte den Kopf. »Aber was ist, wenn er und ich genauso miteinander Verbunden sind wie wir beide? Was, wenn ich sterbe, weil er stirbt?«

»Er ist kein richtiger Mensch«, sagte Coulter.

»Doch, das ist er«, entgegnete Gabe mit ruhiger Überzeugung.

Über Gabes Kopf hinweg blickte Coulter Adrian an. »Darüber machen wir uns später Gedanken. Als erstes müssen wir ein sicheres Versteck für dich finden.«

»Ich werde mich nicht verstecken«, entgegnete Gabe. »Wovor soll ich mich verstecken? Der Schwarze König kann mich nicht töten. Er wird mich nicht verletzen. Wahrscheinlich ist er sogar meinetwegen auf die Insel gekommen. Es wird nichts ändern, wenn ich mich verstecke. Das Schlimmste ist bereits geschehen.« Seine Augen füllten sich bei den letzten Worten mit Tränen, aber er weinte nicht. »Hilf mir hoch«, sagte er, streckte Coulter die Hand entgegen und hörte sich fast selbst wie ein König an.

Coulter half ihm auf die Beine, und Adrian erhob sich ebenfalls.

»Was machen wir jetzt?« fragte Coulter. Endlich begriff Adrian, warum sich Coulter bei Gabes Erscheinen wie ein in die Falle getriebenes Tier gefühlt hatte. Der Gang der Ereignisse hatte sich so beschleunigt, daß sie kaum noch Schritt zu halten vermochten. Coulter mußte an Gabes Seite bleiben, weil sie Verbunden waren.

»Wir müssen Sebastian finden«, sagte Gabe. »Und wir werden meinen Urgroßvater aufspüren.«

Adrians Mund war wie ausgetrocknet. »Coulter, weißt du eigentlich, welches Risiko du eingehst? Zu Rugars Lebzeiten warst du noch ein Junge, und Rugar war schon schlimm genug. Rugars Vater herrscht seit Generationen über die Fey. Er wird ...«

»Sich noch schlimmer aufführen, ich weiß«, unterbrach ihn Coulter. »Du hast dich unmißverständlich ausgedrückt.« Er sah Gabe unverwandt an. Er beugte sich vor ihn und sagte leise: »Du kannst ihn nicht töten, Gabe, ebensowenig wie er dich töten kann.«

Adrian warf einen Blick auf Gabe. Der entschlossene Ausdruck um den Mund, die zusammengekniffenen Augen. Er wirkte nicht wie jemand, der töten wollte, abgesehen von dem immer noch spürbaren Knistern seiner heftigen Gefühle, von jenem Zorn, den er ebenso unterdrückte wie seine Tränen.

»Ich weiß, daß ich das nicht kann«, erwiderte Gabe. »Aber ich brauche ihn nicht so notwendig wie er mich. Ich muß nicht mein ganzes Leben in seinem Schatten verbringen.«

»Woran denkst du?« fragte Coulter.

»Ich werde ihn nicht töten«, antwortete Gabe. »Aber ich werde mich niemandem in den Weg stellen, der es versucht.« Dann lächelte er, löste sich aus Coulters Händen und ging voran.

»Leen«, sagte er mit einer Stimme, die Adrian erschauern ließ. »Etwas ist geschehen.«

Ihre Familie war tot, und sie wußte es noch nicht. Gabe teilte es ihr in demselben kühlen Ton mit. Adrian beobachtete die Frau, deren Gesichtsausdruck von Verwirrung zu absoluter, unbeherrschter Wut wechselte.

»Mir gefällt das nicht«, sagte er leise zu Coulter.

»Es muß dir auch nicht gefallen«, entgegnete Coulter. »Du mußt es einfach nur überleben.«

Und zum ersten Mal fragte sich Adrian, ob er es wirklich überleben würde.

6

Bestürzt sah Titus mit an, wie die Tiere sich auf Reece stürzten. Einen Augenblick lang war er unter den braunen und schwarzen Fellen begraben. Er stieß einen gellenden Schrei aus, der jäh abriß. Dann wichen die Tiere zurück, als hätten sie ihren Anteil erhalten, und gaben Titus den Blick auf den Ältesten frei.

Ein Wolf hatte seine Fänge in Reeces Kehle geschlagen. Obwohl Reece sich noch zuckend hin- und herwarf, war sein Schrei verstummt. Blut spritzte über die Bodenplatten und rann über die Szenen aus dem Leben des Roca. Aus dem äußeren Kreis der Tiergruppe löste sich eine Katze und begann, das Blut abzulecken.

Titus wollte nach seinem Fläschchen mit Weihwasser greifen. Er hatte schon einmal damit getötet, ein einziges Mal, damals, als die Fey den Fünfzigsten Rocaan verfolgt hatten. Seine Hände zitterten. Aber noch bevor er das Fläschchen gepackt hatte, kippte Hume eine große Menge Weihwasser über die Balkonbrüstung.

Von unten ertönte das Knurren der Tiere, und ein entsetzliches, klatschendes Geräusch war zu vernehmen. Reeces Füße schlugen mehrmals gegen die Fliesen, bevor sie schließlich stillagen. Einige Tiere rissen ihm das Fleisch von den Knochen und zogen sich mit ihrer Beute zurück. Eine der Großkatzen riß Reeces Arm ab und schleppte ihn ein Stück zur Seite. Sie knurrte jedes Tier an, das ihr zu nahe kam. Eins der schrecklich großen Tiere, die Onha als Bären bezeichnet hatte, drängte die anderen mit riesenhaften Pfoten beiseite; es umschlang mit seinen Armen den Körper des Ältesten und zerrte ihn in Richtung Tor davon. Reeces

Kopf baumelte leblos, und an seinem Nacken klaffte eine Wunde.

Das Weihwasser spritzte auf die Fliesen, vermischte sich mit dem Blut und verdünnte es. Die Tiere der Fey hoben nicht einmal den Blick. Nichts geschah. Hume rannte ins Zimmer, um Nachschub aus Titus' Weihwasservorrat zu holen. Soviel also zu den gelehrten Spitzfindigkeiten. Wenn es darauf ankam, kämpfte Hume genauso, wie er es angekündigt hatte.

Von der Straße ertönten Schreie und Knurren. Dort tauchten jetzt immer mehr Fey auf, große, zweibeinige, normale Fey. Ihre Gesichter sahen verschlagen und dunkel aus, und sie hatten die Hände unter die Achseln gesteckt. Sie trugen Waffenröcke und enge Hosen, wie sie Titus noch nie gesehen hatte. Sie marschierten in endlosen Reihen heran.

Ein Bär öffnete ihnen das Tor, und sie betraten den Hof.

Noch mehr Rufe, dann ein langgezogener, peitschender Schrei. Wie eine gewaltige Welle warfen sich alle Tiere gleichzeitig in Richtung Tabernakel.

Hume war wieder auf dem Balkon erschienen. Er hielt den Saum seines Talars wie eine Schürze hoch. Darin lagen Fläschchen. Er packte eines und warf es zu Titus hinüber. Titus fing es im Flug. Die Kanten des diamantförmig geschliffenen Glases drückten sich scharf und kühl in seine Handfläche.

So weit war es also gekommen.

Draußen im Hof befanden sich bereits jetzt mehr Fey als Mitglieder des Tabernakels im Inneren des Gebäudes. Hume hatte die Brüstung erreicht und schüttete den gesamten Inhalt seiner Schürze darüber. Die Fläschchen glitzerten in der Sonne, während sie kreiselnd nach unten fielen und im Fallen bunte Lichtblitze wie Signale zu Titus hinaufsandten.

Dann zerbrachen sie zwischen einem Dutzend Fey auf dem Boden.

Die Fey knurrten und blickten nach oben. Einige wischten

sich das Glas vom Fell. Ein Splitter trennte den Kopf eines winzigen Fey von seinem Körper. Das Geschöpf hielt mitten im Lauf inne, zuckte und brach tot zusammen. Irgendwie waren Reiter und Tier miteinander verbunden.

Nur das Wasser zeigte keinerlei Wirkung.

»Ist das wirklich Weihwasser?« fragte Hume.

Titus nickte. Einiges davon hatte er selbst hergestellt, ein Teil stammte noch von Matthias, und der Rest stammte aus der Zeit des Fünfzigsten Rocaan. Er konnte also nicht einmal in Betracht ziehen, selbst einen Fehler begangen zu haben.

Die zweibeinigen Fey drängten sich zwischen den Tieren hindurch und versuchten, die Türen im Erdgeschoß gewaltsam zu öffnen. Die Auds hatten die Türen bereits verbarrikadiert. Das dröhnende Hämmern der Fey hallte in der morgendlichen Stille.

Hume packte Titus am Arm. »Wir müssen Euch in die Katakomben bringen«, sagte er.

Das Weihwasser wirkte nicht mehr! Die Warnungen waren berechtigt gewesen, und er hatte nicht auf sie gehört! In seiner Arroganz hatte er an allem Nicholas die Schuld gegeben.

»Kommt schon!« drängte Hume und zerrte ihn mit sich.

Wenn das Weihwasser nicht mehr wirkte, schwebten sie alle in Lebensgefahr.

»Ich schaffe es schon«, sagte Titus. »Der gesamte Tabernakel soll sich in die Katakomben zurückziehen. Bevor die Fey im Gebäude sind.«

Hume nickte kurz und war schon verschwunden. Titus umklammerte das Fläschchen, drehte es in der Hand und starrte es fassungslos an. Sie waren den Fey schutzlos ausgeliefert.

Er warf erneut einen Blick in den Hof. Die Tiere kamen immer näher, kreisten den Tabernakel immer enger ein, und zwischen ihnen bewegten sich die normalen Fey. Das Schreien und Knurren war ohrenbetäubend.

Titus stellte das Fläschchen auf dem Rand der Brüstung ab und jagte zur Tür. Als er sie aufriß, rannten Auds den Korridor entlang. »Geht in die Katakomben!« brüllte er. »Schnell! Warnt alle!«

Die Schreie wurden immer zahlreicher. Kreischen, Schreie, Warnungen, daß die Fey die Tür jeden Augenblick aufbrechen würden. Titus konnte die Angst, die den Tabernakel erfüllte, fast körperlich spüren.

Gott aber blieb stumm.

Seine Sandalen hallten auf den Stufen. Ein Danite rannte Titus beinahe um, während er ihn überholte, ohne sich beim Heiligen Herrn dafür zu entschuldigen. Alle wußten, was passieren würde. Die Lage war hoffnungslos. Die einzige Rettung waren die einige Stockwerke tiefer gelegenen Katakomben.

Im dritten Stock stand Porciluna schwer atmend auf dem Treppenabsatz, eine Hand auf die Brust gepreßt. Einige Daniten und Geistliche rannten an ihm vorbei.

Titus blieb stehen.

»Kommt, mein Freund«, sagte Titus. »Wir müssen nach unten gehen.«

Porcilunas Gesicht war dunkelrot. Von seinem Kinn perlten dicke Schweißtropfen. »Ich ... kann ... nicht ...«, keuchte er und schnappte zwischen jedem Wort nach Luft. »Geht ...«

»Nein.« Titus legte einen Arm um Porciluna und zog ihn von der Wand fort. Porcilunas Talar war völlig durchgeschwitzt. »Ich gehe nicht ohne Euch.«

»Sie ... töten ... Euch ... Ihr ... dürft ... nicht ... sterben ...«

»Sie werden mich nicht töten«, erwiderte Titus. »Kommt jetzt.«

»Ich ... kann ... nicht ...«

Titus hörte gar nicht zu. Er half Porciluna zu den Stufen. »Ihr kommt mit. Wir gehen zusammen.«

»Nein ...«, sagte Porciluna, stieg aber trotzdem schneller die

Stufen hinab. Sein Gesicht lief immer roter an, und der Schweiß rann an ihm herab wie Wasser. »Da ... ist ... eine ... Strick...leiter ...«

Titus hatte Verständnis für Porcilunas Angst. »Wir helfen Euch hinunter«, sagte er.

Sie hatten den nächsten Treppenabsatz erreicht, und Porciluna ergriff den Arm eines Aud. »Hilf ... mir ... Junge, damit ... der ... Rocaan ... gehen ... kann.«

Der Aud blickte Titus an. Er mochte höchstens elf Jahre alt sein.

»Ich schaffe das schon«, sagte Titus.

»Ihr ... kennt ... die ... Geheimnisse«, widersprach Porciluna.

»Ich habe ihn, Heiliger Herr«, sagte der Junge, legte sich Porcilunas Arm um die Schulter und stützte den älteren Mann.

»Danke«, erwiderte Titus.

Das Hämmern an der Tür wurde immer lauter. Es konnte nicht mehr lange dauern, bis die Fey die Tür überwunden hatten. Glücklicherweise war es ihnen entgangen, daß es einfacher gewesen wäre, durch die Fenster hereinzukommen, vor denen nur die Wandteppiche hingen. Titus hastete die Stufen hinunter. Sein Arm war von Porcilunas Schweiß durchtränkt. Der Angstgeruch des älteren Mannes stieg ihm in die Nase und ließ sein Herz schneller klopfen.

Als er im ersten Stock ankam, hatten die Fey die Eingangstüren eingedrückt. Die Tiere kamen hereingestürmt, und die winzigen Fey auf ihren Rücken stießen ein lautes Triumphgeheul aus. Katzen, Bären, Wölfe, alles stob kreuz und quer durch den Flur des Tabernakels. Eine große Katze mit gewaltiger Mähne stieß einen der Kandelaber um, und die brennenden Kerzen rollten über den Boden.

Daniten schrien, Auds jagten den Korridor entlang, verfolgt von Katzen aller Größen. Neben dem Bildnis des Achten Rocaan hatten einige Hunde einen Geistlichen in die Enge getrieben und knurrten ihn an, während ihnen der Speichel aus den Mäulern tropfte. Es herrschte ein entsetzlicher Gestank.

Am schrecklichsten waren die großen Bären anzusehen. Einer von ihnen hatte einen Aud bei der Kehle gepackt und schmetterte ihn wie eine Puppe gegen die Wand. Die meisten Fey waren noch draußen und fingen alle Rocaanisten ab, die versuchten, aus dem Gebäude zu flüchten. Titus konnte es von seiner Position aus genau sehen. Die Fey packten die Auds, Daniten und Botschafter, und während ein Fey sie festhielt, zogen andere ihrem Opfer die Haut ab. Mit einer einzigen Berührung.

Titus Magen krampfte sich zusammen. Die Daniten verspritzten Weihwasser wie Regen, aber es half ihnen nichts. Ein Aud hatte das Schwert von der Wand der Dienstbotenkapelle gerissen und schlug damit um sich. Von ihm hielten sich die Tiere fern.

Niemand hatte Titus auf den Stufen bemerkt. Andere waren an ihm vorbeigerannt und machten wieder kehrt, als sie das Durcheinander im Erdgeschoß sahen. Porciluna und der hilfsbereite Aud hatten Titus mittlerweile erreicht.

»So werden wir hier nicht herauskommen, nicht wahr?« fragte Porciluna. Sein Atem ging wieder gleichmäßig, obwohl sein Gesicht noch immer purpurrot gefleckt war. Sein Talar war inzwischen völlig durchnäßt.

Titus schüttelte den Kopf. »Selbst wenn wir es versuchen, würden wir sie doch nur direkt zu den Katakomben führen. Alle, die es bis dorthin geschafft haben, haben jetzt noch eine Chance zur Flucht. Wir sollten sie ihnen nicht nehmen.«

»Und was ist mit Euch, Heiliger Herr?« fragte der junge Aud.

Ja, was war mit ihm? Er war die Schlüsselfigur zu diesem

Unglück. Die meisten Fey wünschten nichts sehnlicher als seinen Tod.

»Hol ihm das Gewand eines Aud«, sagte Porciluna. »Schnell.«

»Ich hole es mir selbst«, erwiderte Titus. Noch hatten die Fey die Treppe nicht erreicht, aber dann würden Porciluna und der junge Aud sich allein helfen müssen.

Die Idee war gut. Vielleicht gelang es Titus, auf diese Weise zu entkommen.

Er kämpfte sich wieder die Stufen hinauf und riet den anderen, es ihm gleichzutun. Vielleicht konnten sie sich verstecken oder durch die Fenster fliehen. Die Fey würden gewiß nicht die ganze Zeit Wachen vor den Türen postieren. Vielleicht würden sie alle hereinkommen.

Die meisten drehten sich um und folgten ihm zurück in die oberen Stockwerke. Titus gelang es, die Tür zu einem der Schränke der Daniten im zweiten Stock aufzureißen. Ein halbes Dutzend beschmutzter Gewänder fiel auf den Boden. Es gehörte zu den Aufgaben der Auds, die Gewänder zu säubern.

Weitere Schreie ertönten von unten. Titus griff hastig nach einem Gewand und zog es über seinen Talar. Es war weit und schrecklich warm, aber es würde irgendwie gehen.

Er hatte keine andere Wahl.

Er eilte ans Fenster. Der Anblick, der sich ihm bot, war nicht besonders ermutigend. Ein Dutzend Auds wurde gerade bei lebendigem Leibe gehäutet; ihre Köpfe waren unverletzt, und sie schrien gellend bei jedem Streifen Haut, der abgelöst wurde. Die Fliesen waren blutbesudelt. Einige der kleineren Tiere hatten sich zu der Katze gesellt und leckten die roten Ströme auf, die über den Boden rannen.

Titus konnte diese Menschen nicht mehr retten. Er konnte überhaupt nichts tun. Er rannte über den Flur in ein anderes Zimmer und blickte von dort aus zum Fenster hinaus. Unter ihm spielten sich die gleichen Szenen ab wie auf der anderen Seite.

Die Fey hatten den Tabernakel umzingelt.

An Flucht war nicht zu denken.

Es sei denn, sie würden weiterziehen, wenn sie hier alle getötet hatten. Titus ging zur Treppe zurück und blieb stehen. Der Gestank war jetzt noch durchdringender und mischte sich mit dem Geruch nach Rauch, brennendem Pelz und verbranntem Fleisch. Die Hitze, die Titus spürte, hatte nichts mit seinem Gewand zu tun.

Der ganze Tabernakel stand in Flammen.

7

Die Tunnel waren dunkel. Feucht. Voller Ungeziefer. Con arbeitete sich in geduckter Haltung voran. Er vermutete, daß er nicht weit vom Fluß entfernt war, denn von den Wänden tropfte Wasser. Er sah, wie der Tunnel in einiger Entfernung so eng und niedrig wurde, daß er würde kriechen müssen.

Es war nur gut, daß der Rocaan einen Jungen von Cons Größe und Gewicht ausgewählt hatte. Jeder größere wäre hier hoffnungslos steckengeblieben.

Con hatte in kluger Voraussicht mehrere Fackeln an seinem Gürtel befestigt. Eine davon hatte er bereits verbraucht und die zweite angezündet, aber es wurde immer schwieriger, die Fackeln festzuhalten. Der Gang, in dem er sich befand, verengte sich zusehends, und ein unerklärlicher Luftzug blies ihm den Rauch direkt ins Gesicht.

Er wollte die Fackeln zwar nicht löschen, aber irgendwie mußte er schließlich atmen.

Er wartete, bis er die Stelle erreicht hatte, an der er anfangen mußte zu kriechen. Der Pfad führte hier leicht aufwärts, und er hatte das Gefühl, sich in einem Gebäude zu befinden. Auf der Karte sah es so aus, als sei der Tunnel in die Fundamente der alten Lagerhäuser eingelassen, jenen Lagerhäusern, von denen ihm sein Vater erzählt hatte. Die Fundamente waren erhalten geblieben, als die Lagerhallen schon längst nicht mehr standen, von einigen Steinresten in Ufernähe abgesehen.

Con vermutete, daß der Tunnel mitten durch das Fundament führte und dann immer weiter aufwärts bis zur Brücke. Die Brücke war ein breites steinernes Bauwerk mit vielen Bögen. Con war schon immer der Ansicht gewesen, daß hier mehr Steine als nötig verbaut worden waren, auch wenn man das Gewicht der Straße berücksichtigte.

Nun wußte er, warum.

Inzwischen hatte Con die Verengung des Tunnels erreicht und streckte seine Fackel hinein. Es war eng und schmal hier, die Steine unter seinen Knien fühlten sich feucht an. Er konnte beim Kriechen die Fackel nicht ausstrecken. Der Rauch würde hier noch schlimmer sein. Außerdem brauchte er beide Hände.

Er zog die Karte aus seinem Gewand und warf einen Blick darauf. Der Verlauf des Tunnels unter der Brücke war genau eingezeichnet, und es gab keine Abzweigung. Wenn er irgendwo ohne Licht weiterkommen konnte, dann hier.

Er rollte die Karte zusammen und verstaute sie wieder im Gewand. Er trug einiges an zusätzlichem Gewicht. Seine Taschen waren mit Brot gefüllt, und um seinen Hals hing ein Beutel mit Wasser. Con haßte enge Räume, hatte sie schon immer gehaßt, schon als Kind (was ja, wenn er ehrlich war, noch nicht so lange her war). Aber er hatte seine Weisung erhalten.

Irgendwie würde er sie erfüllen.

Auf der Suche nach seinem Feuerstein klopfte er die Taschen seines Gewandes ab, bevor er den Roca um Barmherzigkeit bat und die Fackel löschte.

Es herrschte totale, undurchdringliche Finsternis. Er war noch niemals an einem so dunklen Ort gewesen. Er konnte noch nicht einmal seine Hand vor den Augen sehen. Von jetzt an mußte ser sich ausschließlich auf seinen Tastsinn verlassen.

Keine angenehme Vorstellung.

Aber der Rocaan zählte auf ihn.

Rocaan, Roca und Gott. Con hatte eine Weisung erhalten. Und er würde sie in Ehren zu Ende führen.

Als sich der Rauch verzog, verbreitete sich leichter Schimmelgeruch. Modrig und unangenehm feucht. Con roch den ranzigen, fauligen Flußschlamm ganz in seiner Nähe. Der Steinboden war mit Moos bedeckt. Einige der Steine waren zu Schotter zerbröselt, der sich tief in Cons Handflächen und Knie bohrte. Er stöhnte, hielt aber nicht an.

Je schneller er hier herauskam, desto eher würde er vor dem König stehen. Und je eher er vor dem König stand, desto schneller hatte dieser Alptraum ein Ende.

Der Tunnel war inzwischen noch enger geworden. Con bemerkte es erst, als ihm klar wurde, daß er mit dem Rücken die Decke streifte. Er schnappte nach seinem Wasserbeutel und drehte ihn so, daß er vorn an seinem Hals herabhing. Sein Gewand war feucht und schwer, als sei er tatsächlich durch Wasser gekrochen, und schleifte unter seinen Knien über den Boden. Das Moos unter seinen nackten Zehen fühlte sich kalt und schleimig an. Als etwas Weiches über seine linke Wange strich, überlief ihn eine Gänsehaut, als sei er von lauter Ungeziefer umgeben. Aber er konnte sich nicht bewegen, um es zu verscheuchen, und er wußte, daß ihm seine Einbildung nur einen Streich spielte. Es gab zwar Ungeziefer, aber nur weil er ein einziges Tier gespürt hatte, mußte er sich nicht einbilden, als sei er über und über davon bedeckt.

Erstaunlich, was man sich alles einbilden konnte.

Durch die Ritzen im Stein hörte er unter sich den gurgelnden Fluß. Auf der Brücke war das Geräusch sehr laut. Hier im Tunnel hörte es sich an wie ein leises Murmeln. Während er weiterkroch, hielt er die Hände so weit wie möglich vor sich gestreckt. In seiner lebhaften Phantasie sah er Löcher im Tunnel, durch die er in den Fluß stürzen konnte.

Die einzigen Ausbuchtungen, die ihm auffielen, waren jedoch winzig und im Lauf der Zeit entstanden. Er vermutete, daß er nicht einmal den Stein fühlte, sondern den Mörtel, der sie zusammenhielt. Falls man damals überhaupt Mörtel benutzt hatte. Er hatte nicht darauf geachtet, als er in den Tunnel gekrochen war.

Die Finsternis war immer noch undurchdringlich. Seine Augen hatten sich nicht daran gewöhnt. Irgendwo hatte er gehört, daß der Cardidas an seiner schmalsten Stelle ungefähr eine Meile breit war und man dort die Brücke errichtet hatte. Con wußte nicht, wie weit er schon gekrochen war, oder wie lange es dauerte, bis man eine Meile kriechend zurückgelegt hatte. Es ängstigte ihn auch, daß der Tunnel vielleicht noch schmaler werden würde. Dann hätte er keine Möglichkeit, auf die andere Seite durchzukommen. Er würde feststecken, ganz allein, hier, wo seit Generationen keine Menschenseele mehr gewesen war. Nur der Rocaan und einige der Ältesten wußten, wo er war. Würden sie die Weisung für fehlgeschlagen halten, wenn er nicht zurückkehrte? Oder würden sie jemand hinter ihm herschicken?

Er kroch jetzt noch schneller und scheuerte sich die Handflächen an der morastigen, kiesigen Oberfläche auf. Irgendwo weiter vorn tropfte Wasser auf den Boden. Das Geräusch übertönte das schwache Gurgeln des Flusses. Er begriff nicht, wie hier Wasser eindringen konnte, falls es sich nicht irgendwo staute.

Er vermied es, darüber nachzudenken, was sich unter seinen Händen befand, was alles im Moos wachsen mochte.

Am allerwenigsten aber wollte er an all die Fey-Tiere denken, die vor dem Tabernakel gehockt hatten und auf etwas warteten, während sie dessen Bewohner unablässig beobachteten. Sie hatten derart bedrohlich gewirkt, daß sogar der Rocaan nervös geworden war. Con hatte noch nie so viele Fey auf einmal gesehen. Er hatte gar nicht gewußt, daß es überhaupt so viele davon gab, obwohl das eigentlich nur logisch war. Er hatte gehört, daß die Fey bereits die Hälfte der Welt erobert hatten. Das war für ihn nichts weiter als Gerede gewesen, völlig unvorstellbar und abstrakt. Aber wenn er jetzt darüber nachdachte, brauchte man dafür schon sehr viele Menschen.

Und jetzt waren sie vielleicht alle auf der Blauen Insel.

Er wußte nicht, was mit ihm geschehen würde, wenn er den Palast erreicht hatte. Er wußte nicht, was er tun würde, nachdem er den König informiert hatte.

Con hatte kein Weihwasser mitgenommen, obwohl der Rocaan es ihm geraten hatte. Dafür war kein Platz mehr gewesen. Er hatte schon genug an den Fackeln, der Karte und dem bißchen Brot zu schleppen. Trotz seines Durstes hatte er bis jetzt noch kein Wasser getrunken. Das hob er sich für den Notfall auf.

Vielleicht würde er hier unten doch einen Schluck trinken.

Es war drückend heiß. Der unerklärliche Luftzug von vorhin war verschwunden. Nur seitlich war ein wenig Platz. Cons Rücken schrammte an der Decke entlang, seine Hände und Knie rutschten über den Boden. Der salzige, schlammige, schale Geruch wurde immer intensiver.

Irgend etwas landete in seinem Haar. Er senkte den Kopf und bürstete sich mit der Hand durch die Haare, hörte etwas fallen und kroch weiter. Er zitterte am ganzen Körper.

Vielleicht ging es ihm besser, wenn er sich einen Moment lang hinlegte, die Fackel entzündete und überprüfte, wo er war. Vielleicht würde das helfen.

Aber er wußte, daß das nicht stimmte. Die Fackel würde nur seine Atemluft verpesten und ihm den Mut nehmen. Er glaubte nicht, daß jetzt schon der Anfang oder das Ende des Tunnels zu sehen war.

Diese Brücke war die längste der Blauen Insel, und er steckte mittendrin.

Er hörte ein leises Rumpeln, fast wie ein Knurren. Dann begann der Boden unter ihm plötzlich zu beben. Er hielt an. Sein Atem ging schnell. Die Erschütterungen wurden immer heftiger. Kleine Steinchen lösten sich aus der Decke und fielen auf ihn herab.

Das Rumpeln nahm zu, und in dem Getöse vernahm er plötzlich einzelne Geräusche. Irgend jemand marschierte über ihm.

Viele Menschen.

Sehr viele Menschen, alle im Gleichschritt. Inselbewohner würden die Brücke niemals auf diese Weise überqueren.

Er befand sich direkt unter der Armee der Fey.

Sie marschierten vom Tabernakel auf die andere Seite von Jahn.

Zum Palast.

Er mußte vor ihnen dort sein.

Er kroch schneller, versuchte mit ihrem Marschtempo Schritt zu halten und schlitterte dabei fast über den nassen Boden. Während er vorankroch, betete er leise und hoffte, daß der Heiligste seine Botschaft vor Gottes Ohr brachte.

»Laß mich zuerst ankommen«, flüsterte er. »Bitte. Laß mich zuerst ankommen.«

8

Titus versuchte die Stufen hinabzusteigen, aber der Rauch war tiefschwarz und beißend. Das Feuer breitete sich schnell aus. Er wich zurück, drehte sich um und hielt zwei Auds an den Armen fest.

»Ihr könnt nicht nach unten!« sagte er.

»Aber die Katakomben ...«

Titus schüttelte den Kopf. Er wollte jetzt nicht an die Katakomben denken. Er schob die Jungen vor sich her die Stufen hinauf. Fey waren jetzt auf dem Korridor zu sehen, normale Fey mit blut- und rußverschmierten Gesichtern. Das Feuer schien sie nicht weiter zu stören. Sie packten einige der flüchtenden Daniten und Auds und drückten sie an die Wand.

Titus nahm die beiden Jungen und zog sie in den nächsten Raum. Dann verriegelte er die Tür. Sie befanden sich in der Zelle eines Daniten. Ein schmales Bett am Fenster und ein kleiner Tisch mit zwei Stühlen waren die einzigen Möbel. Titus ging an den beiden Jungen vorbei zum Fenster und zog den Wandteppich zurück.

Anscheinend erstreckte sich der Angriff auf den gesamten Südteil der Stadt. Aus allen Gebäuden sah man Fey herauskommen oder hineingehen. Die Tiere waren immer noch im Hof, einige taten sich an den herumliegenden Leichen gütlich. Eine große Katze hatte ihre Pfoten in einen Geistlichen geschlagen und kaute an den Eingeweiden, die aus seinem Leib quollen.

Aus den unteren Fenstern drangen dichte Rauchwolken. Die umgefallenen Kerzen hatten offenbar Teppiche und Holzverkleidungen des Tabernakels in Brand gesetzt. In wenigen

Augenblicken würde das gesamte Gebäude in Flammen stehen.

Jemand schlug gegen die Tür. Der jüngste Aud ging entsetzt in Deckung. Der andere blickte Titus an und erkannte ihn.

»Heiliger Herr«, keuchte er.

Titus fühlte sich lächerlich in seiner armseligen Verkleidung. Dennoch hob er eine Hand an die Lippen und gebot dem Jungen zu schweigen.

»Was machen wir jetzt?« fragte der Junge.

Sie hatten keine Wahl. In diesem Raum zu bleiben, bedeutete den sicheren Tod. Die Tiere im Hof waren alle abgelenkt. Vielleicht hatten sie den Befehl, sich nicht zu rühren. Titus wußte es nicht und wollte auch keine Vermutungen darüber anstellen.

Er wußte nur, daß sie irgendwie aus diesem Zimmer verschwinden mußten.

Er blickte erneut aus dem Fenster. Es lag zu hoch, um hinauszuspringen. »Bindet die Bettücher zusammen«, befahl er.

Die Jungen sahen ihn an, als sei er nicht bei Trost. Vielleicht war das auch so. Aber er konnte nichts mehr für den Tabernakel tun. Porciluna hatte recht gehabt. Titus mußte sich selbst retten. Er allein kannte die Geheimnisse.

Hastig rissen die Auds die Laken von den Betten. Titus beugte sich vor, um sich zu vergewissern, ob das Bett in die Wand eingebaut war.

Zum Glück war es so.

Er ergriff ein Laken und band das Ende um den hölzernen Bettrahmen. Es gab nur zwei Bettücher. Die Jungen hatten sie aneinandergeknotet. Der improvisierte Strick würde nicht ganz bis zum Boden reichen, war aber lang genug.

Wieder schlug jemand gegen die Tür. Im nächsten Augenblick würden sie hereinkommen, wer es auch sein mochte. Titus blickte die Jungen an. Sie sahen völlig verängstigt aus. Er wußte nicht, ob es besser war, die beiden zuerst hinunterzuschicken oder selbst den Anfang zu machen.

Er wußte nicht einmal, ob die Bettücher halten würden. Sie konnten auch Feuer in den Flammen fangen, die jetzt aus den unteren Fenstern schlugen.

Wieder hämmerte jemand gegen die Tür. Splitter prasselten auf den Boden.

Titus hatte sich entschieden. Er ergriff das andere Ende des Bettuches und warf es aus dem Fenster.

»Klettert hinunter«, sagte er. »Versteckt euch, so gut ihr könnt. Lenkt die Aufmerksamkeit nicht auf euch.«

»K...klettern, Heiliger Herr?« fragte der jüngere Aud.

Die Tür splitterte immer weiter. »Jetzt!« sagte Titus.

Die Jungen taumelten zu dem Bettuch. Der Aud, der sich nicht versteckt hatte und älter aussah, kletterte zuerst hinunter. Der zweite hatte sich gerade aus dem Fensterrahmen geschwungen, als die Tür zerbrach.

»Heiliger Herr«, rief er.

»Geh!« brüllte Titus.

Eine weibliche Fey stürzte herein. Sie hatte ein langes, schmales Gesicht, und ihre Augen leuchteten. Sie hielt die Hände ausgestreckt. An ihren Fingerkuppen sah Titus ein zusätzliches Paar Nägel.

Hinter seinem Rücken löste Titus das Laken vom Bettrahmen. Es glitt aus dem Fenster. Titus betete, daß er die Jungen nicht verletzt hatte, aber ihm blieb keine andere Wahl, wenn er die Fey nicht auf die Spur der beiden hetzen wollte.

Es war die einzige Chance der Jungen.

Aber es raubte ihm selbst die letzte Möglichkeit zur Flucht. Er blickte aus dem Fenster. Das Tuch lag ausgebreitet auf dem

Boden, die Jungen waren verschwunden. Die Tiere fraßen ungestört weiter, und Titus konnte keinerlei Anzeichen einer Verfolgungsjagd entdecken.

Dann tippte ihm jemand auf die Schulter. Er wandte sich um. Die Frau lächelte ihn an. An ihrem Nasenflügel trocknete ein Blutstropfen. Einige andere Fey, Männer und Frauen, waren ebenfalls ins Zimmer gekommen.

»Weißt du, was ich alles kann?« fragte sie in Inselsprache, während sie mit dem Finger über sein Gewand strich. »Ich kann dir die Haut abziehen, Stück für Stück.«

Ein dünner Stoffstreifen hatte sich gelöst und kräuselte sich auf dem Boden zu Titus' Füßen. Mit leuchtenden Augen beobachteten die anderen Fey, was vor sich ging.

Sie würden ihn festhalten und töten. Er konnte sie nicht daran hindern.

Titus blickte auf und sah die Frau mit angstverzerrtem Gesicht an. Sollte sie doch glauben, daß er sich ergab. Wenn sie sich in Sicherheit wähnte, würde ihre Aufmerksamkeit vielleicht für einen Augenblick nachlassen.

Sie lachte und bedeutete den anderen Fey mit einem Blick, näher zu kommen.

Diesen kurzen Moment nutzte Titus, um sich rückwärts aus dem offenen Fenster zu katapultieren.

Seine einzige Chance.

Titus' Füße schlugen gegen den Fensterrahmen und schleuderten ihn gegen die Außenwand des Gebäudes. Er bekam keine Luft. Mit dem Kopf voran fiel er steil nach unten, und als er an den Fenstern im unteren Geschoß vorbeistürzte, hatte er keine Zeit mehr, sich zu drehen.

Dort unten lagen die Tücher, aber sie würden seinen Sturz nicht mildern.

Nichts würde seinen Sturz aufhalten. Er legte die Hand auf den Kopf, aber das würde auch nichts helfen.

In der letzten Sekunde seines Lebens schoß ihm plötzlich ein so furchtbarer Gedanke durch den Kopf, daß er nicht einmal schreien konnte.

Er hatte die Geheimnisse nicht weitergegeben.

Er würde sterben. Und der Rocaanismus starb mit ihm.

DIE SUCHE

9

Rugad trat durch den offenen Torkreis. Schon auf der Lichtung war der Geruch nach Rauch beißend gewesen, aber hier wurde er noch aufdringlicher. Die durchlässigen Wände des Schattenlandes nahmen ihn auf, aber es würde noch einige Zeit dauern, bis der durchdringende Gestank wieder abgezogen war.

Die meisten seiner Soldaten waren auf der Insel. Nur einige Infanteristen, Rotkappen und Fußsoldaten waren im Schattenland zurückgeblieben. Alle anderen waren den Blumenfluß hinaufgezogen, um die Dörfer, die direkt am Fluß lagen, unter ihre Kontrolle zu bringen. Rugad verließ sich bei dieser Aufgabe hauptsächlich auf die Traumreiter. Nach einer Nacht voller Alpträume würden die Inselbewohner am Fluß aufwachen und sich einer Armee gegenübersehen. Sollten sie den Versuch machen zu kämpfen, würden sie alle sterben.

Weißhaar hatte vorhergesagt, daß sie die Hälfte aller Dörfer verlieren würden. Aber Rugad rechnete höchstens mit einem Achtel. Die Inselbewohner waren keine Krieger. Verhielten sie sich ähnlich wie ihre Verwandten im Süden, würden einige wenige unter ihnen zunächst Widerstand leisten, aber schon bald aufgeben, sobald sie bemerkten, daß ihr kostbares Weihwasser nicht mehr wirkte.

Dann hatte Rugad sein Land und die Leute, die sich darum kümmerten.

Aber zuerst mußte er sich um das Schattenland kümmern.

Rugad hatte erst einmal ein verwüstetes Schattenland gesehen. Als er ein kleiner Junge war, hatte einer der Anführer, ein naher Verwandter der Schwarzen Familie, ein Schattenland inmitten eines Histle-Schlachtfeldes errichtet. Die Histles waren tapfere Kämpfer. Trotz ihrer geringen Anzahl – oder vielleicht auch gerade, weil es sich um ein so kleines Volk handelte – konnten es die Krieger der Histle mit der Fey-Infanterie aufnehmen. Statt des erwarteten mühelosen Gefechts war es zu wochenlangen zähen Kämpfen gekommen. Ein Befehlshaber der Histles hatte außerdem eines Nachts beobachtet, wie ein Fey im Schattenland verschwand. Er wartete, bis die Fey am nächsten Morgen ihre Zuflucht verließen, und zerstörte dann alle Zelte im Schattenland.

Aber hiermit verglichen war die Zerstörung unbedeutend gewesen.

Aus den Ruinen der Gebäude stieg noch Rauch auf. Die größte Hütte, von der nichts mehr übrig war als ein gewaltiger Aschehaufen in der Nähe der Tür, hatte offensichtlich die volle Wucht der Zerstörung zu spüren bekommen. In seinem ganzen Leben hatte Rugad noch nie ein so riesiges Schattenland gesehen. Aber schließlich wurden sie sonst immer nur als zeitweilige Unterkunft während einer Schlacht und nicht als festes Lager der Fey-Truppen errichtet.

Bis zum Versagen seines Sohnes. Seit es Rugar nicht gelungen war, die Insel einzunehmen.

Und sogar in diesem Fall, nachdem Jewel geheiratet und königliche Fey-Kinder in die Welt gesetzt hatte, hätten die Fey die Schattenlande verlassen und auf der Insel leben sollen. Es war die Angst vor dem Gift, die sie in Rugads Augen zu Versagern gemacht hatte, nicht ihr fehlgeschlagener Feldzug. In gewisser Weise war die Invasion ja durchaus erfolgreich gewesen. Das Blut des Schwarzen Königs hatte sich mit königlichem Inselblut vermischt, und die Inselbewohner hatten immer noch keine Ahnung, wie sie ohne das Gift mit den Fey fertig werden sollten.

Aber Rugad konnte in seinen Truppen keine Fey gebrauchen, die seit zwanzig Jahren in Angst gelebt hatten. Er konnte sich ihrer niemals sicher sein, wußte nicht, ob sie fliehen würden.

Außerdem hatten die Fey nur dann in Frieden zu leben, wenn ihr Herrscher es ihnen befahl. Rugad hatte den Fey auf Galinas befohlen, in Frieden zu leben. Es galt, Kinder zu zeugen und eine neue Generation von Infanteristen und Zauberkundigen heranzuziehen, während die Älteren langsam abtraten. Fey mußten auch lernen, in Frieden zu leben.

Und auf Galinas war ihnen das gelungen.

Hier auf der Blauen Insel hätten die Fey jedoch kämpfen müssen, kämpfen bis zum letzten Atemzug. Wenn sie nicht genug Leute hatten, um den Krieg zu gewinnen, hätten sie sich auf Guerilla-Taktiken verlegen sollen. Sie hätten die Inselbewohner in Angst und Schrecken versetzen und so zur Kapitulation zwingen können.

Statt dessen hatten die Fey einfach aufgegeben.

Zum Teil gab Rugad seinem Sohn daran die Schuld. Rugar war ein großer Krieger gewesen, dessen Visionen immer eingetroffen waren. Aber die Auslegung der Visionen hatte ihm offenbar Schwierigkeiten bereitet. In seiner letzten Vision hatte er Jewel auf dieser Insel gesehen. Als er Rugad davon erzählte, hatte dieser ihn gewarnt, daß die Fey den Krieg nicht gewinnen würden, bevor der Schwarze König auf die Insel käme.

Rugar, sein Sohn, hatte ihm nicht glauben wollen.

Das Versagen hatte in jenem Moment begonnen, als Rugar den Entschluß faßte, gegen den Willen seines Vaters zu handeln.

Rugad blinzelte. Seine Augen tränten vom Qualm. Er ging einige Schritte weiter ins Schattenland hinein, weg von den rauchenden Ruinen. Am anderen Ende des Schattenlandes stapelten Rotkappen die Leichen übereinander. Den meisten Versagern war die Haut abgezogen worden, denn die Fußsoldaten hatten sich bereits mit ihnen beschäftigt, aber Rugads Domestiken konnten die Knochen verwenden, und einige der Tierreiter würden vielleicht die Innereien zu schätzen wissen. Ihre Wirtstiere hielten sie für eine ganz besondere Delikatesse.

Die Rotkappen hatten sich schon an die Arbeit gemacht. Ein Dutzend wimmelte geschäftig um die Leichenhaufen herum. Neben sich hatten sie ihre Beutel abgestellt. Die kleinen, stämmigen Rotkappen wurden von den meisten Fey verachtet, aber Rugad fühlte sich zu ihnen hingezogen. Er hatte Fey-Armeen erlebt, die ohne Rotkappen kämpften, hatte gesehen, wie die Leichen in der Sonne verwesten und alles Blut und Fleisch verdarb. Seither hatte er immer dafür gesorgt, daß sich in seinem Gefolge ausreichend viele Rotkappen befanden, wenn er in die Schlacht zog.

Rugad verschränkte die Hände hinter dem Rücken und schritt weiter. Er hatte die Wände intakt gelassen, weil er glaubte, daß sie von seinem Urenkel gebaut worden waren. Doch als er sich jetzt im Inneren des Schattenlandes befand, war Rugad überrascht. Der Entwurf trug alle Kennzeichen seines Sohnes Rugar. Die makellose Kistenform, der phantasielose Eindruck, der großzügig bemessene Raum. Rugar hatte noch nie kleine Brötchen gebacken.

Aber er war schon vor langer Zeit gestorben, und dieses Schattenland stand immer noch. Vielleicht hatte Rugads Urenkel das Schattenland nach Rugars Vorbild neu errichtet. Oder es war dem Jungen gelungen, das Schattenland zu retten, als Rugar starb. Das war schon oft versucht worden, bisher jedoch immer erfolglos.

Sollte sein Urenkel das fertiggebracht haben, war er mächtiger, als Rugad vermutet hatte.

Aber diese Einzelheiten waren unwichtig. Das Schattenland stand irgendwie mit seinem Urenkel in Verbindung, und das allein zählte. Deswegen hatte Rugad seiner Truppe befohlen, die Wände stehenzulassen. Sonst hätte er der Truppe eine Schamanin mitgegeben, um das Schattenland von innen zu zerstören.

Er hatte aber Angst gehabt, dabei jene Person zu zerstören, um derentwillen er hergekommen war.

Und jetzt berichtete man ihm, er habe zwei Urenkel. Sonderbar, daß er das niemals Gesehen hatte. Nach der Invasion mußte er seine Schamanen zusammenrufen und vergleichen, ob deren Visionen mit seinen übereinstimmten, oder ob sie noch mehr über die Existenz von zwei Kindern wußten.

In diesem Falle wäre er gezwungen, seine Pläne zu ändern.

Und diese Pläne waren schon weit gediehen. Er hatte mit seinem Aufbruch zur Blauen Insel absichtlich gewartet, bis sein Urenkel mündig geworden war. Den Jungen hatte man von Geburt an verdorben; es machte keinen Unterschied, ob man ihn sofort oder erst später einer richtigen Ausbildung unterzog. Rugad nutzte seine Zeit besser, wenn er in Nye blieb und die Position der Fey als Herrscher über Nye und den Kontinent Galinas festigte. So konnte er zumindest sicher sein, daß die Fey auch dann über Galinas herrschen würden, solange sein unfähiger Enkel ihn vertrat.

Rugad hatte schon immer gewußt, daß er eines Tages die Blaue Insel erobern würde und daß der Junge dann ihm gehörte. Er hatte lediglich auf den richtigen Zeitpunkt gewartet, bis die Inselbewohner vergessen hatten, wie man kämpfte, die Hüter ein Mittel gegen das Inselgift gefunden hatten und der Junge volljährig geworden war.

Sobald der Junge erkannte, daß die Insel in den Händen seines Urgroßvaters war, würde er mit ihm zusammenarbeiten. Der Junge war außergewöhnlich klug. Er würde begreifen, daß er keine andere Wahl hatte.

Einige Fey, die Zauberhilfsmittel geborgen hatten, gingen

an Rugad vorbei. Die Infanteristen trugen Beutel, die noch aus der Zeit der ersten Invasion zu stammen schienen. Ein Haufen zerstörter Beutel lag in einer anderen Ecke des Schattenlandes. Einige Infanteristen schleppten Werkzeuge der Domestiken, Nadeln, Stoffe und Spinnräder. Rugad war froh, daß sie diese Utensilien vor der völligen Zerstörung des Schattenlandes wegschafften.

Nur ein Gebäude stand noch unversehrt. Es war eine kleine fensterlose Hütte inmitten der rauchenden Reste. Vier Fußsoldaten hielten davor Wache.

Es gab einen Gefangenen.

Er hatte befohlen, daß es nur einen Gefangenen geben durfte, seinen Urenkel. Dennoch spürte er kein Anzeichen für die Anwesenheit eines anderen Visionärs. Das war sonderbar, und er wußte nicht recht, was er davon halten sollte.

Unvorhergesehene Ereignisse machten ihn nervös.

Er schlenderte zu den Fußsoldaten hinüber. Er war überrascht, als er erkannte, wer vor der Tür Wache hielt. Gelô war der Anführer der Fußsoldaten. Er hätte eigentlich seine Truppe flußaufwärts führen sollen. Es gehörte bestimmt nicht zu seinen Aufgaben, ein kleines Gebäude mitten im Schattenland zu bewachen.

»Gelô«, sagte Rugar. Er hatte einen etwas mißtrauischen, aber nicht unhöflichen Tonfall angeschlagen, damit Gelô begriff, daß er noch nicht in Schwierigkeiten war, aber jederzeit hineingeraten konnte.

»Wir haben hier etwas Besonderes«, sagte Gelô.

»Das habe ich beinahe vermutet«, erwiderte Rugad.

Gelô nickte den anderen Soldaten zu, ergriff Rugads Arm und verließ seinen Posten. »Ich habe Solanda hier drin.«

»Solanda!« Rugad hatte sie völlig vergessen. Sie war Rugars bevorzugte Gestaltwandlerin gewesen, und er hatte sie wie selbstverständlich auf diese Reise mitgenommen.

Rugad hatte nicht damit gerechnet, daß sie noch am Leben sein könnte.

Er wartete.

Gelô schluckte. »Sie behauptet, sie habe deine Familie auf der Blauen Insel großgezogen.«

»Und du glaubst ihr? Sie ist eine Gestaltwandlerin. Die ziehen keine Kinder groß.«

»Nein.« Gelô senkte die Stimme. »Aber Greifer bestätigt ihre Geschichte.«

»Und woher sollte Greifer darüber Bescheid wissen?« erkundigte sich Rugad leise.

»Er hatte einen der Irrlichtfänger übernommen, die deinen Urenkel hier im Schattenland großgezogen haben. Er hat den männlichen Irrlichtfänger übernommen, Wind. Die Frau war schwer verletzt.« Gelô erschauerte. »Ihre Flügel waren zerstört.«

»Wo ist Greifer?«

»Auf dem Weg zu deinem Lager, wie du es befohlen hast«, erwiderte Gelô. »Alle Übernahmen der vier Doppelgänger sind erfolgreich gewesen, obwohl zwei von ihnen sagen, daß die Informationen ihrer Wirte wertlos sind.«

»Und welche beiden sind nicht wertlos?«

»Greifer und Ghost, die Wind und Streifer übernommen haben.«

»Streifer?« Rugad konnte sich nicht erinnern, daß jemand namens Streifer auf diese Reise mitgeschickt worden war.

»Ein Hüter des Zaubers. Er war noch ein Junge, als er herkam.«

Plötzlich erinnerte sich Rugad. Er hätte nie geglaubt, daß dieser Junge es zu etwas bringen würde.

»Ghost sagt, er muß dich sehen, sobald du hier fertig bist. Er sagte, du müßtest unbedingt erfahren, was der Hüter wußte.«

»Gut. Dann sollten wir uns beeilen. Sag mir, warum du die Gestaltwandlerin am Leben gelassen hast.«

Wieder schluckte Gelô. Er wußte offenbar genau, daß er einen direkten Befehl mißachtet hatte, und hoffte jetzt, überzeugende Gründe vorbringen zu können. »Die Doppelgänger waren alle aufgebraucht«, erklärte er, »und sie schien über wichtige Informationen zu verfügen. Ich dachte, es wäre besser, sie sagt es dir selbst. Dann kannst du entscheiden, ob sie leben oder sterben soll.«

»Du glaubst nicht, daß sie uns eine Falle gestellt hat, um zu überleben?«

»Doch, da bin ich mir sicher«, erwiderte Gelô, »aber das ist nicht alles. Seit Greifer die Geschichte bestätigt hat, bin ich davon überzeugt, daß sie etwas weiß.«

Rugad holte tief Luft und überlegte. Der Tod eines Gestaltwandlers war eine besondere Angelegenheit und durfte nicht auf die leichte Schulter genommen werden. Eine Wandlerin zu töten, die vielleicht über wichtige Informationen verfügte, bedeutete einen schwerwiegenden Bruch mit den Traditionen der Fey.

Er nickte. »Bring sie in mein Hauptquartier. Bewache sie gut. Sie hat über zwanzig Jahre ohne Führung hier gelebt. Wir wissen nicht, auf wessen Seite sie steht.«

Gelô schlug die Hacken zusammen. »Ja, Herr.« Dann ging er auf seinen Posten zurück und schickte einen seiner Männer nach zusätzlicher Infanterie. Schwer bewacht würden sie Solanda zu Rugads neuem Schattenland führen.

Trotzdem war sie nur ein Randproblem. Er war an diesen schauerlichen Ort gekommen, um seinen Urenkel oder die Schamanin zu finden. Egal, wer die Schattenlande zusammengehalten hatte, er würde Rugad Rede und Antwort stehen müssen.

Er schritt auf die weit entfernte Wand zu. Einige Rotkappen

waren hinter den Ruinen eines Gebäudes emsig bei der Arbeit. Sie hatten ein Dutzend Leichen herausgeschleppt. Alle hatten Prellungen im Gesicht, einen friedlichen Ausdruck, und durch ihre Herzen waren Löcher gebohrt. Traumreiter hatten sie in süße Träume gewiegt, während die Infanteristen sie erstachen.

Erstaunlich, daß sogar die Fey einem so leichten Tod zur Beute fielen.

Die Rotkappen hoben die Toten hoch, um sie zum Säuberungsplatz zu schaffen. Die weibliche Rotkappe in Rugads Nähe schwankte bedrohlich unter dem Gewicht der Leiche, die sie stemmte. Es gab viele tote Kinder. Offenbar hatte sich die Truppe sicher genug gefühlt, um Familien zu gründen.

Bei diesem Gedanken überlief Rugad ein Schauder. Er hatte immer geglaubt, die Fey könnten niemals zu Gefangenen ihrer eigenen Gedanken werden. Das war für ihn undenkbar gewesen. Die Tatsache, daß diese Truppe hier das Gegenteil zu beweisen schien, daß handverlesene Leute seines eigenen Sohnes es vorgezogen hatten, nicht für die eigene Freiheit zu kämpfen, stieß ihn ab.

Er war zutiefst beunruhigt.

Er mußte alles tun, damit diese Versager keine Gelegenheit hatten, seine eigenen Leute zu demoralisieren. Irgendwie mußte er seinen Truppen beibringen, daß diese große, von Rugar ausgewählte Gruppe minderwertig gewesen war. Er mußte dabei mit Fingerspitzengefühl vorgehen, denn einige seiner Truppenmitglieder hatten immerhin Freunde unter Rugars Leuten gehabt. Geschick und Fingerspitzengefühl, darauf kam es jetzt an.

Der graue Boden des Schattenlandes war mit Streifen abgerissener Haut übersät. Hier waren so viele Versager gestorben, daß die Fußsoldaten sich nicht weiter um einzelne Fetzen gekümmert hatten und die Rotkappen vor Überlastung kaum mit der Arbeit nachkamen.

Rugad schob die Hautfetzen mit dem Stiefel beiseite. Blut war nirgends zu sehen. Zumindest diesen Teil ihrer Arbeit hatten Fußsoldaten und Rotkappen bewältigt. Das war gut so, denn besonders das Blut der Versager war für Rugads Zauberhüter von unschätzbarem Wert. Im Blut wurden die Zauberkräfte besonders intensiv gebunden, und die Hüter benötigten es für ihre Experimente.

Rugad hatte sich mittlerweile an den Qualmgestank gewöhnt. Er schien jetzt weit weniger intensiv zu sein als noch vor einem Augenblick. Nach und nach zogen die Dünste aus dem Schattenland ab und vermischten sich mit der Außenluft. Rugad hatte den letzten Trümmerhaufen passiert und stand vor der blickdichten Wand.

Seine Hand zitterte.

Er rieb sich die Daumen über die Zeigefinger, um sie von Flecken zu säubern, und sah sich um, als wolle er sichergehen, daß auch alle Fey, die sich jetzt im Schattenland aufhielten, zu seiner Truppe gehörten. Dann schloß er die Augen und legte die Fingerspitzen an die Wand.

Die Oberfläche war kühl und porös, fast wie gehärteter Nebel. Seine Finger sanken bis zur Hälfte ein und bestätigten seine Hoffnungen. Dieses Schattenland war ausschließlich von der Schwarzen Familie errichtet worden. Die Schamanin hatte nicht daran herumgepfuscht.

Er schob die Finger tiefer in die Wände und suchte nach Verbindungen. Als er sie gefunden hatte, wurde sein Körper von Erinnerten Visionen geschüttelt ...

Gewaltige Risse durchzogen mit einem plötzlichen Knirschen das Schattenland. Der Boden erzitterte. Teile des Himmels fielen herab und gaben den Blick auf ein überraschendes Blau frei. Fey schrien.

Schrien gellend.

Die Hütte der Hüter fiel in sich zusammen, gerade als die

Hüter herausliefen. Die Veranda, auf der er jetzt stand, zersplitterte. Die Domestiken liefen in Scharen aus ihrem Haus und versuchten, den Torkreis zu erreichen.

Fast alle Gebäude stürzten ein. Nur noch wenige standen, darunter das Domizil, aber es würde auch nicht mehr lange halten. Schon jetzt lagen die ersten Fey sterbend in der Nähe des Torkreises am Boden. Fey starben, begraben unter Stücken des Himmels, der auf sie fiel. Fey starben, während sie durch den Boden stürzten, der unter ihren Füßen nachgab.

Das Schattenland durfte nicht auseinanderreißen.

Er dehnte seinen Geist so weit, bis er die Ecken seiner Welt zu packen bekam. Mit all seiner Kraft hielt er sie zusammen. Sein Vater schrie immer noch, Menschen kreischten in Panik, aber die lauten, wuchtigen Donnerstöße hatten aufgehört.

Er schloß die Augen und stellte sich das Schattenland so vor, wie es einst ausgesehen hatte. Er schloß die Löcher in den Wänden, ersetzte die ausgebrochenen Stücke im Himmel und flickte die klaffenden Risse im Boden. In Gedanken durchschritt er das ganze Schattenland und überprüfte es in allen Einzelheiten, bis es fester und widerstandsfähiger war als je zuvor.

Die Schreie waren verstummt.

Er öffnete die Augen.

Um ihn herum ein einziges Blutbad. Menschen lagen unter Stücken grauer Masse oder herabgestürzten Brettern. Sterbende streckten zuckend die Glieder von sich. Verletzte stöhnten. Aber der Boden unter ihnen zitterte nicht mehr. Die blauen Löcher im Himmel waren verschwunden, und Nebel stieg auf.

Jetzt war es sein Schattenland.

... Rugad schüttelte die Erinnerung ab. Das war vor langer Zeit geschehen. Die Hände, die er durch die Erinnerte Vision gesehen hatte, waren klein. Es waren die Hände eines Kindes.

Gegen seinen Willen spürte er, wie seine Erregung zunahm.

Als Rugar starb, hatte sein Enkel das Schattenland wiederhergestellt. Kein Wunder, daß es nach Rugar aussah, sich aber ganz anders anfühlte.

Aber das Schattenland gehörte Rugads Urenkel nicht so sehr, daß er ihn fühlen konnte. Rugad mußte die Verbindungen aufspüren, um mehr über seinen Urenkel zu erfahren.

Er löste die Hände einen Augenblick von der Wand und krümmte die Finger. Sie schmerzten bereits jetzt durch den Kontakt mit einem ungewohnten Schattenland.

Die Fußsoldaten hatten die kleine Hütte mitten im Schattenland verlassen, und die Mehrzahl der Infanteristen war weitergezogen. Unter den Zurückgebliebenen fand man fast nur noch Rotkappen. Zwei von ihnen torkelten immer noch unter dem Gewicht der Leichen, die sie schleppten. Einige zerrten Leichen aus den Trümmern, verkohlte Leichen, die für eine schnellere Bergung nicht wertvoll genug gewesen waren. Der Rest der Kappen war auf der anderen Seite des Schattenlandes völlig in ihre Arbeit vertieft.

Sie würden nicht auf ihn achten, und das war gut so. Es war zweierlei, ob man nur wußte, daß der Anführer Visionen hatte, oder ob man ihm dabei zusah.

Rugad holte tief Luft und schob erneut die Finger in die Wand. Diesmal hielt er die Augen offen, aber die Vision spielte sich in seinem Inneren ab. In den Wänden des Schattenlandes fand sich ein Dutzend Verbindungen. Die meisten stammten von jenen Personen, die sich um das Schattenland gekümmert hatten, Domestiken, die nicht mehr lebten. Diese Verbindungen existierten zwar noch, aber ihre Enden waren grau, als stürben sie langsam ab.

Dann gab es eine schwarze Verbindung, die die ganze Wand um das Schattenland wie ein Faden durchzog. Die Verbindung war nichts als eine flache und halbzerfallene, leere Hülle.

Rugars Verbindung, nicht ordnungsgemäß getrennt. Der Junge, Rugads Urenkel, war offenbar noch zu jung dafür gewesen.

Durch die Mitte der Wand lief eine blaue Verbindung. Sie leuchtete stark und pulsierend. Rugad berührte sie leicht mit dem Zeigefinger und zuckte zurück.

Die Schamanin.

Sie lebte.

Und sie hatte ihre Verbindung ins Schattenland geschützt. Rugad konnte nicht in ihre Verbindung eindringen. Er würde sie nicht finden.

Zorn flammte in ihm auf, aber er wußte, daß er diesen Schutz nicht durchdringen konnte. Sie hätte eigentlich sterben sollen, er hatte eine ganze Truppe auf sie angesetzt. Es bedurfte einer Eliteeinheit, um eine Schamanin zu töten, nicht weil es besonders schwierig, sondern weil es ein Tabu war.

Sie hatten versagt.

Aber es hatte ihnen nicht an Mut gefehlt.

Sie hatten sie bis jetzt noch nicht gefunden, weil die Schamanin gewußt hatte, daß Rugad kam.

Und wenn sie es gewußt hatte, dann wußte es sein Urenkel auch.

Er hatte keine Ahnung, was diese Versager hier seinem Urenkel erzählt hatten. Das war seine größte Sorge. Er wußte nicht, ob der Junge ihm vertrauen würde, ob er überhaupt auf seiten der Fey stand, denn er war unter den Versagern aufgewachsen.

Rugad hatte lange nachgedacht, bevor er den Entschluß faßte, seinen Visionen zu vertrauen, und diese Visionen sagten deutlich, daß es besser war zu warten, bis der Junge den Kinderschuhen entwachsen war. Und bis jetzt hatte sich noch jede dieser Visionen bestätigt, eine nach der anderen, während die Tage auf der Blauen Insel verstrichen.

Immer noch hielt Rugad die Vision des Tales und die Folge von Siegen, die sich daran anschloß, wie einen Leitstern hoch. Bald würde ihm die Blaue Insel gehören. Dann würde er seinen Urenkel finden, und sie würden gemeinsam nach Leutia weiterziehen. Gemeinsam würden sie die nächsten Nationen erobern, und wenn Rugad abtrat, würde sein Urenkel den Eroberungszug allein fortsetzen.

Das letzte war allerdings reine Hoffnung. Aber in Gedanken sah er den Jungen bereits auf einem Schiff nach Leutia. Und er sah seinen eigenen Sieg auf der Blauen Insel.

Der Rest war Spekulation. Er war sich nicht einmal sicher, ob er schon seinen eigenen Tod gesehen hatte. Vielleicht stand er noch nicht fest. Vielleicht mußte der entscheidende Augenblick erst noch eintreten.

Das alles war jedoch ohne jede Bedeutung, wenn es ihm nicht gelang, den Jungen zu finden. Seine Enkel konnten nicht herrschen, und weitere Familienmitglieder gab es nicht.

Abgesehen von diesem anderen Jungen.

Aber ein Inselbewohner konnte die Fey niemals regieren, selbst wenn er noch so eng mit der Schwarzen Familie verwandt war. Dazu bedurfte es eines Menschen, der in der Kriegertradition der Fey erzogen worden war und ein Schlachtfeld in seinem Herzen trug.

So wie Jewel.

Anders als ihre Brüder.

Rugad atmete tief ein. Es war ein Risiko, in die letzte Verbindung einzudringen. Er würde seinen Urenkel zwar finden, aber dieser wußte dann ebenfalls, wo sich Rugad befand. Und er konnte nicht wissen, wie der Junge darauf reagierte.

Diesmal schloß Rugad die Augen. Er wollte nicht, daß der Junge die Verwüstung im Schattenland sah, zumindest nicht jetzt. Er wollte genug Zeit dafür haben, ihm alles zu erklären und ihm beizubringen, wie wichtig diese Aktion gewesen war.

Er wollte dem Jungen zuerst die wahre Bedeutung des Versagens erklären, bevor er ihm zeigte, wie es bestraft wurde und warum Rugars Vorgehen nicht erlaubt war.

Rugad schob seine Finger wieder in die Wand. Sie fühlte sich noch kühler an. Er schauerte. Die letzte Verbindung war leuchtend und golden und durchzog alles wie die Stiche in einem hastig zusammengeflickten Hemd. Diese Verbindung war voll pulsierenden Lebens.

Rugad berührte sie leicht. Etwas summte. Dann ließ er sein Bewußtsein hineingleiten und folgte der Verbindung. Sein Geist schob sich so mühelos auf dem Pfad entlang, als sei er eigens für ihn eingerichtet.

Er landete mitten in einem Knäuel aus Angst und Verlust, in einem von Tränen und Kummer erschöpften Körper. Die Augen öffneten sich auf ein Feld, und ein Inselbewohner blickte besorgt hinein.

»Gabe?« fragte er, und in diesem Moment erfuhr Rugad den Namen seines Urenkels.

10

Gabe zitterte am ganzen Körper. Er stand neben Leen und ließ es zu, daß ihre Wut ihn wie eine Welle überrollte. Auch sie hatte ihre Familie verloren und wäre jetzt tot, wenn sie sich im Schattenland aufgehalten hätte.

Tot.

Alle, die er gekannt hatte, waren jetzt tot.

Außer Leen, Coulter und Sebastian.

Genau wie damals, als das Schattenland auseinanderzubrechen drohte.

Nur hatte er es diesmal nicht aufhalten können. Er hatte ja nicht einmal davon gewußt. War er denn kein Visionär? Hätte er es nicht wissen müssen?

Coulter versuchte unterdessen, Leen zu beruhigen, ihr dabei zu helfen, den Zorn, den ihr Gabe zugestanden hatte, unter Kontrolle zu bekommen. Trotzdem würden Wut und Trauer in ihr weiterarbeiten. Er würde seine Rache bekommen.

Was ihm weniger zusagte, war die Art, wie Adrian und diese dreiste Rotkappe ihn anblickten. Als erwarteten sie etwas von ihm. Etwas, das ihm widerstrebte.

Die Sonne war jetzt aufgegangen, und die frühmorgendliche Wärme trocknete die Tautropfen. Vom Boden stieg ein feiner Nebel auf, der Mais leuchtete golden in der klaren Luft. Erstaunlich, daß sich so entsetzliche Dinge an einem so herrlichen Tag ereigneten.

Von jetzt an würde er das Sonnenlicht nie mehr so sehen können wie früher.

Seine Mutter war tot. Seine beiden Mütter. Seine wirkliche Mutter war gestorben, als er drei Jahre alt war, und jetzt auch Niche ...

Er schluckte heftig und rieb sich die Nase. Nur um Niches willen hatte er das Schattenland gerettet. Sein Großvater hatte sie so zusammengeschlagen, daß sie nicht fliehen konnte, als das Schattenland eingestürzt war. Und Gabe hatte lieber das Schattenland repariert, als Niche sterben zu lassen.

Aber es hatte zu nichts geführt. Jetzt war sein Urgroßvater erschienen und hatte sie umgebracht, statt sie dafür zu belohnen, daß sie seinen Urenkel großgezogen hatte.

Auch Gabes Adoptivvater hatte er auf dem Gewissen.

Und alle anderen, mit denen Gabe sein ganzes bisheriges Leben verbracht hatte.

Coulter sprach immer noch auf Leen ein, ohne Gabe dabei aus den Augen zu lassen. Gabe drehte sich um. Es war Zeit, Coulter von ihr zu trennen. Er, Coulter, verstand einfach nicht, was das alles bedeutete. Er konnte die Tiefe von Gabes Zorn nicht ermessen, ebensowenig wie das, worum sie kämpfen mußten.

Ohne jede Vorwarnung verspürte Gabe eine Berührung, wie ein Tentakel, als hätte jemand die Tür eines Zimmers geöffnet, das lange Zeit leer gestanden hatte. Ein leichter Wind wehte herein und wirbelte Staubflocken auf. Gabe schauerte.

Das Gefühl war in ihm, aber er wußte nicht, wo sich die Tür befand. Er konzentrierte sich mit aller Kraft auf sein Inneres. Coulter näherte sich ihm, ohne daß Gabe es bemerkte.

Dann spürte Gabe ein anderes Sein, ganz und in sich geschlossen, das eine Verbindung überquerte, von deren Existenz Gabe bislang nichts geahnt hatte. Es war ein kraftvolles Sein, alt und vielschichtig und mächtig. Mächtiger als Gabe. Mächtiger, als Gabe vielleicht jemals sein würde.

Das Sein schob Gabe beiseite und spähte durch seine Augen. Jetzt – endlich – begriff Gabe, wie sich Sebastian all die Jahre über gefühlt hatte, als Gabe in seinen Körper eingedrungen war, ohne zu wissen, daß Sebastian lebte.

Das Sein stand an Gabes Stelle, sah, was Gabe sah, spürte, was Gabe spürte. Gabe hatte das Gefühl, als habe man ihn in eine Ecke seines Körpers gedrängt und hielte ihn dort mit unsichtbarer Hand fest.

»Gabe?« Er hörte Coulters Stimme wie aus weiter Ferne.

Aber aus Gabes Körper kam keine Antwort. Das fremde Sein erfüllte ihn, überrascht und angetan von dem, was es gefunden hatte, und beobachtete aufmerksam alles um sich herum.

Gabe wehrte sich, versuchte, das Andere beiseite zu schieben, aber es gelang ihm nicht.

Das Sein fühlte sich gleichzeitig vertraut und fremd an. Es war männlich, ein altes Sein, aber sein Bild war jung. In seiner Jugend hatte der Mann ausgesehen wie Gabe, nur Haut und Augen waren dunkel gewesen. Dunkel ... sehr dunkel. Es gab Wahlmöglichkeiten in diesem Sein, die Gabe erbeben ließen. Sohn oder Enkelin? Mutter oder Bruder?

Gabe wußte nicht, was die Frage bedeutete.

Er wußte nur, daß er dieses Sein nicht vertreiben konnte. Es rührte keinen Muskel.

Es wollte ihn.

Dann tauchte ein zweites Sein in Gabe auf. Es war über eine andere Verbindung zu ihm gekommen, und dieses Sein erkannte Gabe. Es war Coulter, in weißes Licht getaucht. Coulter erblickte das dunkle Sein und umschlang es mit Lichtfasern. Er schob es auf seiner Verbindung zurück und schlug die Tür zu. Dann bewegte sich Coulter in Gabe weiter, schloß Türen, verriegelte sie und hüllte sie mit seinem Licht ein.

... Was tust du, Coulter? fragte Gabe.

... Ich schütze dich, erwiderte Coulter und verschwand wieder entlang seiner Verbindung.

Gabe war mit einem Mal wieder er selbst in sich selbst. Das

dunkle Sein hatte eine Spur hinterlassen, aber sie war nicht böse oder bedrohlich, wie Gabe erwartet hatte.

Die Spur war voller Neugierde und einer Sehnsucht, die Gabe nicht einordnen konnte. Gabe suchte nach den Resten der zurückgebliebenen Spur und hielt sie für einen Augenblick fest. Ein merkwürdiges Mitgefühl stieg in ihm auf, als er spürte, von welch tiefer Einsamkeit diese Fäden durchdrungen waren.

Dann, als hätte er sich verbrannt, ließ er die Fäden ganz plötzlich los.

Es war sein Urgroßvater! Der Mann, der seine Adoptiveltern und all seine Freunde auf dem Gewissen hatte. Der Mann, der Gabes Zuhause vernichtet hatte.

Gabe schleuderte die Fäden von sich, und sie verschwanden in einer tief in ihm selbst liegenden Dunkelheit. Er wollte sie niemals wiedersehen.

Dann spürte er eine Hand auf seiner Schulter.

Er blickte aus den eigenen Augen und fühlte, wie er langsam wieder in seinen Körper glitt. Es war Coulter, der ihn an der Schulter festhielt. Die Rotkappe stand direkt vor ihm, und Leen hielt sich mit erschrockenem Gesichtsausdruck und verschränkten Armen ein wenig abseits.

»Ich sagte«, wiederholte Coulter langsam, »ist alles in Ordnung mit dir?«

Gabe nickte. Er fühlte sich seltsam, nicht ganz wie er selbst. In ihm waren noch die Spuren jener anderen Person und ... eine große Leere. Als Coulter Gabes innere Türen zu seinem Schutz verriegelte, hatte er etwas verschlossen, was noch nie zuvor verschlossen worden war.

»Wer war das?« fragte Coulter.

»Weißt du das nicht?« Gabe war überrascht. Er hatte angenommen, Coulter wüßte alles. Schließlich hatte er dieses fremde Sein doch berührt.

Coulter schüttelte den Kopf. »Ich war zu sehr damit beschäftigt, alles abzublocken.«

»Es war Rugad«, sagte die Rotkappe.

Gabe blickte den kleinen Mann ebenso überrascht an wie alle anderen. »Woher weißt du das?«

»Ich habe ihn erkannt«, antwortete die Rotkappe. »Niemand sonst hat eine so mächtige Persönlichkeit. Niemand.«

Gabe erschauerte. Genau das hatte er gefühlt: ein Sein, das so viel mächtiger war als er selbst.

»Also hat er dich gefunden«, brummte Adrian. »Das war einfach.«

»Von jetzt an wird es nicht mehr einfach sein«, sagte Coulter. »Ich habe ihn ausgeschlossen.«

»Für immer?« fragte Gabe.

»Wollen wir's hoffen«, gab Coulter zurück.

11

Langsam zog Rugad die Hand aus der Wand des Schattenlandes. Seine Finger brannten, und seine Augen tränten, obwohl er sie die ganze Zeit über geschlossen gehalten hatte. Nach dem Leuchten, das ihn aus der Verbindung vertrieben hatte, wirkte das Grau des Schattenlandes noch trüber. Ihn schwindelte. Er setzte sich auf einen Holzstoß und rieb sich die Augen mit der unverletzten Faust.

So etwas hatte er noch nie gespürt. Jene Kraft, die in seinen Urenkel gekommen und Rugad regelrecht hinausgejagt hatte. Diese Kraft hatte nichts mit seinem Urenkel zu tun. Visionäre hatten keine Licht- oder Bindungsfähigkeiten. Bei dieser Sache hatte eindeutig ein Zaubermeister die Hand im Spiel gehabt.

Ein mächtiger Zaubermeister.

Einer, den Rugad nicht kannte.

Brennender Schmerz erfüllte Rugad. Er hatte vergessen, wie kraftvoll und lebenssprühend sich ein junger Körper anfühlte, während sein eigener Körper schmerzte: Schmerzen, an die er sich zwar gewöhnt hatte, die ihm aber trotzdem zusetzten.

Ein Zaubermeister!

Rugad hatte mit voller Absicht verhindert, daß auf Rugars Reise ein Zaubermeister dabei war. Er hatte diese Entscheidung damit begründet, daß es nicht genügend Zaubermeister gab, was auch der Wahrheit entsprach, aber wenn er dieser Reise auch nur die kleinste Aussicht auf Erfolg gegeben hätte, dann hätte er einen Zaubermeister mitgeschickt.

Was hatte Boteen gesagt? Daß er Gleichartige an diesem Ort spüren konnte?

Andere wie er.

Einer war vielleicht bei der Zerstörung des Schattenlandes gestorben. Aber ein zweiter war noch am Leben. Rugad hatte keinen Zweifel daran.

Und noch einer, der nicht mächtig genug war, einen alten, machtvollen Visionär zu vertreiben. Und ihn darum einfach ausschloß.

»Alles in Ordnung, Herr?« Eine junge Stimme. Rugad öffnete die Augen. Vor ihm stand ein Infanterist, hoch aufgeschossen genug, um magische Kräfte zu besitzen, aber so gertenschlank, daß er noch sehr jung sein mußte. Seine Zauberkräfte lagen noch brach.

Rugad fühlte sich unwohl. Er war aus dem Gleichgewicht geraten und mehr als überrascht, und die Berührung des fremden Lichts hatte eine leichte Übelkeit in ihm ausgelöst. »Wie heißt du, Junge?«

»Parzival, Herr.«

Parzival. Der Name verriet sein Alter. Parzival. Ein Name aus Nye. Rugad respektierte zwar den Brauch der Fey, die Namen der eroberten Völker zu übernehmen, aber im Hinblick auf die letzte Generation bereute er diese Entscheidung. Die Namen aus Nye waren alle derart blumig und verspielt, daß sie sich nicht recht für Soldaten eigneten.

»Nun, Parzival«, sagte Rugad mit bemüht fester Stimme, »welchen Weg über Land hast du eingeschlagen, um an diesen Ort zu kommen?«

»Wir haben uns durch Sümpfe und Hinterland gekämpft, Herr, kurz nachdem wir diese Bergkette überwunden hatten.«

Als er die Berge erwähnte, schlich sich ein leises Zittern in seine Stimme. Rugad konnte es ihm nicht verübeln. Der Marsch über die Berge war für die Soldaten ohne Zauberkräfte eine ziemliche Strapaze gewesen. Sie mußten die steile Felsküste mit Hilfe der von Domestikenhand gefertigten Seile erklimmen, die von verzauberten Nägeln gehalten wurden, und waren dann gezwungen, die ebenso steilen Felsen landeinwärts wieder hinunterzuklettern. Nur eines der Seile hatte das Gewicht nicht gehalten, aber die Möwenreiter hatten es auffangen können, bevor zu viele Soldaten ihr Leben verloren.

»Seid ihr über bewirtschaftetes Land gekommen?« fragte Rugad.

»Ja, Herr«, erwiderte Parzival. »In der Mitte des Landes gibt es reichlich davon, und es ist tadellos in Schuß. Mit Aussichten auf eine üppige Ernte.«

Rugad lächelte. Seine Soldaten waren hervorragend ausgebildet. Sie waren nicht nur in der Kriegskunst unterwiesen worden, sondern wußten auch, wie gutes Land aussah. Und das war notwendig. Sie hatten den strikten Befehl, keinesfalls fruchtbares Land oder reiche Ernten zu zerstören.

»Ist es weit entfernt?«

»Einige Tagesmärsche von hier«, entgegnete Parzival.

Rugad nickte. Einige Tagesmärsche. Dann würde sein Urenkel bereits verschwunden sein. Rugad konnte nicht selbst gehen. In diesem Fall müßte er noch einmal in die Verbindung eindringen und, wenn es mißglückte, den Jungen von jemandem verfolgen lassen, der diese Inselbauern zum Sprechen brachte.

Eine Person seines Vertrauens.

Er mußte in Ruhe darüber nachdenken. Sobald er in seinem eigenen Schattenland ankam, würde er es wissen.

»Ich danke dir«, sagte er zu Parzival. »Wie lange werdet ihr hier noch brauchen?«

»Wir sind beinahe fertig. Die Zauberhilfsmittel sind fast alle geborgen. Den Rest überlassen wir dann den Rotkappen. Sie haben reiche Beute gemacht, Herr.«

Rugad nickte. Reiche Beute. Viel Blut, Fleisch und Knochen für die Hüter. Er hatte ziemlich viele Hüter mit auf die Reise genommen, da er sich nicht sicher gewesen war, wie viele er brauchen würde. Das Gift und seine Wirkung auf die Fey waren vielleicht nichts weiter als ein unglücklicher Zufall.

Vielleicht auch nicht.

Rugad hatte die Theorie aufgestellt, daß es kein unglücklicher Zufall war, sondern daß die Inselbewohner noch weitere Tricks gegen die Fey einsetzen, von denen er bis jetzt noch nie gehört hatte.

Sein Sohn, Rugar, hatte diese Insel im festen Glauben angelaufen, daß der Sieg eine einfache Sache sei. Rugad erwartete genau das Gegenteil. Er konnte sich dabei nicht nur auf Rugars Erfahrungen stützen, sondern auf die ganze Geschichte der Fey. Es war ihnen immer besonders schwer gefallen, kleine Länder zu erobern. Die Ordnung in größeren Staatsgefügen ließ sich wesentlich leichter erschüttern.

Wenn dies auch mit der Blauen Insel gelang – wunderbar.

Wenn nicht, dann war Rugad auf jeden Fall gewappnet.

Aber bevor die Blaue Insel fiel, mußte Rugad seinen Urenkel finden. Es würde ein schwerer Fehler sein, die Insel zu erobern und durch den zufälligen Tod eines Schwarzblütigen alles in völliges Chaos zu verwandeln.

»Das hast du gut gemacht«, lobte er Parzival.

Der Infanterist lächelte, schlug die Hacken zusammen, deutete eine Verneigung an und trat ab. Rugads Blick folgte ihm. Die Truppen leisteten ausgezeichnete Arbeit. Sie würden die Insel innerhalb kürzester Zeit sichern.

Aber der Schlüssel zum Erfolg war jener Fey-Visionär, dem Rugad gerade für einen Augenblick begegnet war.

Derjenige, der das Schattenland im Alter von drei Jahren repariert hatte.

Gabe.

12

Es dauerte einen Augenblick, bis alle die Bedeutung von Sebastians Worten verstanden hatten. Nicholas' leiblicher Sohn. Der Sohn, den er nie gekannt hatte. Der ihm gestohlen worden war. Der glückliche, pausbäckige Säugling.

Gabe.

»Wie ist er verletzt worden?« fragte Nicholas.

Arianna hatte die Arme verschränkt, wandte ihnen den Rücken zu und spähte durch einen Schlitz im Wandteppich auf die Vögel im Garten. Sie hatte offensichtlich beschlossen, ihren richtigen Bruder zu hassen.

Sebastian gab keine Antwort. Sein Mund war geöffnet, und seine Augen starrten ins Leere. Zwischen Oberlippe und Zunge bildete sich ein dünner Speichelfaden.

»Sebastian!« herrschte ihn Nicholas an.

Etwas in seinem Ton ließ Arianna herumwirbeln. Der Wandteppich schlug gegen das Fenster. Sie legte die Hand um Sebastians Arm. Er legte den Kopf auf die Seite und gab ein leises Stöhnen von sich.

So hatte Nicholas Sebastian noch nie erlebt. Er hatte die Augen des Jungen immer für leer und geistlos gehalten, aber jetzt sah er ihn zum ersten Mal in diesem Zustand. Die Augen waren ohne Leben.

Vollständig leer.

»Sebastian!« Arianna schüttelte ihn heftig hin und her. Knirschend schwankte sein Kopf vor und zurück.

Nicholas trat näher, packte Sebastians Arm und führte ihn zu einem Stuhl. Sebastians Beine bewegten sich wie die einer Marionette. Er hatte die Kontrolle über seine Glieder fast vollständig verloren.

»Sebastian!« Ariannas Stimme war voller Panik. Sie blickte zu Nicholas auf, als könnte er dem Jungen helfen. Aber Nicholas hatte keine Ahnung, wie.

»Hast du ihn schon einmal so gesehen?« fragte Nicholas.

Arianna preßte die Lippen zusammen und half ihrem Bruder in den Stuhl. Ja, das hatte sie. Das hatte sie ganz offensichtlich, aber sie wollte nicht zugeben, wann.

Nicholas hatte jetzt keine Zeit, sich mit seiner dickköpfigen Tochter auf einen Streit einzulassen.

Er kniete vor seinem Sohn nieder. »Sebastian? Sebastian, komm zurück.«

Sebastian blinzelte, und plötzlich blickten seine Augen wieder lebendig. Sie füllten sich mit Tränen.

»Sebastian?« fragte Nicholas.

»Gabe ... ist ... verschwunden«, flüsterte er.

Nicholas überlief ein Schauder. Sebastian hatte gejammert, als Jewel starb. Sebastian hatte vor langer Zeit einmal die Zauberkraft seines Großvaters gespürt. Sebastian erkannte die Zauberkraft der Vögel im Garten.

Und jetzt das.

»Was soll das heißen, verschwunden?« fragte Arianna und schob trotzig den Unterkiefer vor. Sie sprach nicht gern über ihren richtigen Bruder. Irgend etwas an ihrem Gesichtsausdruck verärgerte Nicholas, aber er hatte jetzt keine Zeit, sich damit auseinanderzusetzen.

»Normaler...weise ... ist ... er ... irgendwo«, erwiderte Sebastian. Während er sprach, strömten Tränen über seine Wangen.

»Jeder ist irgendwo«, sagte Arianna gereizt, als sei sie wütend auf Sebastians Beziehung zu Gabe. Egal, um was für eine Beziehung es sich dabei handeln mochte.

Nicholas wischte Sebastians Tränen ab. Der Junge zitterte am ganzen Körper.

»In ... mir«, fuhr Sebastian fort. »Die ... Verbindung.«

»Ach so.« Arianna drehte sich abrupt um und ging wieder zum Fenster, als sei die Unterhaltung damit beendet.

Behutsam strich Nicholas eine struppige Strähne aus Sebastians Gesicht. »Die Verbindung besteht nicht mehr?« fragte er.

Sebastian nickte. Er hob die freie Hand und trocknete damit sein Kinn.

»Wie ist das möglich?« forschte Nicholas weiter. Es sei denn, Gabe war tot. Aber wüßte Sebastian in diesem Fall nicht davon? Wurde das nicht durch die Verbindung übertragen?

»Sie ... ist ... abgerissen«, stammelte Sebastian.

Nicholas fröstelte. Ein plötzliches Ende. Aber Sebastian sprach langsam. Vielleicht wollte er noch mehr sagen.

»Abgerissen?« bohrte Nicholas weiter.

»Jemand ... anders ... hat ... sie ... getrennt.«

Überrascht fuhr Nicholas zurück. Diese Antwort hatte er nicht erwartet.

Ebensowenig wie Arianna. Sie verschränkte erneut die Arme und lehnte sich gegen den Fensterrahmen. »Du meinst, jemand hat ihn getötet?« fragte sie.

Langsam und gleichmäßig schüttelte Sebastian den Kopf. »Wie ... eine ... Schere ... die ... einen ... Faden ... durchschneidet.«

»Ist Gabe am Leben?« fragte Nicholas.

»Ich ... weiß ... nicht«, erwiderte Sebastian. Seine Stimme hob sich klagend. Arianna ging rasch zu ihm, legte ihm den Arm um die Schultern und blickte Nicholas ungehalten an.

»Du bringst ihn ganz durcheinander.«

»Nein«, entgegnete Nicholas, der sich mit seiner Tochter auf keinen Streit einlassen wollte. »Denk noch einmal nach, Sebastian. War er am Leben, als die Verbindung getrennt wurde?«

»Ja ...«

»Ich dachte, Verbindungen wären stärker als dicke Seile«, sagte Nicholas.

»Was spielt das noch für eine Rolle, wenn er tot ist?« fragte Arianna.

Sebastian wand sich aus ihren Armen und ging überraschend schnell zu Nicholas hinüber. »Es ... ist ... wichtig. Ich ... liebe ... ihn.«

Arianna hob die Hände. »Entschuldige«, sagte sie.

»Wäre es nicht anders, wenn er tot wäre?« fragte Nicholas. »Würde die Verbindung dann nicht weiterbestehen?«

Nicholas verabscheute Zauberkräfte, von denen er nichts verstand. Wäre doch Solanda noch hier.

Aber sie war verschwunden. Sie mußten die Frage selbst klären.

So schnell wie möglich.

Sebastian runzelte die Stirn. Er weinte nicht mehr, aber seine Augen waren immer noch feucht, als könnte er jeden Augenblick wieder in Tränen ausbrechen. »Ich ... weiß ... nicht«, antwortete er. Aber er sah verunsichert aus, als habe er noch nie über Nicholas' Frage nachgedacht.

»Kannst du ihn finden?« fragte Arianna. »Eine neue Verbindung aufbauen?«

Sebastian blinzelte, und seine Augen waren plötzlich wieder ausdruckslos. Nicholas konnte den Anblick kaum ertragen. Sebastian war wirklich nur eine leere Hülle. Er wollte nicht, daß der Junge vor seinen Augen verschwand. Es war zuviel für Nicholas. Es erschütterte ihn bis ins Mark. Er fragte sich, ob er nicht doch besser daran getan hätte, seine beiden Kinder ungeachtet Ariannas Widerspruchs nach unten in die Verliese zu schicken.

Sebastian blinzelte erneut. Er war in sich zurückgekehrt, und in seinen Augen schimmerten wieder Tränen. »Ich ... kann ... ihn ... nicht ... finden.«

»Nun, wir werden noch früh genug herausbekommen, was geschehen ist«, entgegnete Arianna. Sie lupfte vorsichtig den Wandteppich und spähte hinaus. Sie tat recht daran, die Vögel nicht zu vergessen. Auch Nicholas mußte sich um dieses Problem kümmern, aber nicht jetzt. Noch nicht.

Gabe war sein leiblicher Sohn. Sein Erstgeborener. Und der Schwarze König wollte ihn haben.

»Hör auf ...«, sagte Sebastian. Er wandte sich zu Arianna. »Hör auf ...«

»Womit soll sie aufhören?« fragte Nicholas.

Sebastians Unterlippe bebte. Erneut strömten Tränen über seine Wangen und gaben ihnen einen schwarzglänzenden Schimmer.

Wie Wasser, das auf Stein tropfte.

»Gabe ... ist ... wichtig«, erwiderte Sebastian.

»Nicht für uns«, gab Arianna zurück. »Was mit ihm geschieht, hat nichts mit uns zu tun.«

Nicholas drückte Sebastians Hand. »Nein«, widersprach er. »Sebastian hat recht. Gabe ist wichtig. Er gehört zur Familie, ob es dir paßt oder nicht. Und Sebastian ist anscheinend der einzige, der das erkannt hat. Wenn Gabe gestorben ist, müssen wir herausfinden, wer sein Mörder war. Und wenn jemand die Verbindung zwischen Sebastian und Gabe getrennt hat, müssen wir wissen, wer es getan hat und warum.«

»Hast du schon einmal daran gedacht, daß es Gabe selbst gewesen sein könnte?« fragte Arianna.

»Warum?« fragte Sebastian.

»Damit du nicht weißt, was er tut«, antwortete Arianna. »Und was er plant.«

»Oder«, fügte Nicholas hinzu, »damit niemand von Sebastians Existenz erfährt. Hast du nicht gesagt, es sei noch ein Dritter im Spiel?«

»Vier ...«, stotterte Sebastian. »Einen ... Augenblick ... lang ... spürte ... ich ... vier ...«

»Vier was?« fragte Arianna betont gelangweilt. Sie hatte sich immer noch nicht umgedreht, aber ihr Rücken war angespannt. Was Sebastian erzählte, war ihr wichtiger, als sie zugeben wollte.

»Ich ... Gabe ... und ... zwei ... andere«, erwiderte Sebastian. »Eine ... mächtige ... Kraft ... und ... der ... Schnippler.«

»Der Schnippler?« fragte Arianna.

»Derjenige, der die Verbindung getrennt hat«, erklärte Nicholas.

»Siehst du?« fuhr Arianna auf. »Er versucht, etwas vor dir zu verheimlichen.«

»Nein!« Sebastian stemmte sich mit letzter Kraft aus dem Stuhl hoch und blieb einen Augenblick schwankend stehen. »Gabe ... würde ... mir ... niemals ... weh ... tun.«

»Da wäre ich mir nicht so sicher«, entgegnete Arianna.

»Ich ... kenne ... ihn«, beharrte Sebastian. Nicholas lehnte sich zurück und beobachtete den Jungen. Nie zuvor hatte er ihn so voller Eifer, so lebhaft gesehen.

»Warum ... glaubst ... du ... mir ... nicht ... Ari?«

»Weil sie eifersüchtig ist«, erklärte Nicholas. Er mußte eingreifen, mußte dafür sorgen, daß sie nicht vom Thema abschweiften.

»Auf diesen Fey?« Mit zusammengeballten Fäusten wirbelte Arianna herum. »Nicht die Spur!«

»Das ist jetzt unwichtig«, beschwichtigte Nicholas. »Solanda behauptete, die Verbindung stütze euch beide.«

»Das ... ist ... der ... Bund«, sagte Sebastian. »Eine ... Verbindung ... ist ... ein ... Gespräch. Er ... schweigt ... Vielleicht ... ist ... er ... fort.«

Vielleicht ist er fort. Bei diesem Satz überlief es Nicholas kalt. Aber er konnte nichts daran ändern. Ebensowenig wie

Arianna. Wenn er das Wesen einer Verbindung richtig verstanden hatte, verfügte seine Tochter in dieser Hinsicht über keine Zauberkräfte.

»Also ist er fort«, sagte Nicholas. »Und ich zumindest möchte wissen, warum.« Er erhob sich, strich die Falten seiner Robe glatt und seufzte. »Aber ich werde wohl noch warten müssen. Jetzt sollten wir uns besser auf die Vögel konzentrieren.«

»Nein ...«, widersprach Sebastian in leisem, wehmütigem Ton.

»Warum nicht?« fragte Nicholas freundlich. Er wollte den Jungen nicht noch weiter verstören.

»Ich ... brauche ... Gabe«, sagte Sebastian.

»Warum?« fragte Arianna. Sie blickte so unheilverkündend wie eine Donnerwolke und sah einen Augenblick lang aus wie Jewel, furchtlos und zu allem entschlossen.

»Ich ... bin ... ganz ... allein«, gab Sebastian leise zurück.

Die Verbindung hatte von dem Augenblick an bestanden, als Sebastian geformt worden war. Nicholas mochte Sebastian zwar als seinen Sohn ansehen, aber er war es doch nicht. Er war eine Schöpfung, Gabes Schöpfung.

Und jetzt war Gabe fort, von ihm getrennt.

»Du bist nicht allein«, widersprach Arianna und umarmte ihn. »Ich bin bei dir.«

»Aber ... nicht ... in ... mir.«

»Nein«, sagte sie und strich ihm die borstigen Haare aus dem Gesicht. »Nicht in dir. Dort sind die meisten von uns allein. Daran mußt du dich nur erst gewöhnen.«

Er seufzte und lehnte den Kopf an sie. Er zitterte immer noch. Sein Blick traf den seines Vaters. Nicholas konnte Sebastians Gefühle nicht recht nachvollziehen. Nicholas war immer allein in seinem Körper gewesen. Aber wenn Solanda recht hatte, war Sebastian noch nie allein gewesen. Er war erschaffen worden, als Gabe einen Teil von sich in dem Stein zurückließ.

»Wir werden ihn finden«, sagte Nicholas ermutigend. Instinktiv wußte er, daß die Gesundheit seines Sohnes, vielleicht sogar die Gesundheit beider Söhne, davon abhing. »Und wir werden herausfinden, was geschehen ist.«

»Sebastian braucht diesen Gabe nicht«, antwortete Arianna. »Er hat uns.«

»Sebastian ist anders als wir«, entgegnete Nicholas. »Wir wissen nicht, was er braucht.« Er ergriff die Hand seines Sohnes. »Wirst du allein zurechtkommen, Sebastian?«

Sebastian biß sich auf die Unterlippe. Er schwankte, während er sich sichtlich bemühte, seine Gefühle unter Kontrolle zu bekommen. »Können ... wir ... Gabe ... suchen?«

»Sobald wie möglich«, erwiderte Nicholas.

»Können ... wir ... Ari ... schicken?«

Nicholas warf seiner Tochter einen Blick zu. Sie hatte die Augen geschlossen. Sie war nicht bereit, zu helfen.

»Ich denke schon«, antwortete Nicholas. »Aber jetzt müssen wir uns um die Vögel kümmern. Die Fey sind in der ganzen Stadt. Ich kann Arianna nicht hinausschicken. Wir wollen nicht, daß sie auch in Gefahr gerät.«

»Du wirst mich aber doch wegschicken müssen«, sagte Arianna. Sie hatte die Augen immer noch geschlossen. Ihr Gesicht war in Sebastians Haar vergraben. »Ich bin die einzige, die euch sagen kann, wie viele Vögel draußen sind. Ich bin die einzige, die hier herauskann.«

»Das wissen wir nicht«, gab Nicholas zurück. Er wollte nicht, daß sie hinausging. Sie sollte keinesfalls in die Nähe der Fey kommen.

»Ich kann aus einem der kleinen Fenster des Nordturms fliegen. Ich kann die ganze Stadt sehen, und ich wäre schnell wieder zurück. Das kann sonst niemand im Palast.«

»Nein ...«, flüsterte Sebastian.

»Soll ich Gabe nun finden oder nicht?« fragte Arianna.

»Verlaß ... mich ... nicht«, hauchte Sebastian.

»Das muß ich, wenn ich ihn finden soll. Zuerst müssen wir uns aber selbst in Sicherheit bringen.«

»Nein ...«, beharrte Sebastian.

»Ich bleibe hier«, erklärte Nicholas. »Einer von uns wird immer bei dir sein.«

Sebastian hob sein nasses Gesicht und blickte seinen Vater an. »Versprochen?«

»Ja«, antwortete Nicholas.

Sebastian schmiegte sich erneut in Ariannas Arme. »Du ... mußt ... zurück...kommen. Versprich ... daß ... du ... wiederkommst.«

»Ich verspreche es«, erwiderte Arianna. Sie küßte ihn auf die Wange und trat zurück.

Nicholas schluckte. Sie würde wirklich gehen. Dabei brauchte er sie doch auch.

Sie war einer seiner Trümpfe.

Sein kostbarster Trumpf. Er würde es einfach nicht ertragen, sie zu verlieren.

»Arianna«, sagte er, ohne sich etwas von seinen Gefühlen anmerken zu lassen. »Wenn du Fey siehst, darfst du sie nicht angreifen.«

»Das hat mir die Schamanin schon erklärt.«

»Ganz egal, was du auch sehen magst«, fuhr Nicholas fort. »Sollten sie dich fangen, so bestehe darauf, den Schwarzen König zu sehen. Er wird dich auch sehen wollen.«

»Er wird mich aber nicht zu Gesicht bekommen«, entgegnete Arianna. »Sie werden nicht merken, wer ich bin. Vertrau mir, Paps.«

Er vertraute ihr. Aber er hatte auch gelernt, daß es im Leben nur in den seltensten Fällen einfach zuging, daß sich die ganze Welt innerhalb eines Herzschlages verändern konnte und manchmal alles, was einem kostbar war, in einem einzigen Augenblick zerstört wurde.

»Ich liebe dich, mein Kleines«, sagte er.

Sie nickte und lächelte. »Das nehme ich mit mir«, erwiderte sie. »Paß gut auf Sebastian auf.«

»Versprochen.«

»Ich werde zurück sein, bevor ihr Zeit habt, mich zu vermissen.«

Nicholas hielt seinen steinernen Sohn fest, beobachtete, wie seine Tochter den Raum verließ, hörte, wie ihre Schritte im Korridor hallten. Sie irrte sich. Sie würde nicht schnell genug zurück sein.

Er vermißte sie schon jetzt.

13

»Wir ham Weihwasser, aber nix zum Essen. Weihwasser kann man nit trinken, und satt machen tut's auch nit.«

Matthias hielt die Augen geschlossen. Die Bande, der er sich angeschlossen hatte, diskutierte immer noch hitzig. Er wußte nicht, wie lange er ohnmächtig gewesen war, aber sein Kopf schmerzte, und seine Kehle war wie ausgetrocknet. Auch der Rücken tat ihm weh. Er hatte sich an Marly gelehnt, als er ohnmächtig wurde, und sie hatte ihn auf die Decke gelegt, die auf dem Boden der Höhle ausgebreitet war.

Ihm war warm, wärmer, als ihm in dieser feuchten Höhle hätte sein sollen. Jemand hatte ihn zugedeckt. Er benutzte ihre Ausrüstung. Kein Wunder, daß sie sich beschwerten.

»Wir müssen einen für das Essen zurückschicken«, sagte die Stimme.

»Unmöglich. Hast doch Ubur selbst gehört. Die verbrennen Jahn.«

»Hab's mit eigenen Augen gesehen. Den Tabernakel auch.«

Matthias schlug die Augen auf und stützte sich auf den Ellenbogen. Von der Bewegung wurde ihm schwindelig, und die Wunden an seiner Schulter spannten sich schmerzhaft, aber es war ihm gleichgültig. »Die Fey verbrennen den Tabernakel?«

Yasep zog ein schiefes Lächeln. »Is' 'ne Schande, heiliger Mann. Wenn du dagewesen wärst, wärst du jetzt mausetot.«

Zwei weitere, Matthias unbekannte Männer waren zu der Gruppe gestoßen und hockten neben den Kisten. Ihre Gesichter waren rußverschmiert, die Kleider alt und zerrissen. Der eine hielt ein Messer in der rechten Hand, an dessen Klinge noch frisches Blut glänzte.

»Die fackeln ganz Jahn ab«, sagte der Mann ohne Messer.

»Aber warum?« fragte Matthias.

»Woher soll ich'n das wissen? Wir hams grad noch hierhergeschafft.«

»Seid ihr sicher, daß euch keiner gefolgt is'?« fragte Denl.

»Ubur hat den Fey getötet, der uns am nächsten war«, antwortete der Mann ohne Messer. Ubur, der bewaffnete Mann, nickte bestätigend.

»Hab' gehört, die können sich unsichtbar machen«, sagte Jakib.

»Die können noch viel mehr«, entgegnete Matthias. »Sie können den Körper eines Mannes übernehmen und ihn für sich arbeiten lassen. Sie können sogar selbst zu diesem Mann werden.«

»Du lügst«, sagte Yasep.

Matthias setzte sich mühsam auf. Der Schwindel ließ langsam nach. Er schob die Decke beiseite und ließ sich von der kühlen Höhlenluft einhüllen. Ein angenehmes Gefühl. »Wenn du das Risiko mit den beiden Neuen eingehen willst, gut«, erwiderte Matthias. »Du bist hier der Anführer.«

»Und wie willst du feststellen, ob es keine Menschen nit sind?« fragte Jakib.

»Weihwasser, du Esel«, antwortete einer der anderen Männer. »Das weiß doch jedes Kind.«

»Paar Spritzer Weihwasser gefällig?« fragte Yasep die beiden Neuen.

»Von mir aus«, gab Ubur zurück.

»Wenn's seine Lordschaft glücklich macht, immer her damit.«

»Das is' doch kein Lord«, sagte Denl. »Das is' der Einundfuffzigste Rocaan.«

»Quatsch«, erwiderte Ubur. »Der is' doch tot.«

»Habt ihr den auch mit Weihwasser getestet?« erkundigte sich der zweite Neuankömmling.

»Ich hab' ihn getestet«, antwortete Marly hinter Matthias. Sie saß mit untergeschlagenen Beinen neben einer der Kisten. Der Rock spannte sich zwischen ihren Knien. »Hab' seine Wunden damit gereinigt.«

»Glaubt ihr etwa diesem Weibergeschwätz?« fragte Ubur.

»Sie is' meine Schwester«, sagte Jakib warnend.

Die beiden Neuankömmlinge tauschten einen raschen Blick aus. Schließlich senkte Ubur reumütig den Kopf. »'tschuldigung. Wußt' ich ja nit.«

»Holt Weihwasser«, wies Yasep einen der Männer an, die hinter ihm standen. Dieser öffnete eine Kiste und zog ein Fläschchen hervor. Der Vorrat stammte aus dem Tabernakel oder aus einer der Kirchen. Matthias erkannte es an der Form der Fläschchen. Sie waren eigens für die Kirche von Glasbläsern in der Nähe der Spangen des Todes hergestellt worden.

Der Mann zog den Stöpsel heraus und trat zu den beiden Männern.

»Warte«, sagte Matthias. »Laß mich zuerst prüfen, ob es wirklich Weihwasser ist.«

»Aha, und wie willst du das machen, heiliger Mann?«

»Es hat einen speziellen Geruch«, erwiderte Matthias. »Einen unverkennbaren Geruch.«

Der Mann reichte Matthias die Flasche. Seine Hände hinterließen schlierige Spuren an den Seiten des Gefäßes. Matthias schnüffelte. Genau wie immer verströmte das Wasser einen leicht bitteren Geruch.

»Das ist in Ordnung«, bestätigte Matthias.

Die beiden Neuankömmlinge streckten die Hände aus. Der Mann goß einige Tropfen Wasser darauf, ohne daß etwas passierte.

»Da hast du dir ja wohl umsonst Sorgen gemacht«, äußerte Yasep mit höhnischem Unterton.

»Ich mache mir niemals umsonst Sorgen. Nach der ersten Invasion haben die Fey mehrfach ihre Leute als Spitzel in den Tabernakel geschickt. Sollten die Fey beobachtet haben, wohin die Männer verschwunden sind, werden sie nicht zögern, ihnen zu folgen.« Matthias rieb sich mit der sauberen Hand über das Gesicht. Sein Fingernagel verfing sich in einem Verband und riß schmerzhaft an der gerade verheilenden Wunde. Er stöhnte leise auf.

»Tut das nit.« Marly hielt seine Hand fest. »Ihr werdet Euch noch weh tun. Es braucht seine Zeit, bis alles verheilt is'.«

»Wenn sie Jahn abbrennen wollen, haben wir keine Zeit mehr. Woher kommt die Luft in der Höhle?«

Die Männer zuckten die Achseln.

»Hier gibt's verschiedene Öffnungen«, erwiderte Yasep schließlich. »Außerdem is' der Tunnel zum Teil kaputt.«

»Genau das macht mir Sorgen«, sagte Matthias. »Wenn Wasser eindringt, kann auch Luft hereinströmen. Und Rauch. Wir könnten hier unten ersticken.«

»So klein isses hier nit«, widersprach Yasep. »Du hast nur einen winzigen Teil gesehn. Die Tunnel gehn unter dem Palast durch bis in die Stadt. Hier unten würd' einer jahrelang leben können, ohne daß man ihn find't.«

»So wie ihr?« fragte Matthias.

Denl grinste. »Gut fürs Geschäft.«

Matthias hatte sich geschworen, nicht zu fragen, worin die Geschäfte dieser Männer eigentlich bestanden. Er wollte es lieber nicht wissen. »Und wie steht's mit Essen? Habt ihr Vorräte angelegt?«

»Na klar«, gab Yasep zurück.

»Aber für so viele wird's nit ewig reichen«, schränkte Denl ein.

Yasep warf ihm einen wütenden Blick zu.

»Wollt Ihr was essen?« fragte Marly.

Matthias nickte und barg den Kopf in den Händen. Sogar diese winzige Bewegung verursachte ihm Schwindelgefühle. Er würde nicht durch reine Willenskraft allein gesund werden, mochte er sich auch noch so sehr anstrengen.

»Etwas Wasser«, bat er.

»Und Tak?« fragte sie.

Matthias unterdrückte eine Grimasse. In der schrecklichen Zeit, damals, als er den Tabernakel gerade verlassen hatte, hatte seine Ernährung ausschließlich aus Tak bestanden. So nannte man getrocknetes Brot, das in Fischöl getränkt und dadurch haltbar gemacht wurde. Es schmeckte abgestanden und verdorben, war aber keins von beidem. Reisende waren normalerweise mit großen Vorräten Tak ausgerüstet.

»Hört sich gut an«, erwiderte Matthias.

»Ihro Heiligkeit kennen also Tak«, bemerkte Yasep zynisch.

Matthias seufzte. »Natürlich, Yasep. Ich bin nicht der verwöhnte Mann, für den du mich hältst. Ich lebe seit fünf Jahren unter freiem Himmel und bin seit fünfzehn Jahren ohne Zuhause. Ich ziehe es vor, nicht daran zu denken, wieviel Tak ich schon gegessen habe.«

»Kein Grund, gleich einzuschnappen«, gab Yasep zurück.

»Dann hör auch auf, rumzusticheln«, erwiderte Marly. »Wir wissen alle, daß du eifersüchtig bist, weil er 'n bekannter Mann is' und so, aber du bist unser Anführer, jedenfalls solang du hier nit den Dummkopf spielst, was dir ja ziemlich schwer fallen tut.«

»Halts Maul, Weib.«

»Sprich nit so mit meiner Schwester«, fuhr Jakib auf.

»Mit der kann ich so sprechen, wie's mir paßt«, erwiderte Yasep.

»Siehst du?« fragte Marly, während sie eine Rolle Tak aus einer Kiste zog. »Einfach dumm.«

»Weib ...«

»Laß sie in Ruhe«, schaltete sich Matthias ein. »Du hast schon genug Probleme, ohne daß du deine Leute gegeneinander aufhetzt.«

»Woher willst du das wissen?« fragte Yasep

»Das habe ich gehört«, erwiderte Matthias. Er nahm die Rolle Tak, die Marly ihm anbot, riß ein Viertel davon ab und reichte ihr den Rest. Ihr Stirnrunzeln erwiderte er mit einem Lächeln. Er würde nicht ihren ganzen Vorrat aufessen. Das war nicht nötig. Er hatte sich schon vor langer Zeit bewiesen, daß er nur wenig brauchte, um zu überleben.

Er nahm einen Bissen. Das Tak schmeckte so schlecht wie immer. »Wenn es in Jahn überall brennt und die Fey sich über die ganze Stadt verteilt haben, wird es mit der Versorgung bald knapp werden. Du mußt entscheiden, wie wir vorgehen sollen. Gesetzt den Fall, die Fey entdecken diesen Tunnel nicht, können wir für unbegrenzte Zeit hierbleiben. Natürlich nur, wenn wir ausreichend zu essen haben.«

»Hältst dich wohl für mächtig schlau, was?« fuhr Yasep auf.

»Nein«, erwiderte Matthias. »Ich weiß nur, daß im Augenblick mein Schicksal eng mit deinem verbunden ist. Wenn du dich um diese Dinge kümmerst, werde ich überleben.«

»Ich kann mich ja erst mal ein bißchen um dich kümmern«, sagte Yasep feindselig.

»Wenn du meinst«, gab Matthias zurück. »Dann wäre ich tot, und ihr steht auch nicht besser da.«

»Du bringst uns noch alle ins Grab mit deiner ewigen Eifersucht«, mischte sich Marly ein. »Kapierst du nit, daß er recht hat? Hör ihm doch einfach zu, genau wie den andern.«

»Meiner Ansicht nach«, sagte Matthias ironisch, »hört er mir genauso gut zu wie den anderen.«

»Und Ihr, Ihr seid bloß hier wegen mir. Vergeßt das nit. Wenn ich denk', daß Ihr uns Schwierigkeiten macht, nehm' ich Euch nit länger in Schutz.« Sie war mit einem Schlag fuchsteufelswild. Das gefiel Matthias. Es brachte ihre Wangen zum Glühen.

»Wasser?« fragte er. Das Tak wollte nicht rutschen.

»O ja.« Schon war sie wieder ganz die alte. Etwas kleinlauter, etwas weniger wütend. Von einer Sekunde auf die andere.

Es war gut zu wissen, daß sie ihre Stimmung so schnell ändern konnte, obwohl Matthias nicht wußte, wofür er es noch einmal gebrauchen konnte.

»Von meim Platz vertreibst du mich nit«, knurrte Yasep.

»Ich habe schon gesagt, daß ich nicht die geringste Absicht habe.« Matthias nahm das Wasser, das Marly ihm reichte, und trank. Es schmeckte wunderbar kühl und erfrischend und spülte die letzten Takkrümel hinunter.

»Versuchen tust du's aber die ganze Zeit«, widersprach Yasep.

Matthias seufzte und gab Marly den Becher zurück. »Nein, das stimmt nicht«, sagte er. »Die meisten Anführer haben Berater, die ihnen sagen, was sie ihrer Meinung nach tun sollten. Die Anführer entscheiden selbst, ob sie auf die Berater hören ...«

»Dann hör' ich nit zu.«

»... und berücksichtigen dabei, ob die Ratschläge vernünftig sind oder nicht, und weniger, ob ihnen der Berater paßt oder nicht.«

Yasep starrte Matthias einen Augenblick an und wandte sich dann abrupt ab.

»Recht hat er«, meldete sich Jakib zu Wort.

»Maul halten«, herrschte ihn Yasep an.

»Tätst gut daran, ihm zuzuhörn«, bemerkte Denl. »Der weiß doch mehr als wir.«

Yasep seufzte.

»Is' doch gut, wenn er bei uns bleibt, mit all den Fey in der Stadt. Er weiß alles über Weihwasser.«

»Na gut«, gab Yasep nach. »Dann wirst du eben Anführer, das hast du ja gewollt.«

»Nein«, entgegnete Matthias, »das habe ich nie gewollt und werde es auch nicht akzeptieren. Ich weiß ja nicht einmal, in welche Geschäfte ihr verwickelt seid.«

»Jetzt geht's doch nur noch ums Überleben«, antwortete Marly leise.

»Trotzdem«, wiederholte Yasep, »du bist jetzt unser Anführer.«

Matthias biß erneut ein Stück Tak von der Rolle ab und würgte fast. Er zwang sich, den Bissen zu schlucken. So ging es ihm immer. Seit er den Tabernakel verlassen hatte, war dies schon das vierte Mal, daß man ihm die Führerschaft über eine Gruppe anbot.

Die anderen machten einen erleichterten Eindruck. Er wußte, sie wollten, daß er die Verantwortung übernahm. Er zog Gefolgsleute an, und das gefiel ihm nicht. In den ersten Monaten, nachdem er dem Tabernakel den Rücken gekehrt hatte, war ihm eine Gruppe von Anhängern treulich gefolgt, ohne daß er je auch nur ein einziges Wort mit ihnen gewechselt hätte.

Dann hatte er sich zu den Blutklippen aufgemacht, und ganze Städte hatten sich ihm anschließen wollen. Schließlich hatte er Yeon getroffen, der ihn fragte, warum er sein Talent, Leute an sich zu binden, bekämpfte statt es zu nutzen.

Matthias hatte geantwortet, er sei nicht daran gewöhnt. Im Tabernakel habe er keine Gefolgsleute gehabt.

Merkwürdig, nicht? hatte Yeon gesagt. *Gott verleiht uns eine Begabung, wenn wir sie nicht brauchen, und nimmt sie uns, wenn wir ihrer bedürfen.*

Manchmal fragte sich Matthias, ob es sich wirklich so verhielt, wie Yeon sagte, oder ob Gott ihm dieses Talent nicht erst nach seiner Zeit im Tabernakel gegeben hatte, um ihm zu zeigen, daß er zu anderen Aufgaben bestimmt war. Aber worin diese neuen Aufgaben bestanden, wußte Matthias nicht.

»Hast du nix zum Sagen?«

»Ich will euch nicht führen«, erwiderte Matthias.

»Mir doch egal, was du willst.«

Matthias legte den Kopf schief, um Yasep im Licht der Fakkel besser sehen zu können. »Zuerst bist du eifersüchtig, weil du denkst, ich will euer Anführer sein, und dann versuchst du, mich mit Gewalt zum Anführer zu machen. Du mußt dich entscheiden, was du willst, Yasep.«

Aber Yasep sah ihn nicht einmal an. Er ging statt dessen zu Ubur hinüber. »Stimmt das mit den Fey? Sind die überall in Jahn und morden und brennen?«

»Ja«, bestätigte Ubur, der das Zwischenspiel mit großem Interesse beobachtet hatte.

»Glaubst du, daß die damit aufhörn?«

»Erst wenn sie alles niedergemacht ham.«

»Das wird Nicholas nicht zulassen«, widersprach Matthias. Egal, was er von dem Jungen hielt, er würde sicherlich nicht einfach zusehen, wie man seine Stadt dem Erdboden gleichmachte.

»Hab' keine Wachen von uns gesehn«, sagte Ubur.

»Nicholas«, stieß Denl überrascht hervor. »Meinst du König Nicholas?«

Matthias zuckte die Achseln. »Nennt ihn, wie ihr wollt.«

»Glaubst du, er soll nit unser König sein?«

»Er hat das Recht auf den Titel«, antwortete Matthias. »Ich frage mich nur manchmal, auf wessen Seite er steht.«

Jakib lächelte und kauerte sich neben Matthias. »War doch Schicksal, daß ich dich gerettet hab'. Wir sind deiner Meinung. Keine Freunde der Fey.«

»Jakib!« herrschte Marly ihren Bruder an.

»Schon recht«, beschwichtigte Matthias. »Auch ich bin kein Freund der Fey und war von Anfang an dagegen, daß Nicholas dieses Fey-Weib geheiratet hat. Er hat nicht auf mich gehört, und deswegen bin ich letzten Endes auch hier bei euch gelandet.«

»Ich kann's einfach nit«, sagte Yasep. Er ließ sich schwer sinken.

»Was kannst du nicht?« fragte Matthias

»Dem Mann da meinen Posten überlassen.«

»Dann laß es«, antwortete Matthias. »Ich will niemanden führen. Das liegt mir nicht.«

»Siehst du?« sagte Marly.

»Ich weiß nit, ob ich's kann«, antwortete Yasep und sprach zum ersten Mal von gleich zu gleich mit Matthias. »Ich weiß nix über die Fey. Ich wär' nie draufgekommen, Ubur und Dalis zu überprüfen, wenn du's nit gesagt hättst. Hätt' nie dran gedacht, daß hier einer herkommt, der nit zu uns gehört. Wenn ich der Anführer bin, bring' ich uns womöglich alle um.«

»Bist du deswegen so eifersüchtig? Aus Furcht?«

»Ja«, bestätigte Yasep leise. »Du weißt Bescheid. Du weißt, wie man mit den Fey umspringen muß.«

»Vielleicht«, erwiderte Matthias. »Aber nicht in diesem Fall. In diesem Fall hast du recht. Verstecken wir uns. Da oben sind zu viele Fey, um sie zu bekämpfen.«

»Ja«, stimmte Dalis zu. Er wischte sich mit der Hand über das rußverschmierte Gesicht und machte es dadurch noch schmutziger. »Hab' noch nie so viele Fey auf einem Haufen gesehen. Dort oben sind mehr Fey als Leute aus Jahn, würd' ich denken.«

»Dann laßt uns zusammenarbeiten, wie er's gesagt hat«, meinte Marly leicht gereizt. »Du hast hier das Kommando, Yasep. Und der Heilige Herr die Ideen.«

»Ich bin kein Heiliger Herr«, widersprach Matthias.

»So wär's am besten. Er weiß, was wir tun müssen, und du kennst uns. Das haut doch prima hin«, bemerkte Jakib.

»Du weißt, wie die Tunnel verlaufen und wieviel Vorräte und Weihwasser wir haben«, fuhr Matthias fort. »Außerdem bin ich viel zu schwach, um den Anführer zu spielen.«

Yasep nickte kurz. »Reden wir nit mehr drüber.«

»Gut«, sagte Matthias. »Ich finde das Thema auch ermüdend.«

Er nahm noch einen Schluck Wasser und einen Bissen Tak. Das tat gut. Und jetzt, da die Frage der Führung endgültig geklärt war, konnte er sich vielleicht noch ein wenig Ruhe gönnen.

Denl hob plötzlich die Hand. »Habt ihr's gehört?« flüsterte er fast lautlos.

»Nein«, sagte Jakib.

»Schschsch«, machte Denl. Die ganze Gruppe beugte sich lauschend vor. Matthias hörte auf zu kauen.

Ein tappendes Geräusch.

Schritte.

Jemand fluchte.

»Die Fey«, hauchte Ubur. »Die sind uns gefolgt.«

»Das wissen wir noch nicht«, zischte Matthias leise. »Vielleicht haben auch andere von diesem Versteck gehört.«

»Und von unserm Essen«, flüsterte Dalis.

Yasep legte den Finger auf die Lippen. Er nickte Jakib und Latse zu. Sie stellten sich eilig zu beiden Seiten des Tunneleingangs auf. Dann deutete er auf Ubur und Dalis. Dalis zog sein

Messer, Ubur hielt seines schon griffbereit in der Hand. Der Rest der Gruppe preßte sich im Dunkeln an die Wand. Yasep legte eine Hand auf Marlys Schulter und drückte sie auf die Decke neben Matthias.

»Nein«, flüsterte sie.

»Is' am besten so«, flüsterte Yasep zurück.

»Finde ich auch«, sagte Matthias leise. Er hatte den Plan verstanden. Marly und Matthias würden bei den Vorräten zurückbleiben, als sei dies ihr Versteck, ein Paar auf der Flucht vor den Fey. Die anderen würden erst angreifen, wenn es nötig war. »Aber gib mir ein Messer.«

Yasep sah ihn einen Augenblick prüfend an und zog dann ein Messer aus dem Stiefel. »Nur wenn's Fey sind.«

Marly kroch über den Boden, packte ein Fläschchen mit Weihwasser und grinste. »Nee. Wenn's Fey sind, nehmen wir das hier.«

Yasep verschwand in der Dunkelheit. Matthias ergriff Marlys Hand. Er brachte es nicht übers Herz, ihr zu sagen, daß sie sich mit Weihwasser, Messer und allem, was sie finden konnten, zugleich zur Wehr setzen mußten, sollte der Eindringling wirklich ein Fey sein.

Und daß ihr Überleben nicht einmal dann gesichert war.

14

»Los, komm«, sagte Coulter. Er nahm Gabe bei der Hand und versuchte, ihn weiterzuzerren. Gabe rührte sich nicht. Er fühlte sich orientierungslos und allein, einsamer, als er es je gewesen war. Als sei sein Körper ein leeres, verlassenes Haus. Leise rief er in die Räume hinein.

Allein.

Adrian beobachtete ihn. Die Rotkappe hatte die Arme verschränkt. Sein Gesichtsausdruck war finster. Er vertraute Gabe nicht, jetzt weniger denn je. Die Berührung seines Urgroßvaters war zuviel gewesen. Die Rotkappe hatte vor langer Zeit einmal getötet, hatte Coulter gesagt. Vielleicht würde er es auch ein zweites Mal tun.

Leens Haut war fahl und bleich. Ihr Zorn war verraucht. Gabe hatte sie noch nie in einem solchen Zustand gesehen.

Und Adrians Sohn stand neben ihm, als wolle er einem richtigen Fey lieber nicht zu nahe kommen.

»Wo sollen wir jetzt hin?« fragte Gabe. »Wenn er mich hier gefunden hat, kann er mich überall finden.«

Coulter schüttelte den Kopf. »Ich habe ihn ausgeschlossen. Er kann dich nicht mehr finden. Aber wir wissen nicht, wieviel er gesehen hat. Wie schnell er uns hier finden kann. Wir müssen ein neues Versteck suchen.«

»Es gibt keins«, sagte Gabe. Sein Urgroßvater war bereits in den Schattenlanden und befand sich eben wahrscheinlich schon im Anmarsch auf Jahn.

»Auf der Insel gibt es viele Verstecke«, wandte Adrian ein. »In der Nähe der Spangen des Todes gibt es Berghöhlen.«

»Die Dörfer im Norden liegen weitab«, schlug Adrians Sohn vor. »Dort findet dich niemand.«

»Du kannst dein eigenes Schattenland errichten«, meinte Leen.

Die Sonne stand jetzt hoch am Himmel. Der Tau war getrocknet, und langsam stieg Hitze auf. Es war ein richtiger Sommer, Gabes bevorzugte Jahreszeit.

Coulters bevorzugte Jahreszeit.

Auch Sebastian liebte den Sommer.

Gabe spürte, wie ihn eine leise Furcht erschauern ließ. Er ging wieder zurück, in sich selbst hinein, glitt an seiner ältesten und bevorzugten Verbindung entlang ...

...und prallte gegen eine Tür. Sein Bewußtsein taumelte und schwand beinahe, aber er zwang sich zum Bleiben. Die Tür war von Licht umhüllt. Coulter hatte sie mit Lichtsträngen eingewickelt.

Gabe berührte das Licht und fühlte, wie ihn ein Beben erfüllte, das sich von seinem Bewußtsein in seinen Körper fortsetzte. Die Tür war von beiden Seiten verschlossen. Gabe dehnte sich noch einmal, streckte seine imaginäre Hand so weit aus, wie er konnte, aber das Beben wurde übermächtig.

Seine Verbindung war geschlossen. Er war abgeschnitten von Sebastian, und Sebastian brauchte ihn.

Vielleicht traf Sebastian auf den Schwarzen König, und dann war er ganz allein. Das durfte Gabe nicht zulassen.

Er jagte in seine Augen zurück und hatte das Gefühl, beinahe aus ihnen herauszuplatzen, wie ein zorniges Kind, das durch einen Raum rennt.

Überrascht wich Adrian zurück. Sogar Leen sah verblüfft aus. Gabe fragte sich, wie lange seine Abwesenheit gedauert hatte.

»Du hast meine Verbindungen durchtrennt«, sagte er zu Coulter.

»Nicht durchtrennt. Nur verschlossen.«

»Öffne sie«, befahl Gabe.

»Dann kann uns dein Urgroßvater finden. Er ist auch beim ersten Mal nicht auf direktem Weg zu dir gekommen. Er hat dich über das Schattenland erreicht.«

»Öffne meine Verbindungen.«

Coulter streckte ihm die Hand entgegen. »Nicht alle sind geschlossen. Unsere Verbindung ist geöffnet.«

»Und warum kann mein Urgroßvater diese Verbindung nicht benutzen?« fragte Gabe sarkastisch. »Oder hat er es vielleicht nur auf Verbindungen abgesehen, die dich bedrohen?«

»Du verstehst das falsch, Gabe«, sagte Coulter, aber seine Stimme klang zu glatt, zu überzeugend.

»Öffne meine Verbindung zu Sebastian.«

»Nein«, sagte Coulter.

»Öffne sie.«

»Öffne sie doch selbst«, schaltete sich Adrian vorsichtig ein, als wolle er sich nicht in diesen Streit einmischen, könne sich aber nicht länger zurückhalten.

»Ich habe es versucht. Coulter hat mich ausgeschlossen.«

»Coulter?«

Coulter zuckte die Achseln. »Sebastian ist leer. Es wäre für den Schwarzen König ganz einfach, in ihn einzudringen und dich aufzuspüren.«

»Sebastian ist nicht leer«, widersprach Gabe. »Er ist ein Teil von mir. Und ohne mich wird er sterben.«

»So wie du ohne mich stirbst?« fragte Coulter.

Die Worte hingen zwischen ihnen in der Luft. Coulter hatte Gabes Leben gerettet, als sie beide noch Jungen waren. Gabe stand in seiner Schuld. Er würde immer in Coulters Schuld stehen.

»Nein«, erwiderte Gabe leise. »Sebastian braucht mich, um zu überleben.«

»Es besteht ein Unterschied zwischen Verbindung und Bund«, sagte Coulter.

»Das weiß ich«, entgegnete Gabe. »Aber Sebastian verläßt sich auf mich. Diese Vision ... ohne mich wird er sterben.«

»Bist du dir sicher?« fragte Coulter. »Weißt du das ganz genau?«

Gabe schluckte. Er wußte es nicht genau. Und er wußte auch nicht, ob jemand anders es wußte. Aber er würde keinesfalls Sebastians Leben aufs Spiel setzen, um es herauszufinden. »Öffne die Verbindung. Ich kann ihn nicht sterben lassen.«

»Er ist sowieso nicht wirklich am Leben.«

»Ich bin zu dir gekommen, damit du mir hilfst, ihn zu retten!« antwortete Gabe. »Ich bin wegen Sebastian hier.«

»Nein«, gab Coulter zurück. »Du bist hier, damit ich dich vor dem Schwarzen König schützen kann. Er hat bereits deine Adoptiveltern auf dem Gewissen. Was, glaubst du, wird er wohl mit dir machen?«

»Er kann mich nicht töten«, sagte Gabe. »Er ist um meinetwillen hier. Das weißt du. Erzähl keine Lügen, um zu rechtfertigen, was du getan hast.«

»Ich schütze dich vor ihm.«

»Öffne die Verbindung!« wiederholte Gabe.

»Nein.« Entschlossen verschränkte Coulter die Arme.

»Öffne sie«, wiederholte Gabe.

»Nein. Er wird dich durch die Verbindung finden. Weißt du das nicht? Vielleicht ist das die Bedeutung deiner Vision. Daß er dich findet und dadurch Sebastian zerstört.«

»Visionen sind keine Sinnbilder«, antwortete Gabe. »Sie sind immer Ausschnitte der Wirklichkeit.«

»Ich glaube, wir sollten hier nicht länger herumstehen und streiten«, mischte sich Adrian wieder ein. »Wenn der Schwarze König weiß, wo sich Gabe aufhält, sollte sich Gabe so schnell wie möglich in Sicherheit bringen.«

»Vielleicht wollen ja auch noch andere von hier verschwinden«, bemerkte Adrians Sohn.

Adrian und Luke blickten einander über den Kopf der Rotkappe hinweg an.

»Der Schwarze König kann uns nur dann schaden, wenn wir es zulassen«, sagte Gabe.

»Mir scheint, daß er eine Menge Unheil anrichten kann«, äußerte Leen.

»Wenn er in unsere Nähe kommt, errichte ich ein Schattenland«, entgegnete Gabe.

»Er kann auch in ein Schattenland eindringen«, erwiderte Coulter. »Er hat die Macht dazu.«

»Vorausgesetzt, er findet es«, konterte Gabe.

»Das wird ihm nicht schwerfallen«, gab Coulter zurück.

Gabe lächelte. »Die meisten Schattenländer sind viel kleiner als das meines Großvaters. Die meisten dienen kleinen Gruppen als Versteck.«

»Kannst du denn so etwas?« fragte Leen.

Gabe beantwortete ihre Frage nicht. Er sah unverwandt auf Coulter. Coulters blaue Augen waren blaß, blasser als alle anderen Augen, die Gabe je gesehen hatte. »Ich brauche dich nicht«, sagte Gabe.

»Ich habe dir soeben das Leben gerettet«, erwiderte Coulter.

»Ach, wirklich?« fragte Gabe. »Hast du nicht vielmehr jemanden, den ich liebe, zum Tode verurteilt?«

»Sebastian ist kein lebendiges Wesen.«

»Sebastian lebt«, entgegnete Gabe.

»Er ist durch Zauberkraft erschaffen. Er lebt nicht wirklich.«

»Dann erklär mir den Unterschied.« Gabe verschränkte die Arme. »Sebastian denkt. Fühlt. Er ißt, schläft und atmet genau wie wir. Erklär mir den Unterschied.«

»Er hat keine Seele.«

Gabe zuckte überrascht zusammen. Dieses Wort hörte er

zum ersten Mal aus Coulters Mund. »Doch, er hat eine Seele. Ich habe sie gesehen und mit ihr gesprochen.«

»Das war nur ein Teil deiner selbst«, widersprach Coulter.

»Es war Sebastian. Öffne die Verbindung.«

»Nein.«

Gabe schluckte und erinnerte sich an den merkwürdigen Schmerz, als er selbst versucht hatte, diese Verbindung zu öffnen. Coulters Blockade traf Gabes Bewußtsein und seinen Körper zugleich. Coulters mächtige Zauberkraft, die Gabe immer als etwas Selbstverständliches hingenommen hatte, hatte sich jetzt gegen ihn gewandt.

»Dann sag mir, wie man es macht«, forderte Gabe. »Ich will eine offene Verbindung zu Sebastian.«

»Du kannst sie nicht öffnen«, entgegnete Coulter. »Ich steuere deine Verbindungen. Das tue ich seit dem Tag, an dem deine Mutter starb.«

Darauf hatte Gabe keine Antwort. Er wußte wirklich nicht, wodurch Coulter ihn am Leben gehalten hatte, er wußte nur, daß Coulter es irgendwie geschafft hatte und daß sie sich seit jenem Tag nahestanden.

»Du willst mir also nicht helfen«, stellte Gabe fest.

»Ich glaube, daß die Verbindung geschlossen bleiben muß. Sonst findet dich der Schwarze König. Ich beschütze dich, Gabe.«

»Das werde ich nicht zulassen«, erwiderte Gabe. »Nicht, wenn Sebastian deswegen sterben muß.«

»Deswegen beschütze ich dich ja«, sagte Coulter. »Ich weiß genau, was für dich am besten ist.«

Das gab den Ausschlag. Gabe hatte genug. Er hatte seine Adoptiveltern, seine Freunde und alles, was ihm vertraut war, verloren. Er war zu Coulter gekommen, um ihn um Hilfe zu bitten, und Coulter hatte ihn von der einzigen Person getrennt, die er noch als seine Familie betrachtete.

»Das kannst du nicht wissen«, entgegnete Gabe.

»In diesem Fall schon.«

Gabe blickte zu Leen hinüber. Sie hatte sich so heftig in die Unterlippe gebissen, daß ihr Blut über das Kinn lief. Gabe wischte es mit dem Daumen ab und strich ihr mit der Hand das Haar aus der Stirn.

»Ich gehe nach Jahn«, sagte er. »Begleitest du mich?«

Sie fuhr sich mit dem Ärmel über die Lippen. Ihre Hand zitterte. Sie hatte noch nie einen solchen Verlust erlitten. »Warum?« fragte sie.

»Weil ich dich an meiner Seite brauche«, erwiderte er.

»Die Fey werden dir nichts tun«, gab sie zurück. »Das dürfen sie nicht.«

Sie versuchte zu lächeln, stöhnte aber, als sich ihre Lippen verzogen. »Ich kann jetzt nirgendwohin mehr gehen.«

»Geh nicht nach Jahn«, warnte Coulter. »Die Fey-Soldaten suchen nach dir.«

»Ich dachte, sie wären auf dem Weg hierher«, entgegnete Gabe.

»Und dorthin.«

Gabe zuckte die Achseln. »Öffne meine Verbindung, und ich tue alles, was du willst.«

»Und wenn nicht?«

»Dann gehe ich nach Jahn und schütze Sebastian allein.«

»Du würdest alles für einen Steinbrocken aufs Spiel setzen?«

»Ich würde alles für Sebastian riskieren«, antwortete Gabe. »Genauso, wie ich alles für dich riskiert hätte.«

»Hätte?«

Gabe nickte. »Hätte.«

Coulter trat einen Schritt zurück. Seine Augen waren weit aufgerissen, und er sah schockiert aus. »Ich habe es für dich getan«, sagte er.

»Nein«, widersprach Gabe. »Du hast es für dich selbst getan. Ich bin alt und stark genug, um über mein eigenes Schicksal zu entscheiden. Ich brauche dich nicht dazu.«

»Was willst du tun, wenn ich die Verbindung nicht öffne?«

»Dann schließe ich unsere«, antwortete Gabe, »und wir sind keine Freunde mehr.«

»Du kannst unsere Verbindung nicht trennen. Du weißt nicht, welche Auswirkungen das hat.« Die Panik in Coulters Stimme war unüberhörbar.

»Ich werde sie schließen, so wie du meine mit Sebastian geschlossen hast.«

Coulter schluckte so heftig, daß sein Adamsapfel auf und ab hüpfte. Für einen Augenblick sah er aus wie der einsame, verlassene Junge, den Gabe von früher kannte. »Ich kann die Verbindung nicht öffnen. Es ist zu gefährlich.«

»Gut«, sagte Gabe. Er zog sich in sich selbst zurück und schlug die letzte Tür zu, die ihn mit Coulter verband. Um sie herum errichtete er ein Schattenland nach dem anderen, eine geschlossene Reihe von Labyrinthen, in denen jeder, der gewaltsam einzudringen versuchte, sich für immer verfing oder zurückgestoßen wurde.

Als Gabe wieder in sich selbst zurückkehrte, beobachtete ihn Coulter immer noch. »Tu das nicht«, flüsterte Coulter. »Du brauchst mich.«

Die Bitte rührte Gabe nicht mehr. »Nein«, entgegnete er. »Ich brauche dich nicht. Ich brauche niemanden mehr.«

Sein Blick wanderte wieder zu Leen. Ihre Augen waren weit aufgerissen, ihre Haut fleckig und die Lippen aufgerissen. »Kommst du mit?«

Sie nickte.

»Gut.« Gabe drehte sich um und verließ das Maisfeld mit entschlossenen Schritten. Er wartete nicht, ob Leen ihm folgte.

»Gabe!« rief Coulter ihm nach. »Gabe, warte doch!«

Das Entsetzen in Coulters Stimme war so groß, daß Gabe spürte, wie sich seine Nackenhaare aufstellten. Aber er blieb nicht stehen. Er wartete nicht. Wenn er seinem Urgroßvater begegnen mußte, dann war er dazu bereit. Aber er würde nicht zulassen, daß Sebastian etwas zustieß.

Sebastian war alles, was er noch hatte.

15

Arianna hüpfte mit angelegten Flügeln über den schmalen Sims. Dort war es schmutzig. Staub und Vogelkot lagen auf der Fensterbank und in dem schmalen Gelaß zwischen Dach und Mauerwerk. Dieser Teil des Nordturms wurde seit langem nicht mehr benutzt. Sie war sich nicht sicher, ob außer ihr noch jemand dieses Gelaß kannte.

Sie hatte es als junges Mädchen entdeckt. Zwischen den Ziegeln hatten die Vögel ihre Nester gebaut. Mäuse hatten sich häuslich in den Löchern am Boden eingerichtet. Über allem hing ein muffiger Geruch. Aber das war Arianna gleichgültig. Sie ließ ein altes Gewand auf dem Boden zurück und Verwandelte sich.

Der Sims bestand aus einer kleinen Ausbuchtung zwischen den Steinen und lag im Schutz des darüberhängenden Daches verborgen. Mehr als einmal war Arianna anderen Vögeln dadurch entkommen, daß sie hierhergeflogen war. Die Ausbuchtung war nicht zu sehen, wenn man sich nicht direkt davor befand. Die meisten Vögel waren nicht intelligent genug, um nach einer solchen Stelle zu suchen.

Aber diese Vögel vor dem Palast waren anders.

Sie hatte es jetzt mit einem gefährlicheren Feind zu tun.

Sie hatte wieder ihre Rotkehlchengestalt angenommen. Zwischen den Fey gab es auch einige Rotkehlchen, aber es waren zu wenige, um sie zu bemerken. Sie hoffte, die Fey würden sie für einen richtigen Vogel halten. Das setzte aber voraus, daß sie sich einen Plan zurechtlegte. Flog sie direkt aus dem Palast, könnte jemand Verdacht schöpfen, vielleicht nicht, daß sie eine Gestaltwandlerin war, aber daß sie in irgendeiner Verbindung zum Palast stand. Solanda hatte ihr erklärt, daß in manchen Kulturen Vögel als Boten benutzt wurden. Man brachte ihnen bei, mit einer Nachricht am dünnen Beinchen zu einem bestimmten Ort zu fliegen.

Wenn Solanda an solche Dinge glaubte, taten es die anderen Fey erst recht.

Arianna spähte vorsichtig hinab. Von ihrem Standpunkt aus konnte sie nicht sehen, in welche Richtung die anderen Vögel blickten. Sie war jedoch zu klug, um anzunehmen, daß die Vögel sie nur deshalb nicht sehen konnten, weil sie selbst die Vögel nicht sah.

Zu ihren Füßen streckte sich die Stadt aus. Im Westen stiegen große schwarze Rauchwolken zum Himmel auf, und auch im Süden erhoben sich Rauchsäulen. Sie befürchtete, daß der Rauch aus der Gegend des Tabernakels kam. In den Straßen erkannte sie Leute, aber die Stadt machte einen sonderbar stillen Eindruck. Sie vernahm weder Rufe noch Schreie oder Waffengeklirr.

Das gefiel ihr nicht. Sie hatte sich immer vorgestellt, daß es im Krieg laut zuging.

Vorsichtig schob sie sich in die Mitte des kleinen Simses. Sie mußte jetzt geradeaus fliegen, als sei sie mitten im Flug über den Palast und nicht aus ihm herausgekommen. Das hatte sie noch nicht oft geübt. Sie mußte dabei schon mit Höchstgeschwindigkeit starten und diese Geschwindigkeit auch beibehalten, als sei das die natürlichste Sache der Welt.

Es gab hier keine echten Vögel. Das störte sie. Sie wußte nicht genau, ob sie wegen der Fey weggeblieben waren oder ob die Fey sie verjagt hatten.

Sie breitete die Flügel aus. Eine leichte Brise strich am Palast entlang und zauste ihre Federn. Das würde ihren Start noch erschweren. Sie mußte vom ersten Augenblick an ihre ganze Kraft einsetzen. Kein Flattern, keine Fehler.

Sie wartete, bis der Wind abflaute, hüpfte vom Sims und

flog mit gleichmäßigen Flügelschlägen davon. Ein kurzer Senkflug, dann drehte sie nach links, flog vor Rauch und Fey davon. Sie kannte Vögel gut genug, um zu wissen, daß diese niemals freiwillig in die Richtung fliegen würden, aus der Gefahr drohte.

Es bedurfte ihrer ganzen Willenskraft, nicht zu den Fey hinunterzublicken. Sollte sie verfolgt werden, würde sie es schnell genug merken. Sie wußte auch bereits, was sie in diesem Fall tun würde. Sie würde sich teilweise Wandeln und erklären, wer sie war. Falls die Fey sie fangen wollten, mußten sie sie erst einmal in die Hände bekommen, und selbst darauf war sie gut vorbereitet.

In diesem Teil des Himmel war sie allein.

Sie flog höher. Die Tierreiter rund um den Palast waren ausschließlich Vögel. Sie saßen etwa zwanzig Reihen tief hintereinander.

Und sie waren die einzigen Fey, die im Augenblick nicht kämpften.

Fey zerrten Inselbewohner im östlichen Teil Jahns aus ihren Häusern und brachten sie langsam um, indem sie ihnen die Haut abzogen. Die Schreie, die Arianna in der Nähe des Palastes nicht gehört hatte, gellten hier entsetzlich zu ihr herauf. Sie konnte die Stimmen nicht voneinander unterscheiden. Sie vereinigten sich zu einem einzigen qualvollen Schmerzensschrei.

Arianna flog nach rechts in Richtung Cardidas. Der Fluß war leer. Keine Schiffe waren zu sehen. Die Fey waren auf anderem Weg auf die Insel gekommen. Auch die Brücken, die den Fluß überspannten, waren menschenleer.

Ebenso verlassen wie die Straßen.

Mit Ausnahme der Gegend rund um den Tabernakel. Eine zweite gewaltige Heerschar umringte den Tabernakel, riegelte ihn ab und durchkämmte ihn. Die weißen Rauchfahnen, die

Arianna gesehen hatte, stiegen aus den unteren Geschossen des Gebäudes auf. Das Feuer hatte sich offenbar ungehindert ausgebreitet, der Rauch war aber jetzt nicht mehr weiß, sondern tintenschwarz und roch nach verbranntem Fleisch.

Der Magen drehte sich ihr um. Auds rannten ins Freie, verfolgt von Fey. Alle möglichen Tiere hatten sich im Hof des Tabernakels breitgemacht. Sie zerfetzten, zerrissen und fraßen die Leichen der Bewohner. Überall lagen menschliche Überreste und Einzelteile: zur Hälfte gefressene Köpfe, abgeschnittene Hände, zerquetschte Glieder.

Arianna wurde übel. Sie schluckte heftig. Sie hatte sich noch niemals durch ihren Schnabel übergeben. Und sie würde es auch jetzt nicht tun, ganz gleich, was sie dort unten sehen mochte.

Auch im Tabernakel herrschte Lärm. Die Fey-Tiere knurrten, jaulten und grunzten. Inselbewohner schrien, Flammen fauchten. Arianna flog weiter, zurück über den Fluß in Richtung Westen, wo die dicksten Rauchwolken aufstiegen.

Als sie näher kam, keuchte sie entsetzt. Die Fey hatten Häuserreihe um Häuserreihe in Schutt und Asche gelegt. Nichts als zerstörte, rauchende Ruinen waren übrig. Auf den Straßen lagen verkohlte Leichen. Die Fey waren bereits weitergezogen. Auch Inselbewohner konnte Arianna nicht entdecken, zumindest keine lebenden. Einige Tiere irrten durch die Trümmer, als fänden sie nicht aus den brennenden Straßenzügen heraus.

Noch nie hatte Arianna so viele tote Menschen gesehen.

Wie hatte dies alles so schnell geschehen können? Die Fey hatten erst letzte Nacht ihre Ankunft gemeldet. Wie waren nur so viele auf die Insel gekommen, ohne daß man sie vorher bemerkt hatte?

Sie ließ sich so tief wie möglich in die Nähe der schwelenden Überreste sinken. Es schien, als seien die Menschen aus ihren Häusern gerannt, als das Feuer sie noch im Schlaf überraschte. Was hatte Solanda ihr immer gesagt? Das Geheimnis einer erfolgreichen Kriegsführung bestand darin, den Gegner zu überraschen.

Vollständig zu überraschen.

Während sie noch in Sebastians Zimmer mit ihrem Vater diskutiert hatte, während er noch die Adligen zusammenrief, während sie sich noch über Solandas Abwesenheit ärgerte, hatten die Fey bereits zugeschlagen. Lautlos. Genauso lautlos, wie sie den Palast umringt hatten.

Die Vögel hatten geschwiegen. Vögel schwiegen niemals. Obwohl Arianna das wußte, hatte sie nicht daran gedacht. Vögel, die sich ausruhten, sangen, tirilierten und zwitscherten. Diese saßen nur da und warteten.

Warteten auf einen Befehl.

Der Gestank nach brennendem Fleisch war so beißend, daß er durch Nase und Kehle bis in ihren Magen zu dringen schien. Arianna bezweifelte, daß sie diesen Geruch je wieder loswerden würde.

Ihre Stadt würde nie wieder derselbe Ort sein wie vor dem Angriff.

Und ihr Zuhause würde nie wieder dasselbe Zuhause sein.

Vor wenigen Tagen noch hatte sie sich über ihr Geburtsmal, ihr Aussehen und die Tatsache, daß die Leute sie anstarrten, Sorgen gemacht. Diese Sorge kam ihr mit einem Mal völlig bedeutungslos vor. Die meisten Menschen, die sie angestarrt hatten, waren vermutlich nicht einmal mehr am Leben. Und ihr Geburtsmal, das sie als Gestaltwandlerin zeichnete, konnte vielleicht die Übriggebliebenen retten, wenn sie es zuließ.

Und das Mal nicht verbarg, wie ihr Vater es wollte.

Ganze Kolonnen von Fey marschierten aus westlicher Richtung auf die Brücke zu. Sie waren auf dem Weg zum

Tabernakel. Ihr Urgroßvater war ein schlauer Fuchs. Die erste Invasion war durch den Tabernakel verhindert worden. Also würde er jetzt den gefährlichen Tabernakel vernichten, bevor die Inselbewohner seine Ankunft überhaupt begriffen hatten.

Die Fey verhandelten nicht, wie es ihr Vater gewünscht hatte. Sie waren entschlossen, alles an sich zu reißen. Zu erobern.

Ihre Familie mußte Widerstand leisten. Mit einem Mal schienen sie die Unterlegenen zu sein, ohne Weihwasser und den Vorteil der Überraschung auf ihrer Seite. Sie mußten sich ihre Vorteile erst erkämpfen.

Arianna flog wieder in nördlicher Richtung zum Palast. Eine weitere Kolonne Fey-Soldaten marschierte durch die Straßen von Jahn und riß die Einwohner aus den Betten. Erst wollte Arianna hinunterfliegen, besann sich dann aber. Sie war ganz allein: Sie konnte unmöglich alle Menschen dort unten retten. Sie mußte jetzt ihrem Vater Bericht erstatten und nicht die Hoffnung verlieren.

Sie hatte der Schamanin versprochen, niemals ihren Urgroßvater zu verletzen.

Daran würde sie sich auch halten.

Aber sie hatte kein solches Versprechen hinsichtlich seiner Truppen abgegeben.

Das hier war ihre Insel, und er hatte kein Recht, sie zu zerstören.

Nicht das geringste Recht.

16

Rugad stolzierte durch sein eigenes Schattenland. Es war das zweitgrößte Schattenland, das er auf der Blauen Insel gebaut hatte, etwa auf halber Strecke zwischen dem alten Schattenland seines Sohnes und Jahn, ein perfekter Platz für ein Lager. Erst als er sein eigenes Schattenland betrat, wurde ihm klar, wie unbehaglich er sich in dem zerstörten gefühlt hatte.

Genau so hatte ein militärisch aufgebautes Schattenland auszusehen. Ringsum entlang der Wände waren Zelte aufgebaut. Im Zentrum des Schattenlandes hatte man ebenfalls mehrere Zelte in langen, schnurgeraden Reihen aufgeschlagen, gerade weit genug auseinander, um zwischen ihnen hindurchzugehen. In diese Zelte konnte man sich ungestört zurückziehen. Sie bestanden aus einem besonderen Material, das Rugad in Nye entdeckt hatte; es saugte das Grau des Schattenlandes auf und brachte ein wenig Farbe in dessen trübes Inneres. Rot war zwar nur als schwaches Rosa zu erkennen, leuchtendes Grün als verblichenes Graugrün, aber die Farben machten den Ort immerhin ein bißchen freundlicher und hielten die Moral der Truppe aufrecht.

Jeder Krieger war selbst für Essen und Versorgung verantwortlich. Die Belegschaft des Schattenlandes richtete sich ganz nach den Kampfhandlungen draußen. Manchmal schliefen die Anführer hier. Manchmal die Infanterie.

Aber niemand versteckte sich. Dazu waren sie nicht hergekommen, auch wenn Rugads Sohn das Schattenland als Zuflucht benutzt hatte.

Im Augenblick befand sich hier ein Großteil der Krieger, die Rugars Schattenland zerstört hatten. Sie ruhten sich aus, bevor sie sich erneut in den Kampf um Jahn stürzten. Schon vor langer Zeit hatten die Fey gelernt, daß man Kriege nur dann gewinnt, wenn man über so viel Soldaten verfügte, daß ein Teil der Truppe sich erholen konnte, während der andere Teil kämpfte. Gut ausgeruhten Truppen unterliefen keine Fehler. Gut erholte Truppen töteten nur den Feind, nicht die eigenen Leute.

Rugad hatte schon unzählige Male miterlebt, wie erschöpfte Soldaten im Kampfgebiet eine Bewegung wahrnahmen, sofort schossen und auf diese Weise einen der ihren getötet hatten.

Die Leute, die im letzten Kampf eingesetzt worden waren, machten einen erschöpften Eindruck. Rugad wußte, daß ihre Erschöpfung nicht nur körperlich, sondern auch geistig bedingt war. Es bedurfte großer Disziplin, andere Fey zu töten, aber selbst mit größter Disziplin war dem einen Gedanken nicht beizukommen: Was, wenn ich an ihrer Stelle gewesen wäre?

Auf der Suche nach Gelô ließ Rugad den Blick durch die Zeltreihen wandern. Es herrschte absolute Ruhe. Er konnte den Fußsoldaten zwar nirgendwo entdecken, erspähte aber das Gefängniszelt. Es wurde von Infanteristen und einigen Fußsoldaten bewacht. Im Schattenland gab es nur wenige Gefangene. Es handelte sich dabei um Personen von besonderer Bedeutung oder solche, die etwas mit dem Feldzug zu tun hatten.

Als Rugad zwischen den Zeltreihen hindurchschritt, erblickte er Weißhaar. Er trug einen ärmellosen Waffenrock, und man sah die zahlreichen Narben an seinen Armen. Weißhaars Zöpfe waren so lang, daß sie den Saum seiner dunklen Hose berührten. Er hatte Rugad bemerkt und beobachtete ihn, als er sich näherte.

Ohne Umschweife sagte Rugad: »Ich brauche einen kleinen

Stoßtrupp, der zu den Bauernhöfen in der Mitte der Insel aufbricht. Ich glaube, daß sich mein Urenkel dort versteckt hält.«

»Dann wäre es vielleicht besser, mehr Leute zu schicken«, gab Weißhaar zu bedenken.

Rugad schüttelte den Kopf. »Ich will nicht, daß man unsere Leute sieht. Ich will den Jungen nach Möglichkeit überraschen. Vielleicht rechnet er damit, daß ich komme.«

»Ich kümmere mich darum«, antwortete Weißhaar.

»Sag den Leuten, nach wem sie suchen. Es darf ihnen kein Fehler unterlaufen. Ich will ihn lebend und unverletzt.«

»Ja, Herr«, erwiderte Weißhaar.

»Je schneller wir das erledigen, desto besser«, fuhr Rugad fort. »Ich schlage vor, einen Tierreiter zur nächsten Garnison zu schicken.«

»Die meisten Tierreiter sind in Jahn.«

»Nicht alle«, antwortete Rugad. Die Blicke der beiden Männer trafen sich. »Das stimmt doch?«

»Ja, Herr. Ich werde alles in die Wege leiten.« Weißhaar neigte leicht den Kopf und fügte dann hinzu: »Ghost will dich sehen.«

»Er soll in meinem Zelt warten. Erst muß ich noch eine andere Angelegenheit klären.«

Weißhaar blickte nach hinten in Richtung Gefängniszelt »Sie ist wütend darüber, wie man sie behandelt.«

»Sie wird noch wütender sein, wenn sie nicht mit uns zusammenarbeitet. Sie ist nur noch deshalb am Leben, weil wir zuwenig Doppelgänger haben.«

Weißhaar lächelte vorsichtig. »Ich würde sie nicht unterschätzen, Herr.«

»Sie ist eine Gestaltwandlerin«, erwiderte Rugad. »Die unterschätze ich nie.«

»Berichten zufolge hat sie deinen Sohn getötet.«

Bei dieser Mitteilung nickte Rugad nur. Damit hatte sich

Solanda weniger geschadet, als die meisten Fey glaubten. Sollte sie Rugar wirklich getötet haben, so hatte sie Rugad damit einen Gefallen getan.

Er ging zum Gefängniszelt. Der Eingang war durch ein verzaubertes Seil gesichert. Das Zelt selbst war grau und innen dunkel. Bevor Rugad eintrat, reichte ihm ein Fußsoldat eine Fey-Lampe.

Rugad betrachtete die Lampe aufmerksam. Ihr Licht war besonders hell. Die darin gefangenen Seelen leuchteten mit einer Kraft, die er lange nicht mehr gesehen hatte.

»Fey?« fragte er.

Der Fußsoldat schüttelte den Kopf. »Zu gefährlich«, sagte er. »Wir haben nur die Seelen der Inselbewohner genommen.«

»Gut«, erwiderte Rugad. Er wollte keinen dieser Fey-Versager, nicht einmal die körperlosen, in der Nähe seiner Leute haben.

Mit der Lampe in der Hand betrat er das Zelt. Vier Wachen standen direkt vor dem Eingang, drei weitere saßen drinnen auf dem Teppich. Rugad entließ sie mit einem Fingerschnippen.

In der Mitte des Zeltes stand Solanda. Sie trug Hemd und Hose, beides blutbefleckt. Ihr gelbbraunes Haar fiel offen auf die Schultern. Sie war in diesen zwanzig Jahren nicht einen Tag älter geworden. Sie sah immer noch aus wie eine junge Frau, obwohl sie mindestens so alt oder sogar noch älter sein mußte als Rugar.

»Man hat mir berichtet, daß du meinen Sohn umgebracht hast«, sagte Rugad.

Sie hob das Kinn. Ihr Geburtsmal zeichnete sich dunkel auf der goldfarbenen Haut ab. »Er hat der Schamanin nicht gehorcht.«

»Visionäre haben es nicht nötig, auf Schamaninnen zu hören.«

»Lügner«, gab Solanda zurück. »Visionäre brauchen Schamaninnen. Besonders dann, wenn sie Blind sind.«

»Willst du deine Tat etwa mit der Blindheit meines Sohnes rechtfertigen?«

»Du brauchst mir nichts vorzumachen, Rugad. Ich weiß, daß ich hier nichts mehr zu verlieren habe. Ich weiß, daß du mühelos Informationen aus mir herausholen und mich töten kannst.«

»Dann solltest du vielleicht etwas entgegenkommender sein.«

Sie schnaubte verächtlich. »Darum geht es nicht zwischen uns. Ich habe auf dieser öden Insel gelebt, weil du mich hierher verbannt hast, weil mich dein Sohn an sich gebunden hat und weil ich nicht nach Hause zurückkehren und meine Ehre wiederherstellen konnte. Ich bin ebenso befleckt wie all die Fey, die du heute abgeschlachtet hast, obwohl es nicht meine eigene Schuld ist.«

»Dann sag mir, warum du am Leben bist.«

Sie verschränkte die Arme. »Du hast zuwenig Doppelgänger.«

»Hier im Schattenland habe ich noch mehr.«

Sie nickte. »Aber zuerst willst du mich aushorchen, um zu erfahren, was ich weiß.«

»Ich vermute, du weißt viel mehr als ich.«

»Hör mit diesen Spielchen auf, Rugad. Du willst deinen Urenkel.«

»Soweit ich verstanden habe, gibt es zwei.«

Sie schwieg und legte den Kopf schräg, als lausche sie einem weit entfernten Geräusch nach. Dann fragte sie: »Zwei Urenkel?«

»Ja.«

Sie lachte. Es war ein helles, vergnügtes und völlig unpassendes Lachen.

Rugad zog den Zelteingang hinter sich fester zu. Sie waren allein im Zelt. Die Fey-Lampen tauchten alles in goldenes Licht. Solandas Schatten zeichnete sich auf der hinteren Zeltwand ab, sein eigener auf den Seitenwänden. Die Umrisse wirkten erstarrt, Gefangene von Solandas Lachen und ihrem Wissen.

Rugad wußte nicht recht, ob ihm gefallen würde, was sie als nächstes sagte. Er war von falschen Voraussetzungen ausgegangen. Das unterlief ihm nur selten.

»Du hast einen Urenkel und seinen Golem, Rugad«, sagte Solanda. »Dein Sohn hat deinen Urenkel gestohlen und ließ einen Wechselbalg als Ersatz zurück, und deine hochbegabte Enkelin hat nicht einmal Verdacht geschöpft.«

»Sie hat den Wechselbalg zum Leben erweckt?«

Solanda schüttelte den Kopf. »Das hat dein Urenkel getan.«

»Ich hätte den Golem doch entdecken müssen«, sagte Rugad. »Sie zerbrechen, wenn man sie unter Druck setzt.«

»Ich mache mir keine Sorgen um den Golem«, antwortete Solanda. »Der wird sich um sich selbst kümmern oder bei dem Versuch sterben.«

»Und mein Urenkel?«

»Ist ein begabter Visionär, aber das hast du bestimmt schon selbst herausgefunden. Deswegen bist du wahrscheinlich hergekommen.«

»Lauter Mutmaßungen, und keine davon ist wirklich falsch, Solanda. Aber bis jetzt hast du mir noch nichts Neues erzählt.«

»Dann werde ich es jetzt tun«, erwiderte sie. Sie stemmte die Hände in die Hüften und musterte Rugad, als sei er der Gefangene. »Auf der Insel gibt es einen wilden Zauber.«

»Das haben wir bereits festgestellt und das Inselgift neutralisiert.«

»Das Gift ist nur ein Teil dieses Zaubers. Dein Urenkel ein

weiterer. Er erfüllt alle Hoffnungen und hatte seine erste Vision mit drei Jahren. Im gleichen Jahr hat er ein Schattenland errichtet. Aber er ist kein Krieger.«

»Wie könnte er auch, wenn er hier aufgewachsen ist?«

»Du versuchst bereits, ihn zu entschuldigen, Rugad«, sagte Solanda. »Jewels Brüder müssen ja völlig hoffnungslos sein.«

»Ihnen hätte ich sogar meinen Sohn vorgezogen.«

Solanda lächelte. »Verzweifelt und alt. Keine guten Voraussetzungen für einen Schwarzen König. Bist du Blind?«

Die Frage verärgerte ihn nicht. Ihr Leben hing nur noch an einem Seidenfaden. Sie hatte recht. Sie hatte nichts zu verlieren, wenn sie offen mit ihm redete.

»Nein«, antwortete er.

»Du lügst. Rugar war blind. Du mußt es auch sein.«

Rugad schüttelte den Kopf. »Ich hatte Visionen, noch auf dieser Insel. Ich habe Gesehen, wie mein Urenkel nach Leutia segelt. Ich habe unseren Sieg Gesehen und den Tod ihres Rocaan. Ich habe vieles Gesehen, Solanda, und ich rechne damit, daß sich daran auch in Zukunft nichts ändern wird.«

»Aber das Wichtigste hast du nicht Gesehen«, gab sie zurück. »Du hast zwei Urenkel, Rugad.«

»Du hast gesagt, einer davon sei ein Golem.«

»Ich habe nur gesagt, daß du einen Ur*enkel* hast.«

Rugad stellte die Fey-Lampe ab, damit sie nicht sah, wie überrascht er war. Das hatte er *wirklich* nicht gewußt. Aber so war es eben mit Visionen. Zum Teil Antworten, zum Teil Überraschungen, zum Teil Eröffnungen.

Trotzdem hatte Rugad geglaubt, daß er etwas so Wichtiges wie eine Urenkelin Sehen würde.

»Eine Urenkelin«, sagte er und erhob sich. »Woher weißt du das?«

»Ich war dabei, als sie geboren wurde. Ich habe sie großgezogen.«

Fast gegen seinen Willen lachte er plötzlich dröhnend auf. Er machte keinen Versuch, es zu verbergen.

»Jetzt wäre ich dir beinahe auf den Leim gegangen, Solanda«, erwiderte er. »Aber jeder weiß, daß Wandler keine Kinder großziehen.«

»Stimmt. Tun sie auch nicht«, entgegnete Solanda. »Abgesehen von einem Fall.«

Er erstarrte. Ihre Stimme klang aufrichtig. Außerdem wußte er, daß Jewel bei der Geburt gestorben war, kurz vor Rugars Tod. Da Rugad das Kind niemals Gesehen hatte, hatte er immer geglaubt, es sei auch gestorben.

»Kann sie ... sich Verwandeln?« fragte er langsam. »Unmöglich. Ihre Mutter war eine Visionärin, und ihr Vater besitzt keine Zauberkräfte.«

»Du hast etwas vergessen«, sagte Solanda lächelnd. »Wie ich bereits gesagt habe, gibt es auf dieser Insel einen wilden Zauber. Ihr Vater stammt in direkter Linie vom Begründer der Inselreligion ab, und diese Religion hat das Gift entwickelt.«

»Sie kann sich Verwandeln«, murmelte Rugad, mehr zu sich selbst.

»Das ist nicht alles«, antwortete Solanda und wippte auf den Ballen, als könne sie ihre Aufregung nicht länger verbergen. »Sie kann mehrere Gestalten annehmen.«

»Wie viele?«

»Ich habe zwei gesehen, aber sie behauptet, es seien mehr. Sie weiß selbst nicht, wie viele. Sie sagt, wenn sie eine Gestalt übt, dann kann sie sich auch in sie Verwandeln.«

»Unmöglich.«

»Vielleicht für einen durchschnittlichen Fey«, antwortete Solanda. »Aber bis jetzt gab es auch niemanden, der seine erste Vision mit drei Jahren hatte. Wilder Zauber, Rugad.«

Er holte tief Luft. Sein Herz pochte. »Ist sie die Jüngere?«

Solanda nickte.

»Warum hast du mir von ihr erzählt? Willst du mit mir einen Handel abschließen, um dein eigenes Leben zu retten?«

»Zum Teil. Aber ich habe es dir auch erzählt, weil du es wissen solltest. Sie ist dein Schicksal.«

»Ich habe Gesehen, wie ihr Bruder nach Leutia segelt.«

»Sieh dich vor, daß dir deine Visionen nicht die Sicht vernebeln. Dieser Fehleinschätzung ist schon Rugar auf den Leim gegangen. Du brauchst sie, Rugad.«

»Ist sie im Schattenland aufgewachsen?«

»Sie ist im Palast erzogen worden. Sie weiß alles über die Blaue Insel.«

»Also ist sie loyal.«

»Natürlich«, erwiderte Solanda. »Das kannst du zu deinem Vorteil nutzen.«

Rugad lachte. Seine Urenkelin, von friedliebenden Inselbewohnern erzogen. Als könnte er mit ihr etwas anfangen. »Sie wird nicht auf mich hören.«

»Wenn ich es ihr sage, wird sie es tun.«

»Ein neuer Trick, Solanda?«

Solanda sah ihn an. Ihr Blick war ausdruckslos und abschätzend. Der Blick einer Katze, die wußte, daß sie die Überlegene war. »Ich bin wie eine Mutter für sie, Rugad. Sie wird auf mich hören.«

»Eine Mutter, die ihre Tochter an den Feind verrät?« fragte Rugad.

»Du bist kein Feind«, sagte Solanda. »Du bist der Schwarze König.«

»Und du hast meinen Sohn umgebracht«, erwiderte Rugad. »Das könnte man als Hochverrat auslegen.«

Solanda lächelte. »Auslegen ist ein wunderbares Wort. Sicher, man könnte es als Verrat auslegen – oder als reinen Patriotismus. Vielleicht habe ich dir damit ja einen Gefallen getan, Rugad.«

»Vielleicht«, antwortete er. »Aber warum willst du mir das Mädchen überlassen?«

»Weil sie viel mehr ist als die Prinzessin der Blauen Insel. Sie ist mehr Fey als alle anderen. Sie verdient das Leben, in das sie hineingeboren wurde.«

Rugad verschränkte die Arme und lächelte. »Du hast das Mädchen gern. Zuneigung imponiert mir, besonders, wenn sie von einer Gestaltwandlerin kommt. Allein, das wird mich nicht umstimmen.«

»Es sollte dich aber umstimmen«, entgegnete Solanda. Sie strich sich die gelbbraunen Haare aus dem Gesicht. »Du warst wütend auf Rugar, weil er Jewel mitgenommen hat. Du hieltest Jewel für die Zukunft der Fey. Du hattest recht. Sie war die Zukunft der Fey, aber nur wegen des Kindes, das sie hier zur Welt gebracht hat. Nicht wegen ihres Sohnes. Er ist zwar ein Visionär, aber er kann sich nicht Verwandeln. In ihm ist der wilde Zauber nicht so ausgeprägt.«

»Wirbler hat zwei Jungen gesehen. Der eine sprach in der Inselsprache, der andere Fey. Er sagt, sie seien beide intelligent.«

»Der Golem hat einige Züge deines Urenkels. Dein Urenkel verleiht ihm Leben.«

»Also hat Wirbler den Golem und meinen Urenkel gesehen.«

»Vermutlich.«

»Aber wenn mein Urenkel einem Golem Leben eingehaucht hat, wenn er das Schattenland zusammengehalten hat und schon mit drei Jahren Visionen hatte, dann muß er auch wilde Zauberkräfte besitzen.«

»Sie sind nicht so mächtig wie die Ariannas.«

»Des Mädchens?«

Solanda nickte.

»Hat das Mädchen Visionen?«

»Noch nicht«, antwortete Solanda. »Aber sie ist erst fünfzehn. Sie hat sich schon früh Verwandeln können; sie wird auch Visionen haben. Sie ist die Tochter einer Visionärin.«

»Ihr Bruder hatte schon mit drei Jahren Visionen.«

»Aber ihr Bruder hat nur dieses eine Talent. Sie hat zwei verschiedene.«

»Das ist noch nicht erwiesen«, erwiderte Rugad. Er wußte nicht genau, ob er an dieses Mädchen, dieses fast zu mächtige Kind glauben wollte, in dessen Adern sein Blut floß.

»Dasselbe hast du damals von Jewel gesagt«, entgegnete Solanda. »Als du sie mit Rugar wegschicktest, hatte sie noch keine Visionen gehabt. Und du dachtest, sie würde auch keine mehr bekommen. Sie war damals achtzehn. Drei Jahre älter als Arianna. Du hast dich getäuscht.«

Rugad ließ die Arme sinken. Er hatte sich getäuscht und damit den größten Fehler seines Lebens begangen. Das einzige Mal, daß Rugar die Oberhand behalten hatte. Rugar hatte Jewel, die Zukunft der Fey, mit sich genommen, um seinen eigenen Vater daran zu hindern, daß er sich gegen ihn wandte.

Aber der Versuch war fehlgeschlagen. Jewel hatte Rugar nicht geholfen, die Insel zu erobern, zumindest nicht so, wie er es sich vorgestellt hatte, und Rugad war in Nye geblieben, hatte alles aus der Ferne beobachtet, in der Hoffnung, seine Enkelin würde sie alle retten. Als Jewel jedoch starb, ohne diese Hoffnung erfüllt zu haben, hatte sich Rugad seinen Enkeln zugewandt, in der Hoffnung, aus dem enttäuschenden Bridge und seinen Brüdern könnte vielleicht doch noch etwas werden. Aber ihre Visionen waren armselig, ihre Intelligenz noch kümmerlicher. Daran konnte auch Rugad nichts ändern. Er konnte aus ihnen keine großen Anführer machen.

Nur die Vision hinsichtlich seines Urenkels hatte ihn aufrechtgehalten.

Sein Urenkel hatte ihn hierhergeführt. Solanda hatte sich

nicht geirrt. In seinem ganzen Leben hatte er immer in die Zukunft geblickt, und solange er keinen Nachfolger hatte, sah diese Zukunft trübe aus.

»Ich habe recht, nicht wahr?« fragte Solanda.

Rugad ließ die Lampe los, aber er sah sie nicht an. Er brachte es nicht fertig. Noch nicht.

»Du hast gesagt, auf der Insel gibt es wilde Zauberkräfte. Vielleicht wird das Mädchen niemals Visionen haben.«

»Schon möglich«, sagte Solanda. »Aber ich glaube, das spielt keine Rolle.«

Endlich wandte Rugad sich um. Im Zelt war es heiß geworden. Es würde nicht damit gerechnet, den Eingang länger als nötig verschlossen zu halten. Solanda stand immer noch, die Hände in die Hüften gestemmt, in der Pose einer Rednerin vor ihm.

»Du hast zwei Urenkel, einen Visionär und eine Wandlerin. Überlege doch einmal, wie es wäre, wenn sie sich die Macht teilten.«

»Die Macht kann nicht geteilt werden«, erwiderte Rugad. »Auf dem Schwarzen Thron ist nur Platz für einen.«

Solanda schüttelte den Kopf. »Das kannst du doch nicht wissen. Noch niemals gab es in einer Schwarzen Familie zwei würdige Nachfolger zugleich.«

»Das ist nicht wahr«, widersprach Rugad. »In Ycyno kam die Schwarze Königin an die Macht, weil sie die Älteste war. Als sie kinderlos starb, stieg ihr Bruder auf den Thron. Es gibt noch mehr ähnliche Beispiele, aber niemals wurde der Thron geteilt.«

Solanda lächelte. »Wenn es zwei würdige Nachfolger gibt, laß es sie doch ausfechten.«

»Ich mag es nicht, wenn du lächelst, Solanda.«

Sie zuckte die Achseln. »Gabe wurde von Versagern erzogen. Er ist kein Gegner für Arianna.«

»Sie dürfen nicht gegeneinander kämpfen. Das weißt du genau.«

»Ebensowenig, wie du deinen wertlosen Sohn töten durftest«, erwiderte Solanda.

Rugad holte tief Luft. Der Scharfsinn dieser Frau löste tiefes Unbehagen in ihm aus. Es geschah nur selten, daß er jemanden traf, der sich an Intelligenz mit ihm messen konnte. Ein solcher Zweikampf war nicht nach seinem Geschmack.

»Dein Zögling wurde auch von einem Versager großgezogen«, sagte er. »Und sie hat unter Feinden gelebt.«

»Ich bin eine Kriegerin, Rugad, keine Versagerin«, entgegnete Solanda. »Arianna weiß mehr über die Fey als ihr Bruder. Sie ist die wahre Kriegerin. Nicht er. Sie wird tun, was ich ihr sage.«

»Wirklich?« fragte Rugad. Er hob die Lampe etwas näher heran und stellte sie zwischen sich und Solanda auf den Boden. »Warum bist du dann ohne sie ins Schattenland gekommen?«

Solandas Blick huschte unruhig zur Seite, bevor sie ihn erneut ansah. Die Bewegung war so unauffällig, daß die meisten sie nicht bemerkt hätten. Aber Rugad war sie nicht entgangen. Er wußte jetzt alles, was er wissen mußte.

»Ich bin nicht an den Palast gebunden«, sagte Solanda. »Ich kann gehen, wohin ich will.«

»Du konntest«, verbesserte Rugad leise. »Du konntest gehen, wohin du wolltest.«

Solandas Mund klappte auf, und ihre Augen blickten einen Moment lang ausdruckslos, bevor sie sich mit Panik füllten. Rugad mochte intelligente Menschen. Überflüssige Erklärungen entfielen.

»Du brauchst mich, Rugad.«

»Wozu denn?« fragte er. Solandas sorgsam kaschierte Panik ließ ihn kalt. Sie hätte es besser wissen müssen. Die Angst um ihr eigenes Leben blockierte ihre Intelligenz, nahm ihr den Scharfsinn, über den sie noch vor einem Augenblick verfügt hatte.

»Sie wird auf mich hören.«

»Ich bin sicher, daß sie auch auf einen Doppelgänger hören wird. Wenn sie auf der Blauen Insel aufgewachsen ist, hat sie wahrscheinlich noch nie einen zu Gesicht bekommen.«

»Tu das nicht!« sagte Solanda, die jetzt bewegungslos dastand. »Zwei Gestaltwandlerinnen an deiner Seite könnten von großem Nutzen für dich sein.«

»Ich wußte gar nicht, daß ich eine Seite habe«, gab Rugad zurück. »Morgen gehört mir diese Insel mitsamt meiner Urenkelin, und dann ziehe ich nach Leutia weiter.«

»Sie wird die Insel nicht verlassen.«

Rugad zuckte die Achseln. »Ich habe zwei Urenkel. Einer von beiden genügt mir.«

Solanda leckte sich die Lippen. »Du begehst einen Fehler, Rugad.«

»Nein«, antwortete er ruhig. »Du begehst einen Fehler, Solanda. Das Mädchen mag nützlich sein, aber es wiegt dein Versagen nicht auf.«

»Ich habe nicht versagt«, sagte Solanda. »Ich habe Rugar um deinetwillen getötet. Ich habe deine Urenkelin großgezogen. Du stehst für beide Taten in meiner Schuld, Rugad.«

»Nun, für den heimtückischen Mord an einem Familienmitglied des Schwarzen Königs schulde ich dir einen langsamen, qualvollen Tod«, entgegnete Rugad. »Dafür, daß du meiner Urenkelin geholfen hast, garantiere ich dir, daß dein Tod leicht sein wird. Mehr kann ich nicht für dich tun.«

»Rugad.« Solanda trat einen Schritt vor.

Er hob die Hand, und sie blieb stehen. »Das Mädchen ist fünfzehn«, sagte er. »Sie braucht dich nicht mehr. Sie kann auch ohne dich überleben. Du behauptest, das Schicksal der Fey liege dir am Herzen. Wenn das stimmt, wirst du verstehen, warum ich keinen Versager am Leben lassen darf.«

»Rugad ...«

»Du hast ein langes Leben gehabt, Solanda, und jetzt gibt es sogar jemanden, der um dich trauern wird. Das ist mehr als genug.«

Ihre Augen glänzten. »Wenn du einmal am gleichen Punkt stehst, dann denk an mich, Rugad. Auch du wirst nicht das Gefühl haben, daß deine Zeit schon gekommen ist.«

»Falls du auf Mitgefühl hoffst, bin ich der falsche Mann dafür.«

Zu seiner Überraschung lächelte Solanda. »Deine Familie hat mir immer übel mitgespielt«, sagte sie. Sie reckte sich und straffte die Schultern. »Schick deinen Doppelgänger herein. Ich bin bereit.«

Rugad nickte ihr zu, ergriff die Fey-Lampe und verließ das Zelt. Draußen war die Luft kühler, ein sonderbarer Kontrast, den er zum ersten Mal bemerkte.

Er holte tief Luft, reinigte seine Lungen von dem Gefühl ihres Versagen. Solanda wäre eine mächtige Verbündete gewesen, aber er hätte ihr niemals vertrauen können. Solandas Mord an seinem Sohn verlieh ihr die Fähigkeit, dem Schwarzen Blut ungehorsam zu sein. Ihre Liebe zu seiner Urenkelin könnte eine Gefahr für seinen Urenkel bedeuten.

Ein zu großes Risiko gegen einen unsicheren Vorteil.

Trotzdem war es ein Jammer. Sie war stark, klug, wundervoll. Gestaltwandler waren die besten aller Fey.

Die Wachen neben der Tür beobachteten ihn. Rugad nickte ihnen zu und eilte durch das Zeltlabyrinth, bis er Gelô gefunden hatte.

»Nimm zehn deiner besten Leute«, sagte Rugad, »und tötet die Gefangene.«

Gelô blinzelte überrascht. »Ich dachte, du wolltest einen Doppelgänger einsetzen.«

»Das glaubt Solanda auch«, lächelte Rugad. »Aber warum sollte ich der Mörderin meines Sohnes einen so leichten Tod gönnen?«

Gelô schlug die Hacken zusammen und nickte. Dann ging er an Rugad vorbei, um sein Todeskommando zusammenzutrommeln.

Solanda bereitete sich auf einen Doppelgänger vor. Dank ihrer überragenden Intelligenz hatte sie sich vielleicht schon eine Fluchtmöglichkeit zurechtgelegt. Aber einem Exekutionskommando konnte sie nicht entkommen, insbesondere nicht, wenn es für eine Verräterin antrat.

Damit würde er ihr und den anderen eine Lektion erteilen. Die Familie des Schwarzen Königs war unberührbar. Das hatte Rugad seit zwanzig Jahren nicht mehr klargestellt, aber jetzt mußte es sein.

Er hatte Urenkel.

Einen Jungen und ein Mädchen.

Einen Visionär und eine Gestaltwandlerin.

Die wilden Zauberkräfte der Insel zahlten sich aus. Vielleicht hatte Rugars Eifer, die Blaue Insel zu erobern, den Fey die nötige Zauberkraft verliehen, die Insel einzunehmen und zu anderen Kontinenten weiterzuziehen. Rugad würde die Eroberung von Leutia noch erleben. Das wußte er genau. Um den Rest würden sich seine Urenkel kümmern.

Wilde Zauberkraft.

Das war der Vorteil, den er so dringend benötigt hatte.

17

Mit dem Kopf voran und ausgestreckten Armen schlitterte Con den abschüssigen, moosbedeckten Tunnel hinab. Er konnte nicht anhalten. Der Gang war plötzlich breiter und höher geworden, die Luft frischer. Er konnte den Tang des Flusses riechen, der sich mit dem schwachen Geruch verrotteter Pflanzen mischte.

Er hatte das andere Ufer erreicht.

Die Steine unter dem Moos waren durch undichte Stellen im Gemäuer wie ausgewaschen. Con rutschte immer weiter hinunter, während er vergeblich mit Fingern und Zehen nach einem Halt suchte. Seine Fackel war ihm schon am Anfang der Schräge entglitten, eine Zeitlang vor ihm hergepoltert, bevor sie endgültig in der feuchten Dunkelheit verschwunden war.

Kein Scheppern verriet, ob die Fackel irgendwo auf einen Boden aufgeschlagen war.

Con konnte die Fackel überhaupt nicht mehr hören, und das bereitete ihm die größten Sorgen. Er stellte sich vor, wie er unaufhaltsam rutschte, bis sich plötzlich der Boden unter ihm auftat, und er immer tiefer und tiefer fiel und sich dabei sämtliche Knochen brach. Er würde nicht aus diesem Abgrund hinausklettern können und für immer verschollen bleiben.

Es wußte ja niemand, wo er war.

Seine Rutschpartie verlangsamte sich jetzt, bis er mit pochendem Herzen am Ende der abschüssigen Strecke liegenblieb. Alles war still, er hörte nichts als seinen eigenen, abgerissenen Atem. Nach den stampfenden, marschierenden Füßen der Fey war die plötzliche Stille besonders unheimlich.

Er setzte sich auf, wartete, bis er wieder zu Atem gekommen war, und tastete dann suchend nach seinem Feuerstein. Seine Vorräte waren zerdrückt und mit Moos verschmiert, aber es schien noch alles da zu sein. Er zog eine neue Fackel aus seinem Gürtel, entzündete sie mit einem Funken des Feuersteins und blinzelte, als der Holzscheit Feuer fing.

Die Wände waren vom Moos schwarz gefärbt. Der Tunnel erweiterte sich zu einem Gang, der mehreren Menschen nebeneinander Platz bot. Die Decke war hoch und brüchig. Einige Steine waren herausgefallen und lagen zerschmettert auf dem Boden.

Er erhob sich. Sein Gewand war klamm und hing schwer an ihm. Sein Gesicht war dreckverkrustet, die Hände schwarz und die Füße vermutlich auch. Aber das spielte jetzt keine Rolle. Er mußte zum Palast.

Auf der Karte waren die verschiedenen Abzweigungen des Tunnels an dieser Stelle eingezeichnet. Er mußte in einem der Nebengänge gelandet sein. Von hier aus gab es mehrere Möglichkeiten, den Palast zu erreichen. Er mußte nur einen Gang wählen, der in nördlicher Richtung verlief.

Falls er herausfand, wo Norden war.

Er wußte zumindest, daß man sich vom Fluß entfernen mußte, wenn man nach Norden wollte. Er würde den Weg schon finden.

Er holte tief Luft und lief weiter. Sein Fuß schmerzte. Er mußte sich beim Rutschen verletzt haben. Die Stille war beunruhigend. Seine Nackenhaare stellten sich auf. Ein unheimliches Gefühl bemächtigte sich seiner, als beobachte ihn jemand, den er nicht sehen konnte.

Es war doch unmöglich, daß die Fey diesen Tunnel entdeckt hatten.

Oder?

Der Tunnel wand sich um unsichtbare Hindernisse und

führte immer tiefer unter die Erde. Con vermutete, daß er sich unter den Lagerhäusern befand, aber vielleicht täuschte er sich ja.

Er schlug ein schnelleres Tempo an, hielt die Fackel hoch und fluchte leise, als er mit dem Zeh gegen einen herabgefallenen Stein stieß. Dann bat er den Heiligsten um Vergebung für seine Gotteslästerung. In seinen dreizehn Jahren hatte er so etwas noch nie mitgemacht.

Er bog um eine Ecke und sah, wie sich etwas vor ihm bewegte. Ein Mann, eine Frau und ein Haufen Kisten. Er blieb stehen. Die Frau warf dem Mann einen Blick zu, und Con wurde durch einen Schlag von hinten zu Boden gestreckt.

Jemand ergriff die Fackel. Hände packten seine Arme und rissen sie zurück.

Con gab keinen Laut von sich. Er wußte nicht, ob er es mit Fey zu tun hatte.

Die Hände zogen seine Arme so weit zurück, daß sich die Haut über seinem Brustkorb spannte. Er leistete keinen Widerstand. Das war unmöglich. Seine Angreifer waren zu zahlreich.

Cons Fackel leuchtete jetzt hinter ihm. Er konnte nur den Mann und die Frau erkennen. Sie saßen allein im Licht einer weiteren Fackel. Das Licht schimmerte im blonden Haar der Frau und auf ihrem roten Kleid. Sie war nicht mehr ganz jung, aber immer noch hübsch.

Der Mann war hochgewachsen, und Con konnte sein Gesicht nicht erkennen. Aber seine Körpergröße jagte ihm einen Schrecken ein. So groß waren nur die Fey.

»Ich dachte, du achtest die Frommen, Denl«, sagte der Hochgewachsene. Seine Stimme hallte in der Höhle wider. Sie war voller Kraft und Energie, eine Stimme, wie sie Con noch nie zuvor vernommen hatte.

»Macht Euch nit über ihn lustig«, sagte die Frau.

»Ich mache mich über niemanden lustig. Ich fragte mich nur, warum Denl einen Aud nicht passieren läßt.«

»'s könnt' ja ein Fey sein«, ertönte eine Männerstimme hinter Con.

Con schwieg. Vielleicht war es eine Falle.

Mindestens zehn weitere Männer hatten sich jetzt aus der Dunkelheit gelöst. Sie ließen sich auf und neben den Kisten nieder. »Ich hab' ihm gesagt, er soll ihn festhalten«, sagte ein Mann. Auch er stand hinter Con. Der Junge widerstand der Versuchung, den Kopf zu wenden. »Dacht' mir schon, daß der einer von deinen is', Heiliger Mann.«

Jetzt hob Con überrascht den Kopf. Wer stand da vor ihm? Wen bezeichneten sie nur als heiligen Mann?

»Ich habe seit fünfzehn Jahren keinen Aud gesehen«, bemerkte der erste Mann.

Con schauderte. Was waren das für Inselbewohner, die die Kirche mieden? Oder vielleicht war das hier nur eine Art Schauspiel, das ihn beruhigen sollte, bevor sie ihn abschlachteten?

Die Fackel umkreiste ihn. Der Mann, der sie festhielt, war nicht größer als Con, und in seinen blauen Augen spiegelte sich das Flammenlicht. Sein Gesicht war schmutzig, aber seine Haut war hell. »Is' ja noch 'n Kind«, sagte er überrascht.

»Auds sind meistens Kinder«, sagte der erste Mann. »Insbesondere Auds, die eine Weisung erteilt bekommen haben.«

»Hab' auch schon alte Auds gesehn«, entgegnete Denl.

»Das mag ja sein, aber bestimmt nicht im Tabernakel.«

Con biß sich auf die Unterlippe. Die Fey konnten doch unmöglich so gut über den Rocaanismus Bescheid wissen, oder?

»Vielleicht isses kein Aud«, sagte ein weiterer Mann, der ebenfalls hinter Con stand.

»Besonders gesprächig is' er jedenfalls nit«, äußerte einer der Männer auf den Kisten.

»Ein Fey würd' doch nit so aussehn«, sagte der Mann mit der Fackel.

»Manche Fey verkleiden sich als Inselbewohner«, wandte der erste Mann ein.

Die Frau erhob sich jetzt und kam näher. Der Saum ihres Kleides war schmutzig, aber sie trug Schuhe. Aus ihrem Haarknoten hatten sich einzelne Strähnen gelöst. Sie schob die Männer beiseite und blieb schließlich vor Con stehen. Ihr Gesicht war sauber, ihre Augen voller Mitgefühl. Sie nahm sein Kinn in die Hand und wischte ihm den Schmutz vom Gesicht.

»Wie alt bist du?« fragte sie.

»Dreizehn«, erwiderte er, und wie zum Beweis quietschte seine Stimme.

Der Mann hinter ihm lachte. Con blickte die Frau unverwandt an.

»Bist du hier, weil du wen suchst?« fragte sie.

Er schüttelte den Kopf.

»Man hat ihm eine Weisung erteilt«, sagte der erste Mann.

»Woher willst'n du das wissen, Heiliger?« fragte der Mann hinter Con.

»Weil er Vorräte dabei hat«, entgegnete der erste Sprecher.

»Oder weil du ihn selbst geschickt hast?«

Con konnte es einfach nicht länger ertragen. »Bitte, laßt mich gehen«, bat er. »Bitte. Ihr könnt alles von mir haben, aber laßt mich weitergehen.«

»Siehst du?« fragte der erste Mann. »Eine Weisung. Du bist dabei, eine religiöse Mission zu verhindern, Yasep.«

»Ich würd' alles verhindern, was mein Leben gefährden tut«, erwiderte Yasep, der unsichtbare Mann hinter Con.

»Ich werde dein Leben nicht gefährden«, sagte Con. »Bitte, laßt mich gehen. Wenn ich hier bleibe, werden Menschen sterben.«

»So wichtig bist du also, du kleiner Rotzlümmel?« fragte Yasep, und schüttelte Con ein bißchen.

»Vielleicht schon«, sagte der erste Mann. »Wie lautet deine Weisung, mein Sohn?«

Con schluckte. Durfte er diesen Menschen davon erzählen oder nicht? Was, wenn es Fey waren?

»Los, los, dem kannst du alles sagen«, ließ sich Yasep hören. »Der is' mindestens so heilig wie du.«

Der erste Mann trug keine Robe, sondern eine Hose und ein zerfetztes Hemd. Sein Haar war zurückgekämmt, und er war alt, älter als der Rocaan. Con hatte ihn noch nie gesehen. Im Gesicht trug er Verbände.

»Seid ihr Fey?« fragte Con.

Die Männer brachen in schallendes Gelächter aus. Die Frau stellte sich instinktiv wie schützend vor Con, als könnte er sich durch diese Frage in Gefahr bringen.

»Nicht mehr als du«, erwiderte der erste Mann.

»Er is' der Rocaan, Junge«, sagte Denl. »Erkennst du ihn nit?«

»Wie sollte er mich erkennen?« fragte der erste Mann. »Als ich Jahn verließ, war er noch nicht einmal geboren.«

»Der Rocaan ist im Tabernakel«, flüsterte Con scheu.

»Genau, und das is' auch gut so«, sagte Denl. »Hier wimmelt's nämlich nur so von Fey.«

Con verlor plötzlich die Geduld. »Nein, das ist überhaupt nicht gut. Die Fey haben den Tabernakel umzingelt, sie können jeden Augenblick angreifen. Ich soll den Palast warnen, und wenn ihr mich jetzt nicht gehen laßt, dann werde ich zu spät kommen.«

»Aha, den Palast warnen?« fragte Yasep.

»Weiß auch nit«, gab die Frau zurück.

»Hab' mich schon immer gefragt, wo diese Tunnel hinführn.«

»Nein«, entschied die Frau. »Es stimmt, was der Junge sagt. Die Fey sind überall. Und die werden auch zum Palast gehn, da kannst du sicher sein.«

»Laßt ihn laufen«, sagte der erste Mann.

»Warum, Heiliger? Was kümmert's dich?«

»Er ist ein Junge, dem man einen Auftrag erteilt hat, und einen wichtigen obendrein. Wenn Nicholas nicht rechtzeitig gewarnt wird, dann kann das für die Fey nur von Vorteil sein.«

»Im Vorteil sind die doch auch so.«

»Wozu ihnen also noch einen weiteren verschaffen?«

»Legst dich ja mächtig ins Zeug für einen Jungen, den du nit kennst.«

»Ich weiß, wer er ist und was er tut. Und du wirst es nicht verhindern.«

»Willst du mich aufhalten, oder was?«

»In diesem Falle schon.«

»Kannst dich ja selbst nit auf den Beinen halten, heiliger Mann. Wie willst du mich da aufhalten?«

»Treib mich nicht zum Äußersten«, sagte der erste Mann. »Du weißt nicht, was ich alles fertigbringe.«

»Laßt ihn laufen«, stimmte jetzt auch die Frau zu. »Der isses doch nit wert, daß man sich um ihn streit'.«

Cons Arme wurden freigegeben. Er bewegte sie vorsichtig, rieb sich die Handgelenke und wandte sich um. Der Mann, der ihn festgehalten hatte, war nicht viel größer als er selbst, mindestens genauso schmutzig und wesentlich älter. Er hatte das Kinn entschlossen vorgeschoben.

»Los, geh«, sagte er. »Warn den König. Obwohl er nix ändern kann. 's sind viel zu viele Fey.«

»Er kann es versuchen«, erwiderte Con.

»Geh, Junge«, sagte der erste Mann. »Erfülle deine Weisung.«

Con trat zu ihm. Der erste Mann war kein Fey, trotz seiner Körpergröße. Er hatte blonde Locken und tiefliegende blaue Augen, die unter den zahlreichen Verbänden kaum zu sehen waren. Er war schwer verletzt und machte einen erschöpften Eindruck.

Con kniete vor ihm nieder. »Wer bist du, daß ich dich hätte erkennen sollen?«

Als der Mann lächelte, zog sich einer der Verbände hoch. Er stöhnte und preßte die Hand darauf. »Niemand, um den du dich kümmern mußt. Nur ein alter Aud, der auf die schiefe Bahn gekommen ist. Geh jetzt. Die Fey sollen doch nicht vor dir am Palast ankommen.«

»Nein, Herr.«

Denl trat neben Con und reichte ihm die Fackel. »Gott soll dir Flügel verleihn«, sagte Denl leise. Er warf Yasep über die Schulter einen Blick zu. Finster und mit verschränkten Armen beobachtete Yasep, was vor sich ging.

»Danke«, erwiderte Con. Er nahm die Fackel und sah sich auf der Suche nach einem Ausgang um.

»Der nächste Gang geht rechts ab«, sagte Denl. »Gleich da vorn.«

Con nickte. Bevor er die Höhle verließ, hielt er kurz inne und wartete, bis sein Atem wieder gleichmäßig ging. Er wußte nicht, was diese Männer hier taten. Es interessierte ihn auch nicht. Er wollte nur vor den Fey den Palast erreichen und dann zum Tabernakel zurückkehren, wo hoffentlich alles wieder ins Lot gekommen war.

18

Trümpfe. Dieses Wort ging Nicholas nicht mehr aus dem Sinn, seit Arianna sich verabschiedet hatte. Er besaß Trümpfe. Er mußte nur herausfinden, wie er sie ausspielen sollte.

Inzwischen war er mit Sebastian zum Nordturm gegangen. Der Palast hatte keine richtigen Türme wie der Tabernakel, verfügte aber an drei Ecken über altertümliche, quadratische Erker. Der vierte Erker war abgerissen worden, als einer von Nicholas' Vorfahren die Küche erweitern ließ. Die Türme, wie sie trotzdem genannt wurden, überragten die höchsten Stellen des Palastes um eine Geschoßhöhe. Jewel hatte sich immer über ihre Existenz gewundert. Ihrer Meinung nach war der Palast wie eine Hervish-Festung gebaut, und sie hatte sich oft gefragt, ob sich nicht einst Seefahrer vom Kontinent Galinas auf der Blauen Insel angesiedelt hatten.

Nicholas hatte ihr widersprochen. Er fand den Baustil des Palastes für jedes kriegerische Volk sinnvoll. Aus den Geschriebenen und Ungeschriebenen Worten wußte er, daß sein Volk vor langer Zeit einige Schlachten geschlagen hatte. Der Roca hatte gegen die Soldaten des Feindes gekämpft. Die Inselbewohner hatten Waffen entwickelt, zum Beispiel Schwerter, die ausschließlich militärischen Zwecken dienten. Die religiöse Bedeutung war erst später dazugekommen.

Für Nicholas war das jetzt ein Nachteil. Bis zur Ankunft der Fey hatten die Inselbewohner fast immer in Frieden gelebt. Obwohl Nicholas nach dem ersten Sieg über die Fey darauf bestanden hatte, daß sein Volk eine militärische Ausbildung erhielt, hatten viele dies nicht ernst genommen.

Sie hatten sich ganz auf das Weihwasser verlassen.

Aber es schien nicht zu wirken, zumindest nicht, soweit Nicholas sehen konnte.

Er befand sich mit Sebastian im Gemach des Bauernaufstandes. Der Raum war quadratisch geschnitten und nahm das gesamte Obergeschoß des Nordturms ein. Jahrhundertelang waren die Fenster unverglast gewesen, aber Nicholas' Ururgroßvater hatte während des Bauernaufstandes Scheiben einsetzen lassen. Er hatte gesagt, er wolle sehen, wie seine Armee den Aufstand niederschlug, ohne dabei zu frieren.

Ein wirklich pragmatischer Mensch.

Eine Dosis Pragmatismus würde ihm selbst jetzt auch nicht schaden.

An den steinernen Wänden standen Stühle aufgereiht, und in der Mitte des Zimmers war ein großer Tisch aus Stein eingebaut. Eine etwas größere Version des Kriegszimmers, die Nicholas im Moment dringend benötigte.

Sebastian stand reglos wie eine der Säulen im Raum. Er hatte das Kinn nach vorne gereckt und die Hände hinter dem Rücken verschränkt. Er beobachtete Nicholas intensiv, als habe er Angst, sein Vater könne im nächsten Augenblick verschwinden. Aber wenn man bedachte, daß er Gabe verloren hatte und Arianna weggeflogen war, hatte Sebastian ausreichend Anlaß, sich zu fürchten.

Trümpfe. Einer davon war Sebastian. Er sah aus wie Gabe. Er könnte den Schwarzen König vielleicht täuschen, wenn es nötig sein sollte, obwohl sich Nicholas nicht vorstellen konnte, wie. Es gab nur wenig andere Trümpfe.

Die Vögel umringten immer noch den Palast. Sie waren von unterschiedlichster Größe und Gestalt und hockten abwartend am Tor, in den Bäumen und auf der Erde. Die winzigen, männlichen und weiblichen Fey auf den Rücken der Tiere waren nackt. Nicholas beobachtete sie durch ein klobiges

Fernrohr. Das Haar auf ihren Köpfen bestand aus Federn. Auch sie waren teilweise Vögel.

Bis jetzt hatte sich noch kein Fey in den Palast vorgewagt, obwohl sie schon den ganzen Morgen auf das Gebäude starrten.

Aber das interessierte Nicholas gar nicht so sehr. Viel mehr beschäftigte ihn der dichte Qualm, der den Horizont verdüsterte und schwer über Jahn lag. Wie riesige Tentakel krümmten sich schwarze Rauchsäulen im Südwesten und Südosten. Jewel hatte einmal gesagt, daß die Fey niemals fruchtbares Land verwüsteten.

Vielleicht hielten sie diese Teile der Insel nicht für nützlich.

Neue Rauchsäulen stiegen dick und ölig von der anderen Seite des Cardidas auf.

Kam der Rauch etwa vom Tabernakel?

Arianna würde ihm sagen, was die Fey alles in Brand gesteckt hatten.

Falls sie zurückkehrte.

Er wirbelte herum, unfähig, diesen Gedanken zu ertragen. Sebastians Augen folgten jeder seiner Bewegungen. Nicholas ging zu seinem Sohn, berührte ihn, empfand seine steinerne Haut als beruhigend.

»Wann ... kommt ... sie ... zurück?« flüsterte Sebastian.

»Ich wünschte, ich wüßte es«, seufzte Nicholas. Sie war auf sich selbst gestellt, so allein wie nie zuvor. Hätte er seine Kinder doch nur in die Verliese gebracht, solange noch Zeit dazu gewesen war.

Wäre Arianna doch nur dorthin gegangen.

In die Verliese.

Sie waren sein anderer Trumpf.

Wenn er sie geschickt ausspielte.

Er klopfte Sebastian auf die Schulter, drehte sich um, ging zur Tür und öffnete sie. Fünf Wachen standen mit verschränkten Armen davor, Nicholas' handverlesene Leibwächter, Männer, die er persönlich kannte. Dennoch musterte er jetzt aufmerksam ihre Augen, bevor er das Wort an sie richtete. Jewel hatte ihm beigebracht, daß Fey-Doppelgänger, die den Körper eines Opfers übernommen hatten, nur an den Goldflecken in ihren Augen zu erkennen waren.

Diese Wachen waren in Ordnung. Kein Fey hatte bis jetzt die Stufen zum Gemach des Bauernaufstandes erklommen.

Noch nicht.

Alle fünf blickten ihn erwartungsvoll an. Es waren junge, muskulöse Männer, alle Anfang zwanzig. Er hatte sie ausgewählt, weil sie sich im Schwert- und Nahkampf hervorgetan hatten.

»Trey«, sagte Nicholas zu dem Blonden, der links neben ihm stand. »Such Monte. Bring ihn zu mir. So schnell wie möglich.«

Trey nickte und hastete die Stufen hinunter. Nicholas wartete, bis er im Palast verschwunden war, und schloß dann die Tür. Sie wußten beide, wo sich Monte befand. Er war im Erdgeschoß und überprüfte, ob alle Türen und Fenster verschlossen waren. Er war der einzige von Nicholas' engen Beratern, der sich bei der Ankunft der Fey im Palast aufgehalten hatte. Soweit Nicholas die Ereignisse reConstruieren konnte, mußten die Fey alle gleichzeitig in einem gewaltigen Schwarm, der den Morgenhimmel verdunkelt hatte, angekommen sein. Das Küchenpersonal hatte sie bemerkt und es sonderbar gefunden, daß so viele Vögel auf einmal sich dem Palast näherten. Daß es sich um Fey handelte, hatten sie leider erst festgestellt, als es bereits zu spät war.

Noch immer stand Sebastian steif und unwirklich in der Mitte des Zimmers. Er besaß die unheimliche Fähigkeit, mit seiner Umgebung zu verschmelzen, und schien sich jetzt in einen Teil der steinernen Wand verwandelt zu haben. Diese Begabung hatte er schon als Säugling gehabt, und sie hatte ihn und Arianna all die Jahre vor dem Zorn ihres Großvaters beschützt.

Nicholas legte den Arm um Sebastian und führte ihn zu einem Stuhl. Langsam schüttelte Sebastian den Kopf. »Will ... Ari ... sehen ... wenn ... sie ... kommt.«

»Sie wird zu mir kommen«, sagte Nicholas. »Du wirst sie wiedersehen.«

»Wünschte ... sie ... wäre ... hier«, antwortete Sebastian.

»Ich auch«, entgegnete Nicholas. Zufrieden stellte er fest, daß der Stuhl, auf den er Sebastian half, vor einer der Säulen stand. Daneben wirkte Sebastian wie ein Relief.

Durch die Fenster schien Sonnenlicht auf die Stickerei der Polsterstühle. An diesen Fenstern gab es keine Wandteppiche. Sie waren immer geöffnet, ebenso wie die Fenster im Ost- und Westturm, aber von hier aus konnte man die Stadt am besten überblicken. Die beiden anderen Türme verstellten sich gegenseitig die Sicht. Da es keinen Südturm gab, existierte dieses Problem im Nordturm nicht.

Der Rauch wurde immer undurchdringlicher. Nicholas konnte nur hoffen, daß Arianna nicht hineingeraten war.

Hoffentlich war sie noch am Leben.

Was sollte er nur ohne sie tun?

Nicholas schloß die Augen. Er hatte schon einmal dasselbe über Jewel gedacht. Und doch hatte er ohne sie weitergelebt. Von einem Tag zum nächsten. Jeden Morgen hatte er es irgendwie fertiggebracht, aufzustehen und dem Tag ins Gesicht zu sehen. Mit der Zeit wurde das Aufstehen einfacher. Aber er hatte nie aufgehört, an sie zu denken. Auch jetzt, ganz besonders jetzt, war er in Gedanken bei ihr.

Er hätte den Angriff auf den Tabernakel vorhersehen müssen. Jewel hatte ihn gewarnt. Einmal hatte er Jewel gefragt, was sie getan hätte, wenn sie bereits vor dem Angriff über das Weihwasser Bescheid gewußt hätte, statt erst zu spät davon zu erfahren.

Ich hätte alle Schwarzkittel umgebracht, wär ihre Antwort gewesen.

Offenbar dachte ihr Großvater ebenso.

Und Nicholas mußte auch so denken. Er mußte versuchen, genauso zu denken wie der Schwarze König.

Was hatte Jewel ihm erzählt? Mehr als einmal hatte sie mit ihm über Strategie gesprochen. Ihr war aufgefallen, daß es ihm auf diesem Gebiet an Kenntnissen mangelte. *Ein Soldat ist mehr als nur ein guter Schwertkämpfer*, hatte sie gesagt. *Strategie ist das Wichtigste. Ein guter Stratege versteht es, die Erwartungen seines Gegners in Vorteile für sich selbst zu verwandeln.*

Was mochte der Schwarze König erwarten?

Er nahm bestimmt an, daß Nicholas geduldig auf ein Treffen wartete.

Oder daß Nicholas einen Fluchtversuch unternahm.

Vielleicht rechnete er sogar damit, daß Nicholas aus dem Palast heraus einen Gegenangriff plante.

Feuer loderten über der ganzen Stadt. Die Fey-Soldaten waren überall. Der Schwarze König würde nicht verhandeln. Er war im Begriff, die Blaue Insel und seine Urenkel in seine Gewalt zu bringen.

Er ist skrupellos, hatte Jewel gesagt. Und die Schamanin hatte es bestätigt. Selbst Rugar hatte es erwähnt.

Skrupellos.

Er würde also gewiß nicht damit rechnen, daß Nicholas sich skrupellos verhielt.

Nicholas schluckte. Er konnte auch skrupellos sein. Er war es lange, lange Zeit nicht gewesen, aber so etwas verlernt man nicht.

Matthias hatte es ihm vor vielen Jahren beigebracht. Als er Jewel getötet hatte.

Als er versucht hatte, alles zu zerstören, was Nicholas am Herzen lag.

Von der Tür ertönte ein dreifaches Klopfen. Sebastian fuhr zusammen. Nicholas wandte sich um.

»Trey hier, Sire.« Die Stimme hinter der Tür hörte sich an wie Treys Stimme. Nicholas hoffte, daß er es auch war.

Nicholas durchquerte den Raum. Sein Herz pochte schneller. Hier im Palast gab es keinen Schutz vor den Fey. Wenn sie einen Doppelgänger sandten, der alle Geheimzeichen kannte, hatte Nicholas keine Chance. Dann konnte er nur beten, daß sie ihn nicht angriffen, bevor der Schwarze König den Befehl dazu gegeben hatte.

Er öffnete die Tür. Seine Wachen blieben auf ihrem Posten. Vor der Tür stand Trey, mit klaren blauen Augen. Er hatte Monte neben sich. Auch in Montes Augen konnte Nicholas keine Goldflecken entdecken, obwohl sie blutunterlaufen waren. Monte wurde allmählich zu alt für brenzlige Situationen.

Aber auch er mußte diese letzte Schlacht schlagen.

Wie alle anderen.

»Danke«, sagte Nicholas zu Trey. Monte trat ein, und Nicholas schloß die Tür hinter ihm.

Monte sah sich im Zimmer um, und sein Blick glitt über Sebastian, ohne daß er ihn bemerkt hätte. Nicholas beschloß, die Aufmerksamkeit des Hauptmanns der Wache nicht auf seinen Sohn zu lenken.

»Kennt Ihr die Tunnel hinter den Verliesen?« fragte Nicholas.

Monte nahm Haltung an, um seine Aufmerksamkeit zu demonstrieren. Die Frage traf ihn offenbar unvorbereitet. »Ja, Sire. Aber ich war das letzte Mal zu Lebzeiten Eures Vaters dort unten.«

»Wo liegen die Ausgänge dieser Tunnel?«

»Sie sind über die ganze Stadt verstreut.«

»Auch in der Nähe des Palastes?«

»Nein, Sire, nicht außerhalb der Palastmauern. Innerhalb der Mauern enden die Tunnel unter den Unterkünften der Garde.«

»Und im Moment blockieren die Vögel diese Baracken, nicht wahr?« fragte Nicholas.

»Sie blockieren alles.« Monte klang resigniert. »Sie sind zu Tausenden gekommen. Und wir sind nur ein paar Hundert.«

Nicholas nickte. »Aber es sind Vögel, Monte.«

»Mit Fey-Reitern.«

»Trotzdem«, sagte Nicholas. »Jewel hat mir gesagt, daß Tierreiter den Instinkten ihrer Tiergenossen folgen müssen. Das könnte unser Vorteil sein.«

»Ich verstehe nicht, wie das gehen soll, Sire. Die Anzahl ...«

»... ist überwältigend.« Nicholas durchquerte den Raum und lehnte sich aus einem Fenster. Die Vögel hatten sich nicht gerührt. Die Fey auf ihren Rücken packten die Federn wie Zügel. Sie hielten die Tiere zurück, hielten sie unter Kontrolle.

Vögel waren gewalttätig, aber auch äußerst schreckhaft.

»Gut«, sagte Nicholas. »Und jetzt werde ich Euch sagen, was Ihr zu tun habt.« Er stieß sich vom Fenster ab und wandte sich zu Monte um. »Es ist ein Glücksspiel, aber wir haben keine andere Wahl. Es heißt jetzt oder nie.«

»Glaubt Ihr denn, daß wir eine Chance haben?« fragte Monte und blickte über Nicholas' Schulter.

»Ja«, entgegnete Nicholas bestimmt. »Davon bin ich überzeugt.«

19

Coulter tat zwei zaghafte Schritte hinter Gabe her und blieb dann stehen. Seine Schultern sackten herab, sein Mund öffnete sich. Er stand inmitten der Maisstauden, die ihn so eng umschlossen, als sei er selbst ein Teil von ihnen.

Er war Coulter aus den Schattenlanden. Der von den Fey zurückgewiesen worden und sein ganzes Leben lang ein Paria gewesen war.

Adrian kam zu ihm und legte ihm die Hand auf den Arm. Coulter zuckte zusammen. Er war wie erstarrt, war wieder jener Junge, der keine Zuneigung annahm, sie nicht annehmen konnte, weil er sie niemals erfahren hatte.

»Warum hast du die Verbindung nicht einfach geöffnet?« fragte Adrian. Er wollte Coulter helfen, dieses Problem zu lösen, damit er seinen besten und ältesten Freund wieder zurückgewann.

Coulter drehte sich langsam um. Er leckte sich die Lippen, blinzelte und runzelte die Stirn. Die Maske des Erwachsenen schob sich über sein Gesicht, aber der kleine verletzte Junge spähte immer noch aus seinen Augen.

»Ich konnte nicht«, antwortete er.

»Weil du eifersüchtig warst?« fragte Adrian weiter.

Coulter schüttelte den Kopf. Er seufzte und wischte ärgerlich die Tränen weg, die ihm in die Augen gestiegen waren. »Wenn ich so eifersüchtig wäre, hätte ich die Verbindung schon längst getrennt, ohne daß Gabe es bemerkt hätte.«

»Warum hast du ihm das nicht gesagt?«

»Ich hab's ja versucht«, ereiferte sich Coulter, und seine Stimme wurde etwas lauter, wie die eines kleinen Jungen. Er räusperte sich und wiederholte leiser und beherrschter: »Ich habe es versucht.«

Er schluckte und blickte Gabe nach. Dann lehnte er sich gegen Adrian. Es war keine richtige Umarmung, dazu waren sie zu erwachsen, aber eine beruhigende Berührung.

»Es ist der Schwarze König«, sagte er. »Ich habe den Schwarzen König gespürt.«

Adrian wartete. Er lebte jetzt schon lange mit Coulter zusammen und hatte ihn allein großgezogen. Im Lauf der Zeit hatte er gelernt, Coulter nicht zu drängen. Er gab ihm immer etwas zurück. Trotz allem, was Gabe gesagt hatte, war Coulter ein guter Junge.

»So etwas habe ich noch nie gespürt, Adrian«, fuhr Coulter fort. Er senkte die Stimme, als habe er Angst, der Schwarze König könnte ihn hören. »Er ist böse.«

»Böse?« Dieses Wort hatte Coulter noch nie benutzt. Es war neu für Adrian, daß er es überhaupt kannte.

Bis jetzt.

Coulter nickte. Er starrte immer noch auf die Straße und den Pfad, den Gabe eingeschlagen hatte. »Ich spürte ihn, als er Gabe fand. Er ist stark, Adrian, und skrupellos. Er ist alt und verschlagen und hundertmal mächtiger als Rugar. Ich konnte ihn nur deswegen aus Gabe vertreiben, weil er überrascht war. Er wußte nicht, was ich war.«

Kleine kurze Schauder überliefen Coulter. Seit er damals das Schattenland verlassen hatte und weder wußte, was Gerüche noch Farben waren, hatte er sich nicht mehr so gefürchtet.

»Warum glaubst du, daß er Gabe geschadet hätte? Gabe gehört doch schließlich zur Familie.«

Coulter schüttelte den Kopf. »Rugad empfindet nichts für seine Familie. Nicht so wie du. Gabe ist für ihn nur ein Werkzeug, das er für seine Zwecke benutzen will. Er hätte Gabe verändert.«

»Durch die Verbindung?«

»Schon der erste Kontakt mit ihm hat Gabe verändert.«

»Glaubst du, das ist der Grund? Oder war es nur der Schock? Gabe hat noch nie einen solchen Verlust erlitten.«

Coulter hob eine Hand an sein Gesicht. »Er hat mich ausgeschlossen, Adrian. Das hat er noch nie getan. Wenn er vorhin einen Fehler begangen und die Verbindung durchtrennt hätte, hätte er sterben können.«

»Er ist aber nicht gestorben.«

»Noch nicht«, sagte Coulter.

»Dafür ist Gabe zu klug, glaube ich. Aber er vermißt diesen steinernen Jungen. Kannst du sie nicht irgendwie zusammenbringen?«

Coulter schüttelte den Kopf. »Sebastian ist die perfekte Verbindung. Wenn der Schwarze König ihn findet, wird er dieses Nichts vereinnahmen, und Sebastian wird verschwinden. Und wenn währenddessen die Verbindung zu Gabe geöffnet ist, dann kommt Gabe als nächster an die Reihe.«

Was er da hörte, gefiel Adrian überhaupt nicht. Er vertraute Coulter, beobachtete seit Jahren, wie der Junge seine Zauberkraft weiterentwickelte. Meist hatte Coulter recht mit dem, was er sagte.

»Kann Gabe die Verbindung allein öffnen?«

Coulter schüttelte den Kopf. »Ich habe zu viele Riegel vorgeschoben.«

»Kann der Schwarze König sie von der anderen Seite öffnen?«

»Von Sebastian aus?«

Adrian nickte.

»Nein«, sagte Coulter.

»Also ist Gabe in Sicherheit.«

»Gabe ist nicht in Sicherheit. Man kann Menschen nicht

nur über Verbindungen einnehmen. Das weißt du«, antwortete Coulter.

Das wußte Adrian nur zu gut. Jewel hatte ihn erobert, als sie seinen Sohn bedroht hatte. Sie hatte leichtes Spiel gehabt, denn Lukes Leben erschien Adrian unendlich viel wichtiger als sein eigenes.

»Du hast Angst, daß der Schwarze König sich wie Jewel verhält?« fragte Adrian.

»Nein.« Coulter wandte sich um. »Der Schwarze König ist nicht wie Jewel. Sie war auch klug, aber noch jung und ohne seine Erfahrung. Mit ihm verglichen war sie ein Baby. Es hat seinen Grund, warum er die halbe Welt beherrscht. Er ist die mächtigste Person, der ich je begegnet bin.«

»Und Gabe hat nichts davon geerbt?«

»Gabe ist kein ebenbürtiger Gegner für Rugad. Ebensowenig wie ich. Ich bezweifle, daß es irgend jemanden auf der Insel gibt, der es mit ihm aufnehmen kann.«

»Aber er kann Gabe nicht töten.«

»Nein, das ist unmöglich«, bestätigte Coulter. »Ich fürchte jedoch, daß er weitaus Schlimmeres im Schilde führt.«

Die Worte hingen zwischen ihnen. Adrian schluckte. Er hatte schon einmal mit angesehen, was die Fey ihren eigenen Leuten antaten. Fledderer hatte ihm gezeigt, wie die Fey alle behandelten, die sie als minderwertig ansahen. Und Adrian hatte auch subtilere Methoden erlebt, mit deren Hilfe sich die Fey gegenseitig in Schach hielten.

Er konnte sich nicht vorstellen, wie man so etwas aus dem Inneren, aus dem Geist heraus bewirkte.

»Also hat er einen Fehler begangen, als er die Verbindung zu dir geschlossen hat.«

Coulter schüttelte traurig den Kopf. »Nein, er hatte recht. Jede Verbindung zu ihm ist jetzt gefährlich. Ich hatte einfach nicht die Kraft, diese eine zu schließen.«

»Er ist ganz auf sich gestellt«, sagte Adrian. »Mehr als je zuvor.«

Coulter blickte über das Maisfeld hinweg. »Ich weiß.«

»Er braucht Schutz. Leen allein genügt nicht.«

Coulter sah Adrian an. Seine Augen waren von Traurigkeit wie verschleiert, seine Schultern schlaff, weil Gabes Schutz ihn soviel Energie gekostet hatte. »Was willst du damit sagen?«

»Daß wir ihm folgen sollten. Er braucht dich jetzt mehr denn je, Coulter.«

Coulter seufzte. »Er wird mich nicht akzeptieren.«

»Er hat doch gar keine Wahl.«

Coulter strich sich das Haar aus dem Gesicht. Seit Jahren hatte Adrian ihn nicht mehr so unentschlossen gesehen. Trotz all seiner Macht war er sehr verwundbar. Zurückweisung verletzte ihn mehr als andere, wahrscheinlich, weil er sie schon so oft in seinem kurzen Leben erlebt hatte.

»Du mußt nicht mitkommen«, sagte Coulter.

»Ich komme aber mit«, antwortete Adrian. »Schließlich muß auch jemand auf dich aufpassen.«

»Ich bin jetzt erwachsen, Adrian. Ich kann auf mich selbst aufpassen.«

Adrian unterdrückte ein liebevolles Lächeln. Coulter war erwachsen, aber das bedeutete nicht, daß er alles allein bewältigte. Das wußte Adrian, selbst wenn Coulter es nicht wahrhaben wollte. Und er hatte sich auch schon überlegt, wie er Coulter dazu bringen würde, ihn mitzunehmen.

»Ich weiß«, sagte Adrian. »Aber die Fey werden hier auftauchen und nach Gabe suchen. Und wenn sie ihn nicht finden, werden sie nach mir, Luke und Fledderer Ausschau halten. Das könnte ich nicht noch einmal ertragen. Ich möchte lieber, daß du in Sicherheit bist.«

Coulter lächelte. Ein halbherziges, etwas zerstreutes Lächeln, aber immerhin. »Du warst noch nie besonders gut darin, andere zu manipulieren.«

»Stimmt«, sagte Adrian.

»Du weißt, was das bedeutet: Du mußt direkt zu den Fey gehen.«

»Ich weiß«, bestätigte Adrian.

»Dort lauern noch viel größere Gefahren auf dich«, sagte Coulter.

»Und auf dich«, entgegnete Adrian.

»Du läßt mich ja doch nicht allein gehen, stimmt's?« fragte Coulter.

»Nein«, erwiderte Adrian.

Coulter holte tief Luft, als könnte er sich so gegen alles wappnen, was ihn in den nächsten Tagen erwartete. »Na gut«, sagte er. »Laß uns alles zusammensuchen, was wir brauchen. Ich glaube, bis zum Eintreffen der Fey bleibt nicht mehr viel Zeit.«

Adrian teilte seine Befürchtungen. Er warf einen letzten Blick auf sein Land, seinen Hof, den er seit seiner Jugend bewirtschaftete, den Mais, der sich der Sonne entgegenreckte, die Gebäude, die sein Großvater selbst erbaut hatte. Er hoffte, das alles eines Tages wiederzusehen.

Er bezweifelte es jedoch.

Dennoch war er gerne bereit, diesen Preis zu zahlen, solange Coulter im Ausgleich dafür in Sicherheit war.

20

Solanda schritt erregt im Zelt auf und ab. Sie empfand es als besonders klein und beengend.

Gefangen.

Wie demütigend.

Und welch ein Irrtum!

Aber sie konnte nichts daran ändern. Sie befand sich in Rugads Schattenland und wurde von seinen Leuten bewacht. Sie war mitten unter Fey, und wenn sie sich Verwandelte und in ihrer Katzengestalt durch das Lager lief, wüßte jeder sofort Bescheid.

Wer und was sie war.

Außerdem war der Zelteingang verzaubert, und sie hatte keine Zeit, sich unter der Plane hindurchzuschlängeln.

Die Luft war verbraucht und roch nach Rugads Lederkleidung. Ihr Treffen war ungünstig verlaufen. Er hatte ihr geglaubt, was sie über Arianna erzählt hatte, aber es war ihr nicht gelungen, ihn von ihrer eigenen Unentbehrlichkeit zu überzeugen. Rugads Problem – und ein Problem war es zweifellos für ihn – bestand darin, daß er einfach voraussetzte, seine Kinder dächten wie Fey.

Keiner der beiden tat das.

Gabe war zu weichherzig, und Arianna, die die Tapferkeit und Intelligenz ihres Urgroßvaters geerbt hatte, hielt sich für eine Inselbewohnerin. Solandas Erziehung hatte daran nichts ändern können. Nur durch Loyalität würde es gelingen, Arianna an das Fey-Imperium zu binden, und in dieser Hinsicht war Solanda die einzige Hoffnung des Schwarzen Königs.

Aber sie hatte einen Fehler begangen, als sie ihm verriet, daß es zwischen ihr und Arianna zum Bruch gekommen war.

Und wenn sie sich nicht vorsah, würde sie dieser Bruch das Leben kosten.

Sie hatte sich noch nicht von der Stelle gerührt und schluckte. Rugad würde nicht wiederkommen. Sie hatte ihn weggeschickt, ihn aufgefordert, sie zu töten, und genau das würde er tun. Sie konnte nicht aus diesem Zelt fliehen.

Aber er hatte eines vergessen oder vielleicht nie gewußt. Doppelgänger konnten keine Zauberkraft beherrschen, über die sie nicht selbst verfügten. Sie konnten einen Spitzel oder Zaubermeister übernehmen, nicht aber deren Zauberkräfte.

Sie konnten einen Gestaltwandler in seiner normalen Fey-Gestalt übernehmen, aber sie konnten sich nicht Verwandeln. Und sie konnten sich nicht der Zauberkraft einer Gestaltwandlerin bedienen.

Mit anderen Worten: Sie konnten die zweite Gestalt einer Wandlerin nicht übernehmen.

Solanda blinzelte, ballte die Fäuste und holte tief Luft. Die Fähigkeit, sich zu Verwandeln, war ihre letzte und einzige Hoffnung. Sobald der Doppelgänger das Zelt betrat, würde sie fliehen. Mit katzenhafter Geschwindigkeit würde sie zum Torkreis jagen, hindurchspringen und zum Fluß laufen. Sie würden ihr niemals bis zum Fluß folgen. Wahrscheinlich wußten sie nicht einmal, daß Solanda schwimmen konnte.

Dann mußte sie sich zu Arianna durchschlagen und das Mädchen überzeugen, daß es mit seinem Großvater verhandelte. Darin bestand Ariannas einzige Hoffnung. Rugad interessierte sich ausschließlich für Gabe. Seine mächtige Urenkelin hielt er für überflüssig.

Solanda schloß die Augen und Verwandelte sich. Ihr Körper zog sich zusammen, Nase und Mund verbreiterten sich, ihre Glieder wurden zu Pfoten. Das Haar wurde in ihre Haut gesaugt, und auf ihrem Körper wuchs Fell. Die Kleidung fiel von ihr ab und rutschte zu ihren Füßen zu einem unordentlichen Haufen zusammen, aus dem sie vorsichtig, eine zierliche Pfote nach der anderen hebend, herausstieg.

Sie hatte sich Verwandelt.

Jetzt mußte sie den Doppelgänger überraschen, bevor er sie überraschte. Am besten durch einen direkten Sprung ins Gesicht. Die natürliche Reaktion war, das Tier wegzuschleudern. Oder sie konnte zwischen seinen Beinen hindurchrennen ...

Vor dem Zelt erklangen Stimmen. Solandas Mund war ausgetrocknet. Sie fuhr sich mit der Zunge über die Lippen, eine nervöse Angewohnheit, die sie aus ihrer menschlichen Fey-Gestalt beibehalten hatte. Sie zog sich in eine dunkle Ecke des Zeltes zurück und wartete dort sprungbereit im Schatten.

Der Zelteingang wurde zurückgeschlagen. Solanda warf sich nach vorn und sprang dem Doppelgänger mitten ins Gesicht. Auf halbem Wege erkannte sie, daß sie einen verhängnisvollen Fehler begangen hatte.

Nicht ein einzelner, sondern mehrere Personen hatten das Zelt betreten, und sie waren keine Doppelgänger, sondern Fußsoldaten. Statt der Gefahr auszuweichen, hatte sie sich ihrem Feind direkt in die Arme geworfen.

Im wahrsten Sinne des Wortes.

Sie ruderte verzweifelt mit den Pfoten, um ihren Sprung abzubremsen, aber da hatte Gelô sie bereits eingefangen. Sie spürte, wie er sein zweites Paar Fingernägel in ihrem Bauch ausfuhr.

»Wie schade, daß du dich Verwandelt hast«, sagte er bedauernd. »So ein kleines Häufchen Haut. Es wird nicht so lange dauern, wie wir gehofft haben.«

Sie zischte und spuckte und krallte nach seinem Gesicht, aber sie wußte, es war zu spät. Rugad hatte gewonnen. Trotz alledem, was sie war und für ihn getan hatte, behandelte er sie jetzt wie eine gemeine Mörderin. Er ließ sie exekutieren.

Und sie konnte nichts mehr dagegen tun.

21

Rugads Zelt war groß. Eigentlich handelte es sich um drei Zelte mit ineinander übergehenden Öffnungen, die man in Form eines Dreiecks angeordnet hatte. Zwei der so entstandenen Bereiche wurden für Zusammenkünfte genutzt, der dritte diente ihm als Schlafzelt. Diese Aufteilung zog Rugad im Schattenland dem großen Einzelzelt vor, das er sonst zu benutzen pflegte.

In einem der Zelte erwartete ihn Geist. Auf dem Weg dorthin wurde Rugad von Weißhaar angehalten.

»Winglet ist im zweiten Versammlungsraum«, sagte Weißhaar. »Sie hat etwas vom Palast zu berichten.«

»Sorg dafür, daß die Eingänge zwischen den Zelten verschlossen werden«, entgegnete Rugad.

Weißhaar nickte und betrat das erste Zelt. Rugad wartete einen Moment, bevor er in das andere Zelt ging.

Es war etwas kleiner als das Hauptzelt. Domestiken hatten in Nye die mit Leinwand bezogenen Klappstühle angefertigt, Boden und Decke waren mit besänftigenden Tüchern bedeckt. Man hatte sie mit einem leichten Zauber versehen, damit ihre Farben ein wenig durch das trübe Einerlei des Schattenlandes drangen. Rugads Diener sorgten dafür, daß im Schattenland immer einige seiner persönlichen Gegenstände zur Verfügung standen, damit sich der Schwarze König möglichst behaglich fühlte. Von vertrauten Dingen umgeben zu sein, verlieh ihm ein Gefühl der Stärke, ein Gefühl der Zusammengehörigkeit, das ihm sonst auf seinen Feldzügen abhanden gekommen wäre.

Winglet hockte mit untergeschlagenen Beinen auf einem der Klappstühle. Wie die meisten Tierreiter saß sie leicht vorgebeugt, um das kleine Geschöpf in ihrem Bauch zu schützen, aber auch weil es die bequemste Körperhaltung nach ihrer Verwandlung war. Winglet war eine Spatzenreiterin. Die schnabelartige Nase und das bräunlich gefiederte Haar waren unverkennbar. Wie die meisten Fey war auch sie hochgewachsen, dabei aber so zierlich gebaut, daß Rugad ihre Taille mit einer Hand umfassen konnte.

»Was gibt's Neues?« fragte er.

»Die Reiter haben alle Position bezogen«, sagte sie. »Die Infanterie marschiert quer über die ganze Insel, und die Inselbewohner leisten keinen Widerstand.«

»Sie haben nicht einmal versucht zu flüchten?«

Winglet schüttelte den Kopf. »Ich glaube, ihr König wartet auf ein Treffen mit dir.«

»Da kann er lange warten. Weiter?«

»Der Tabernakel brennt. Die meisten Bewohner sind tot. Die restlichen sind spätestens bis zum Abend ausgeschaltet. Einige Viertel der Stadt brennen ebenfalls.« Den letzten Satz brachte sie vor, als rechne sie mit einem Anschnauzer.

Aber Rugad zuckte gleichgültig die Achseln. Städte interessierten ihn nur, wenn sie Handelszentren waren. Und das war Jahn schon seit zwanzig Jahren nicht mehr.

»Gut«, sagte er. »Geh wieder zurück und richte Schwarm aus, daß er mit weiteren Anordnungen auf mich warten soll. Ich werde wahrscheinlich am Morgen zu euch stoßen.«

Winglet nickte und erhob sich. »Sieht aus, als hätten wir hier leichtes Spiel, nicht wahr?«

Rugad schüttelte den Kopf. »Unterschätzt diese Leute nicht«, sagte er. »Das war Rugars größter Fehler. Sag das auch Schwarm. Er soll sich vorsehen und wachsam bleiben.«

»Jawohl«, erwiderte Winglet. Dann verließ sie das Zelt. Als sie den Eingang zurückschlug, durchdrang das schmerzerfüllte, entsetzte Jaulen einer Katze das ganze Schattenland.

Rugad lief ein kalter Schauder den Rücken hinunter. Diese gerissene Solanda. Sie hatte gewußt, daß ein Doppelgänger nicht zum Tier werden konnte. Sie hatte sich vor ihrem Mörder schützen wollen, ohne zu ahnen, daß Rugad ihr einen Schritt voraus gewesen war.

Wieder ertönte das Jaulen, gefolgt von lautem Zischen und gellendem Schreien. Rugad verschloß sorgfältig den Zelteingang, der die Geräusche fast vollständig dämpfte. Obwohl Solanda eine kleinere Gestalt angenommen hatte, würde ihr Tod nicht so rasch eintreten. Dafür sorgten schon die Fußsoldaten. Er hatte ihnen eine richtige Exekution versprochen, und die würden sie sich gewiß nicht nehmen lassen.

Er schluckte. Seine Kehle war wie ausgetrocknet. Er durchquerte das Zelt und nahm einen Schluck aus dem Wasserschlauch. Der Schlauch war mit einem Zauber der Domestiken versehen, der das Wasser besonders kühl und frisch erhielt. Erst nach dem zweiten Versuch gelang es ihm, den Schlauch an seinem Gürtel festzubinden.

Seine Hände zitterten.

Er wischte sie an seiner Hose ab. Selbst für ihn war das Töten nicht immer ganz einfach. Es kostete ihn mitunter mehr Kraft, als er nach außen zeigte. Er holte tief Luft. Aber das ging niemanden etwas an. Niemand brauchte das zu sehen.

Er nahm sich einen Augenblick Zeit, bis ihn seine innere Ruhe wie kühles Wasser durchströmte. Dann schlug er die Plane zwischen den beiden Zelten zurück und betrat das erste Zelt.

Abgesehen von einem großen, hölzernen Tisch in der Mitte war es genauso eingerichtet wie das zweite Zelt. Er hatte drei alte, von vielen Schlachten gezeichnete Tische mitgebracht, um sie in jedem Schattenland aufzustellen. Er benutzte sie, seit er die Nachfolge als Schwarzer König angetreten hatte; an ihnen hatte er seine Strategien entworfen, seine Befehle geschrieben, sein Handwerk als Staatsmann erlernt. Die Tische hatten ihm stets gute Dienste geleistet.

Dieser hier war der älteste. Das Holz stammte aus L'Nacin, die Kerben aus vielen Schlachten in Nye. Rugar und Jewel hatten ihre Namen in die Oberfläche geschnitzt, ebenso wie seine anderen Kinder und Enkel. Manchmal blickte er nachdenklich auf die Unterschriften und fragte sich, welchen Preis er zahlte, um über die Fey zu herrschen.

Wie auf ein Stichwort erhob sich ein neuerliches Heulen und hallte über das ganze Lager. Zwar dämpften die Zeltwände das Geräusch, aber es war trotzdem noch gut zu vernehmen.

Der zweite Fey im Zelt zuckte zusammen. Seine Kleider waren ihm zu klein. Er schien etwa Mitte Dreißig zu sein, aber seine Augen machten einen viel älteren Eindruck. Sie waren goldgefleckt.

»Geist?« fragte Rugad, eher um sich der Gegenwart des Doppelgängers als dessen Identität zu versichern.

Ghost nickte und leckte sich die Lippen. Dann erhob er sich. »Ich habe einen der Hüter übernommen«, sagte er mit zitternder Stimme. Er hielt den Blick gesenkt, und Rugad spürte, welche Scham den Doppelgänger erfüllte. Der Tod eines Fey, mochte es sich auch um eine Versagerin handeln, kam alle hart an, die es hörten oder sahen.

»Das setze ich voraus«, sagte Rugad. »Du solltest das Schattenland jetzt verlassen. Ich bin sicher, daß du dich anderweitig nützlich machen kannst.«

»Ich wollte zuerst mit dir sprechen«, sagte Ghost und trat einen Schritt vor. Es war unübersehbar, daß er sich erst noch an den neuen Körper gewöhnen mußte. »Dieser Hüter hat ein Gegengift für das Weihwasser entdeckt.«

»Ohne es zu benutzen?«

»Dazu hätte es eines Zauberers bedurft.«

»Ach so.« Rugad seufzte. Er hatte den Zauberern damals verboten, Rugar zu begleiten. Ohne diesen Erlaß wäre es ihnen also doch gelungen, die Insel zu erobern. Hatte Ghost deswegen um dieses Gespräch gebeten? Weil er wußte, daß Rugad auch Schuld am Tod seines eigenen Sohnes traf?

»Das ist noch nicht alles«, fuhr Ghost fort. »Sie haben einen Zauberer gefunden.«

Rugad blickte ihn an. Geists Augen leuchteten dunkel im Gesicht seines Opfers. »Wen?« fragte Rugad und hoffte, daß es sich dabei nicht um einen seiner Urenkel handelte.

»Er war ein Kind der Insel.«

Rugad nickte. Das war einleuchtend. Die Mischung von Fey-Blut mit dem der Inselbewohner hatte einen mächtigen Visionär und eine mächtige Gestaltwandlerin hervorgebracht. Warum sollte nicht auch ein Zauberer einer solchen Verbindung entspringen? »Zu welchem Zeitpunkt nach der Invasion geboren?«

»Er kam vorher zur Welt.«

Rugad blinzelte überrascht. Er hatte damit gerechnet, daß Ghost antwortete, viele Jahre nach der Invasion, das Kind sei noch zu jung, um sich seiner Zauberkraft zu bedienen, die Fey würden die rechte Zeit noch abwarten. Aber diese Antwort ergab keinen Sinn. »In dieser Armee gab es keine Säuglinge.«

»Das weiß ich. Das Kind ist ein Inselbewohner«, sagte Ghost so exakt, als wiederholte er seine eigenen Worte.

»Reines Inselblut?«

»Klein, blauäugig, rundes Gesicht, blondes Haar, wenige Monate vor der ersten Invasion geboren. Solanda hat ihn damals gefunden.«

Solanda. Unwillkürlich blickte Rugad in Richtung des Gefängniszeltes. Also hatte sie ihm doch nicht alles gesagt. Warum nur? Er hatte beinahe das Gefühl, es wäre besser, ihre Exekution aufzuhalten.

Aber dazu war es jetzt zu spät.

»Wann?«

»Vor neunzehn Jahren.«

Also war der Zauberer jetzt ein erwachsener Mann. »Was ist mit ihm geschehen?« fragte Rugad.

»Er lebte viele Jahre im Schattenland, bevor man feststellte, was er war. Dann näherte man sich ihm so ungeschickt, daß er entsetzt floh. Er entkam zusammen mit einem anderen gefangenen Inselbewohner aus dem Schattenland, und obwohl die Versager ihn suchten, haben sie ihn nie entdeckt.«

»Wie heißt er?«

»Coulter.«

Während er sprach, hatte Ghost den Blick nicht ein einziges Mal gehoben. Er wußte also noch mehr.

»Und weiter?«

»Er hat das Leben deines Urenkels gerettet. Sie stehen sich sehr nahe. Und Gabe hat Coulters Aufenthaltsort immer vor den Versagern verborgen.«

»Gabe hat sie hier in Gefangenschaft gehalten.«

Ghost nickte. »Er wußte, daß der Zauberer das Gegengift kannte, und er hat nichts unternommen.«

Rugad ballte die Fäuste. Er hatte doch Gesehen, wie sein Urenkel die Fey nach Leutia führte. Deutlich Gesehen. Und doch hatte der Junge die Interessen der Insel verteidigt, nicht die der Fey.

Rätselhaft.

»Bist du dir da sicher?«

»Absolut«, entgegnete Geist. »Dieser Hüter, den ich übernommen habe, Streifer, hat den Zauberer entdeckt. Er hat auch versucht, Gabe davon zu überzeugen, daß er Coulter zurückbringt.«

»Und er hat sich geweigert?«

»Gabe behauptete, sie würden Coulter verletzen, und das

würde er nicht zulassen.« Wieder leckte sich Ghost die Lippen. »Man muß zugeben, daß Streifer ebenfalls fürchtete, die geplanten Experimente der Hüter könnten den Zauberer das Leben kosten. Coulter war damals erst fünf Jahre alt.«

Rugad ballte die Fäuste und öffnete sie langsam. Solanda hatte ihn gewarnt. Gabe sei von Versagern erzogen worden, hatte sie gesagt. Sie setzte ihre Hoffnung nicht auf ihn.

Sie hatte die größten Hoffnungen auf seine Schwester gesetzt.

»Was geschah mit dem Zauberer?«

»Heute morgen war er noch am Leben«, antwortete Geist. »Streifer konnte ihn spüren. Aber da ich nur noch über einen schwachen Rest von Streifers Macht verfüge, kann ich dir nicht mehr sagen.«

»Schützt er Gabe?«

»Ist anzunehmen.«

Rugad nickte. Also war er diesem Zauberer bereits begegnet, jener wütenden Existenz, die die Verbindung unterbrochen und anschließend die Türen geschlossen und verriegelt hatte.

Ein mächtiger Zauberer. Auf der Insel geboren.

Rugad hatte immer vermutet, daß die Zauberer, die Boteen gespürt hatte, auf der Insel geborene Fey waren. Er hatte geglaubt, sie gemeinsam mit den Versagern ausgeschaltet zu haben.

Bei einem von ihnen hatte er sich geirrt.

Täuschte er sich auch in dem anderen?

22

Unruhig ging Nicholas im Gemach des Bauernaufstands auf und ab. Außer ihm befand sich hier nur noch Sebastian. Monte war verschwunden, um die Truppen innerhalb des Palastes anzuführen. Arianna war noch immer nicht zurück.

Aber daran wollte Nicholas jetzt gar nicht denken.

Die Sonne hatte an Kraft verloren. Aus der ganzen Stadt stieg Rauch auf und verdunkelte ihre Strahlen. Nur auf die Vögel unten im Hof schien sie noch hell.

Sebastian blickte ihn mit weit aufgerissenen Augen an. Der Junge sprach nicht viel, begriff aber, was vor sich ging.

Genau wie Nicholas. Der Augenblick, sich als wahrer Anführer zu beweisen, war gekommen. Gerade eben hatte er seine Männer in den Tod geschickt. Er wußte es, Monte wußte es, und Sebastian wußte es auch.

Und die Männer wahrscheinlich ebenfalls.

Aber Nicholas hatte mittlerweile gelernt, daß man ein Leben opfern mußte, wenn man hundert andere dadurch retten konnte.

Vorausgesetzt, dieses Leben war nicht von Schwarzem Blut. Irgendwie war es den Fey gelungen, sogar diese einfache Regel außer Kraft zu setzen. Nicholas' Kinder, seine leiblichen Kinder, waren wichtiger als alle Menschen im Palast zusammengenommen.

Er fragte sich, ob Sebastian auch das begriff.

Er unterbrach sein nervöses Auf und Ab und blieb neben Sebastian stehen. Sebastian holte tief und langsam Luft.

»Wird ... Ari ... zurückkommen ... können?«

Sebastian meinte damit, würde Arianna in der Lage sein, zurückzukommen, nachdem der Kampf begonnen hatte?

Konnte sie überhaupt noch hereinkommen? War sie hier in Sicherheit?

»Ich hoffe es«, erwiderte Nicholas.

Sebastian löste sich von der Wand und schob seinen Arm unter den von Nicholas. Gemeinsam gingen sie zu den Fenstern, um in den Hof zu blicken.

»So ... viele«, stammelte Sebastian.

Nicholas nickte. So viele Vögel. Das Glas war nur ein dünner Schutz, die Höhe überhaupt keiner.

Vögel.

In Sekundenschnelle konnten sie sich zu den Fenstern des Nordturms aufschwingen und die Glasscheiben mühelos durchstoßen.

Plötzlich drückte Sebastian den Arm seines Vaters. Unten im Hof waren zwei Wachen aufgetaucht. Sie trugen keine Kopfbedeckung, und ihr blondes Haar glänzte in der Sonne wie gesponnenes Gold. Mit geraden Rücken und gestrafften Schultern durchquerten sie den Hof, ohne einen Blick auf die Vögel im Hof zu werfen.

Sie sahen nur auf die Vögel am Tor.

Nicholas blickte ebenfalls zu ihnen hinüber. Falken, Raben, Adler und kleinere Vögel wie Rotkehlchen, Zaunkönige und Spatzen. In dem bunten Gewirr befanden sich auch einige Vögel, die er nicht kannte, Vögel, die größer waren als zehnjährige Kinder, mit leuchtendbuntem Gefieder und Schnäbeln, die so lang waren wie seine Hand und dicker als sein Arm.

Nicholas hielt den Atem an. Sebastians Griff um seinen Arm wurde fester.

Die Männer gingen Seite an Seite. Flügel schlugen und wurden wieder angelegt. Gefieder bauschte sich auf wie unter Windstößen, doch die Blätter an den Ästen waren reglos. Es ging kein Wind. Es waren nur die Wachen, die die Vögel in Unruhe versetzt hatten.

Die kleinen Blasen, die in das Fensterglas eingeschlossen waren, verwehrten eine klare Sicht. Nicholas ging so nahe wie möglich an die Scheibe, die Fäuste in Hüfthöhe auf das Fensterbrett gestützt.

Die Wachen hatten jetzt den Hof durchquert und die erste Vogelreihe erreicht.

Plötzlich, wie auf ein stummes Kommando, erhob sich ein Vogelschwarm und griff den Wachposten an, der ihnen am nächsten war. Sie stürzten sich auf ihn, hackten krächzend auf ihn ein, rissen ihm mit den Schnäbeln die Haut auf. Blut strömte zu Boden.

Sebastian stöhnte auf und drehte sich um.

Nicholas konnte den Blick nicht abwenden.

Ein weiterer Schwarm war fast gleichzeitig aufgeflogen und umkreiste den zweiten Wachposten, ohne ihn anzugreifen. Blut spritzte auf den Mann, aber er starrte unbewegt geradeaus.

Vielleicht hatte Nicholas sich geirrt. Vielleicht funktionierte das besondere Training, das er angeordnet hatte, zumindest bei einigen der Wachposten.

Der Angriff vollzog sich in gespenstischer Stille. Der Wachtposten schrie nicht, und die Vögel gaben gleichfalls keinerlei Geräusch von sich. Der Posten hob eine mit Vögeln bedeckte Hand. Hautfetzen flogen in alle Richtungen. Aus dem Knäuel schwang sich eine Taube nach oben und flog zu Nicholas' Fenster herauf. Der Fey auf ihrem Rücken hielt einen eigroßen Gegenstand in der Hand.

Es war ein Augapfel.

Als der Fey an Nicholas vorüberflog, hielt er das Auge hoch und grinste. Es war fast so groß wie der Tierreiter selbst.

Es war eine weibliche Tierreiterin. Ihre bloßen Brüste waren blutbesudelt. Nicholas zwang sich, sie mit unbeweglichem Gesichtsausdruck zu beobachten.

Als sie sah, daß Nicholas nicht reagierte, warf sie den Augapfel mit solcher Wucht gegen die Scheibe, daß er beim Aufprall zerplatzte.

Unwillkürlich trat Nicholas einen Schritt zurück.

Sebastian krümmte sich bei diesem Geräusch zusammen und bedeckte das Gesicht mit den Händen.

Die Fey-Frau brach in Gelächter aus.

Wie ein Pfeil ließ sich die Taube im Sturzflug nach unten fallen und verschwand aus Nicholas' Sicht.

Nicholas trat an ein anderes Fenster und blickte hinunter.

Der Wachposten auf der linken Seite befand sich immer noch mitten im Vogelschwarm. Sein Kamerad lag mit ausgestreckten Gliedern im Hof. Er war bereits tot. Sein Gesicht war bis auf die Knochen zerfetzt, eine einzige blutige Masse, die nicht mehr als menschliches Gesicht zu erkennen war. Die Uniform war zerrissen und sein Leib vom Herz bis zu den Gedärmen ausgehöhlt.

Nicholas schluckte. Erst einmal hatte er Schlimmeres erlebt.

Als Jewel gestorben war.

Und das war nur schlimmer gewesen, weil er sie liebte.

Die Vögel und die Fey auf ihren Rücken starrten jetzt alle zu ihm hinauf. Der zweite Schwarm trieb den Posten zum Eingang des Palastes zurück. Nachdem er eingetreten war, ließen sich die Vögel vor der Tür nieder.

Die Botschaft war unmißverständlich.

Die Vögel würden jeden angreifen, der versuchte, den Palast zu verlassen. Aus Gründen, die Nicholas nicht kannte, mußten sie alle im Palast ausharren.

Er hatte nicht vor zu warten, bis er den Grund dafür erfuhr.

Sebastian hob den Kopf. Er starrte auf das Blut, das langsam über die Fensterscheibe rann. »O ... Papa ...«, sagte er und schauderte.

Nicholas berührte das befleckte Glas. Es war kühl, glatt und trocken. Noch hatte ihn das Blut nicht berührt.

Aber es würde ihn berühren.

Unausweichlich.

»Das hier war nur der Anfang, Sebastian«, sagte Nicholas und wünschte, es wäre nicht wahr.

23

Wirbler hatte ganz vergessen, wie anstrengend so ein Krieg war.

Seit er Rugads Botschaft an den Palast weitergegeben hatte, war er ununterbrochen geflogen. Nachdem er Rugad Bericht erstattet hatte, war ihm ein halber Ruhetag zugestanden worden, bevor er wieder nach Norden aufbrechen sollte.

Und jetzt hatten sie ihn nach Süden geschickt. Rugad glaubte, daß sich einer seiner Urenkel dort auf einem der Gehöfte aufhielt. Wirbler wollte lieber gar nicht daran denken, wieviel Ackerland er bis jetzt schon überflogen hatte. In der Mitte der Insel dehnte es sich schier unendlich.

Aber er hatte den anderen Irrlichtfängern, die sich ebenfalls auf der Suche befanden, etwas voraus. Er hatte den Urenkel bereits gesehen und wußte, welchen Weg er eingeschlagen hatte. Der Hof konnte nicht allzuweit von der Straße entfernt sein, wenn man bedachte, wieviel Zeit vergangen war.

Wirbler stieß herab. Seit man ihm seine Anweisungen erteilt hatte, war er zügig vorangekommen, hatte Jahn umkreist, den Fluß hinter sich gelassen und war quer über die Ländereien der Adligen südlich des Cardidas weitergeflogen. Schneller als die anderen hatte er das Ackerland erreicht.

Wirblers Begleiterin, Cinder, hatte Mühe, bei seinem Tempo mitzuhalten. Bis jetzt war sie nur im Gefolge einer Truppe von Irrlichtfängern quer über die Blaue Insel geflogen. Dies war ihr erster freier Flug.

Sie waren gleich alt, aber Wirbler war in den Rängen der Fey aufgestiegen, bis er schließlich sogar als Rugads Bote eingesetzt wurde. Cinder hatte man bis jetzt nur kleinere Aufträge zugeteilt, und sie hatte Wirbler gestanden, daß sie vergeblich versucht hatte, ihre Teilnahme an der Reise zur Blauen Insel zu verhindern. Sie wäre viel lieber in Nye geblieben. Rugad aber hatte sämtliche Irrlichtfänger, Tierreiter und Doppelgänger benötigt und keinen davon in Nye zurückgelassen.

Auf dieser Reise wollte Rugad nichts dem Zufall überlassen. Man hatte beinahe den Eindruck, er fürchte sich vor der Blauen Insel, ohne es zugeben zu wollen.

Endlich erblickten sie unter sich die Straße, breit und braun wie ein vereister Fluß. Wirbler schwang sich hinab, bis er direkt darüber flog, und warf dann auf der Suche nach Cinder einen Blick über die Schulter. Sie war so weit hinter ihm zurückgeblieben, daß er lange suchen mußte, bis er ihren kleinen schwarzen Punkt im Himmelsblau ausmachte. Genau wie er erwartet hatte, konnte sie ihm nur mit Mühe folgen. Er unterdrückte eine leichte Gereiztheit. Epo, der Führer der Irrlichtfänger, hatte darauf bestanden, daß sie zu zweit ausschwärmten. Sollten sie den Urenkel entdecken, würde einer von ihnen bei dem Jungen bleiben, während der andere so schnell wie möglich Bericht erstattete. Epo hatte bei der Aufteilung darauf geachtet, daß ein stärkerer Irrlichtfänger mit einem schwächeren flog, was Wirbler verärgerte. Er würde bei dem Urenkel bleiben müssen und konnte nur hoffen, daß Cinder in Rekordgeschwindigkeit zu Rugad flog, um ihm die Nachricht zu übermitteln.

Das würde sie natürlich nicht schaffen, aber daran konnte Wirbler nichts ändern.

Unter ihm säumten Bauernhöfe die Straße wie kleine schwarze Punkte auf einer Flickendecke. Wirbler ließ sich noch tiefer fallen und fluchte plötzlich leise vor sich hin.

Es war Mittag. Alle Inselbewohner arbeiteten auf dem Feld. Auf jedem Bauernhof sah er drei, vier, manchmal sogar fünf Menschen, die sich über die Ernte beugten. Einige unter ihnen hatten auch Pferde, mit denen sie Geräte oder Wasserbehälter von den Wasserpumpen auf den Acker transportierten.

Hatte der Urenkel ein Schattenland errichtet, würde es bei diesem Licht nicht einfach sein, den Torkreis zu erkennen. So wie auch Wirbler nur schwer zu erkennen war.

Es würde länger dauern, als er geglaubt hatte.

Er flatterte auf der Stelle und wartete auf Cinder. Als sie ihn erreicht hatte, schwirrten ihre Flügel wie die eines Kolibris, und Schweißtropfen perlten über ihr Gesicht. Sie atmete schwer.

»Ist es wirklich nötig, so schnell zu fliegen?« keuchte sie.

»Sobald wir ihn entdeckt haben, müssen wir noch schneller fliegen«, gab Wirbler zurück.

»Hier können wir ihn unmöglich finden.« Sie zeigte mit einem winzigen Arm auf das Panorama zu ihren Füßen. Felder, Höfe, Inselbewohner, so weit das Auge reichte. Sie hatte recht. Es war jede Menge Arbeit.

»Wir werden ihn finden«, sagte Wirbler zuversichtlich. Ihre pessimistische Einstellung ärgerte ihn. Es war, als haßte sie es, für den Schwarzen König zu arbeiten, als haßte sie ihr ganzes Leben. Wirbler hingegen war stolz, zur Truppe des Schwarzen Königs zu gehören. »Er ist zu einem Teil Fey. Ich habe ihn gesehen. Er ist hochgewachsen und dunkler als die anderen. Er sieht aus wie ein Fey. Er fällt bestimmt auf.«

Cinder schnaubte. Sie blickte hinab. Endlos reihte sich dort unten Hof an Hof. »Wir wissen nicht einmal genau, ob er noch hier ist«, wandte sie ein. »Wenn ich wüßte, daß der Schwarze König mich verfolgt, dann würde ich mich so schnell wie möglich aus dem Staub machen.«

»Woher soll er das denn wissen ...?« Wirbler hielt inne. Der Urenkel war ebenfalls ein Visionär. Vielleicht wußte er Bescheid. Wußte viel mehr, als sie ahnten.

Die anderen Irrlichtfänger hielten auf allen Höfen nach all

jenen Merkmalen Ausschau, die Wirbler gerade aufgezählt hatte.

»Woher soll er was wissen?« fragte Cinder.

Wirbler hob die Hand. In der Luft zu stehen, machte ihn durstig. Er wollte landen und etwas trinken, aber noch war es nicht soweit. Zuerst mußte er nachdenken.

Wäre er ein Visionär und wüßte, daß der Schwarze König ihn suchte, wüßte er wahrscheinlich auch, daß das Schattenland nicht mehr existierte. Er könnte sein eigenes Schattenland errichten, aber das war nur ein schwacher Schutz gegen die anderen Fey. Genaugenommen war es überhaupt kein Schutz. Die Fey mußten nur den Torkreis finden und öffnen. Was für eine merkwürdige Situation. Fey kämpften gegen Fey. Gewöhnlich kämpften Fey ausschließlich gegen Wesen, die nicht mit Zauberkraft begabt waren, und solche Geschöpfe waren außerstande, in die Schattenlande einzudringen.

Der Junge, den Wirbler gesehen hat, sah schlau aus. Er sprach Fey, und Rugad hatte gesagt, der Junge, der Fey spreche, sei der Urenkel, der andere hingegen nur ein besonders gut gelungener Golem. Es mußte ein fast perfekter Golem sein, aber Wirbler wollte sich nicht mit Rugad auf Diskussionen einlassen. Ein Fey, der unter Fey aufgewachsen war, mußte wissen, daß ein Schattenland unter diesen Bedingungen ein schlechtes Versteck war.

Und wenn der Junge wußte, daß sein altes Schattenland verschwunden war, dann würde er nicht in Richtung Westen, nicht nach Hause gehen. Er war gerade aus der Stadt gekommen, also würde er auch dorthin nicht zurückkehren.

Oder doch?

Das wäre die entgegengesetzte Richtung, in der die Felder lagen. Und da der Schwarze König ihn auf diesem Ackerland gefunden hatte, konnte er nicht lange dort gewesen sein. Höchstens für eine Nacht. Demnach war er nicht weiter nach

Süden gegangen. Nach Süden oder Westen zu gehen, bedeutete, auf den Feldern zu bleiben.

Nach Norden zu gehen, bedeutete, sich aus dem Einflußbereich des Schwarzen Königs zu entfernen.

»Wir haben uns geirrt«, sagte Wirbler.

Cinder wischte sich mit dem Unterarm über das Gesicht und ließ einen Schmutzstreifen auf ihrer Stirn zurück. »Geirrt?«

»Alle werden auf den Feldern und Höfen suchen. Laß uns nach Norden gehen.«

»Aber unser Befehl lautet ...«

»Wir haben den Befehl, ihn zu finden«, sagte Wirbler. »Wie wir das anstellen, ist unsere Sache. Die Felder sind nur der Ausgangspunkt. Los, komm. Laß uns der Straße nach Norden folgen.«

»Ich würde nicht auf der Straße gehen, wenn ich mich verstecken wollte«, entgegnete Cinder.

»Das würdest du doch tun, wenn du wüßtest, daß die Leute dich auf den Feldern suchen.«

Cinder schüttelte den Kopf, so daß ihr das kurzgeschnittene Haar in die Augen fiel. Sie strich es aus der Stirn. »Ich würde mir ein Versteck suchen und dort bleiben.«

Wirbler warf ihr einen Blick zu. So würde sie sich wahrscheinlich wirklich verhalten. Viele Leute würden sich so verhalten. Aber der Urenkel des Schwarzen Königs würde sich nicht in einem Schlupfloch verkriechen, ebensowenig wie Rugar, sein Sohn. Auch Jewel oder ihr Bruder Bridge würden sich nicht verstecken. Und die anderen? Vielleicht. Aber Wirbler bezweifelte es. Sie wurden von Geburt an zur Führerschaft erzogen, und Führerschaft bedeutete Bewegungsfreiheit. Nicht, sich feige zu verstecken.

Aber Wirbler hatte keine Ahnung, wie man diesen Fey erzogen hatte. Er wußte jedoch, daß er nach dem Urenkel suchte, der unter Fey aufgewachsen war, nicht nach dem anderen, den man auf der Insel großgezogen hatte. Wenn überhaupt ein Urenkel zum Anführer werden konnte, so war es dieser.

Genau deshalb ließ Rugad ihn vermutlich suchen.

»Das ist ein gutes Argument«, sagte Wirbler. »Aber die Suche würde tagelang dauern. Außerdem wäre sie schwierig, und wir hätten nur wenig Aussicht auf Erfolg. Laß das doch die anderen versuchen. Du und ich, wir suchen die Straße ab.«

»Aber erst machen wir halt und essen etwas.« Cinder verschränkte die Arme und runzelte drohend die Stirn.

Einen Augenblick lang sah Wirbler sie nachdenklich an. Er brauchte sie. Daran mußte er sich immer wieder erinnern. Er brauchte sie. Er würde nicht zulassen, daß sie wichtige Entscheidungen traf, aber ab und zu mußte er ihre Wünsche berücksichtigen.

»Gut«, sagte er schließlich. »Wir machen eine Pause. Aber nur kurz.«

Sie lächelte, legte die Arme an die Seiten an und ließ sich im Senkflug fallen. Wirbler seufzte und flog hinterher.

Hoffentlich nutzte Cinder die Pause gut. Sobald sie wieder in der Luft waren, wollte er Rugads Urenkel finden.

Egal, wie anstrengend es sein würde.

24

Arianna schmeckte ätzenden Rauchgeruch. Sie hatte das Gefühl, als hüllte der Gestank sie so vollständig ein, daß sie nie mehr dieselbe sein würde. Der Flug über die Stadt hatte sie entmutigt und in Wut versetzt. Sie befürchtete, daß ihr Volk den Fey vollkommen hilflos ausgeliefert war.

Sie hatte der Schamanin versprochen, ihren Urgroßvater nicht anzugreifen, aber dieses Versprechen galt auch für ihn. Er durfte seine Urenkelin nicht angreifen. Das verschaffte ihr vielleicht einen gewissen Spielraum. Wie sie ihn nutzen wollte, wußte sie allerdings noch nicht.

Ihre Flügel fühlten sich schwer an. In den letzten beiden Tagen hatte sie diese Muskulatur sehr häufig benutzt, noch nie war sie so viel an einem Stück geflogen. Sie hätte ihre Ausdauer durch häufigere Übungen verbessern sollen, sich auf etwas Derartiges vorbereiten müssen. Auf irgend etwas.

Als könne man sich auf eine Invasion vorbereiten, deren Gespenst seit zwanzig Jahren umging, ohne daß jemand wirklich daran glaubte.

Die Kratzwunden aus ihrem Zusammenstoß mit Solanda schmerzten immer noch. Man konnte sie am ausgedünnten Gefieder ihres rechten Flügels erkennen. Unendlich viel Zeit schien seit dem Zwischenfall vergangen zu sein.

Arianna seufzte. Bislang hatte sie nicht das geringste Anzeichen von diesem Gabe entdeckt. Sie hatte eine Menge zu berichten, aber nichts, was Sebastian wirklich hören wollte.

Fey verteilten sich über die ganze Stadt zu ihren Füßen. Die meisten blieben dem Palast allerdings fern. Das gefiel ihr, beunruhigte sie aber gleichzeitig. Der Schwarze König hatte einen Plan für diese Vögel.

Ein Plan, der vermutlich nicht nach Ariannas Geschmack war.

Jetzt kam der Palast in Sicht. Zumindest stand er noch unversehrt. Nach dem Anblick des brennenden Tabernakels hatte sie insgeheim befürchtet, daß auch der Palast inzwischen in Flammen aufgegangen sei.

Aber noch stand er, die drei Türme reckten sich im Sonnenlicht, die Flaggen flatterten an den Erkern. Doch alle Fenster waren verschlossen und die Gobelins heruntergelassen, was mitten am Tag einen merkwürdigen Eindruck machte.

Die Vögel saßen immer noch im Hof, einige hatte ihre Position verändert. Sie waren weiter vorgerückt.

Ariannas Rückenfedern sträubten sich, und sie zwitscherte unwillkürlich. Es war ein leises Geräusch, und der Wind trug es davon. Sie hatte es selbst kaum gehört.

Sie ließ ihren Schnabel zuschnappen und flog so niedrig, wie sie nur konnte, ohne den Eindruck zu erwecken, sie suche etwas.

Im Hof lag eine Leiche.

Zumindest hielt sie es für eine Leiche. Es bestand aus Knochen, etwas Haut und spärlichen Kleiderresten. Überall waren Blutspritzer. Einige der Vögel waren noch blutbedeckt.

Sie widerstand der Versuchung, noch tiefer zu fliegen. Man würde sie sehen. Würde erkennen, daß sie kein normales Rotkehlchen war, sondern daß in ihren Adern ebenfalls Fey-Blut floß.

Obwohl es keine Bedeutung mehr für sie hatte. Egal, was Solanda auch sagen mochte, Arianna war eine Inselbewohnerin. Rein und unverfälscht. Sie würde niemals Teil dieses Gemetzels unten im Hof sein.

Ihr Herz pochte heftig. Der Magen drehte sich ihr um. Jemand war dort unten gestorben. Vielleicht hatte sie ihn sogar gekannt.

Ihr Vater?

Hoffentlich nicht.

Das einzige, was sie mit Sicherheit sagen konnte, war, daß es sich keinesfalls um Sebastian handelte. Sie hatte keine Ahnung, was sich in seinem Körper befinden mochte, aber so zerfleischen konnte man ihn mit Sicherheit nicht.

Dann sah sie einen Wachposten, der sich an der Küchentür zusammenkauerte. Seine Uniform war blutbespritzt, und plötzlich wußte sie, was geschehen war. Ein Wachposten war hinausgegangen und getötet worden.

Ein Wachposten.

Sie war erleichtert, daß es nicht ihr Vater war, und schämte sich im selben Augenblick ihrer Gefühle. Ein Leben war so wertvoll wie das andere.

Wenn es nicht jemandem gehörte, den sie liebte.

Sie ließ sich von einem Windstoß nach oben tragen und flog in Richtung Nordturm. Dort landete sie auf dem Sims und schlüpfte unter das Dach, so, wie sie es schon häufig getan hatte. Sie beherrschte sich und steckte den kleinen Rotkehlchenkopf nicht mehr unter dem Dach hervor, um festzustellen, ob ihr andere Vögel gefolgt waren.

Dann hüpfte sie ins Zimmer. Es schien unverändert. Seit sie weggeflogen war, war kein anderer Vogel hiergewesen. Sie trippelte ein Stück vom Fenster weg und Verwandelte sich. Ihr Vogelkörper wurde länger, ihre Knochen füllten sich, die Federn verschwanden unter ihrer Haut. Aus ihren zerbrechlichen Flügeln wurden Arme, aus den dürren Beinchen menschliche Beine. Der Schnabel wurde flacher, an seiner Statt erschien die Nase, darunter ein Mund.

Der Rauchgeschmack war so durchdringend, daß er ihre Zunge wie ein Schmutzfilm bedeckte. Sie schluckte, und ihr wurde übel. Sie stützte sich mit einer Hand gegen die schmutzige Wand und übergab sich, bis ihr Magen völlig leer war.

Ihr Mund schmeckte widerlich, aber zumindest war der Rauchgeschmack verschwunden. Sie riß ein Stück Stoff von ihrem Kleid und wischte sich das Gesicht. Noch nie hatte sie so auf eine Verwandlung reagiert. Vermutlich war es nicht die Verwandlung, sondern der tausendfache Tod in Jahn, der diese Reaktion ausgelöst hatte.

Ihr Körper hatte nur gewartet, bis sie in Sicherheit war, bevor er sich diese Reaktion gestattete.

Sie holte tief Luft und blinzelte. Ihre Augen brannten, und nichts half dagegen.

Es war Wirklichkeit.

Es war Krieg.

Und es würde noch schlimmer werden.

Ihre Eltern hatten sich im Krieg kennengelernt. Ihr Vater hatte immer gehofft, ihr das ersparen zu können. Aber das war unmöglich. Nicht mit ihrem Erbe. Nicht, solange die Blaue Insel zwischen Leutia und Galinas lag.

Nicht, wenn die Möglichkeit bestand, daß das Versagen der Fey in der ganzen Welt bekannt wurde.

Solanda hatte sie vor diesem Tag gewarnt, aber erst jetzt verstand Arianna die Bedeutung ihrer Worte. Leichen und der Geruch nach brennendem Fleisch. Rauch über der ganzen Stadt. Eine Gefangene im eigenen Haus. Es hieß, so tiefe Furcht zu empfinden, daß man sie nicht mehr bekämpfen konnte.

Sie zog ihr Gewand an und torkelte zum Fenster. Es war geöffnet und würde es auch bleiben, solange Arianna nichts unternahm.

Bis jetzt waren ihr keine Vögel gefolgt, aber sie konnten diesen Platz ebenso entdecken wie sie selbst vor einiger Zeit.

Sie verschloß das Fenster so schnell wie möglich mit Brettern und stopfte Heu in die Ritzen. Diese Barrikade ließ sich zwar einfach entfernen, aber vielleicht versuchten es die Vögel erst gar nicht. Vielleicht suchten sie nach auffälligeren Stellen.

Arianna hoffte es.

Dann zog sie den Gürtel ihres Gewandes fest und verließ den kleinen Raum.

Das fensterlose Treppenhaus des Turmes war völlig dunkel. Das Schlurfen von Ariannas Füßen hallte auf dem Steinboden wider. Das Gefühl, allein zu sein, das sie schon früher verspürt hatte, war wieder da. Fast hätte sie geweint. Aber niemand würde sie hören. Sie hatte extra darum gebeten, daß die Wachposten abgezogen wurden. Nur ihr Vater, die Kinderfrau, Solanda und Sebastian wußten von ihren Wandlungen. Sonst niemand. Die Inselbewohner hätten es niemals akzeptiert.

Sie ging hinunter zum Gemach des Bauernaufstandes, wo ihr Vater auf sie warten wollte. Dort blieb sie stehen.

Das Treppenhaus war leer. Wäre ihr Vater im Zimmer gewesen, hätten Wachen vor der Tür stehen müssen.

Aber es waren keine zu sehen.

War diese Leiche im Hof das letzte Zeichen eines Kampfes, der hier stattgefunden hatte? Waren sie verraten worden? Hatte man jemanden entführt?

War der Schwarze König gekommen und hatte ihre Familie geholt?

Sie unterdrückte ihre Furcht. In einem solchen Fall, so hatte man sie gelehrt, war es ihre Aufgabe, den fraglichen Ort zu verlassen und Hilfe zu holen. Aber diese Anweisung ging von einer normalen Welt aus, in der sich normale Dinge ereigneten. Arianna, innerlich darauf vorbereitet wegzulaufen, sobald sie etwas Ungewöhnliches erblickte, drückte vorsichtig die Klinke herunter und öffnete die Tür einen Spaltbreit.

Aber sie sah nur ihren Vater, der mit bleichem Gesicht allein in der Mitte des Zimmers stand. Sie schlüpfte in den Raum und hielt sich dabei alles vor Augen, was Solanda ihr beigebracht hatte. Fey besaßen die Fähigkeit, den Körper eines anderen Menschen zu übernehmen und sich in ihn zu verwandeln. Man konnte es nur an den Augen erkennen.

»Paps?« fragte sie.

Er wirbelte herum. Erleichterung und Freude stiegen in ihr auf. Sebastian – den sie bis jetzt nicht einmal bemerkt hatte – löste sich von der hinteren Wand und rief: »Ari!« in einem Ton, der genau zu dem Gesichtsausdruck ihres Vaters paßte.

Nicholas eilte quer durch den Raum auf sie zu, aber als er vor ihr stand, hob Arianna die Hand. Ihr Ärmel rutschte herab und entblößte ihren Arm. Sie hatte das Gefühl, als stünde ihr ganzes Selbst nackt und bloß da.

»Es tut mir leid«, sagte sie mit zitternder Stimme. »Laß mich in deine Augen sehen.«

»Aber Arianna!« sagte Nicholas.

»Bitte.«

Er riß die Augen weit auf. Sie waren blau und blutunterlaufen, das Weiße durch die Anstrengung gerötet. Aber es waren keine Goldflecken zu sehen.

»Er ... ist ... es«, stammelte Sebastian, und sie vertraute ihm mehr als Solandas Beschreibungen von Doppelgängern. Sebastian war in der Lage, gefährliche Zauberkräfte zu erkennen, und es war unmöglich, Sebastian zu übernehmen. Solanda hatte ihr gesagt, daß Doppelgänger keine magischen Wesen übernehmen konnten. Sie waren außerstande, sich der Zauberkraft einer Person zu bedienen, die sie übernommen hatten, sie übernahmen nur deren äußere Erscheinung.

»Paps«, wiederholte Arianna und stürzte sich in seine Arme. Nicholas umschlang sie und preßte sie an sich. Für einen Augenblick fühlte sie sich wieder wie ein kleines Mädchen. Sie lag sicher und beschützt in den Armen ihres Vaters, der alles zum Guten wenden konnte und der mächtigste Mann der Welt war.

Aber nein.

Der mächtigste Mann der Welt war ihr Urgroßvater.

Bei diesem Gedanken wich sie zurück, doch ihr Vater hielt sie fest, vergrub das Gesicht in ihrem Haar. Er zitterte. Zum ersten Mal verstand sie, wie verletzlich er war und wie sehr er sich um sie geängstigt hatte.

Sie hob die Hand und strich ihm über den Kopf. »Paps«, sagte sie. »Alles in Ordnung. Ich bin wieder zurück.«

Er nickte in ihr Haar, ohne sie loszulassen.

»Ich bin in Sicherheit.«

»Ich ... dachte ... du ... würdest ... sterben«, brachte Sebastian heraus, und seine Stimme klang so traurig, daß sich Arianna und ihr Vater nach ihm umdrehten. Sie nahmen ihn in ihre Mitte und umarmten einander, eine kleine Familie, die der Welt den Rücken zukehrte.

»Ich werde nicht sterben«, versicherte Arianna, obgleich sie sich dessen nicht mehr so sicher war wie noch vor wenigen Stunden. In der Zwischenzeit hatte sie mehr gesehen als in ihrem ganzen bisherigen Leben.

Schließlich holte ihr Vater tief Luft und löste sich aus der Umarmung. Er streichelte Ariannas Wange, was er noch nie getan hatte, und lächelte verhalten.

»Ein solches Risiko darfst du nicht mehr oft eingehen«, sagte er.

Arianna drückte Sebastian noch einmal an sich und ließ ihn dann los. »Das kann ich nicht versprechen«, erwiderte sie. »Die Fey sind überall in Jahn. Sie brennen die Stadt nieder. Die Leute ...«, wieder wollte sich Ariannas Magen umdrehen, aber sie schluckte die Übelkeit hinunter. »Die Leute sind tot.«

Ihr Vater nickte, anscheinend nicht überrascht. Dann drehte er sich um, faltete die Hände hinter dem Rücken und ging zum Fenster hinüber. Der Himmel war dunkel und mit tiefroten Flecken gesprenkelt. Die wenigen Sonnenstrahlen, die den Rauch durchdrangen, waren von trübem Weiß.

Arianna wandte sich zu Sebastian um. In seinem zerfurchten Gesicht lag ein hoffnungsvoller Ausdruck.

»Ich habe ihn nicht gesehen«, sagte sie.

Der Wechsel in seinem Gesicht vollzog sich langsam. Sein Mund klappte auf, die Risse in seiner Haut wurden tiefer, Tränen füllten seine Augen. Sie nahm ihn bei der Hand. »Aber das muß nichts heißen. Er kann überall sein. Wahrscheinlich versteckt er sich vor den Fey.«

Obwohl ihr Vater ihr den Rücken zukehrte, hatte er ihre letzten Worte offenbar gehört. Sie wußte nicht, was er für Gabe empfand. Wollte es vielleicht gar nicht wissen.

Nicholas holte tief Luft. »Was ist mit dem Tabernakel?« fragte er.

»Er brennt«, antwortete Arianna.

Ein Zittern durchlief seinen Körper, aber Arianna wußte nicht, warum. Ihr Vater haßte den Tabernakel schon seit langer Zeit und war doch eng mit ihm verbunden. Auch wenn er es nicht zugeben wollte, war er ein Teil davon.

»Dein Urgroßvater ist gerissen«, murmelte Nicholas.

Arianna nickte. »Warum wird dieses Zimmer nicht mehr bewacht?« fragte sie.

»Außer uns ist niemand mehr im Palast«, erwiderte Nicholas.

Sie runzelte die Stirn. Unten im Hof hatte sie nur eine Leiche gesehen. Waren alle anderen geflohen? Wurde nur ihre Familie hier gefangengehalten? »Wo sind die anderen?«

»Monte und ich haben einen Plan«, sagte ihr Vater ohne weitere Erklärungen.

»Du hast sie weggeschickt?« Arianna verstand überhaupt nichts mehr. »Du hast die Wachen weggeschickt, das Personal, alle Leute, die dich und Sebastian beschützen könnten? Bist du verrückt?«

Ihr Vater zuckte die Achseln. »Sieh doch nur all die Vögel«, seufzte er.

»Die habe ich gesehen. Es sind Tausende, und Verstärkung ist im Anmarsch, eine richtige Armee, Paps, eine Armee, wie wir sie noch nie gesehen haben. Und du bist völlig schutzlos.«

»Eine Armee gibt einem nur die Illusion von Sicherheit«, antwortete ihr Vater. »Ich war mit den Wachen auch nicht sicherer als ohne sie. Diese Männer wären nichts als ein paar Leben mehr zwischen mir und den Fey, ein paar Menschen mehr, die diese Schlächter niedergemetzelt hätten, bevor ich ihnen in die Hände gefallen wäre.«

»Ich verstehe dich einfach nicht«, sagte Arianna. »Du brauchst doch Schutz.«

Nicholas schüttelte den Kopf. »In letzter Zeit habe ich die Dinge so betrachtet wie mein Vater, und das war falsch. Deine Mutter traf ich zum ersten Mal inmitten einer Schlacht. Ich kämpfte Mann gegen Mann mit den Fey, und es kümmerte mich nicht, daß Leichen zu meinen Füßen lagen.«

»Das war ein anderer Krieg«, konterte Arianna.

»Richtig.« Ihr Vater wandte sich um. Er sah alt und erschöpft aus, sein Gesicht war eingefallen. »Der erste Krieg war einfacher. Wenn wir jetzt verlieren, verlieren wir alles. Also müssen wir jetzt auch alles riskieren. Wir können unsere Scheuklappen ebensogut abnehmen und diesen Angriff unvoreingenommen betrachten.«

»Wo sind die anderen, Paps?« fragte Arianna beharrlich.

»Monte bereitet mit ihnen einen Gegenangriff vor.«

»Aber die Fey sind uns zahlenmäßig weit überlegen. Das kann nicht gutgehen. Es ist ... »

»Es wird gutgehen. Es hat bereits in der Vergangenheit funktioniert. Nach dem Tod deiner Mutter habe ich mich jahrelang intensiv mit militärischen Techniken beschäftigt. Lord Stowe besitzt viele Bücher zu diesem Thema. Die Bauern haben damals den Aufstand verloren, obwohl sie die größere Streitmacht hatten, wußtest du das?«

»Natürlich weiß ich das. Wir brauchen bessere Waffen.«

Ihr Vater schüttelte den Kopf. »Bei der ersten Invasion hatten wir dieselben Waffen, und anfangs fehlte es uns auch noch an Kampfgeist. Wir hatten weniger Streitkräfte, aber einen klügeren Befehlshaber. Er hat es verstanden, daß wir alle unsere Vorteile nutzten. Und genau das versuchen Monte und ich jetzt auch.«

»Warum sagst du mir dann nicht, was ihr vorhabt?«

»Weil du es gleich selbst sehen wirst«, erwiderte Nicholas.

Arianna wischte sich nervös mit der Hand über das Gesicht. Sebastian berührte ihren Arm. Sie blickte ihn an. Er runzelte die Stirn, wodurch die Risse in seiner Haut noch tiefer wurden. »Es ... ist ... ein ... guter ... Plan«, stotterte er.

Arianna seufzte. Es wollte ihr einfach nicht gelingen, die Erinnerung an all die Toten zu verscheuchen. »Was ist, wenn der Plan fehlschlägt?« fragte sie. »Wir sind hier völlig schutzlos.«

Ihr Vater drehte sich um. »Wir sind nicht schutzlos«, widersprach er. Er strich ihr eine lose Haarsträhne hinter das Ohr. »Wir haben den bestmöglichen Schutz. Den Schutz deiner Mutter.«

»Meine Mutter ist tot.«

»Deine Mutter hat uns den Schutz ihrer Familie gegeben.«

»Aber die Schamanin hat gesagt, du könntest diesen Schutz vielleicht nicht in Anspruch nehmen.«

»Aber du kannst es«, erwiderte Nicholas. »Die heutigen Ereignisse haben mir deutlich gemacht, daß die Rettung der Blauen Insel vielleicht von dir ganz allein abhängt, Arianna.«

Sie senkte den Kopf. »Ich kann nicht ...«

»O doch, du kannst«, gab ihr Vater zurück. »Vielleicht mußt du sogar. Darüber haben wir uns doch gestern nacht noch gestritten. Du bist stärker als wir. Du wirst das Richtige tun.«

»Ich hoffe es«, flüsterte Arianna. Sie fühlte sich nicht stärker. Sie fühlte sich, als hätte sie alles verloren, was ihr vertraut gewesen war. Alles, außer diesen beiden Menschen. Sie würde es nicht ertragen, sie auch noch zu verlieren.

Sie nahm Sebastians Hand. Er legte den Arm um sie. »Es ... wird ... alles ... gutgehen«, sagte er tröstend. »Ich ... werde ... immer ... bei ... dir ... sein.«

»Versprochen?« fragte sie. Plötzlich hatte sie ihn genauso nötig wie er sie.

»Versprochen ...«, wiederholte er. »Bei ... allem ... was ... ich ... bin ... Versprochen.«

25

Ein kurzer Blick auf die Karte genügte ihm. Anscheinend führten alle Gänge zum Palast.

Con lief mit der Fackel in der Hand und mit klopfendem Herzen durch die Dunkelheit. Die schmutzigen Fremden in der großen Höhle und dieser ehemalige Aud hatten ihn zutiefst verängstigt. Er hatte befürchtet, sie könnten Fey sein und würden ihn aufhalten, oder noch Schlimmeres, obwohl er sich nicht recht vorstellen konnte, was noch schlimmer hätte sein können. Jetzt hatte er nur das schreckliche Gefühl, zu spät zu kommen, zu spät, um noch etwas ausrichten zu können, und daß seine anstrengende Passage durch die Brücke umsonst gewesen war.

Die Gänge hier waren genauso verschmutzt und voller Spinnweben wie der Tunnel in der Brücke. Seit sehr langer Zeit war hier niemand mehr durchgegangen. Das wiederum vermittelte Con ein gewisses Gefühl der Sicherheit, aber er durfte jetzt keinesfalls langsamer werden. Immer wieder warf er einen Blick über die Schulter. Er fürchtete, daß die anderen ihm vielleicht folgten.

Und er fürchtete sich vor dem, was sie mit ihm anstellten, wenn sie ihn erst gefangen hatten.

Den größten Schreck hatte ihm der ehemalige Aud eingejagt. Er war offenbar ein gelehrter Mann, der verletzt war und jetzt wie eine Ratte unter dem Fluß lebte. Endeten so die Gotteslästerer? Nur noch als Schatten ihrer selbst, wie Unrat in den verlassenen Tunnelsystemen der Blauen Insel?

Stand auch ihm ein solches Ende bevor, wenn es ihm mißlang, seine Weisung zur Zufriedenheit des Rocaan auszuführen?

Er wußte es nicht und wollte es auch nicht wissen. Er eilte weiter. Die Furcht vor seinem eigenen Versagen trieb ihn mehr an als alles andere. Er konzentrierte sich so sehr und bewegte sich so schnell, daß ihm die Geräusche zunächst entgingen.

Schritte auf Steinen.

Viele Schritte.

Diesmal nicht über, sondern vor ihm.

Es hörte sich an, als marschierte dort eine Gruppe im Gleichschritt.

Genau wie die Fey.

Aber wie waren sie in diese Tunnel gekommen? Durch einen der Seiteneingänge?

Bei diesem Gedanken wurde Cons Mund trocken vor Angst. Er war schmutzig, erschöpft, fürchtete sich halb zu Tode – und warum? Nur, um den Fey in die Arme zu laufen und getötet zu werden?

Aber er hatte eine Weisung und stand unter dem Schutz des Roca. Als Aud mit einer Weisung war der Rocaan einst selbst in das geheime Lager der Fey gegangen. Der Roca hatte ihn bewacht und dafür gesorgt, daß er das Lager lebend verließ.

Der Roca würde seine schützende Hand auch über Con halten.

Er hörte trotzdem auf zu rennen und ging langsam weiter, die Fackel dicht am Körper. An jeder Weggabelung blieb er stehen und lauschte aufmerksam, bevor er weiterging.

Die Schritte wurden immer lauter, Kleidung raschelte, und gelegentlich war unterdrücktes Stimmengemurmel zu vernehmen.

Erst nach drei weiteren Kreuzungen hatte Con begriffen, daß diese Stimmen nicht Fey sprachen.

Sie benutzten Inselsprache.

Wie eine kühle Brise kam die Erleichterung über ihn. Inselbewohner. Seine eigenen Leute.

Aber was taten sie hier?

Er fiel wieder in schnellen Trab. Allmählich wurden ihm die Beine schwer, es kam ihm vor, als bluteten seine Füße, aber auch das war ihm jetzt gleich. Er hatte den Palast beinahe erreicht, und hier unten marschierten Leute, Inselbewohner, keine Diebesbande, die sich in Flußnähe versteckte.

Als er erneut um eine Ecke bog, sah er sie direkt vor sich: eine unübersehbare Menge von Männern in den Uniformen der königlichen Wache, ernst, beklommen, gefaßt. Sie hatten sich Schwerter um die Hüften gegürtet, und aus den Schäften ihrer Stiefel blitzten Dolchknäufe.

Sie waren zum Kampf bereit.

Der König wußte schon alles.

Trotzdem hatte Con eine Weisung. Er wartete, bis er einen Mann ausgemacht hatte, der nicht im Gleichschritt ging und wahrscheinlich der Hauptmann war. Dann steuerte er auf ihn zu.

»Verzeiht«, sagte er.

Der Mann zückte seinen Dolch. »Geh mir aus dem Weg, Junge.«

»Ich bin ein Aud, Herr. Ich komme vom Tabernakel und überbringe eine Botschaft des Rocaan an den König.«

»Niemand kann jetzt zum König.« Der Mann war stehengeblieben. Er hielt die Klinge an Cons Kehle. Hinter ihm hatten sich die anderen Männer genähert und waren stehengeblieben, um den Zwischenfall zu beobachten.

»Herr, es ist eine Weisung«, sagte Con, ohne sich dabei zu rühren. »Ich muß ihn sehen.«

»Woher wissen wir, daß du kein Fey bist?« fragte der Mann.

»Verzeiht, Milord, aber das is' offensichtlich«, meldete sich einer der anderen Männer zu Wort. »Der trägt doch Weihwasser in seinen Taschen. Ihr könnt das Glas sehn.«

»Wär' keine schlechte Verkleidung, hier als Aud aufzutauchen«, sagte der Hauptmann.

»Ja«, sagte der zweite Mann, »aber nit mit Weihwasser gefüllt und nit, wenn er ausschauen tut wie Constantin, der kleine Audwicht.«

Als er seinen Spitznamen hörte, hob Con den Kopf. Nach einem besonders katastrophalen Segen, den er vor etwa einem Jahr abzuliefern versucht hatte, war ihm dieser Spitzname von den Palastwachen aus den Unterkünften verliehen worden.

»Servis?« fragte Con.

»Ja, wer soll sich denn sonst noch an Euch erinnern, he?« sagte der Wachposten und trat in das Licht. Es war tatsächlich Servis, nur wenige Jahre älter als Con, ein Soldat, der ihm seit jenem Tag immer nur Schwierigkeiten gemacht hatte.

»Kennst du diesen Aud?« fragte der Anführer.

»Ja, Milord. Is'n guter Junge.«

»Bitte, ihr Herren, führt mich zum König.«

Doch der Anführer schüttelte den Kopf. »Das geht nicht«, sagte er.

»Aber meine Weisung ...«

»Wie lautet die?«

»Dem König von den Fey zu berichten.«

»Das weiß er doch schon alles selbst, du Milchbart.«

»Die Anrede für ihn is' Geehrter Herr, Milord. Er is' ein Aud.«

»Jaja, Servis.« Der Hauptmann nickte. »Vergebt mir, Geehrter Herr. Seit dem Morgen ist der Palast von Fey umzingelt. Und um die werden wir uns jetzt kümmern.«

Er schnippte mit den Fingern. Die Wachen setzten sich wieder im Gleichschritt in Bewegung. Es waren viel mehr, als Con angenommen hatte.

Con blinzelte verwirrt. Er wußte nicht recht, was er jetzt tun sollte. »Die Fey haben auch den Tabernakel eingekreist«, sagte er. »Der Rocaan wollte, daß ich Euch warne und mit dem König spreche. Er sagt, wir müssen jetzt zusammenarbeiten.«

»Wo er recht hat, hat er recht«, stimmte der Anführer zu. »Aber zuerst mal müssen wir diesen Nachmittag überleben. Wartet hier auf uns. Nach der Schlacht bring ich Euch zum König.«

»Nein, Milord«, erwiderte Con. »Ich hoffe, Ihr vergebt mir meinen Ungehorsam, aber ich habe doch eine Weisung. Ich muß zum König.«

»Und ich kann Euch nit allein gehen lassen. Ich kenn' Euch doch gar nit.«

Con konnte ihn verstehen. Aber das machte die Angelegenheit auch nicht einfacher. Er spürte jedoch, daß seine Botschaft nicht mehr so dringend war. Jetzt ging es nur noch darum, die nächsten Stunden irgendwie zu überleben.

»Dann komm' ich mit euch«, sagte Con. »Ich beobachte alles.«

»Nein, Audwicht«, sagte Servis. Er war neben dem Anführer stehengeblieben. Hinter ihm marschierte die Truppe vorbei, fädelte sich langsam in den schmalen Gang ein und verschwand in der Dunkelheit. »Da oben is' kein Platz für eine unschuldige Seele. Ihr werdet hübsch geduldig hier warten, und ich bring' Euch nachher zum König.«

»Bleib bei ihm, Servis«, sagte der Anführer.

»Verzeiht, Milord, aber Ihr braucht mich, wenn Ihr gegen die Fey antretet.«

»Deine wichtigste Aufgabe ist es, den König zu schützen«, entgegnete der Hauptmann, wobei er das Wort ›schützen‹ besonders betonte.

»Es ist nicht nötig, daß Servis bei mir bleibt«, wandte Con ein. »Ich warte allein hier. Das macht mir nichts aus.«

»Natürlich nicht, Geehrter Herr, aber ich kann ja nicht wissen, ob Ihr nicht zum Palast schleicht, sobald die Truppen hier weg sind.«

»Ich gebe Euch mein Wort darauf.«

»Euer Wort bedeutet nichts, wenn es um Eure Weisung geht.«

Con mußte zugeben, daß der Hauptmann recht hatte. Sobald der letzte Wachposten in der Dunkelheit verschwunden war, würde er zum Palast weitergehen. Er hatte gar keine andere Wahl.

Es ging um eine Weisung.

Servis seufzte ergeben. »Ich bleib' bei ihm, Herr.«

»Gut«, sagte der Hauptmann. »Sobald ich zurück bin, bring' ich Euch zum König.«

»Sehr wohl, Herr«, antwortete Con. Er versagte. Und Servis, ein flüchtiger Bekannter, würde aufpassen, damit er nicht das tat, was sein Rocaan und sein Gott von ihm verlangten.

Das war der innerste Kern einer Weisung. Wie weit durfte ein Aud im Namen der Pflichterfüllung gehen? Würde er dafür Gesetze brechen müssen?

Con hoffte, daß er es nicht herausfinden mußte.

26

Monte führte seine Truppen die letzten beiden Stufen zu den Baracken hinauf. Sein Mund war trocken, und er fühlte sich uralt. Er befand sich nicht zum ersten Mal in einer schwierigen Lage, aber noch nie zuvor hatte er geglaubt, daß es der Hand Gottes bedurfte, damit er diesen Tag überlebte. Schon hundertmal hatte er den Fey Auge in Auge gegenübergestanden, aber noch nie so wie heute.

Noch nie.

Man mußte seinen Männern zugute halten, daß sie kein Wort sprachen. Sie hatten den Befehl einfach befolgt; sie vertrauten ihm und Nicholas.

Es waren etwa fünfmal so viele Vogel-Fey wie Wachsoldaten. Die Chancen standen schlecht, selbst bei einem Überraschungsangriff.

Monte duckte sich, als er den hölzernen Boden überquerte. Er bewegte sich so leise wie möglich. Auch seine Männer bemühten sich, keine Geräusche zu verursachen, aber Monte konnte doch das leise Schlurfen ihrer Stiefel hören. Hoffentlich war es in der seltsamen Stille, die draußen herrschte, nicht zu laut.

Der Junge, den Servis Audwicht genannt hatte, beunruhigte ihn ebenfalls. Und zwar in doppelter Hinsicht. Falls er ein Fey war, würde dieser ganze Überraschungsangriff scheitern. Dann wußten die Fey bereits über die Tunnel Bescheid. War er aber kein Fey, sondern wirklich ein Aud, dann bedeutete das, daß der Rocaan mit ihnen zusammenarbeiten wollte, und dafür war es jetzt zu spät.

Das konnte Monte fast körperlich spüren. Die Fey waren ihnen die ganze Zeit um zwei Schritte voraus gewesen. Genau wie bei der ersten Invasion, nur in größerem Maßstab. Niemals hätte Monte gedacht, daß es so viele Fey auf der Welt gab. Niemals.

Was gäbe er jetzt nicht alles für ein Fläschchen voll Weihwasser. Aber Nicholas hatte Weihwasser innerhalb der Palastmauern strikt verboten. Ein paar aus der Truppe hatten trotzdem welches bei sich, Monte hatte es gesehen. Er wollte gar nicht wissen, wie und warum die Wachen an die Fläschchen gekommen waren. Sie verstießen damit gegen den Befehl des Königs. Aber ein Mann konnte seine Leute nicht daran hindern, sich selbst zu schützen, wenn sie verängstigt waren.

Und seine Männer waren verängstigt. Monte spürte es an ihren nervösen Bewegungen, an den unsicheren Blicken. Als die letzten Fey-Truppen eingetroffen waren, hatte jeder von ihnen gewußt, daß der trügerische Frieden, in dem sie seit zwanzig Jahren gelebt hatten, endgültig vorbei war. Das Ende der Invasion, die vor zwanzig Jahren mit Rugars Ankunft begonnen hatte, war gekommen.

Jetzt hatte Monte die Tür der Baracke erreicht. Die entscheidenden Elemente des Planes waren die Vermeidung von Lärm und die genaue Einhaltung des Zeitplans. Er holte tief Luft, hielt sie in den Lungen und gab seinen Truppen das verabredete Zeichen.

Es wurde schnell von Mann zu Mann bis zum Tunnel und an die anderen Baracken weitergegeben, zu den anderen Befehlshabern, die dort warteten. Lautlos zählte Monte mit. Alles war bis auf die Sekunde genau berechnet, und er hoffte inständig, daß diese Berechnung auch stimmte.

»In Ordnung«, zischte er. »Zieht die Schwerter.«

Seine Männer folgten dem Befehl. Das klirrende Schaben der Klingen hallte laut in dem großen Zimmer wider. Langsam drehte Monte den Kopf zu ihnen um. Mit zusammengekniffenen Augen und Gesichtern, die vor lauter Anspannung ausdruckslos waren, hielten die Männer den Blick auf ihren Anführer gerichtet.

Er legte die Hand auf die Türklinke und drückte sie langsam nach unten.

»Jetzt!« rief er.

Er riß die Tür auf und sprang die Stufen hinab. Die Männer jagten an ihm vorbei und rannten auf die Vögel zu. Sobald sie ein Tier erreicht hatten, packten sie seinen Fey-Kopf und schlugen ihn mit einem Hieb ab. Es war eine schnelle, geschickte Bewegung, als drehte man einem Huhn den Hals um.

Mitten unter ihnen lief Monte mit gezücktem Schwert. Die winzigen Fey-Köpfe wandten sich den Wachen zu, aber die Vogelköpfe krächzten, und Flügel flatterten. Wie ein echter Schwarm erhoben sich die Vögel in die Luft und zogen sich zurück, verängstigt und überrascht.

Zuerst spielte sich der Angriff in völliger Stille ab, aber dann begannen die Männer zu brüllen. Das hatte sich Nicholas ausgedacht: Die Wache würde das Kampfgeschrei der Fey nachahmen, um die Vögel noch mehr zu verwirren.

Die Aufruhr am Ende der Vogelreihe brachte die Vögel in der vordersten Reihe aus der Fassung. Auch sie flogen auf und prallten in der Luft gegeneinander. Überall fielen Federn zu Boden. Einige der Wachen waren besonders schnell, erwischten die Vögel mit ihren Schwertern und hackten die gefiederten Körper mittendurch.

Die gellenden Schreie waren jetzt ohrenbetäubend, das hektische Flattern der Flügel wirkte geradezu komisch. Das Schwert über seinem Kopf wie eine Keule schwingend, stürzte sich Monte in eine Gruppe und zerstückelte, zerschlitzte und zerschnitt alle Vögel, die in seinen tödlichen Umkreis kamen. Der Himmel war schwarz von Vögeln.

Und der Hof war leer.

Völlig leer.

Einige Wachposten bespritzten die Vogelkadaver mit Weihwasser, aber es zeigte keine Wirkung. Die Fey hatten also nicht gelogen. Es war ihnen tatsächlich gelungen, ein Gegenmittel zu finden.

Einige der Vögel hatten die Flugrichtung geändert und kehrten jetzt zurück. Aber die Wachen waren vorbereitet. Sie stachen zu, kämpften todesmutig und zerfetzten die wenigen Angreifer. Die Vögel hatten nicht den Hauch einer Chance.

Der Plan hatte funktioniert.

Sie hatten ein wenig Zeit gewonnen.

Monte hoffte nur, daß diese Zeit auch ausreichte.

27

Vorsichtig und ohne an ihnen zu ziehen, hielt sich Rugad an den Seilen seines Tragesitzes fest. Es war früher Nachmittag. Seine Beine baumelten über der Straße, die sich tief unten dahinschlängelte. Über ihm schlugen die fünfundzwanzig Falkenreiter ihre mächtigen Schwingen, die Falkenköpfe fixierten die vor ihnen liegende Stadt, und die winzigen Fey-Reiter klammerten sich an die Rücken der Tiere. Diesmal herrschte keine heitere Stimmung, keine Scherzworte flogen hin und her. Zuerst hatten sie erkundet und überprüft, aber jetzt kämpften sie.

Und ihre Fracht war von unschätzbarem Wert.

Sie trugen den Schwarzen König.

Rugad hatte nicht erwartet, daß er während des Feldzugs gegen die Blaue Insel seinen Tragesitz so oft brauchen würde. Er hatte angenommen, daß er ihn nur benötigte, um auf die Insel zu gelangen. Aber bisher hatte er ihn bereits für zwei Flüge über das Meer benutzt, einmal, um das Schattenland seines Urenkels zu betreten, und jetzt, um so schnell wie möglich nach Jahn zu kommen.

Eigentlich hatte er wie immer mit seiner Truppe marschieren wollen, doch plötzlich hatte er das untrügliche Gefühl gehabt, daß bei diesem Feldzug Zeit eine entscheidende Rolle spielte. Er fürchtete, daß die Inselbewohner die Fey noch einmal schlagen würden, wenn man ihnen zuviel Zeit ließ. Auch wenn er ihr Weihwasser nur für einen Glückstreffer hielt, konnte er sich auf diese Vermutung nicht verlassen.

Die Neuigkeiten hinsichtlich eines Inselzauberers bereiteten ihm Sorgen, und auch Solandas Liebe zu ihrem Zögling beunruhigte ihn. Nachdem die Fußsoldaten mit ihr fertig gewesen waren, hatte er noch einen Blick auf ihre Leiche geworfen. Nur Knochen waren übriggeblieben, die winzigen Knochen einer Katze.

Sie hatte versucht, um das Mädchen zu handeln, und behauptet, auf der Insel existierten Formen von wilder Zauberei.

Wenn Rugads Urenkel und das Weihwasser ein Beweis für diesen wilden Zauber sein sollten, dann verhielt es sich vielleicht ebenso mit dem Inselzauberer. Und dann war er vielleicht auch nicht der einzige.

Rugad mußte mit Überraschungen rechnen. Deswegen war es am besten, die Inselbewohner so schnell zu unterwerfen, daß sie die Gefahr erst erkannten, wenn es bereits zu spät war.

Rauch tauchte den Himmel in schmutziges Grau. Als er auf der Insel gelandet war und die ärmlichen Vororte der Stadt gesehen hatte, hatte er den Entschluß gefaßt, Jahn niederzubrennen. Nur auf Feldern und Höfen war jener Reichtum anzutreffen, der Rugad interessierte. Der Reichtum wurde in die Stadt weitergeleitet, sicherte den Lebensstandard der Lords und hielt den Warenumschlag der Händler in Gang. Ohne internationale Handelsgeschäfte waren die Vororte der Stadt langsam verarmt.

Nicht aber Jahn selbst.

Rugad machte sich nichts aus dem Wohlstand einer kleinen Stadt. Sobald er die Blaue Insel vereinnahmt hatte, würde er den internationalen Handel ankurbeln, und der frühere Reichtum würde sich bald wieder einstellen. Er brauchte die Bauernhöfe, die Müller, die Arbeitskraft der Inselbewohner, um die ganze Insel in eine riesige Kornkammer für den Rest der Welt zu verwandeln.

Die Stadt besetzte nur wertvolles Ackerland, und daß er sie abbrennen ließ, hatte mehrere Gründe: Er vernichtete die reiche Oberschicht, er untergrub die Moral, und er bereitete den Boden für die Saat im Frühjahr.

Einfach, wirkungsvoll und gerissen. Die Schlüsselworte zu jedem Erfolg.

Als nächstes mußte er den Palast erobern. Er brauchte den König der Inselbewohner um seiner Kinder willen, und weil er die Fähigkeit besaß, seine Leute unter Kontrolle zu halten. Nur die Arroganz des Inselkönigs mißfiel Rugad. Irgendwann würde er ihn wahrscheinlich ausschalten müssen, aber erst wollte er sehen, ob man den Willen dieses Königs nicht doch brechen und zweckgemäß formen konnte.

Er vermutete, daß sich dafür der Umweg über die Kinder auszahlen würde. Rugad durfte sie nicht töten, aber das mußte er auch nicht. Treuebruch konnte viel verheerender sein als der Tod eines Kindes. Er mußte es nur richtig anfangen.

Er wußte immer noch nicht, was er mit dem Golem machen sollte. Die Existenz dieses Wesens weckte seine Neugier und beunruhigte ihn zugleich. Er begriff einfach nicht, wie dieser Wechselbalg immer noch existieren konnte, und warum.

Künstliche Wesen, denen aufgrund von Magie ein längeres Leben als geplant beschieden war, entwickelten häufig eigene Zauberkräfte, und die älteren Schamanen behaupteten, diese künstlich erschaffenen Wesen seien direkte Spielbälle der Mächte. Die Schamanen hatten sich auch immer geweigert, solche Wesen zu untersuchen, denn sie waren Teil der Mysterien, und daher sollte ihre Bedeutung den Menschen verborgen bleiben.

Rugad hatte genug von den Mysterien gesehen, um zu wissen, wie gefährlich sie sein konnten. Sein ganzes Leben lang war er der Gnade der Mächte ausgeliefert gewesen. Er hielt sie für die Quelle, die die Visionen der Schwarzen Familie speiste. Die Mächte waren launenhafte Wächter der Zukunft. Wenn sie den Golem beherrschten, dann hielten sie nicht nur sein eigenes Schicksal in Händen.

Trotz der Wärme überlief es ihn kalt. Die Hitze des Tages

stieg vom Boden auf und mischte sich mit der Gluthitze der Feuersbrünste, die jetzt unkontrolliert in den langgestreckten Häuserreihen am Rande Jahns wüteten. Ascheflocken wirbelten umher, Funken stiegen aus den Trümmern auf. Die Luft war dünn, und Rugads Herz klopfte heftig, um seinen flachen Atem auszugleichen. Er hob den Arm, Signal für die Falkenreiter, das Tempo zu beschleunigen.

Je schneller er den Palast erreichte, desto wohler war ihm in seiner Haut.

Die Hitze wurde immer unerträglicher. Einige der Feuer waren gefährlich außer Kontrolle geraten. Er mußte unbedingt Rotkappen zum Löschen hinschicken, gleich nach der Landung.

Direkt vor ihnen erhob sich jetzt der Palast, eine Insel der Ruhe inmitten der entfesselten Wut der Fey. Aus dieser Entfernung und Höhe konnte er die Tierreiter sehen, die das Gebäude umringten. Es gab keinerlei Anzeichen von Angriff oder Kampf.

Nur die wartenden Vögel.

Nicholas war ein unglaublicher Esel. Trotz seiner Großspurigkeit und der Ehe mit einer Fey hatte er nichts von der Klugheit der Fey gelernt. Er wartete immer noch auf ein Treffen mit Rugad, genau wie dieser es vorhergesehen hatte. Rugad hatte gehofft, Nicholas würde die Tierreiter bis zu seiner Ankunft für eine Art Palastwache halten. Aber er hatte insgeheim auch gehofft, daß Nicholas sich Jewels würdig erwies, daß er nicht auf diesen Trick hereinfiel und schwerer zu besiegen sein würde als die Herrscher von Galinas.

Feiglinge alle miteinander.

Rugad hatte es verabscheut, gegen sie zu kämpfen, hatte es verabscheut, wie sie ihre Soldaten in die Schlacht schickten und sich selbst aus dem Staub machten, bevor die Reihe an sie kam. Mit bloßen Händen hatte er einigen dieser Herrscher den

Hals umgedreht, nicht, um seinen eigenen Anspruch auf Führerschaft zu untermauern, sondern weil ihn ihre Feigheit anekelte.

Davor hatte ihn Weißhaar immer gewarnt und sich oft genug darüber verbreitet, wie gefährlich es für einen Visionär sei, direkt in die Schlacht einzugreifen. Rugad mußte ihm zwar recht geben, aber in manchen Fällen ging es eben einfach nicht anders. Die Eroberten mußten lernen, was echte Führerschaft bedeutete – und sei es in ihrer Todesstunde.

Er befand sich jetzt fast über seinen Tierreitern, als eine Bewegung seine Aufmerksamkeit erregte.

Hunderte von braun- und schwarzgekleideten Inselbewohnern schwärmten plötzlich aus einigen Gebäuden und setzten mit gezückten Schwertern über den Zaun. Sie bewegten sich fast lautlos. Als sie die ersten Tierreiter erreichten, hieben sie zuerst die Köpfe der Fey ab und trennten dann die Körper mit einem Schwertstreich von den Rücken ihrer Tiere. Anschließend stießen sie ein entsetzliches Gebrüll aus, eine Imitation des Kriegsschreis der Fey, der über der ganzen Stadt widerhallte.

Die kleineren Vögel flatterten auf und flogen davon – der Vogelinstinkt hatte sich durchgesetzt. Vergebens versuchten die Fey auf ihren Rücken, die Tiere wieder nach unten zu lenken. Die kleineren Vögel schreckten die größeren auf, die jetzt auch aufflatterten und bald nur noch als schwarze Punkte am gelbgrauen Himmel auszumachen waren.

Plötzlich herrschte ein gewisses Gleichgewicht in der Schlacht. Die übriggebliebenen Vögel waren die größten von allen, Aras und Papageien, die jetzt unter Schreien und Krächzen nach den Angreifern hackten.

Im Aufsteigen streiften die verängstigten Vögel Rugads Sitz. Er hielt sich fest und versuchte dabei, nicht an den Seilen zu ziehen, während die Reiter ihm eine Entschuldigung zuriefen. Im Aufwind stiegen die Falkenreiter mit Rugad, weg von den panischen Vögeln, die sich um sie sammelten.

Der Blick nach unten war ihm versperrt. Er beugte sich vor und rief: »Kehrt um! Kehrt auf der Stelle um! Das ist ein Befehl!«

Die Fey riefen ihm eine Antwort zu, versicherten ihm schreiend, sie würden es versuchen. Aber genau das war das Problem mit Tierreitern: Manchmal war der Tierinstinkt stärker. Und die verängstigten Vögel verhielten sich jetzt wie normale Tiere und flüchteten.

Die Luft war von flatterndem Gefieder, Federn und Asche erfüllt. Von unten hörte Rugad Schreie, die sich mit Vogelgekrächze mischten. Die Falkenreiter stiegen noch höher, versuchten Rugad zu schützen, jedenfalls nahm er das an, bis er aufblickte. Dann erst bemerkte er, wie heftig die Falken voranstrebten und welche Panik in ihren schwarzen Augen zu lesen war. Die Fey auf den Rücken der Tiere brüllten und droschen auf ihre Nacken ein.

Selbst die Falken waren in Panik und außer Kontrolle. Genau wie die anderen Vögel. Rugads Tragesitz schwankte. Unversehens befand er sich in der gefährlichsten Situation seines bisherigen Lebens, und er war ihr schutzlos ausgeliefert.

Er schrie ...

... und die Welt geriet aus dem Gleichgewicht. Er versank in eine Vision.

»Nein!« schrie er entsetzt, konnte aber nichts daran ändern. Er war gefangen in den Mysterien der Mächte, die ihn ergriffen und plötzlich ...

... befand er sich in einem Zimmer des Inselpalastes und blickte auf seinen Urenkel. Die Haut des Jungen war heller, die Gesichtsform rundlicher, aber seine Augenbrauen waren geschwungen, und die Ohren liefen spitz zu. Trotz seiner hellen Augen ähnelte er Jewel. Er wollte gerade etwas sagen, als ein anderer Fey hereinstürmte und den Jungen in den Rücken stach. Der gab ein gurgelndes Geräusch von sich, aus seinem Mund sprudelte Blut, dann fiel er vornüber. Rugad erhob sich ...

... und brachte beinahe das Boot zum Kentern. Sie waren auf offener See, sein Urenkel trieb im Wasser, sein Kopf war untergetaucht, nur Rugad konnte ihn noch retten. Rugad beugte sich vor und versuchte, seinen Urenkel mit einem Paddel zu erreichen, aber der Junge merkte es nicht. Er versank vor Rugads Augen ...

... und befand sich plötzlich in der ausgebrannten Ruine ihres heiligen Gebäudes. Ein Mädchen stand wie schützend hinter seinem Rücken und klammerte sich an ihn. Er hielt sein Schwert ausgestreckt vor sich, und die Spitze der Klinge berührte Rugads Magen. *Ich werde dich töten*, sagte der Junge. *Das kannst du nicht*, erwiderte Rugad. *O doch*, gab der Junge lächelnd zurück. *Ich schon.*

Rugad wollte etwas entgegnen, aber andere Bilder begannen sich schneller und immer schneller um ihn zu drehen, zu schnell, um irgend etwas zu erkennen. Aber auf jedem Bild war der Junge zu sehen. Auf manchen sah er schnell und geschmeidig aus, auf anderen eher zerbrechlich. Auf manchen starb er, auf manchen starb Rugad, und von hinten beobachtete sie ein blonder Junge mit zusammengekniffenen Augen. An der Seite stand ein Mädchen, und ein blonder Mann hielt ein Messer fest – oder war es ein Schwert? Wie aus dem Nichts schoß plötzlich eine Klinge vor, und Rugad fühlte die Wucht des Aufpralls in seinem Nacken, die sich langsam in marternde Schmerzen verwandelte, als das Messer sich tiefer bohrte. Wie lange brauchte ein Mann, dessen Kopf man abgeschnitten hatte, um zu sterben? Er wußte es nicht.

Plötzlich war er umringt von Vögeln und Vogelflügeln. Speichel tropfte ihm über das Kinn auf die Brust. Spatzenreiter hielten seinen Oberkörper aufrecht, indem sie ihre Krallen in sein Hemd schlugen. Sie rochen nach Schmutz und Rauch. Die Falkenreiter waren immer noch außer Kontrolle, trugen ihn weg vom Palast anstatt darauf zu. Hunderte von Vogelreitern umringten ihn. Er konnte den Boden nicht sehen.

Ein Hinterhalt.

Es war ein Hinterhalt.

Irgendwie hatte Nicholas seine Reiter in die Falle gelockt, und Rugad mußte ohnmächtig zusehen.

Zumindest im Augenblick.

28

Der aufgeschreckte Vogelschwarm überraschte Arianna. Sie trat einen Schritt vom Fenster zurück und stieß mit ihrem Vater zusammen. Er legte seine Arme um sie und hielt sie fest, während sie gemeinsam zusahen. Sebastian stieß einen leisen, ehrfürchtigen Seufzer aus.

Die Vögel stiegen steil in den Himmel, erfüllten die Luft mit ihren Flügeln, ihren Federn und ihrer Panik. Die Fey auf ihren Rücken schrien, ihre kleinen Münder klappten auf und zu, und sie ruderten verzweifelt mit den Armen, als könnten sie so den unkontrollierten Teil ihrer Vogelpersönlichkeit wieder zur Vernunft bringen.

Arianna konnte sich in ihre Gefühle hineinversetzen. Schon oft war sie nach einer Wandlung von dem instinktgeleiteten Teil des Tieres, dessen Gestalt sie angenommen hatte, überwältigt worden und hatte Dinge getan, derer sie sich als menschliches Wesen geschämt hätte, Dinge, an die sie nicht einmal jetzt denken mochte.

Es war auffallend still. Ihr Vater hatte den Wachen befohlen, den Überraschungsangriff so lautlos wie möglich einzuleiten. Den meisten Lärm verursachten die Vogelreiter. Die Vögel kreischten, krächzten und pfiffen vor Furcht, und das Rauschen von tausend Flügeln, die gleichzeitig flatterten, war gewaltig. Mit den Vögeln, die in den Himmel stiegen, erhob sich auch Ariannas Hoffnung. Mit einem Mal erschien die Situation nicht mehr so ausweglos. Vielleicht war es doch möglich, daß sie diesen Alptraum überlebten. Es war möglich.

Dann ertönte ein Schrei aus dem Hof. Noch nie zuvor hatte Arianna einen solchen Schrei vernommen. Ein gellender Ruf, der gleichzeitig aus hundert Mündern erscholl.

»Das sind die Wachen«, sagte ihr Vater und hörte sich sehr zufrieden an.

Einige der Vögel flatterten verwirrt gegen das Fenster, und ihre Klauen schlugen gegen das aufgeworfene Glas. Die Reiter auf den Rücken blickten ins Zimmer, versuchten vergebens, die Vögel wieder unter Kontrolle zu bekommen. Sebastian wich vom Fenster zurück. Nicholas' Arme schlossen sich noch enger um Arianna. Sie wollte ihn gerade bitten, vom Fenster wegzutreten, als ...

... sich alles um sie zu drehen begann. Sie fühlte sich schwindlig, so wie es manchmal vorkam, wenn sie sich von einem kleinen Körper in einen großen Verwandelte. Sie blinzelte ein-, zwei-, dreimal ...

... und befand sich plötzlich mit gezücktem Schwert in einem Zimmer. Ein älterer Fey saß auf einem Stuhl. Er sprach mit Sebastian – oder war es Gabe? –, der sehr besorgt aussah. Die beiden waren so in ihre Unterhaltung vertieft, daß sie nicht bemerkten, wie sich ein zweiter Fey mit einem Messer in der Hand näherte. Arianna stieß einen Warnruf aus, aber ...

... Sebastian zerbarst ...

... Gabe blutete ...

... ihr Urgroßvater fiel zu Boden, in seinem Herzen steckte ein Messer ...

... alles spielte sich gleichzeitig und zu verschiedenen Zeiten ab. Sie wollte Sebastian/Gabe zu Hilfe eilen, als sie erneut ein Schwindelgefühl übermannte ...

... alles drehte sich, und sie befand sich am Ufer, neben einem gutaussehenden, blonden Mann, nur wenige Jahre älter als sie. Er hielt ihre Hände, blickte sie mit seinen blauen Augen an. Er beugte sich vor, um sie zu küssen ...

... küßte sie ...

... hatte sie geküßt ...

... als Sebastian (oder war es Gabe?) den Kopf des blonden

Mannes nach hinten riß und ihm ein Messer an die Kehle setzte. Sie schrie auf ...

... und das Bild änderte sich zum dritten Mal. Sie war klein, viel zu klein für ein menschliches Wesen, und unter ihr saßen ihr Urgroßvater und Gabe in einem langen Boot. Ihr Arme waren müde – waren es Flügel? –, und sie beobachtete, wie die beiden an Land ruderten. Plötzlich tauchte ein riesiger Fisch aus dem Wasser auf, rammte das Boot, und Gabe wurde durch den Stoß ins Wasser geschleudert. Ihr Urgroßvater schrie, versuchte Gabe zu helfen, und brachte dabei fast das Boot zum Kentern. Arianna beobachtete die beiden einen Augenblick, bis Gabes Kopf versank, und flog weiter, flog davon ...

... Schneller und schneller jagten die Bilder einander. Ihre Größe und die Aufenthaltsorte veränderten sich, aber in jedem Bild sah Arianna entweder Gabe, ihren Urgroßvater oder Sebastian, und in jedem dieser Bilder zersprang Sebastian ...

Immer wieder versuchte sie, ihm zu helfen, aber der Stein schnitt ihr lediglich in die Hand.

Sebastian zerbarst.

Sebastian.

Zersprungen.

Sie schrie und spürte, daß sie auf dem Boden lag, in den Armen ihres Vaters. Mit tief zerfurchtem Gesicht beugte sich Sebastian über sie und strich ihr das Haar aus der Stirn.

... »Visionen ...«, sagte er.

»Ich dachte, sie würde sich Verwandeln«, hörte sie ihren Vater mit zitternder Stimme sagen. Ihr Kopf ruhte auf seinem Schoß, und er hielt sie ganz fest. Draußen, vor dem Fenster, flatterten immer noch die aufgeschreckten Vögel. Vogelkot, Federn und Asche wirbelten durch die Luft.

»Sie ... kann ... beides«, sagte Sebastian.

»Ich Glückliche«, antwortete Arianna und stellte überrascht fest, daß sie krächzte. Sie war schweißbedeckt. Kleidung, Stirn und Rücken waren durchnäßt. Noch nie hatte sie sich so beschmutzt gefühlt.

»Arianna«, fragte ihr Vater, »geht's dir wieder besser?«

»Ich weiß nicht«, antwortete sie. »Mir ist schwindlig.«

Sie legte eine Hand auf den Boden. Der Stein fühlte sich kühl und beruhigend solide an. Dann blickte sie hinunter. Ihre Finger bluteten nicht. Sebastian war nicht zerborsten. Noch nicht.

»Sebastian«, stammelte sie, aber ihre Stimme brach, bevor sie weitersprechen konnte.

»Was hast du gesehen?« fragte ihr Vater. Er klang erschrocken. Die Vögel vor den Fenstern flogen höher, als trügen Aufwinde sie davon. Ihr Krächzen und Kreischen entfernte sich.

»Zuviel«, sagte sie. »Wenn das eine Vision war, dann kann ich darauf verzichten.« Sie setzte sich auf und wischte sich den Schweiß von der Stirn. Immer noch wirbelten die Bilder in ihrem Kopf durcheinander. Ein Vogel prallte gegen das Fenster und stürzte ab. Der Fey-Reiter auf dem Rücken des Tieres starrte entsetzt auf den ihm entgegenrasenden Boden.

»Beim Roca!« stieß ihr Vater aus. Er mußte zutiefst beunruhigt sein, da er sonst in ihrer Gegenwart niemals religiöse Ausrufe gebrauchte. Er streichelte ihren Kopf, während er sich erhob und zum Fenster hinausblickte.

»Wir haben über die Hälfte der Vögel in Panik versetzt. Das ist ein gutes Zeichen.«

Aber er klang merkwürdig unbeteiligt, als rede er nur, um sich zu beruhigen.

»Ari ...«, stammelte Sebastian.

»Ich habe Gesehen, wie du stirbst«, entgegnete sie. »Ich habe dich hundertmal sterben Sehen.«

Ihr Vater wandte sich um. »Man kann nur einmal sterben«, sagte er.

Arianna schüttelte den Kopf. »So war es nicht. Ich habe nicht verschiedene Tode Gesehen. Egal, was ich Gesehen habe, am Ende war Sebastian immer tot.«

Sie würgte das Wort ›tot‹ hervor und barg dann das Gesicht in den Händen.

Sebastian legte eine feste, schwere Hand auf ihre Schulter. »Ari«, sagte er. »Ich ... bin ... nicht ... lebendig ... Wie ... kann ... ich ... da ... sterben?«

Wut stieg in ihr auf. Sie wollte herumwirbeln, ihm sagen, daß er kein Recht hatte, sich selbst so herabzusetzen. Aber sie konnte sich nicht rühren. »Du lebst«, sagte sie. »Und ich habe gesehen, wie du zerbrichst.«

»Zerbrichst ...«, wiederholte er flüsternd, als müßte er darüber nachdenken.

Ihr Vater kauerte neben ihr. Sie fühlte die Wärme seines Körpers, die Hitze, die von ihm ausging. »Arianna«, sagte er und streichelte ihren Arm. »Die Schamanin hat mir einmal erzählt, daß sie von einem Ereignis mehrere Visionen hatte. Sie sagte, das bedeute, daß die Zeit in Bewegung sei, daß es sich um ein wichtiges Ereignis handle und daß nur eine dieser Visionen Wirklichkeit werden würde.«

Mit aufkeimender Hoffnung spähte sie zwischen ihren Fingern hindurch. Ein paar zerzauste Vögel flatterten am Fenster vorbei, aber der Blick in den Himmel war wieder frei. Der Rauch hatte ihn in kränkliches Graugrün gefärbt.

»Ist Sebastian in jeder Vision gestorben?« fragte Nicholas.

»Beinahe«, erwiderte Arianna.

Er nickte. »Dann müssen wir diese Visionen einzeln betrachten und ihre Bedeutung herausfinden, um diejenigen zu verhindern, die Sebastians Tod zeigen. Bist du dazu bereit?«

»Jetzt?« fragte sie. »Im Hof wird gekämpft.«

»Wann ereignen sich die Visionen?« fragte Nicholas weiter.

»Das weiß ich nicht.«

»Dann«, erwiderte er, »sollten wir uns so schnell wie möglich mit ihnen beschäftigen. Wir wollen nicht, daß eine dieser Visionen nur deshalb eintrifft, weil wir sie nicht beachtet haben. Wenn wir schon früher so gehandelt hätten, wäre deine Mutter noch am Leben.«

»Aber was wäre dann mit mir?« flüsterte Arianna.

Nicholas legte seine Hände um ihr Gesicht. »Du bist jetzt hier«, antwortete er, »du und Sebastian. Und soweit es mich betrifft, ist das am wichtigsten.«

»Wichtiger als die Blaue Insel?« fragte Arianna.

Er blickte sie einen Augenblick lang durchdringend an. Sein Gesichtsausdruck war plötzlich düster. »Ich hoffe, daß ich das niemals herausfinden muß.«

29

So hatte er sich noch nie gefühlt: ausgehöhlt, leer und zugleich so zornig, daß ihn ein Stein im Schuh in helle Wut versetzte. Leen erging es offenbar genauso. Sie hielt sich fern von ihm, während sie schweigend in Richtung Jahn gingen.

Gabe hatte beschlossen, die Straße zu benutzen. Wahrscheinlich wußte sein Urgroßvater bereits, daß er sich auf einem Bauernhof versteckt hatte. Wenn die Fey nach ihm suchten, würden sie sich auf den Gehöften umschauen. Außerdem konnten sie ihm nichts tun, selbst wenn sie ihn finden sollten. Er wollte natürlich nicht, daß sie ihn aufspürten, weil er dann Sebastian nicht mehr helfen konnte. Aber er machte sich keine Sorgen für den Fall, daß es ihnen doch gelingen sollte. Er wußte, daß er dann in diesem Raum bei seinem Urgroßvater sein würde, und vielleicht konnte es Sebastians Leben retten, wenn die Fey ihn fingen.

Gabe würde sich jedenfalls nicht noch einmal verstecken. Die Tage, als er sich noch im Schattenland verborgen hatte, waren endgültig vorüber.

In der Tageshitze lag die Straße verlassen vor ihnen. Auf den Feldern waren einige Bauern zu sehen, aber die meisten hatten sich in ihre Häuser zurückgezogen, um ihre Arbeit in der kühleren Abendluft fortzusetzen. Gabe bereute, daß er nicht mehr Verpflegung und Wasser mitgenommen hatte. Er hatte das ganze Unternehmen nicht durchdacht. Allein das Adrenalin und sein Zorn trieben ihn an. Seit fast zwei Tagen hatte er nicht mehr geschlafen.

Bei Tage sah die Straße ganz anders aus als nachts. Freundlicher, als sei es noch nicht zum Schlimmsten gekommen. Betrug um Betrug, und der schrecklichste bestand darin, daß

Coulter Gabes Verbindung zu Sebastian geschlossen und sich geweigert hatte, sie wieder zu öffnen. Gabe hatte mehrmals versucht, sie auf eigene Faust zu öffnen, aber bis jetzt war es ihm noch nicht geglückt.

Aber er würde es schon schaffen.

Ohne die Verbindung fühlte er sich sehr einsam. Er war zwar schon oft allein in sich selbst gewesen, eigentlich war das sein Normalzustand, aber noch niemals hatte man ihm die Möglichkeit genommen, an seinen Verbindungen entlangzureisen. Früher hatte er immer gewußt, daß er sich jederzeit jemandem zuwenden konnte.

Und dabei hatte er noch nicht einmal an den Verlust seiner Eltern gedacht. Er konnte sich ein Leben ohne Niche und Wind nicht einmal vorstellen. Und daß er nicht dagewesen war, um sie zu beschützen ...

Gabes und Leens Stiefel knirschten auf der schmutzigen Landstraße. Sie waren allein hier draußen, im Sonnenschein und in der Hitze, an einem Tag, den Gabe normalerweise in vollen Zügen genossen hätte, weil er solche Tage nur selten erlebte. Doch jetzt fühlte sich alles so ausgehöhlt und unwirklich an, als erlebte er es nicht selbst, sondern beobachtete sich nur dabei. Er fühlte sich distanziert, wie losgelöst von der Wirklichkeit, obwohl die Wut in ihm nur allzu wirklich war. Und auch die Traurigkeit, wenn er sich dieses Gefühl gestattete.

Er hatte den Eindruck, diese Wanderung würde niemals enden. Er war sich nicht einmal sicher, ob sie ihr Ende fand, wenn er sein Ziel erreicht hatte. Er würde sich durch die Armee seines Urgroßvaters bis zum Palast vorarbeiten müssen. Ohne sich von seinem Zorn übermannen zu lassen.

War das überhaupt möglich? Er bezweifelte es.

Er wandte sich zu Leen um. Ihr Gesichtsausdruck war entschlossen und finster. Ihre Haut sah grau aus, und die junge

Frau schien um Jahre gealtert. Dieser Tag hatte auch auf ihrem Gesicht unauslöschliche Spuren hinterlassen. Sie würden niemals wieder dieselben sein. Er wußte es. Ob Leen es auch wußte?

Vielleicht war es besser zu reden. Gemeinsam darüber nachzudenken, wie sie Jahn durchqueren sollten, ohne dabei auf die Armee des Schwarzen Königs zu treffen. Er öffnete den Mund ...

... und die Welt geriet aus dem Gleichgewicht. Eine Vision. Noch während er in sie eintauchte, verfluchte er sie ...

... wieder befand er sich in dem Zimmer des Palastes und sprach mit einem alten Fey. Der Fey glich ihm selbst, aber sein Gesicht war viel härter und noch versteinerter als das Sebastians. Er griff nach Gabe, aber Gabe wich zurück. Der alte Fey blickte plötzlich verängstigt auf, und Gabe spürte einen scharfen Schmerz in seinem Rücken. Er versuchte, danach zu greifen, spürte Blut, spürte, wie es um ihn schwarz wurde ...

... und schwebte über allem, während Sebastian an seiner Stelle zersprang. Eine Fey-Wache, die gegenüberstand, trat mit einem Speer in der Hand vor. Der Messerwerfer versuchte aus dem Zimmer zu flüchten, aber Gabe setzte ihm nach, sprang über die Trümmer seines Herzensbruders, der alte Fey rief etwas ...

Die Bilderfolge wurde immer schneller.

... Gabe lag auf dem Rücken, ein glänzendes, silberweißes Schwert an seiner Kehle. Der Inselbewohner, den er auf der Brücke getroffen hatte, preßte es gegen seinen Hals. Weiter hinten rief sein Vater, sein richtiger Vater ...

... dann war er im Wasser, trat verzweifelt um sich, während ihn etwas nach unten zog. Wasser strömte in seinen Mund. Es schmeckte salzig. Der alte Fey saß in einem Boot über ihm, reckte sich, um ihm zu helfen, aber wenn er die

Hand des alten Mannes ergriff, würde er ihn mit sich in die Tiefe ziehen. Das wollte er nicht. Er ...

... sah, wie Coulter ein Fey-Mädchen küßte, riß ihn zurück und setzte ihm ein Messer an die Kehle. Er ...

... stand neben Coulter am Cardidas. Sie befanden sich auf dem Weg zum Tabernakel. Es sah aus wie niedergebrannt ...

... sein wirklicher Vater ...

... Sebastian, in tausend Stücke zersprungen ...

... der alte Fey ...

... Sebastian, in tausend Stücke zersprungen ...

... das Fey-Mädchen schlug sich mit den Fäusten gegen die Brust, Tränen liefen ihr über die Wangen ...

... Sebastian ...

Gabe lag auf dem Boden. Aus seinem linken Mundwinkel lief Speichel, Mund und Zunge waren voller Erde. Leen kauerte neben ihm und legte ihm eine Hand auf die Hüfte. Die Sonne schien noch heißer zu brennen, und er war schweißüberströmt.

»Geht's dir besser?« fragte Leen.

Er konnte nicht sofort antworten. Die Bilder waren zu eindringlich gewesen. Sie wirbelten noch immer durch seinen Kopf. So eine Vision hatte er noch nie gehabt – eine ganze Serie von Visionen, und keine davon ergab einen Sinn.

Außer der einen Vision, die er bereits einmal Gesehen hatte, diejenige, die ihn überhaupt in den Palast zu Sebastian geführt hatte.

Das Fey-Mädchen, das Coulter küßte, war Gabes Schwester, die Hexe, die ihn nicht in Sebastians Nähe duldete. In einer der Visionen war sie in Tränen ausgebrochen, obwohl sich Gabe nicht vorstellen konnte, daß sie häufig weinte.

»Gabe«, sagte Leen mit zitternder Stimme. »Du machst mir angst.«

»Entschuldige.« Er lispelte beim Sprechen. Energisch setzte

er sich auf und wischte mit dem Ärmel über das Gesicht. Dann spie er die trockenen Erdkrumen aus. Sein Mund war wie ausgedörrt.

»Wasser?«

»Wir haben nicht mehr viel«, sagte Leen, als sie ihm den Wasserschlauch reichte. Gabe trank vorsichtig. Das Wasser war warm und löste die restliche Erde. Er konnte noch nicht schlucken, also spuckte er das Wasser aus und murmelte eine Entschuldigung.

Leen reichte ihm den Beutel noch einmal. Diesmal gelang es ihm, das Wasser zu schlucken. Es belebte ihn ein wenig.

»Was ist passiert?« fragte sie.

»Vision«, erwiderte er kurz angebunden. Solange er nicht wußte, was all diese Bilder zu bedeuten hatten, wollte er nichts erzählen.

»So hast du dich noch nie während einer Vision benommen.«

In seinem verwirrten Zustand konnte er sich nicht erinnern, wann Leen schon einmal während einer Vision bei ihm gewesen war. Aber das war vermutlich auch nicht wichtig. Er holte tief Luft. Er war wie benebelt.

»Wie lange hat es gedauert?«

»Das weiß ich nicht«, antwortete Leen. »Mir kam es wie eine Ewigkeit vor.«

Das Gefühl hatte Gabe auch. Und zugleich war es nur ein Augenblick gewesen, ein einziger Moment.

Wäre doch die Schamanin noch am Leben. Mit ihr hätte er über alles reden können.

Aber sie lebte nicht mehr. Sie war zusammen mit den anderen im Schattenland gestorben. Leen besaß nicht die Fähigkeit, Visionen auszulegen. Und Gabe wußte nicht einmal, ob er selbst es konnte.

So viele Visionen. Etwas sehr Wichtiges mußte sich ereignet haben. Gabe klopfte den Schmutz von seinen Kleidern und erhob sich. Der Schwindel überkam ihn so stark, daß er beinahe gefallen wäre, hätte ihn Leen nicht am Arm gepackt.

»Wirst du es überhaupt bis Jahn schaffen?« fragte sie.

»Ich habe keine andere Wahl«, entgegnete er und fragte sich, ob das wirklich stimmte. Die Visionen hätten alles ändern können. Aber er hatte keine Möglichkeit, es herauszufinden.

Er wußte nur, daß er Gesehen hatte, wie Sebastian starb. Ein zweites Mal starb. Sie waren nicht mehr miteinander verbunden. Er konnte nicht in Sebastians Körper gleiten, damit Sebastian sich schneller bewegte. Bei der Ankunft des Schwarzen Königs mußte Gabe selbst an Sebastians Seite sein. Und irgend etwas sagte Gabe, daß er bis dahin nicht mehr viel Zeit hatte.

30

Sie stemmte sich mühsam und zitternd vom schneebedeckten Boden hoch. Ihr Mund war ausgedörrt, das Gewand mit Speichel durchtränkt. Ihr Körper hatte einen tiefen Abdruck im Schnee hinterlassen.

Es war kalt und klar. Die Sonne wärmte nicht, war nicht einmal freundlich. Sie spendete aber ein besonders helles Licht, das der Schnee reflektierte. Sie konnte bei diesem Licht nicht weit reisen, ohne ›schneeblind‹ zu werden, wie es die Einheimischen nannten.

Die Schamanin wußte nicht genau, wie sie sich so weit von ihrer Höhle entfernt haben konnte. Sie hatte tiefe Spuren im Schnee hinterlassen. Sie war zu Fuß unterwegs gewesen. Noch nie war sie während einer ihrer Visionen irgendwohin gelaufen.

Sie hob eine zitternde Hand ans Gesicht. Lippen und Wangen waren von der Kälte bereits aufgesprungen. Die Bewohner des nahen Dorfes hatten sie gewarnt, daß die Bergkette mit dem Namen ›Die Augen des Roca‹ erbarmungslos war. Erst jetzt begriff sie, wie erbarmungslos.

Hätten die Visionen noch länger gedauert, wäre sie womöglich erfroren.

Die Augen des Roca waren kahl und weitaus höher als die südlicher gelegenen Schneeberge, behaupteten jedenfalls die Einheimischen. Genau wie die Schneeberge waren auch ihre Gipfel immer schneebedeckt, aber im Unterschied zu dem südlichen Höhenzug galt die ewige Schneedecke hier als unfreundlich. Daß man die Bergkette nach dem heiligsten Mann der Insel benannt hatte (den man hier fast als eine Art Gott betrachtete), war kein gutes Zeichen, sondern ganz im Gegenteil eine Warnung. *Die Augen des Roca beobachten dich,* lautete eine Redensart der Einheimischen, und der mythische Bergzug schien sie stärker zu beunruhigen als die Fey, die sich mitten unter ihnen befanden.

Dafür war die Schamanin dankbar. Sie bezweifelte, daß der Schwarze König schnell in diesen unwegsamen Teil der Insel vorstoßen konnte, und hoffte, daß sie selbst, wenn es soweit war, nicht mehr hier sein würde. Seit ihrem letzten Aufenthalt im Palast hatte sie die Höhle Gesehen, die ihr als Versteck diente. Aber sie hatte nicht Gesehen, wie sie selbst mitten in einer Serie von Visionen daraus hervortaumelte.

Ihre Füße waren kalt. Sie zwang sich, aufzustehen und durch den Schnee zu der Höhle zurückzustapfen. Das Lagerfeuer am Höhleneingang flackerte immer noch. Also konnte sie nicht lange weggewesen sein. Sie zog die nassen Kleider aus und legte sie zum Trocknen in die Nähe des Feuers. Dann hüllte sie sich in die Decken ein, die sie mitgebracht hatte. Sie füllte ihren Kochtopf mit Schnee und hängte ihn an den Draht über dem Feuer. Sie würde sich einen Wurzeltee zubereiten, sich aufwärmen und über alles nachdenken, was sie gerade Gesehen hatte.

Eine unangenehme Aufgabe.

In der kurzen Zeitspanne hatte sie mindestens fünfzig Visionen gehabt. Eine solche Serie hatte sie noch nie erlebt. Etwas außerordentlich Bedeutsames war geschehen, das den vorhergesehenen Ablauf der Zukunft jäh unterbrach und fünfzig neue Wege offen ließ.

Zum ersten Mal, seit sie das Schattenland verlassen hatte, wünschte sich die Schamanin Gesellschaft, wünschte, es wäre jemand hier, mit dem sie über ihre Visionen reden könnte.

Denn die letzte Vision hatte sie zutiefst verängstigt.

Sie zog die Knie an die Brust und legte die Stirn darauf. Sie zitterte heftig, obwohl ihr bereits wärmer geworden war. Vielleicht zitterte sie nicht vor Kälte. Vielleicht zitterte sie vor lauter Furcht.

Immer noch standen ihr die Bilder vor Augen. Alle Visionen waren von großer Deutlichkeit, aber die letzte war blutbefleckt. Wahre Blutströme, die nicht versiegen wollten. Fey-Blut. Über der ganzen Welt. Die Fey waren keine vernunftbegabten Geschöpfe mehr, die Krieg führten, sondern blindlings mordende Wahnsinnige, die alles zerstörten und jeden niederstreckten, der sich ihnen in den Weg stellte.

Das Schwarze Blut hatte sich gegen seine eigenen Kinder gewandt und alle Fey in den Wahnsinn getrieben.

Ihre größte Angst.

Und eine der fünfzig Visionen. Einer der Pfade, auf den die Veränderungen ihr Volk führen konnten. Sie hoffte, daß auch Rugad es Gesehen hatte. Und Gabe.

Hatten sie es aber nicht Gesehen, waren die Fey verloren.

Sie wußte nicht genau, was sie als nächstes tun sollte. Als sie Gesehen hatte, daß die Fußsoldaten alle umbrachten, hatte sie gegen ihre Überzeugung gehandelt und das Schattenland verlassen. Sie wollte auf keinen Fall im Schattenland sterben. Sie wußte, daß sie damit ihre Vision verändert hatte, denn als sie den Palast verließ, war sie unter einer weiteren Vision zusammengebrochen, in der sie diese Berghöhle sah und den Beweis für ein langes Leben.

Ihr Leben.

Rugad war nahe daran, die Zukunft der Fey zu zerstören. Aber ein Gespräch mit ihm würde sie das Leben kosten. Nicholas aber, der gute Nicholas, war kein Fey und konnte nicht in vollem Umfang verstehen, was sich vielleicht noch alles ereignen würde. Und der junge Gabe, von Natur aus zur Führung bestimmt, verfügte über keinerlei Kampferfahrung. Ihre ganze Hoffnung ruhte auf Arianna, die genauso leidenschaftlich und willensstark war wie ihr Großvater Rugar, der die Fey in diese Sackgasse geführt hatte.

Sie hatte Nicholas und seine Kinder bereits vor den Folgen dieses Krieges gewarnt. Und Rugad hatte man von klein auf beigebracht, solche Kämpfe zu vermeiden.

Bis ihre Visionen klarer wurden, würde sie in ihrer Höhle bleiben, auf dieser Seite des Berges, verschont von Intrigen und in Sicherheit vor dem Rest der Welt.

In Sicherheit vor Rugad.

Und vielleicht auch vor dem Tod.

31

Nicholas legte den Arm um Ariannas Schulter, aber seine Aufmerksamkeit galt nicht ihr, sondern seinem Sohn.

Sebastian hatte sich an der Wand zusammengekauert und die Arme um sich geschlungen. Seit Arianna von ihren Visionen erzählt hatte, schwieg er. Zum ersten Mal in seinem Leben war er tief in Gedanken versunken.

Nicholas ließ ihm Zeit. Er war selbst von Ariannas Erlebnis erschüttert, nicht so sehr über ihre Erzählung, sondern darüber, wie sie ausgesehen hatte. Für einen Moment hatte er gedacht, sie sei vergiftet, und dieses Gift habe nur länger gebraucht als sonst, um seine ganze Wirkung zu entfalten. Er hatte Arianna in den Armen gehalten, voller Angst, sie müßte denselben grausamen und schnellen Tod sterben wie ihre Mutter. Aber sie war nicht gestorben. Als Arianna die Augen aufschlug, war Nicholas wie erlöst gewesen.

Jetzt stand sie neben ihm und beobachtete den Kampf, der sich im Hof abspielte.

Er las in ihren Zügen, wie sehr sie sich danach sehnte, mitzukämpfen. Das verstand er nur zu gut. Auch er sehnte sich danach, aber er hatte begriffen, daß es unmöglich war. Weder er noch Arianna würden hinuntergehen. Dieser Kampf mußte ohne sie stattfinden.

Er hatte alles veranlaßt. Jetzt konnte er nichts mehr tun.

Aber allem Anschein nach hatte er genug getan. Seine Männer hatten drei Viertel der Vögel erschreckt und in die Flucht geschlagen. Die übriggebliebenen griffen die Palastwachen an, indem sie ihnen direkt ins Gesicht flogen, aber irgendwie hatte Monte seine Truppen auf diesen Fall vorbereitet. Die Männer stachen nach den Tieren, hieben sie in Stücke, rissen Federn und Flügel heraus. Alles war voller Blut und Federn. Gellende Schreie der Vögel und Wachen erfüllten die Luft. Aber der Siegesschrei der Fey blieb aus. Nichts deutete darauf hin, daß sie die Oberhand gewannen.

Aus jedem Fenster des Turmes konnte Nicholas sehen, wie die Fey fielen. Der Preis war hoch, jeder zweite getötete Fey kostete einer seiner Wachen das Leben, aber in diesem Nahkampf würden Nicholas' Männer den Sieg davontragen.

Er wußte nicht, wie lange es dauern würde.

Aber solange es währte, war es herrlich.

»Papa ...«

Nicholas wandte sich um. Sebastian wies zum nördlichen Fenster. Vor der Scheibe flatterten etwa zwei Dutzend winzige Vögel. Sie bewegten die Flügel so schnell, daß Nicholas den Flügelschlag kaum wahrnehmen konnte. Es sah beinahe so aus, als stünden sie in der Luft.

Die Fey auf ihren Rücken waren noch winziger als die Tiere. Aus der Entfernung konnte er ihre Gesichter nicht erkennen.

Arianna drehte sich ebenfalls um. Sie runzelte die Stirn. Als Nicholas einen Schritt näher ans Fenster trat, begannen die Vögel mit ihren Schnäbeln auf das Glas einzuhacken. Es war ein furchteinflößendes, forderndes Trommeln. Die Fey auf ihren Rücken wedelten mit den Armen. Offensichtlich gaben sie den Tieren Befehle. Es handelte sich um einen vorbereiteten Angriff.

Das Glas knackte. Nicholas rannte zum Fenster. Wenn er etwas Holz vor die Scheibe legte, konnte er das Eindringen der Tiere vielleicht verhindern. Aber als er die Mitte des Zimmers erreicht hatte, splitterte die Scheibe in tausend Stücke.

Etwas Braunes streifte ihn. Der Schlachtenlärm von unten war plötzlich deutlicher zu hören, die Rufe, Schreie, das Klirren der Schwerter gegen die Schnäbel. In einem geschlossenen Schwarm flogen die Vögel ins Zimmer. Sebastian stieß einen heiseren Schrei aus ...

... und eine kleine Katze sprang hoch, schlug mit ihren Pfoten nach den Vögeln und sperrte das Maul auf. Der Schwarm war nahe daran, sich aufzulösen, aber die Fey-Reiter brüllten den Tieren Befehle zu. Obwohl sie auf Fey riefen, verstand Nicholas, was sie sagten.

Angriff!

»Nein!« schrie er auf Fey. »Das ist meine Tochter! Die Urenkelin des Schwarzen Königs. Sie ist von Schwarzem Blut!«

Obwohl Nicholas' Fey nur langsam und holprig war, reagierten die Vögel sofort auf seine Worte. Sie zogen sich zurück. Arianna sprang noch höher und fing eines der Tiere mit dem Maul. Sie ließ den Kiefer zuschnappen, brach das Genick ihres Opfers und schleuderte das getötete Tier zu Boden. Gleichzeitig versetzte sie zwei überraschten Vögeln einen betäubenden Schlag mit der Pfote.

Die Tiere rotteten sich erneut zusammen. Nicholas riß ein brennendes Scheit aus dem Feuer und eilte seiner Tochter zu Hilfe, indem er mit seiner Waffe nach den Vögeln schlug, als seien sie schmutzige Spinnweben. Verstört wichen sie zurück.

Einige der Vögel schwirrten jetzt über Nicholas' Kopf. Arianna sprang und fauchte, aber die Vögel waren für sie außer Reichweite. Nicholas schwang das Scheit und vertrieb die Vögel. Eines der Tiere steuerte auf Sebastians Augen zu, und wieder rief Nicholas: »Er ist von Schwarzem Blut.«

Der Vogel wich zurück.

Ebenso schnell, wie sie gekommen waren, flogen die Vögel plötzlich wieder aus dem Fenster, der kleine Stoßtrupp um drei Viertel seiner ursprünglichen Stärke dezimiert. Zwei weitere Vögel lagen tot auf dem Boden, und Arianna spuckte einen dritten, jedenfalls kam es Nicholas so vor, nur widerstrebend aus. Dann rannte sie zu ihrem Gewand zurück, kroch darunter und Verwandelte sich.

Nicholas klopfte Sebastian anerkennend auf die Schulter und lobte ihn für seine schnelle Auffassungsgabe. Als er sich umdrehte, zupfte Arianna eben ihre Kleider zurecht. In einem Mundwinkel klebte noch eine winzige Feder.

»Hier können wir nicht länger bleiben«, sagte Nicholas.

»Sie dürfen uns nicht töten«, entgegnete Arianna.

»Vielleicht habe ich das nächste Mal keine Zeit mehr für Erklärungen«, hielt Nicholas dagegen.

Sie nickte. »Der andere Turm?«

»Daran habe ich auch gedacht. Von dort aus haben wir einen besseren Überblick, und es dauert bestimmt eine Weile, bis sie uns dort entdecken.«

Sebastian blickte aus dem Fenster. Seine großen Hände zitterten.

Nicholas legte ihm den Arm um die Schulter. »Du hast sie nicht getötet«, sagte er beschwichtigend, denn er wußte genau, was den Jungen insgeheim verstörte. Sebastian konnte niemandem etwas zuleide tun. Ohne Arianna zu verletzen, hatte er sie in den Händen gehalten, als sie sich einmal in ein Kätzchen Verwandelt hatte. Er verabscheute den Tod, auch den Tod kleinster Lebewesen wie Käfer.

Ganz anders als seine Schwester.

»Ich ... hoffe ... nicht«, erwiderte Sebastian mit bebender Stimme.

Nicholas verstärkte den Druck seines Armes. Dann wandte er sich um. »Fertig, Ari?«

Sie nickte. Sie reichte Nicholas das Scheit, an dem noch einige Federn hingen. Aber Nicholas ließen diese Toten kalt. Sie hatten ihn und seine Kinder angegriffen. Sie verdienten es nicht, am Leben zu bleiben.

Der Schlachtenlärm wurde immer lauter. Das Klirren,

Schreien, Kreischen – die großen Vögel stießen beim Angriff ein schrilles Kreischen aus – schien sich dem Palast zu nähern. Wenn die anderen Vögel zurückkehrten, war Nicholas nicht mehr sicher, wie lange sich seine Männer noch halten konnten.

Er benötigte einen zweiten Plan. Darüber mußte er mit Arianna sprechen, sobald sie im anderen Turm waren. Und sie mußten auch über ihre Vision reden.

Arianna stand jetzt neben ihm. »Wir müssen uns beeilen«, sagte sie.

»Ich weiß.« Er warf einen Blick auf Sebastian. Der Gesichtsausdruck des Jungen war entschlossen, als richte er seine ganze Konzentration darauf, den Palast zu durchqueren.

Dann öffnete Nicholas die Tür – und versuchte vergeblich, sie wieder zu schließen. Ein Dutzend nackter Fey, vielleicht auch mehr, drängten sich ins Zimmer. Sie trugen altertümliche Schwerter, denen man das Alter und den häufigen Gebrauch ansah. Nicholas erkannte die Schwerter wieder. Sie stammten aus dem Großen Empfangssaal. Und vor ihnen standen Vogelreiter in ihrer menschlichen Gestalt.

Noch bevor er das Holzscheit auch nur heben konnte, hatten sie Nicholas bereits gepackt. Ihre Hände bohrten sich wie Klauen in seinen Arm. Sie ergriffen auch Arianna und Sebastian.

»Tut es nicht!« sagte Nicholas auf Fey.

»Wir wissen Bescheid«, sagte die Frau mit den Rabenhaaren, die vor ihm stand. Was auf den ersten Blick wie langes Haar wirkte, waren Federn, die ihr bis auf den Rücken reichten. »Ihr kommt mit uns!«

»Nein!« sagte Arianna und riß sich aus der Umklammerung der Fey los. »Ihr dürft uns nichts tun.«

»Das stimmt«, bestätigte die Frau. Sie hielt das Schwert, das Nicholas' Urgroßvater während des Bauernaufstandes benutzt hatte, in der Hand, setzte die Spitze der Klinge an Nicholas' Kehle und lächelte Arianna und Sebastian an. »Euch können wir nichts tun. Aber wir können Euren Vater töten.«

Arianna schob das Schwert mit der bloßen Hand von der Kehle ihres Vaters weg. Nicholas richtete sich auf, aber andere Fey hatten ihn bereits gepackt.

»Wenn du das noch mal tust«, sagte die Frau, »dann ist dein Vater ein toter Mann.«

»Das werde ich schon verhindern«, gab Arianna zurück.

»Du kannst nicht überall sein.«

Nicholas spürte die Spitzen der Klingen im Rücken. Er schwieg. Die Frau beachtete ihn nicht. Ihre ganze Aufmerksamkeit galt seiner Tochter.

»Ari ...«, sagte Sebastian und zeigte auf Nicholas. Nicholas blickte nach unten. Die Mehrzahl der Schwerter war auf seinen Körper gerichtet.

Arianna kniff die Augen zusammen. In diesem Augenblick war sie Jewel sehr ähnlich. Einer äußerst aufgebrachten Jewel. »Wenn ihr ihn verletzt, bringe ich euch alle um.«

»Wenn du tust, was ich dir sage, geschieht ihm nichts«, erwiderte die Frau.

»Gib mir dein Wort«, entgegnete Arianna.

»Fey halten sich nicht an ihr Wort«, sagte Nicholas in der Inselsprache. »Das hat mir deine Mutter gesagt, und ich selbst habe es oft genug gesehen.«

»Er hat recht«, stimmte die Frau auf Fey zu. »Aber wenn du willst, kann ich dir mein Wort geben.«

Arianna sah Nicholas an. Auf eine solche Situation war sie nicht gefaßt. Irgendwie war ihr Unterricht unvollständig gewesen. Nicht einmal Solanda hatte sie auf die Schwierigkeiten vorbereitet, die bei einem Zusammentreffen mit den Fey unweigerlich auftreten mußten.

Sie schluckte. Nicholas' Herz pochte heftig. Seine schöne,

impulsive Tochter würde sich selbst und mit etwas Glück auch noch Sebastian retten können. Aber sie konnte sie nicht alle drei retten. Und selbst wenn ihr die Flucht gelang, gab es keinen Ort, an den sie hätte fliehen können.

»Gut«, sagte Arianna. »Was wollt ihr?«

Die Frau lächelte. Sie besaß die Schönheit der Fey und die flachen Augen eines Vogels. Davon ging die Wirkung einer gezähmten Wildheit aus, einer besonders gefährlichen Wildheit. »Ich will, daß wir zusammenarbeiten«, sagte sie. »Zumindest bis zur Ankunft des Schwarzen Königs.«

32

Warte«, sagte Wirbler und stieß noch tiefer hinab. Sie hatten sich noch nicht sehr weit vom Rastplatz entfernt. Die Sonne stand hoch am Himmel und gab ihnen eine gute Deckung. Spatzen waren im hellen Tageslicht am Himmel nur schwer zu erkennen.

»Ich sehe gar nichts«, murrte Cinder.

»Wir fliegen eben zu hoch.« Wirbler flog noch tiefer, viel tiefer als sonst. Irgend etwas hatte seine Aufmerksamkeit erregt. Etwas, das er vor einem Augenblick überflogen hatte.

Da war es ... am Straßenrand. Dort kauerte eine Fey-Frau, die die Hand auf den Rücken eines Mannes legte. Den Mann hatte Wirbler zuerst nicht gesehen. Kleidung, Haut und Haar hoben sich kaum von der Landstraße ab.

Jetzt richtete sich der Mann langsam auf, während die Frau einen völlig verängstigten Eindruck machte.

»Ich sehe immer noch nichts«, beschwerte sich Cinder.

»Sie haben uns nicht bemerkt«, sagte Wirbler. Er zeigte hinunter. Cinder stand neben ihm in der Luft und kniff suchend die Augen zusammen. Sie sank ein wenig tiefer und verdoppelte ihren Flügelschlag, um sich an einer Stelle zu halten.

»Oh«, rief sie überrascht. Dann blickte sie zu Wirbler auf. »Er ist verletzt.«

»Er hat gerade eine Vision gehabt«, entgegnete Wirbler sarkastisch. Zumindest er wußte genau, daß sie den Urenkel des Schwarzen Königs vor sich hatten. Aber Cinder fehlte es dazu eindeutig an Hirnschmalz.

Man konnte wirklich nicht auf sie zählen.

Er seufzte. Er müßte gleichzeitig an zwei Orten sein. Hier

bei dem Jungen und unterwegs, um Verstärkung zu holen. Cinder war mit jeder dieser Aufgaben überfordert.

»Was machen wir jetzt?« fragte sie.

Er wünschte, er wüßte es. »Laß mir einen Augenblick Zeit.«

Wie ein Sonnenstrahl stieß Wirbler ein zweites Mal hinab. Er streifte das Haar des Jungen, flog dicht am Gesicht der Frau vorüber und stieg wieder in die Höhe. Er prägte sich die Bilder genau ein. Der junge Mann starrte vor Schmutz; seine Augen waren eingesunken, und er sah aus, als habe er geweint. An seinem Kinn rann Speichel herab, seine Haut war bleich, und er machte einen verängstigten Eindruck.

Allerdings nicht so verängstigt wie die Frau – oder genauer gesagt, das Mädchen. Sie war Infanteristin und trug noch die alte Uniform von Rugars erster Truppe. Sie war ebenfalls schmutzig, ihre Uniform ausgebeult. Der Stoff roch nach dem Wasser des Cardidas.

Dieses Mädchen erlebte zum ersten Mal, wie sich ein Mensch unter dem Eindruck einer Vision verhielt. Sie war von Panik erfüllt, erschrocken und wütend.

Damit konnte sie dem Jungen nicht beistehen. Der mußte sich jetzt selbst helfen.

Wirbler nickte kurz und flog dann wieder zu Cinder. Sie schwirrte immer noch auf derselben Stelle, den Finger wie tief in Gedanken an den kleinen Mund gelegt.

»Du bleibst hier und behältst sie im Auge«, sagte Wirbler. »Sobald sie weitergehen, folgst du ihnen. Wenn sie von der Straße abbiegen, bleibst du ihnen so lange auf den Fersen, bis du weißt, wo sie hinwollen. Dann kommst du wieder hierher zurück und erstattest Bericht.«

»Woher weiß ich, wo ›hier‹ ist?«

Wirbler blickte sich um. Sie hatte recht. Das Ackerland ringsum sah überall gleich aus: nichts als sanft hügelige Felder, die die Straße wie ein Fluß durchschnitt.

Wirbler zeigte auf einen kleinen Flecken, auf dem besonders brauner Mais wuchs. Der Bauer hatte noch nicht bemerkt, daß sich Ungeziefer über seine Ernte hergemacht hatte. »Dieses Maisfeld ist dein Anhaltspunkt«, sagte er. »Ich glaube zwar nicht, daß du einen brauchst. Nur für alle Fälle.«

»Und wohin gehst du?«

»Ich hole Verstärkung. Wir können ihn nicht allein gefangennehmen.«

»Die anderen Irrlichtfänger nützen doch auch nicht viel«, erwiderte Cinder.

Er kniff überrascht die Augen zusammen, wollte schon zu einer Antwort ansetzen und ließ es dann doch bleiben. Sie war bestimmt nicht die einzige, die diese Instruktionen mißverstanden hatte. Wirbler war jetzt doppelt erleichtert, daß er selbst den Jungen gefunden hatte.

»Ich hole Fußsoldaten«, erwiderte er.

»Aber hier in der Nähe sind doch gar keine.«

Er lächelte. »Da irrst du dich«, sagte er. »Rugad hat im Süden der Insel überall Garnisonen errichtet. Ich muß einfach nur die nächstliegende finde.«

»Woher weißt du solche Sachen bloß?« fragte Cinder.

Wirbler konnte einfach nicht anders, er mußte sie kurz unter dem Kinn streicheln. »Ich höre einfach nur zu«, gab er zurück.

Sie runzelte die Stirn, als sie sich bemühte, ihn zu verstehen. Aber Wirbler konnte nicht warten, bis die Erleuchtung über sie kam.

»Wenn du ihn entkommen läßt, wird man dich als Versagerin behandeln«, drohte Wirbler. Als Cinder erschrocken die Augen aufriß, flog er davon. Er wußte nicht, ob es sie tatsächlich zur Versagerin stempelte, wenn sie den Urenkel aus den Augen verlor, aber nach all den drastischen Beispielen, wie es

Versagern erging, würde sie sich jetzt bestimmt besonders anstrengen.

Hoffentlich machte sie keine Dummheiten.

Er blickte zurück. Sie flatterte immer noch an derselben Stelle und preßte die winzigen Hände fest zusammen. Sie war beunruhigt.

Gut.

Also würde sie ihre Aufgabe erfüllen.

Und er mußte seine zu Ende führen. Er mußte so schnell wie möglich Verstärkung holen.

Wegen dieses Jungen war Rugad auf die Insel gekommen.

Wirbler konnte es sich einfach nicht leisten, ihn zu verlieren.

Keiner von ihnen konnte sich das leisten.

33

Die gesamte Truppe war weitermarschiert. Mit gezücktem Messer lehnte sich Servis an die Mauer und säuberte sich die Fingernägel mit der Spitze der Klinge.

Con schritt ruhelos auf und ab. Er atmete kurz und stoßweise. Noch nie war er in solch einer Zwickmühle gewesen. Die Soldaten hatten gesagt, der König wußte über alles Bescheid, aber was, wenn sie gelogen hatten? Er mußte hinauf, um das festzustellen. Er mußte sich selbst davon überzeugen.

»Servis, wie weit würdet Ihr gehen, um einen Befehl auszuführen?« fragte er.

»Fragt lieber nit, Audwicht«, gab Servis zurück.

»Aber ich will es wissen.«

»Is' doch mein Beruf, Befehle auszuführn.«

Con wandte sich um. Servis hatte aufgehört, sich seinen Fingernägeln zu widmen und statt dessen das Messer quer über sein Bein gelegt, die Hand auf dem Knauf. Er beobachtete Con.

Servis hatte ihn mißverstanden. Er hatte geglaubt, Con würde ihn fragen, was er tun würde, falls Con zu flüchten versuchte. Aber das wußte der Junge ja schon.

Servis würde ihn töten müssen.

Und darin bestand das Wesentliche eines Befehls, oder? Tun, was man zu tun hatte, tun, was von einem gefordert wurde.

Con hatte keine Befehle erhalten.

Er hatte eine Weisung.

Er berührte die Weihwasserfläschchen in seiner Tasche. Manchmal handelte man auch nach Gottes Willen, wenn man jede Gelegenheit, die sich bot, ausnutzte, ganz gleich, wie das Ergebnis sein mochte.

Er hatte einem höheren Ruf zu folgen. Er mußte dem König Bericht erstatten.

»Es ist auch mein Beruf, Befehle auszuführen«, sagte Con.

»Ich kann Euch nit gehn lassen, Audwicht«, erwiderte Servis.

»Wer soll's denn schon erfahren?« fragte Con. »Oben wird gekämpft. Vielleicht kommen sie auf einem anderen Weg zurück.«

»Weiß ich doch, Audwicht«, entgegnete Servis mit sanfter Stimme. »Weiß ich doch alles.«

Con nickte. Das war die Antwort auf seine Frage. Nicht einmal wenn der König bereits alles wußte und diese Truppen geschickt hatte, würde sich Con zufriedengeben. Er mußte es mit eigenen Augen sehen, er mußte seine Weisung erfüllen, und zwar ohne Einschränkung.

Er brauchte nur einen Augenblick, den Bruchteil einer Sekunde. Er würde sich in den Tunneln zurechtfinden, er hatte eine Karte. Wenn er sich so lautlos wie möglich verhielt, dann konnte er es schaffen.

Vorsichtig zog er mit Daumen und Zeigefinger langsam den Stöpsel aus dem Fläschchen. »Glaubt Ihr etwa nicht an eine höhere Ordnung?« fragte er. »Glaubt Ihr nicht, daß Gottes Werke alle anderen übertreffen?«

»Laßt die Spielchen sein, Kleiner«, knurrte Servis. »Ich laß Euch nit gehn.«

»Ihr seid auch ein gläubiger Mensch, Servis.« Con trat einen winzigen Schritt näher. Er durfte weder zu dicht herantreten, noch zu weit entfernt stehenbleiben. Er mußte genau den richtigen Punkt erwischen. »Die Kirche lehrt, daß wir alle, auch der König, von Gott gelenkt werden. Und wenn Gott den

König lenkt, so lenkt er gewiß auch die Wachen des Königs. Meine Weisung ist wichtiger als Euer Befehl.«

Servis seufzte. Seine Hand lag immer noch am Schwertknauf. »Ich versteh' doch nix von diesen Sachen, Audwicht. Braucht Ihr gar nit erst zu versuchen. Ich bin ein einfacher Mann und mach' einfache Sachen. Wie Befehle befolgen.«

»Meine Befehle kommen von Gott«, sagte Con.

»Darauf hab' ich bloß Euer Wort.« Servis wurde immer ungeduldiger. Er lehnte sich vor. »Was weiß ich, wer Euch die Weisung gegeben hat. Vielleicht stimmt's ja nit. Ich muß meinen Befehl befolgen.«

»Aber wenn Ihr wüßtet, daß diese Weisung vom Rocaan kommt, dann würdet Ihr es tun.«

»Vielleicht. Wenn ich den Rocaan dabei gesehn hätt'.«

»Das habt Ihr aber nicht. Ihr habt nur mein Wort. Das Wort eines Heiligen Mannes.« Cons Finger umschlossen den Hals des Fläschchens noch fester.

»Ihr seid ja nur ein Junge.«

»Ich bin ein Aud«, gab Con zurück.

Servis blickte ihn an und nahm dann die Hand von seinem Schwertknauf.

Cons Herz tat einen Sprung. Servis hörte ihm zu. »Es gibt noch eine Möglichkeit, Euch zu überzeugen«, sagte Con.

Servis legte die Hand flach auf den Boden. Cons Finger umklammerten das Fläschchen. Dies war der richtige Augenblick. Dies war vielleicht seine einzige Chance.

Aber er nahm die Hand nicht aus der Tasche.

»Redet nur weiter, Audwicht.«

»Kommt mit mir. Kommt mit in den Palast, helft mir, den König zu finden. Und wenn ich den König in Gefahr bringe, dürft Ihr mich töten.«

»Ich hab' gehofft, wir würden das hier hinter uns bringen,

ohne uns gegenseitig an die Gurgel zu gehen«, sagte Servis. »Und mir is' ganz wurscht, was Ihr in Eurer Tasche stecken habt.«

Con spürte, wie sein Gesicht heiß wurde. »Bloß Weihwasser«, antwortete er.

»Bin doch kein Fey«, sagte Servis.

»Ich wollte Euch überraschen.«

Servis grinste. »'s braucht mehr als 'n paar Tropfen Wasser, um mich zu erschrecken.«

Irgendwie glaubte ihm Con. Er seufzte. »Bitte«, flehte er. »Diese Weisung ist mein Leben, meine Zukunft, vielleicht sogar die Zukunft der Blauen Insel. Wir können sie nicht einfach hier beenden, in diesem Tunnel, mit den Fey über uns. Das darf nicht sein.«

Servis ergriff das Messer und erhob sich. Con hielt den Atem an. Dann steckte Servis das Messer in die Scheide. »Mir scheint's«, sagte er, »als hättet Ihr recht. Is'n guter Vorschlag. Ich komm' mit Euch mit. Stimmt schon, was Ihr sagt. Außer uns weiß ja doch keiner, was hier passiert. Und wir sind bloß kleine Fische. Für uns isses am besten, wenn wir das tun, an was wir fest glauben.«

Con atmete erleichtert aus. »Danke«, sagte er.

»Braucht mir nit zu danken«, entgegnete Servis. »Hier unten sind wir wenigstens sicher. Wenn die Fey da oben gewinnen, sind wir tote Männer, wenn die uns im Palast finden.«

»Das Risiko muß ich eben eingehen«, sagte Con.

Servis klopfte ihm anerkennend auf die Schulter. »Habt wie'n echter Kämpfer geredet, Audwicht.«

»Nein«, widersprach Con, der jetzt Servis' Bild ebenso dringend richtigstellen wollte, wie er seiner Weisung folgen mußte. »Wie ein Heiliger Mann.«

»Tja, Junge, habt Ihr schon mal dran gedacht, daß der Unterschied vielleicht gar nit so groß is'?«

»Aber der Unterschied ist groß«, gab Con zurück. Er war sich dessen jedoch nicht mehr so sicher. Die Welt um ihn herum veränderte sich zu schnell.

Er konnte nur hoffen, daß er trotzdem die richtigen Entscheidungen traf.

34

Adrian war die Hitze zuwider. Er verabscheute es, bei hohen Temperaturen zu reisen, und wünschte, er wäre an einem schattigen Plätzchen auf seinem Bauernhof und würde die abendliche Kühle erwarten, um seine tägliche Arbeit zu erledigen. Wenigstens konnte sich Luke um den Hof kümmern. Luke würde die Ernte einbringen und den Hof versorgen. Sollten sich Fey blicken lassen, hatte er die Anweisung, ihnen alles zu geben, was sie wollten. Kamen zu viele Fey, sollte er sich verstecken. Schon vor Jahren hatten sie für diesen Fall eine ganze Reihe von Schlupfwinkeln eingerichtet.

Coulter ging Adrian und Fledderer voraus. Er schob das Kinn vor und blinzelte zwischen halbgeschlossenen Lidern. Er folgte einer Spur, die Adrian nicht sehen konnte. Fledderer atmete schwer. Er schleppte zwei Dutzend Messer und zwei Schwerter, deren Gewicht ihn fast erdrückte. Er hatte darauf bestanden, mitzukommen, aber er wollte seinen Leuten kein zweites Mal ohne Waffen begegnen.

Wahrscheinlich würde er ihnen am liebsten überhaupt nicht begegnen.

Adrian hatte sein altes Schwert wieder aus der Versenkung geholt und trug einen Köcher voller Pfeile samt dem Bogen, den Luke ihm vor Jahren einmal angefertigt hatte. Viel würde er zwar nicht damit ausrichten können, aber es war besser als nichts. Außerdem hatte er noch einige Vorräte mitgenommen. Eine Reise ohne Proviant war unsinnig. Sie wußten schließlich nicht einmal, wie lange sie unterwegs sein würden.

Coulter führte sie auf der Straße nach Jahn. Diesen Weg mußte Gabe ebenfalls eingeschlagen haben, wenn er zu Sebastian wollte.

Die Vorstellung zu kämpfen, egal, um welchen Kampf es sich handelte, ängstigte Adrian. Er war ebensowenig Soldat wie Fledderer. Das letzte Mal war er in den Krieg gezogen, um sein Land zu retten. Er hoffte inständig, daß er dieses Mal überhaupt nicht kämpfen mußte.

Der einzige in dieser Gruppe, der über wirkliche Macht verfügte, war Coulter, und er wußte immer noch nicht, wie er sich dieser Macht bedienen sollte.

Es war jedenfalls ein Trost, daß Luke diesmal nicht in die Sache mit hineingezogen worden war. Keiner von ihnen hatte sich wohl in seiner Haut gefühlt, als sie Luke zurückgelassen hatten, aber es war dessen ausdrücklicher Wunsch gewesen. Er wollte nicht mehr gegen die Fey kämpfen. Seiner Ansicht nach würden die Fey wahrscheinlich nicht einmal auf dem Hof auftauchen, und Fledderer stimmte zu. Fledderer sagte, die Fey handelten im Krieg immer nach der gleichen Taktik. Sie zerstörten nur das Machtzentrum des Gegners, ließen den ländlichen Reichtum aber unangetastet.

Adrian fand das einleuchtend, auch wenn es ihm nicht gefiel. Er hatte überhaupt in der ganzen Sache kein gutes Gefühl, aber er sagte nichts. Sein Leben würde sich erneut ändern. Die behagliche Welt, in der er geboren worden war, war schon lange untergegangen. Auch die Welt aus der Zeit seiner Gefangenschaft existierte nicht mehr, und die einfache Welt, die er sich danach selbst aufgebaut hatte, war soeben im Begriff, sich aufzulösen. Noch wußte er nicht, wodurch sie ersetzt werden würde, und vielleicht würde er nicht einmal mehr lange genug leben, um es noch herauszufinden.

Zumindest war Luke zu Hause und hielt sich aus den Kämpfen heraus. Adrian hätte es nicht ertragen, wenn sein Sohn ein zweites Mal durch die Handlungen seines Vaters in Schwierigkeiten geraten wäre.

Der Mais raschelte im Wind. Adrian liebte das Knistern und

Ächzen des reifenden Getreides, das leise Summen geschäftiger Insekten, den Geruch der Pflanzen. Das war sein Leben, nicht jene alles durchdringende Furcht, die in seinem Magen zu entspringen schien und seinen ganzen Körper erfüllte.

Fledderer würdigte das Getreide keines Blickes. Unablässig beobachtete er alles, den Straßenrand, die Straße, den Himmel. Wieder und wieder leckte er sich über die Lippen, als wollte er die Luft schmecken. Sein stämmiger Körper war in besserer Form als je zuvor. Die Arbeit auf dem Bauernhof hatte seine Arme weit mehr gekräftigt als die Arbeit im Schattenland, als er sich um die Toten der Fey zu kümmern hatte. Außerdem hatte er abgenommen, und seine Haut war von der Sonne gebräunt. Aber es gab auch neue Sorgenfalten in seinem Gesicht, und seine Augen schienen nach einem weit entfernten Punkt zu suchen. Seine Nervosität war wie ein anhaltend hoher Pfeifton. Adrian versuchte, nicht auf den Ton zu achten, aber irgendwie wurde es dadurch noch schlimmer.

Plötzlich blieb Fledderer stehen. Er biß sich so kräftig auf die Unterlippe, daß sie zu bluten begann. Als Adrian weiterging, packte ihn Fledderer am Arm.

»Hol Coulter her. *Sofort.*«

Adrian befreite seinen Arm aus Fledderers Umklammerung und rannte die kurze Entfernung zu Coulter. »Coulter«, keuchte er. »Halt an. Fledderer hat etwas gesehen.«

»Wir haben keine Zeit zum Anhalten«, sagte Coulter.

Adrian nahm Coulters Arm. Sein Griff war genauso fest wie Fledderers. »Er ist beunruhigt.«

»Er kann doch gar nichts Wichtiges sehen.«

»Er hat sein ganzes Leben bei den Fey verbracht. Vielleicht sieht er sogar mehr als du.«

Coulter blieb plötzlich stehen. Zwei rote Flecken erschienen auf seinen bleichen Wangen. Seine Augen waren auffallend dunkelblau. »Ich hoffe, es ist wirklich so wichtig, wie du sagst«, murrte er, als hätte nicht Fledderer entschieden stehenzubleiben, sondern Adrian.

Schweigend führte Adrian ihn zu Fledderer, der mitten auf der Straße stand und seinen breiten Kopf wie lauschend schieflegte.

»Was gibt's denn?« fragte Coulter ungehalten.

Statt einer Antwort zeigte Fledderer schweigend zum Himmel.

Coulter und Adrian folgten seinem Finger mit den Augen.

Der Himmel war so tiefblau, als sei er von einem der Domestiken eingefärbt worden. Die Wolkenfetzen von vorhin waren verschwunden. Direkt über ihnen schien die Sonne, und die Luft waberte vor Hitze.

Adrian konnte nichts Besonderes erkennen. Der Himmel sah überall gleich aus.

»Was ist da?« fragte Coulter. »Ein Schattenland?«

»Glaub' ich nicht«, erwiderte Fledderer.

»Was denn? Was siehst du?« fragte Adrian ungeduldig.

»Folge meinem Finger«, entgegnete Fledderer. »Dann siehst du ein winziges Licht blitzen.«

Ein Licht, mitten im Sonnenschein? Das konnte sich Adrian nicht vorstellen. Aber er duckte sich ein wenig und folgte der Richtung, die Fledderers ausgestreckter Finger wies. Plötzlich sah er es. Ein Aufblitzen, wie eine Schwertklinge in der Sonne, nur viel kleiner. Erheblich kleiner. Es verschwand und blitzte dann wieder auf, wie ein winziges Warnzeichen.

Adrian kniff die Augen zusammen, aber das kleine Leuchtzeichen wurde nicht deutlicher. Kein Wunder, daß Coulter es für den Eingang eines Schattenlandes gehalten hatte. Adrian konnte sich immer noch an die blitzenden Lichter in der Dunkelheit jener Nacht erinnern, als er seine Freiheit verloren und sich sein ganzes Leben verändert hatte.

Die Lichter am Eingang zu einem Schattenland blitzten

ganz ähnlich, aber sie bildeten einen Kreis. Dies hier war nur ein einzelnes Licht, so hell, daß es sogar bei Tageslicht zu sehen war.

»Was ist das?« fragte er.

Fledderer beschattete die Augen mit der Hand. »Ein Irrlichtfänger, glaube ich.«

»Warum sollte ein Irrlichtfänger hier herumfliegen? Das wäre doch unsinnig ...«

»Psssst«, beschwichtigte Adrian. Manchmal behandelte Coulter Fledderer genauso geringschätzig wie die Fey. Man hatte ihm von klein auf eingehämmert, daß ein Lebewesen nur durch magische Kräfte zu etwas Besonderem wurde, und diese Überzeugung hatte sich unausrottbar in ihm festgesetzt. Coulter ließ es Fledderer gegenüber nie an Respekt fehlen, aber mitunter fühlte sogar Adrian, daß er ihn eigentlich verachtete.

»Er sieht etwas, oder?« fragte Adrian Fledderer.

Fledderer nickte. »Das vermute ich.«

Endlich verstand Coulter. »Gabe?« fragte er mit einem Unterton von Panik.

Adrian packte Coulters Arm noch fester. »Entweder hält der Irrlichtfänger Wache und wartet auf Verstärkung, oder er ist ein Wachposten, der nach Inselbewohnern Ausschau hält.«

»So oder so, wir haben jedenfalls ein Problem«, stellte Fledderer fest.

»Nein«, widersprach Coulter. »*Gabe* hat ein Problem.« Er schluckte, zog seinen Arm aus Adrians Umklammerung und setzte sich hin. Adrian runzelte die Stirn. Wie konnte man sich in dieser kritischen Situation nur so sonderbar verhalten?

»Laßt mir einen Augenblick Zeit«, bat Coulter.

Dann legte er den Kopf zurück und kniff die Augen zusammen, genau wie in der Nacht vor Gabes Ankunft. Plötzlich begriff Adrian. Er suchte nach den Linien, die er ihnen damals gezeigt hatte. Er stellte fest, in welchen Bahnen die Magie verlief.

»Im Moment ist hier nur einer«, sagte er. »Und Gabe. Aber vor kurzem war noch ein zweiter Irrlichtfänger hier.«

»Der holt jetzt bestimmt Verstärkung«, mutmaßte Fledderer.

»Würde ich auch sagen«, stimmte Coulter zu. Er warf Adrian einen Blick zu. »Sie wollen Gabe.«

»Ich weiß«, entgegnete Adrian.

»Aber er darf nicht in ihre Hände fallen. Das schadet uns allen.«

»Ist mir klar«, gab Adrian zurück.

Coulter schürzte die dünnen Lippen. »Dann vergebt mir«, sagte er und wandte sich wieder dem winzigen Licht zu.

Ehe Adrian fragen konnte, was Coulter damit sagen wollte, zischte ein Lichtstrahl aus Coulters Körper. Er war leuchtend gelb und von blendender Helligkeit. Adrian hatte schon früher gesehen, wie Coulter Lichtstrahlen verschoß. Er selbst war bei der Flucht aus dem Schattenland von diesem Licht umhüllt gewesen. Aber er hatte noch nie gesehen, daß Coulter mit dem Strahl zielte.

Der Lichtstrahl sah starr und greifbar aus, wie ein Stab, der direkt aus Coulters Körper in den Himmel ragte. Er bohrte sich immer weiter, wurde immer länger, bis er schließlich auf das blitzende Licht traf. Adrian glaubte, ein schwaches Geräusch zu vernehmen, einen leisen Schrei, bevor eine kleine schwarze Rauchwolke im Sonnenlicht trieb.

Coulters Licht verschwand.

Coulter vergrub das Gesicht in den Händen.

»Keine Zeit für Reue«, sagte Fledderer. Er legte seine Hände unter Coulters Arme und versuchte, ihn auf die Beine zu stellen. Wäre Fledderers Panik nicht so unübersehbar gewesen, hätte es ein komischer Anblick sein können, wie sich der kleine, vierschrötige Fey mühte, einen doppelt so großen Inselbewohner hochzustemmen.

Fledderers Panik war ansteckend. Diesmal würden die Fey sie nicht nur fangen, sondern ohne viel Federlesens töten. Und Adrian war sich nicht sicher, ob Coulter einer ganzen Truppe von Fey gewachsen war.

»Er hat recht«, bekräftigte Adrian. »Steh auf. Wir müssen zuerst zu Gabe.«

Das wirkte. Coulter erhob sich und schwankte einen Augenblick, bevor er einen Schritt nach vorne tat. Fledderer ließ ihn los, und Adrian trat an seine Stelle und stützte Coulter am Ellenbogen. Coulter sah verstört aus. Noch nie hatte er seine Macht auf diese Weise benutzt. Bisher hatte er immer nur geholfen, niemals getötet.

»Es war eine Frau«, murmelte er. »Sie hat seit Jahren für Rugad gearbeitet. Sie war eine Irrlichtfängerin. Sie hatte Angst, daß sie der Aufgabe, den Schwarzen Prinzen zu bewachen, nicht gewachsen ist.«

»War sie auch nicht«, ließ sich Fledderer hören. »Sie hätte dich schon längst bemerken müssen. Und jetzt laßt uns abhauen.«

Er ging voran, ein kleingewachsener Krieger, der unter der Last seiner vielen Waffen wankte. Adrian schob Coulter vor sich her. Er hatte ihm verschwiegen, daß es noch mehr Leichen geben würde, bevor sie alles überstanden hatten. Das war nur der erste Tote gewesen, der auf Coulters Konto ging.

Die Straße machte jetzt eine leichte Biegung und fiel dann zu einem tiefer gelegenen Feld hin ab. Unten in der Senke saß Gabe, den Kopf in die Hände gestützt. Er saß genauso da wie Coulter noch vor wenigen Minuten. Leen, die offenbar nicht recht wußte, was sie tun sollte, kniete neben ihm und betastete ihn mit fahrigen, unsicheren Bewegungen.

Coulter war noch zu angegriffen, und auf Fledderer würde Gabe nicht hören. Also war die Reihe an Adrian.

Er ließ Coulters Arm los und trat vor Leen. Sie war gezwungen, zu ihm aufzublicken.

»Was ist passiert?« fragte er. Er befürchtete, die Fey wären vielleicht schon hiergewesen und hätten irgendeinen neuen Zauber eingesetzt.

»Er hatte eine Vision«, antwortete Fledderer an Leens Stelle. »Wisch dir mal die Spucke ab, Junge. Das steht dir überhaupt nicht.«

Gabe hob die linke Hand und wischte sich über den Mundwinkel.

»Mehrere Visionen«, erklärte Leen. »Sie haben ihm Angst eingejagt.«

»Mehrere?« Fledderer klang überrascht und erschrocken zugleich.

»Egal«, sagte Adrian, dem die Feinheiten der Fey-Magie im Augenblick völlig gleichgültig waren. »Ihr seid von einem Irrlichtfänger aufgespürt und bewacht worden. Die Fey wissen, wo ihr seid. Ihr müßt schnellstens von hier verschwinden.«

Leen und Gabe blickten nach oben. Adrian tat es ihnen gleich. Der schwarze Rauch hatte sich beinahe aufgelöst, am Himmel war nur noch eine kleine schwarze Wolke zu sehen.

»Hast du ihn getötet?« frage Gabe an Coulter gewandt.

Coulters Augen waren blutunterlaufen, und seine Lippen bebten. »Mir blieb nichts anderes übrig.«

»Das kommt in letzter Zeit anscheinend häufiger bei dir vor. Bist du sicher, daß es einer der Irrlichtfänger des Schwarzen Königs war? Oder war es vielleicht mein Vater?«

Adrian setzte zu einer Antwort an, aber Coulter gab sich einen Ruck. »Es war eine Frau namens Cinder«, sagte er mit fester Stimme. »Wind ist tot. Das weißt du. Und Niche ebenfalls. Daran kannst du mir nicht die Schuld geben.«

»Wie kannst du dir so sicher sein? Warst du mit ihnen auch Verbunden?«

»Eine Berührung mit deinem Urgroßvater hat mir gereicht, Gabe«, sagte Coulter. »Vielleicht hast du noch nicht verstanden, wie gefährlich er ist, aber ich habe keine Zweifel daran.«

»Wenn du es wirklich verstanden hättest«, entgegnete Fledderer, »dann würdest du jetzt die Beine in die Hand nehmen.«

»Genau.« Adrian ergriff die Gelegenheit, sich in das Gespräch einzumischen. »Wir müssen dich verstecken, Gabe. Sie wissen, wo du bist.«

»Bitte«, drängte auch Leen, die offenbar genau wußte, daß sie den Soldaten des Königs nicht gewachsen war.

Gabe sah sie alle der Reihe nach fest an. »Ich gehe zum Palast«, sagte er.

»Das ist doch reiner Selbstmord«, protestierte Coulter. »Sebastian ist sicher schon längst verschwunden.«

»Falls das zutrifft, ist es dein Fehler«, erwiderte Gabe.

Adrian trat jetzt zwischen die beiden jungen Männer. Er kauerte sich neben Gabe, entschlossen, ihn wie einen Jungen zu behandeln, der alles verloren hatte, und nicht wie einen Mann, der eines Tages mehr Macht haben würde als Adrian in seinem ganzen Leben.

»Gabe«, sagte er. »Darüber können wir reden, wenn wir in Sicherheit sind. Aber die Fey werden jeden Augenblick hier sein. Sie haben die Irrlichtfängerin zu deiner Bewachung zurückgelassen, damit sie dich wiederfinden. Sie wissen genau, wo du bist ...«

»Er ist es nicht wert, daß wir noch länger darüber reden«, ertönte mit einem Mal Fledderers Stimme. Er drängte sich vor, packte Gabe beim Schopf und riß seinen Kopf zurück. Dann setzte er ihm ein Messer an die Kehle.

Leen zückte ihr eigenes Messer.

Adrian beugte sich vor.

»Halt«, sagte Fledderer. »Noch eine Bewegung, und ich schlitze dem Jungen die Kehle auf. Gilt übrigens auch für dich, Herr Zaubermeister.«

»Das wirst du nicht wagen«, entgegnete Coulter.

»Und ob«, widersprach Fledderer so ruhig, daß Coulter plötzliche Furcht erfüllte. »Der Schwarze König ist wegen seiner Urenkel hier. Was wird er machen, wenn er sie in die Hände bekommt? Er wird sie nach seinem eigenen Vorbild umerziehen. Und Gabe und seine Schwester werden den Schwarzen König sogar noch übertreffen, weil sie viel mächtiger sind als er. Sie wissen sich ihrer Macht nur noch nicht richtig zu bedienen. Ich kann dieses Problem ein für allemal aus der Welt schaffen, indem ich Gabe töte. Und wenn ich das Mädchen auch noch erwische, gibt es für den Schwarzen König keinen Grund, länger hierzubleiben.«

»Dadurch ändert sich doch nichts, wird nichts besser!« erwiderte Adrian und versuchte, sich nichts von der Panik anmerken zu lassen, die in ihm aufstieg. Es war sein Fehler, daß sie Fledderer mitgenommen hatten. Er wußte schließlich, wie impulsiv und manchmal auch verrückt sich die kleine Rotkappe aufführte, aber trotzdem glaubte er fest daran, daß Fledderer, der bereits einen Mord begangen hatte, niemals einen zweiten begehen würde. Nicht ohne Grund. »Der Schwarze König wird trotzdem bleiben und die Blaue Insel übernehmen.«

»Aber wozu sollte er das tun?« sagte Fledderer. Er hielt Gabe eng umfaßt, der sich kaum rührte, aber keinen furchtsamen Eindruck machte. Sein ganzer Körper war erschlafft, als würde er im nächsten Augenblick einschlafen. Nur seine rechte Hand bewegte sich langsam. »Wenn es keinen Regenten mehr in der Schwarzen Familie gibt, dann wird auch niemand Leutia erobern. Und wenn keiner regieren kann, dann haben die Fey die Möglichkeit, den Aufstand zu proben. Sie könnten den Schwarzen König töten ...«

»Du bist verrückt«, sagte Leen. Sie drückte ihre Messerspitze gegen Fledderers Rücken.

»Vielleicht«, gab Fledderer zu. »Aber vielleicht habe ich auch recht. Wenn es dem Schwarzen König nicht gelingt, seine Urenkel zu finden, hat er verloren. Selbst wenn er die Blaue Insel erobert.«

»Laß ihn los, Fledderer«, sagte Coulter. »Wir schaffen Gabe von hier weg. Wir halten ihn vom Schwarzen König fern.«

»Kannst du das?« fragte Fledderer. »Falls du es nämlich nicht schaffst, können wir ihn ebensogut gleich hier töten. Jetzt. Sonst müssen wir alle seinetwegen sterben.«

»Nein, nicht wir alle«, entgegnete Gabe. Seine Stimme klang gepreßt. »Nur du.«

Seine rechte Hand glitt plötzlich zwischen seinem Rücken und Fledderers Brust nach unten. Und nach Fledderers Gesichtsausdruck zu urteilen, hatte Gabe sein Ziel getroffen. Fledderer wurde weiß und japste. Mit der Linken stieß Gabe das Messer von seiner Kehle und drehte sich um, die andere Hand immer noch zwischen Fledderers Beinen. Er warf den kleinen Fey auf den Boden und setzte ihm das Knie auf die Brust, bevor er den Griff von Fledderers Lenden löste.

Leen packte Fledderers Messer.

»Berühr mich nie, nie wieder, du kleines Stück Dreck«, stieß Gabe zwischen den Zähnen hervor.

Fledderer knurrte und versuchte, nach Gabe zu schlagen, aber Adrian hielt einen seiner Arme fest, während Coulter den anderen ergriff.

»Er ist kein Stück Dreck«, antwortete Adrian. »Er ist genauso ein Fey wie du. Und wenn du ihm zuhörst, kann er dir vielleicht sogar das Leben retten.«

Voller Verachtung spuckte Gabe neben Fledderer auf den

Boden und erhob sich dann. »Er hat gerade versucht, mich zu töten.«

»Er hat versucht, dir begreiflich zu machen, warum du dich unbedingt von deinem Urgroßvater fernhalten solltest. Er dachte, du würdest ihm nicht zuhören, wenn er es auf andere Art versucht.«

»Mein Urgroßvater hat meine Familie auf dem Gewissen.«

»Und er hat deinen Geist bereits einmal berührt«, äußerte Coulter. »Wir wissen nicht, mit welchen Tricks er noch arbeitet. Vielleicht kann er sogar deine Gedanken beeinflussen.«

»Was er kann, kann ich auch«, entgegnete Gabe.

»Du bist achtzehn«, antwortete Adrian. »Er hat dir einige Generationen an praktischer Erfahrung voraus. Ich würde es an deiner Stelle nicht auf ein Kräftemessen ankommen lassen.«

»Hier geht es nur um dich, Junge«, sagte Fledderer, der immer noch flach auf dem Rücken lag. »Kapierst du das nicht? Wenn du in die Stadt gehst, läufst du ihm direkt in die Arme.«

»Hör doch endlich auf Fledderer«, drängte auch Coulter. »Du mußt deinen Urgroßvater unbedingt von hier, von außerhalb bekämpfen.«

Gabe warf Coulter einen langen Blick zu. »Und was ist mit Sebastian?«

»Deine Schwester ist bei ihm. Du hast sie gewarnt. Hab ein bißchen Vertrauen zu ihr«, entgegnete Coulter.

»Sie liebt ihn, soviel ist sicher«, sagte Adrian. »Seinetwegen hat sie dich ja fast umgebracht.«

»Und was kann ich hier ausrichten?« fragte Gabe. »Die Inselbewohner folgen mir nicht. Und meinen Urgroßvater kann ich nicht angreifen.«

»Du vielleicht nicht«, antwortete Fledderer. »Aber einige von uns können es. Es mag ja gegen die Regeln der Fey verstoßen, Schwarzes Blut anzugreifen, aber ich habe diese

Regel sowieso schon gebrochen. Mir ist es egal. Ich kann ihn töten – natürlich ohne vorher deine offizielle Erlaubnis einzuholen.«

Gabe schien endlich nachzugeben. »Warum sollte ich dir vertrauen? Du hast gerade versucht, mich zu töten.«

Fledderer zuckte mit den Achseln, so gut das eben ging, wenn man von zwei Männern fest auf den Boden gedrückt wird. »Vielleicht versuche ich es noch mal. Scheint unsere beste Überlebenschance zu sein.«

»Du kannst ihm nicht vertrauen«, sagte Leen. »Du kannst keinem von denen trauen.«

Coulter stand bewegungslos da. Am liebsten hätte Adrian gerufen, daß Gabe Coulter vertrauen konnte, daß Coulter von Anfang an für Gabe dagewesen war, aber er sagte nichts. Wenn Gabe zu verbohrt war, um es selbst herauszufinden, dann konnte ihn Adrian auch nicht davon überzeugen.

»Wir haben nicht mehr viel Zeit«, sagte Adrian. »Sie werden gleich auftauchen.«

Leen blickte zu Gabe, der Fledderer immer noch durchdringend anstarrte.

»Du kennst meinen Urgroßvater, nicht wahr?« fragte er.

»Nicht persönlich«, antwortete Fledderer. »Aber ich war schon oft genug in seiner Nähe.«

»Könnte er mich beherrschen?«

»Junge, er hat schon Leute beherrscht, die wesentlich schlauer und besser waren als du.«

»Warum hat er dich dann nicht beeinflußt?«

»Weil ich eine Rotkappe bin. Mit anderen Worten, ›Dreck‹, wie du das vorhin so nett ausgedrückt hast.«

»Du hast versucht, mich zu töten«, verteidigte sich Gabe.

»Ich mache dir ja keinen Vorwurf daraus«, entgegnete Fledderer. »Aber wenn ich es für das Beste halte, werde ich dich ohne zu zögern noch töten.«

Leen umklammerte ihr Messer. »Du hast kein Recht, ihn zu töten«, sagte sie.

»Ich kann machen, was ich will«, gab Fledderer zurück.

»Nein.« Die ungeheure Macht in Coulters Stimme schien die ganze Umgebung vibrieren zu lassen. »Du wirst Gabe nicht berühren. Ich beschütze ihn. Er ist in Sicherheit.«

»Nein, ist er nicht«, widersprach Adrian. »Sie können jeden Moment hier sein, und unsere ganze Diskussion ist unsinnig.«

»Ich möchte gern wissen«, sagte Gabe zu Fledderer, als habe sonst niemand gesprochen, »ich möchte gern wissen, ob du glaubst, daß ich einen Kampf gegen meinen Urgroßvater gewinnen kann.«

»Wird nicht einfach sein«, erwiderte Fledderer. »Du kannst ihn ja nicht direkt bekämpfen. Aber wenn er dich nie berührt, dich nicht korrumpiert, dann gewinnst du. Und sobald er gestorben ist, wirst du ohnehin über die Fey herrschen.«

»Oder meine Schwester.«

»Du bist älter.«

»Aber die ganze Insel steht hinter ihr.«

Adrians Kehle war wie ausgetrocknet. Diese Diskussion war ihm völlig gleichgültig. Er wollte einfach nicht hier stehenbleiben und in die Hände der heranrückenden Fey fallen. Selbst wenn sie Gabe verschonten – alle anderen würden sie mit Sicherheit abschlachten.

»Das spielt alles überhaupt keine Rolle, wenn die Fey hier auftauchen«, warf Adrian ein.

»Ich glaube nicht, daß die Inselbevölkerung deine Schwester unterstützen wird«, sagte Fledderer. »Sie ist eine Fey, genau wie du.«

»Dann ist es gleich.«

»Es ist nicht gleich.« Fledderer sprach jetzt voller Leidenschaft. »Ganz und gar nicht. Ohne Thronfolger hat der Schwarze König verloren. Er kann sein Imperium niemandem vererben. Deine Onkel sind Nichtsnutze. Sonst hätte der Schwarze König sie auf diese Reise mitgenommen. Aber er haßt sie. Und er will dich. Und wenn du dich nicht vorsiehst, wird er dich auch bekommen.«

»Woher weiß ich, daß ich dir vertrauen kann?« fragte Gabe erneut.

Fledderer verdrehte die Augen. »Ich muß es ihm wohl sagen«, äußerte er leise zu Adrian. »Oder?«

Adrian wußte zwar überhaupt nicht, was Fledderer meinte, war aber wild entschlossen, ihn zu unterstützen. Je schneller diese Diskussion beendet war, desto schneller konnten sie von hier verschwinden.

»Ja«, sagte Adrian. »Unbedingt.«

Fledderer seufzte, als fiele es ihm besonders schwer, den nächsten Satz auszusprechen. »Du hast nämlich Schwarzes Blut, Junge. Du kannst überhaupt keinem trauen.«

Gabe blickte kurz zu Coulter und sah dann weg, aber Coulter blickte seinen Freund unverwandt an.

Er hat sich getäuscht, dachte Adrian. Fledderer hat sich getäuscht. Gabe konnte Coulter sogar sein Leben anvertrauen.

»Die Irrlichtfänger, die dich großgezogen haben, sind tot. Die Inselbewohner hassen dich, weil du ein Fey bist, und die Fey wiederum hassen dich für deine verweichlichte Inselerziehung. Und was deinen Urgroßvater angeht, so will er nicht dich persönlich, sondern nur dein Potential.«

»Und mein Vater? Meine Schwester? Sebastian?«

»Dein Vater? Hat sich bis jetzt auch kein Bein für dich ausgerissen, oder?«

»Er wußte nicht, daß es mich gibt.«

»Das behauptete er jedenfalls«, erwiderte Fledderer. »Deine Schwester liebt diesen Golem mehr als dich. Und was ist mit deinem Golem? Hat er nicht schon jetzt deinen Platz eingenommen? Deine Welt ist so, wie du sie erschaffst, Junge, und das kannst du nur, wenn du niemandem über den Weg traust.«

»Nicht einmal dir?«

»Mir schon gar nicht. Ich glaube immer noch, daß wir besser dran wären, wenn du tot wärst.«

Gabe zitterte am ganzen Körper. Unruhig blickte Adrian auf die Straße. Noch war nichts zu sehen, aber er konnte sowieso nichts erkennen. Das Gespräch schien Coulters gesamte Aufmerksamkeit in Anspruch zu nehmen, während Leen Fledderer wachsam beobachtete und ihr Messer die ganze Zeit griffbereit in der Hand hielt.

Gabe verschränkte die Arme. »Was würde mein Urgroßvater mit dir tun?«

»Er würde mich töten«, antwortete Fledderer. »Wenn ich sein Leben bedroht hätte.«

Gabe nickte.

»Läßt du mich am Leben, dann beweist du damit nur, was du für ein Feigling bist.«

Adrian schluckte. Fledderer war seit langer Zeit mit ihm befreundet. Launenhaft, gefährlich, aber ein Freund. Wenn Gabe das Messer zog oder Leen einen Befehl gab, würde Adrian eingreifen, aber keine Sekunde vorher.

»Vielleicht beweise ich damit auch meine Gerissenheit«, sagte Gabe. »Du bist der einzige, der mit mir offen geredet hat, ohne eigennützige Motive.«

»Ich habe ein Motiv«, wehrte Fledderer ab. »Ich will, daß der Schwarze König aus meinem Leben verschwindet. Ich will nie wieder wie eine Rotkappe leben müssen. Und wenn ich dich töten muß, um dieses Ziel zu erreichen, dann werde ich es tun.«

»Aber unter meinem Urgroßvater kannst du nur wie eine Rotkappe leben.«

»Scheint so«, sagte Fledderer.

»Also kannst du mir bestimmt einige ausgezeichnete Ratschläge geben.«

»Solange du auf deinen Rücken aufpaßt.«

»Na gut«, sagte Gabe abschließend. »Laßt uns von dieser Straße verschwinden.«

Adrian stieß einen Seufzer der Erleichterung aus und gab Fledderers Arm frei.

»Nein«, widersprach Fledderer. »Eins muß ich noch klarstellen. Wenn es jemals danach aussieht, daß Gabe in die Hände seines Urgroßvaters fällt, bringe ich ihn um.«

»Ich denke daran«, erwiderte Gabe. Adrian hatte das Gefühl, als sei Gabe plötzlich größer geworden. Er blickte die anderen an. »Ihr habt anscheinend einen Plan ausgeheckt, um mich zu schützen. Schießt los.«

Fledderer erhob sich. Leen steckte ihr Messer weg, ließ die Hand aber auf dem Knauf liegen. Adrian war ebenfalls aufgestanden, und Coulter atmete tief und zitternd ein.

»Sie wissen, wo wir hingehen«, sagte Leen. »Sie wissen über den Hof Bescheid, das hast du selbst gesagt, Gabe. Und jetzt wissen sie, daß wir auf der Straße unterwegs sind. Wir können nirgendwohin. Du mußt ein Schattenland bauen.«

Gabe legte ihr die Hand auf die Schulter. Er schien darauf zu warten, daß die anderen sprachen.

Adrian fiel überhaupt nichts ein. Leen hatte recht. Sie konnten weder zum Hof zurück, noch konnten sie hierbleiben. Coulter machte immer noch einen abwesenden Eindruck.

Fledderer seufzte. »Muß ich jetzt auch noch das Denken übernehmen?« fragte er barsch. »Ihr könnt doch hier kein Schattenland bauen. Danach suchen sie als erstes. Überlegt doch mal ein bißchen, Leute. Sie haben *Irrlichtfänger* auf euch angesetzt. Die können schließlich auch nicht alles. Sie beobachten ausschließlich aus der Luft. Die Verstärkung rückt zu Fuß an und folgt dabei den Angaben der Irrlichtfänger.«

Adrian lächelte. Er verstand, worauf Fledderer hinauswollte. »Und das nutzen wir zu unserem Vorteil.«

»Vorteil«, wiederholte Leen. »Ihr seid alle viel optimistischer als ich.«

»Nein, das stimmt nicht«, widersprach Fledderer. »Wir haben nur mehr Erfahrungen gesammelt. Los, hier lang.«

Er ergriff ihre Hand (wieder mußte Adrian lächeln – hatte Fledderer nicht schon die ganze Zeit ihre Hand ergreifen wollen?) und führte sie in das Maisfeld.

»Sie könnten sehen, wie sich unsere Ohren bewegen«, wandte Gabe ein.

»Nicht, wenn wir uns beeilen«, entgegnete Fledderer, dessen Stimme bereits gedämpft klang. Adrian schubste Gabe und Coulter vor sich her. Sie betraten das Feld, und mit einem letzten Blick gen Himmel folgte ihnen Adrian. Nichts. Der Rauch war verflogen. Nichts war übriggeblieben. Ein ganzes Leben, ausgelöscht in einem einzigen Augenblick.

Ein Schauer lief ihm über den Rücken. Coulter hatte soviel Macht, und er hatte sie noch nie benutzt. Aber er würde sich ihrer wieder bedienen.

Adrian holte tief Luft und trat dann zwischen die Maispflanzen. Hoffentlich hatte Fledderer einen guten Plan. Sonst würde keiner von ihnen überleben.

35

Rugad schlenderte durch die Tore des Palastes. Gerade ging die Sonne unter. Mit Einbruch der Dämmerung hätte sich die Luft abkühlen sollen, aber die zahllosen Feuer heizten sie nur noch mehr auf. Hitze und Gestank.

Die Luft roch nach Rauch und Tod. Die Leichen fingen bereits an, in der unnatürlichen Wärme zu verwesen.

Rugad stieß mit dem Fuß einen Spatzen beiseite, der auf halbem Weg zwischen seiner Vogel- und seiner Fey-Gestalt steckengeblieben war. Leichen, überall Leichen. Die blutgetränkte Erde war mit ihnen übersät. Rugad stemmte die Hände in die Hüften und betrachtete die Verwüstung.

Er hatte fast den ganzen Nachmittag gebraucht, um seine völlig verwirrten Tierreiter wieder in den Griff zu bekommen. Niemand hatte ihn je derartig überlistet. Niemand hatte je die Natur seiner Tierreiter gegen ihn gewandt. Niemand.

Trotz seiner Vorsicht hatte er den König der Insel unterschätzt.

Allerdings hatte diese List den König viele Leute gekostet. Tote Wachsoldaten, ihre Leichen von Schnabelhieben bis zur Unkenntlichkeit entstellt, übersäten den Hof. Die meisten waren in dem vergeblichen Versuch, ihr Gesicht zu schützen, mit erhobenen Armen gestorben. Nachdem Rugad die Tierreiter wieder unter Kontrolle bekommen hatte, hatten sie ihre Aufgabe vorbildlich erfüllt.

Trotzdem war das alles für Rugad Überraschung und Warnung zugleich. Wenn er nicht mit äußerster Vorsicht zu Werke ging, konnte der Inselkönig ihn sogar ohne das verzauberte Gift besiegen. Rugad hatte einen ebenbürtigen Gegner gefunden. Zum ersten Mal.

Nur daß Jewels Gemahl einfach nicht genug Leute zur Verfügung hatte. Er hatte sich überrumpeln lassen, er hatte die Fey in Jahn die Oberhand gewinnen lassen, und er konnte nicht aus seiner Hauptstadt fliehen. Seine Möglichkeiten zur Gegenwehr waren restlos ausgeschöpft.

Rugad wußte das, nicht aber seine Soldaten, und die waren ziemlich nervös. Sie hatten das Vertrauen in ihren Anführer verloren – eine brillante Strategie und eine, die Jewels Gemahl zu seinem Vorteil einsetzen konnte, wenn er wußte, wie.

Rugad würde ihm keine Gelegenheit dazu geben.

Kropf, Anführer einer Tierreiter-Einheit, kam auf Rugad zu. Kropfs Vogelgestalt war ein Rabe, aber er hatte diese Gestalt nicht angenommen. Seine nackte Haut war über und über mit Blut und Fleischfetzen bedeckt. In der Hand hielt er ein Schwert von einer Machart, wie sie Rugad noch nie gesehen hatte.

»Der Palast gehört uns«, verkündete er.

»Bist du sicher?«

Kropf nickte. »Hab's selbst überprüft. In der Küche haben wir eine Handvoll Gefangene gemacht, und deine Belohnung wartet im Audienzzimmer.«

»Bring mich hin!« befahl Rugad.

Kropf grinste. Er schritt über die Leichen, ohne sich darum zu kümmern, worauf seine nackten Füße traten. Diese ähnelten ohnehin mehr Krallen als menschlichen Füßen. Sie waren schwarz und schuppig und waren bestimmt noch gefühlloser als Rugads Finger.

Auch Rugad folgte ihm, ohne sich um das viele Blut zu kümmern. Es befleckte seine verzauberten Stiefel nicht, die eigens für ihn von den Domestiken in Nye hergestellt worden waren. Er hatte schon größere Blutbäder gesehen als dieses, aber noch nie ein so unnötiges. Überall lagen Vögel und Federn verstreut.

Rugads Leute waren noch nie in Panik geraten.

Noch nie.

Und Rugad würde dafür sorgen, daß es auch bei diesem einen Mal blieb.

Das Hauptportal stand offen. Auf der Schwelle lagen ein paar Leichen, der Kleidung nach zu schließen die meisten davon Inseldiener. Die restlichen Leichen im Korridor hatte man für die Rotkappen an der Wand aufgereiht. Rugad hatte gehört, daß Haut und Blut der Inselbewohner eine reine Magie besaßen. Er hoffte, daß es stimmte. Die Fey hatten es verdammt nötig.

Wenn die Rotkappen sich schnell genug an die Arbeit machten.

Der Palast beeindruckte ihn. Genau wie der Tabernakel glich er einer Festung, mit Türmen und Türmchen, Toren und mannsdicken Steinmauern. Später in seiner Baugeschichte hatte man versucht, den kriegerischen Charakter zu verwischen, indem man statt der Schießscharten dekorative Fenster einsetzte. Alle späteren Umbauten deuteten auf ein Volk hin, das den Krieg nicht kannte.

Aber früher – früher hatte es jemand sehr nötig gehabt, sich zu verteidigen.

Das alles fiel Rugad schon am Portal auf. Die Torflügel öffneten sich auf mehrere Korridore, von denen einer älter aussah als die anderen. »Wo ist meine Belohnung?« fragte er.

Kropf deutete mit dem Kinn auf den Korridor, der Rugads Aufmerksamkeit erregt hatte. »Wir haben sie ins Audienzzimmer gesperrt.«

»Sie?«

»Deinen Urenkel, seine Schwester und den König.«

Rugad nickte. Er fühlte sich noch nicht bereit, den Gefangenen gegenüberzutreten. »Haben sie Widerstand geleistet?«

»Nicht sehr.« Kropf wog die Waffe in der Hand. »Sie waren so vorausschauend, uns mit Schwertern zu versorgen.«

Alte Schwerter mit stumpfen Klingen. Jewels Gemahl mochte ein guter Stratege sein, aber von Waffen schien er nicht viel zu verstehen.

»Ausgezeichnet«, lobte Rugad. »Ist Weißhaar schon hier?«

»Er ist gerade eingetroffen«, antwortete Kropf.

»Richte ihm aus, er soll einen geeigneten Ort für unser Hauptquartier aussuchen.«

»Ein paar Stockwerke höher gibt es einen geeigneten Raum«, erklärte Kropf. »Sie nennen es das Kriegszimmer. Es wurde speziell zu Verteidigungszwecken eingerichtet. Es hat nur eine Tür und keine Fenster.«

Das klang ein bißchen nach einem nichtmagischen Schattenland. Rugad nickte. »Zeig es Weißhaar. Er soll es sich ansehen und nach weiteren Möglichkeiten suchen. Dann laß die Rotkappen kommen. Bei dieser Hitze wird die ganze Bescherung am Abend zu stinken anfangen.«

»Jawohl, Herr.«

»Das Audienzzimmer befindet sich hinter diesen Türen?« fragte Rugad und streckte den Arm aus.

»Jawohl, Herr. Die großen Eichentüren auf der anderen Seite des Großen Empfangssaales.«

»Habt ihr ausreichend Wachen aufgestellt?«

»Dreifache, Herr. Ihr König scheint hinterlistiger zu sein, als wir erwartet haben.«

»Meine Urenkelin ist Gestaltwandlerin. Die Wachen sollen sich vorsehen.«

»Jawohl, Herr.«

Rugad nickte Kropf zu und entließ ihn ohne ein weiteres Wort. Dann betrat er den Raum, den Kropf als Großen Empfangssaal bezeichnet hatte.

Der Name leuchtete ihm ein. Überall auf dem Kontinent

Galinas gab es Paläste mit Räumen wie diesem. Ehrwürdige Paläste, die Hunderte von Jahren vor der Invasion der Fey erbaut worden waren. Stets wurde der Große Empfangssaal als Fest- und Zeremonienraum benutzt. Rugad fuhr mit dem Finger über die Mauer. Sie war sauber, aber bröselig vom Alter. Die Fenster waren erst später hinzugekommen, und die blasigen Glasscheiben sogar waren noch neueren Datums. Rugad blickte nach oben. Die Decke war mehrmals erneuert worden. Rugad schätzte, daß sie in der ersten Bauphase des Palastes aus Stroh bestanden hatte.

Das wiederum bedeutete, daß es einmal ein Feuer oder einen Brandangriff gegeben haben mußte. Ob sie sich nun noch daran erinnerten oder nicht, die Inselbewohner hatten eine kriegerische Vergangenheit. Wirklich kriegerisch, die Sorte Krieg, die nach einer starken Verteidigung und noch stärkeren Waffen verlangte.

In diesem Saal standen noch einige Tische herum, aber sie waren bereits abgeräumt. Offenbar hatte hier das Bankett stattgefunden, das Wirbler unterbrochen hatte. Rugad wäre zu gern dabei gewesen, als der Fey mitten in ein offenbar großartiges und wichtiges Festmahl hineingeplatzt war. Vielleicht verdrängten die Inselbewohner ihre Geschichte, aber wie man einen solchen Raum nutzte, schienen sie zu wissen.

Auch Rugad würde ihn zu nutzen wissen. Vielleicht würde auch er eine Zeremonie abhalten, um den Fey seinen Urenkel vorzustellen.

Er hatte sich noch nicht entschieden, welches der Kinder er zu seinem Nachfolger machen wollte. Er würde abwarten, bis er sie persönlich kennengelernt und ihre Fähigkeiten mit eigenen Augen geprüft hatte. Er nahm an, daß der Ältere besser geeignet war, weil die Fey ihn aufgezogen hatten, aber der heutige Tag hatte Rugad gelehrt, sich nicht zu sehr auf seine Erwartungen zu verlassen.

Die Wand gegenüber den Fenstern war mit Waffen geschmückt. Rugad ging um die Tische herum und blieb davor stehen. Hier hatten die Vogelreiter also diese altmodischen, schartigen Schwerter aufgetrieben. Immer noch hingen gut hundert Waffen an der Wand, manche rostig und untauglich, andere vom jahrelangen Gebrauch gezeichnet. Rugads Volk war klüger: Die Fey ließen niemals eine Waffe verkommen.

Rugad mußte lächeln. Die Inselbewohner, buchstäblich mit ihren eigenen Waffen geschlagen.

Er zupfte sein Hemd und die Hose zurecht. Trotz des wilden Rittes waren sie sauber. Während der Panik hatte es Federn und Vogelkot auf ihn geregnet, aber der Domestikenzauber hatte ihn geschützt. Bevor er den Palast betrat, hatte er sich Gesicht und Hände gewaschen, denn er wußte, daß es auch von seiner äußeren Erscheinung abhing, wieviel Macht er ausstrahlte.

Wenn er seinen Urenkeln gegenübertrat, wollte er soviel Macht ausstrahlen wie möglich. Die Gestaltwandlerin mußte er besonders im Auge behalten, denn sie war von einer der rebellischsten Fey-Frauen großgezogen worden.

Er hoffte, daß seine Leute seinen richtigen Urenkel bald fanden. Es beunruhigte Rugad, daß er sich nicht länger der Verbindungen bedienen konnte. Er mußte sich so bald wie möglich mit diesem Inselzauberer befassen.

Rugad durchquerte den Großen Empfangssaal und betrat einen schmalen Korridor. Es war schwer zu entscheiden, in welchem Raum die Gefangenen eingesperrt waren. Auf dem Korridor befanden sich einfach zu viele Fey-Wachen. Sie liefen nicht durcheinander, aber sie beobachteten alles mit unruhigen Blicken. Noch nie hatte Rugad derartig nervöse Fey gesehen.

Jewels Gemahl war wirklich gerissen. Was er nicht mit Hilfe seiner eigenen Truppen bewerkstelligen konnte, erreichte er durch Überraschung. Rugads Leute waren völlig verängstigt.

Und das sah man den Wachen auch an. Alle seine Soldaten, blutbeschmiert wie sie waren, machten ein Gesicht, als hätten sie nicht gesiegt, sondern verloren. Rugad konnte den Gedanken an einen so starken Gegner nicht ertragen. Er durfte den Inselkönig wirklich nicht unterschätzen. Wenn schon Rugad die Angst der Fey bemerkte, würde sie dem mächtigen Nicholas kaum entgehen.

Aber anders als sein Sohn lernte Rugad aus seinen Fehlern.

Statt das Audienzzimmer sofort zu betreten, wandte er der Tür den Rücken zu. Er würde selbst den Palast inspizieren und den besten Platz für ein Hauptquartier festlegen. Dann würde er die Rotkappen veranlassen, rund um den Palast mit ihrer Arbeit zu beginnen, um jedes Anzeichen der Flucht auszulöschen. Die Leichen der Inselbewohner konnten bleiben, wo sie waren, aber die Leichen der Fey mußten verschwinden oder wenigstens versteckt werden. Danach würde Rugad neue Wachen anfordern, Wachen, die nicht so verstört aussahen. Er würde dem Inselkönig gestärkt gegenübertreten und nicht das geringste Zeichen von Schwäche zeigen.

Er konnte es.

Rugad blieb stehen und salutierte im Geiste vor seinem Rivalen. Er wußte einen würdigen Gegner zu schätzen. Das hielt ihn jung. König Nicholas würde der Verlierer sein, aber erst nach einem letzten Kampf. Einem so guten Kampf, daß man fast an seinem Ausgang zweifeln konnte.

Niemand hatte sich je besser gegen die Fey zur Wehr gesetzt.

Die meisten hatten keine Gelegenheit gehabt, es überhaupt zu versuchen.

36

Er war bloß ein alter Aud, der auf die schiefe Bahn geraten war.

Seine eigenen Worte hallten in seinem Schlaf wider. Er zitterte vor Kälte und Schmerzen. Vom Liegen auf dem Steinfußboden taten ihm alle Glieder weh. Er wußte, daß Marly sich um ihn kümmerte, während er schlief, seine Verbände wechselte, ihn zudeckte und beschützte. In ihrer Gegenwart konnte er sich entspannen, auch wenn er nicht genau wußte, warum.

Er wußte nur, daß er es konnte.

Trotzdem fehlte etwas, etwas, das sein von Schlaf und Schmerzen vernebelter Geist nicht zu fassen bekam. Etwas Wichtiges. Etwas, das über Leben und Tod entscheiden konnte.

Er hätte es fast gehabt, als Stimmen ihn aus dem Schlaf rissen.

»... hab' zuerst gedacht, sie hätten's getan ...«

»... ein Blutbad ...«

»... kannste wohl sagen ...«

»... noch viel schlimmer ...«

Matthias blinzelte und versuchte, sich aufzusetzen. Marlys Hand lag auf seiner gesunden Schulter und drückte ihn auf das Lager zurück. Er schüttelte sie ab. Er war hungrig und durstig und litt unvorstellbare Schmerzen, aber er war nicht mehr so furchtbar erschöpft. Als er sich aufrichtete, verstummten die Männer.

Yasep beobachtete ihn. Sein dunkles Gesicht war mißtrauisch.

»Sprich weiter«, forderte ihn Matthias auf. »Offenbar bist du oben gewesen. Laß uns deinen Bericht hören.«

Yasep schob trotzig das Kinn vor. Wenn er Matthias Bericht erstattete, bedeutete das, daß er ihn als Anführer akzeptierte.

»'s is' nit recht, Geheimnisse vor ihm zu ham«, ermunterte Marly ihn. »Nit jetzt.«

»Sie hat recht«, stimmte Denl zu. »Wenn's stimmt, was sie sagen, brauchen wir ihn.«

»Was sagen sie denn?« erkundigte sich Matthias. Er bemühte sich, mit kräftiger Stimme zu sprechen, obwohl es weh tat. Jedesmal, wenn er das Gesicht bewegte, spannten die Schorfkrusten über seinen Wunden.

Marly hockte sich neben ihn und reichte ihm einen kleinen Becher mit Wasser. Matthias nahm ihn, aber er trank nicht. Er wollte nicht gierig erscheinen.

»Sie sagen, der Rocaan is' tot«, erklärte Jakib. Er kauerte neben einer Kiste und sah verängstigt aus.

Matthias' Herz klopfte heftig. Das hätte er lieber nicht gehört. »Wie ist das möglich?« fragte er.

»Das Weihwasser nützt nix mehr«, erläuterte Ubur.

»Und der Tabernakel is' abgebrannt. Hab's mit eigenen Augen gesehn, von der Brücke«, fügte Denl hinzu.

Also hatten die Fey einen Weg gefunden, das Weihwasser unschädlich zu machen, und den Rocaan ermordet. Matthias' Kopf drehte sich. Wenn das stimmte, war die Insel verloren.

»Gibt es eine Möglichkeit, diese Nachrichten zu überprüfen?« wandte er sich an Yasep.

»Nur wenn man lebensmüd is'«, erwiderte dieser.

»Und 's kommt noch schlimmer«, sagte Denl.

»Schlimmer?« Matthias fragte sich, was jetzt noch kommen konnte. Der Tabernakel, seine Heimat, dem seine ganze Liebe galt, obwohl es ihn so verletzt hatte, existierte nicht mehr.

»Jahn is' abgebrannt.«

»Die ganze Stadt?«

»Fast.«

»Und der Palast?«

»Umzingelt und alle Wachen tot. Wenn der König noch am Leben is', dann nit mehr lang«, entgegnete Yasep.

Also hatte Nicholas das Spiel schließlich doch verloren, das er seit zweiundzwanzig Jahren spielte. Matthias fühlte keine Genugtuung. Er fragte sich kurz, was aus dem armen Aud geworden war, der so gewissenhaft seine Weisung erfüllen wollte, und seufzte. Der Junge war wahrscheinlich tot wie all die anderen.

Oder würde es bald sein.

»Was ist mit den Kindern des Königs?« fragte Matthias weiter.

Yasep zuckte die Achseln. Offenbar interessierte es ihn nicht. Die meisten Inselbewohner dachten so. Wahrscheinlich würden die Kinder des Königs zu ihrem Urgroßvater überlaufen. Trotz allem, was geschehen war, fühlte Matthias Mitleid mit Nicholas. Der Mann hatte die falsche Wahl getroffen und es zu spät gemerkt.

»'s is' nur 'ne Frage der Zeit, bis sie uns finden«, warnte Jakib. »Die Wachen ham vor den Tunnels angegriffen.«

»Und der Junge ist von der Tabernakelseite gekommen«, ergänzte Matthias. »Die Fey sind nicht dumm. Sie werden innerhalb weniger Tage hier sein.«

»Wir können nirgends woanders hin«, wandte Yasep ein. Er fuhr sich mit der Hand durch das strähnige Haar und senkte den Kopf. Im Laufe eines einzigen Nachmittags war er geschlagen worden, der einst so stolze Mann, der Matthias nicht in seiner Truppe hatte dulden wollen.

Aber Yasep hatte die Zerstörung mit eigenen Augen gesehen. Für Matthias existierte sie nur in seiner Vorstellung. Sie war nicht wirklich. Für Matthias war Titus nicht tot, sondern immer noch der junge, schüchterne Mann, der die Geheimnisse und die Zukunft des Tabernakels in Händen hielt.

Matthias war furchtbar ungerecht zu ihm gewesen.

Zu ihnen allen.

»Ich muß das alles selbst sehen«, sagte Matthias.

»Ihr könnt ihnen vertraun«, beschwichtigte Marly. »Sie würden nit lügen.«

Matthias schüttelte den Kopf. »Ich behaupte nicht, daß jemand lügt. Aber ich muß unbedingt wissen, ob der Rocaan noch am Leben ist.«

»Was geht's dich an?« fragte Yasep. »Du hast gesagt, du wärst nit mehr religiös.«

Matthias legte eine zitternde Hand an die Stirn. »Denl, du verstehst doch, was es bedeutet, wenn der Rocaan tot ist, oder?«

»Dann kann keiner mehr mit Gott reden.«

»So ungefähr«, bestätigte Matthias. »Und was noch?«

»'s gibt keine Religion mehr.«

Matthias nickte.

»Aber was geht's dich an?« wiederholte Yasep. »Du hast doch nix mehr damit am Hut.«

Matthias sprach durch Benommenheit und Schmerzen hindurch. »Ich habe nur die Position des Rocaan aufgegeben. Ich bin immer noch ein Rocaanist.«

»Das sind nur Worte«, wandte Yasep ein, »und 's spielt für uns keine Rolle.«

»Wenn du das wirklich glaubst, bist du ein Narr«, sagte Matthias.

Die anderen schnappten nach Luft. Marlys Griff um Matthias' Arm wurde fester. »Der Rocaan stellt das Weihwasser her.«

»Aber bei diesen Fey hat's nix genützt«, wandte Jakib ein. »Hab's doch selber gesehn.«

»Das Weihwasser ist nur eines der Geheimnisse«, erklärte Matthias. »Und der Rocaan kennt noch ein Dutzend weitere.

Ich habe sie studiert. Ich bin einmal Rocaan gewesen. Und wenn Titus tot ist, bin ich der einzige, der sie kennt.«

»Noch ein Grund mehr, vom Tabernakel wegzubleiben«, murmelte Marly.

»Ihr versteht mich nicht.« Matthias beugte sich vor und fühlte, wie seine Narben sich spannten. »In den Blutklippen gibt es Legenden über Schwerter, die mit einer einzigen Berührung töten. Von Nahrung, die die Feinde zerstört. Diese Legenden erzählen sogar von Wasser, das Menschen schmelzen läßt.«

»Wie Weihwasser«, sagte Denl.

Matthias nickte. Jetzt hatte er ihn da, wo er ihn haben wollte. »Und jede dieser Legenden handelt von einem Geheimnis, das nur der Rocaan kennt. Es gibt ein Rezept für das Weihwasser. Anweisungen, ein Schwert zu schmieden. Und genau das habe ich an dem Tag versucht, als mich die Fey angriffen.«

»Is' doch egal«, knurrte Yasep. »Ob du's weißt oder er. Is' egal.«

»Nein«, widersprach Matthias. »Ist es nicht. Wenn zwei es wissen, können wir diese Geheimnisse doppelt so schnell prüfen. Wir können rascher eine Waffe schmieden. Wir müssen den Rocaan finden.«

Marly legte ihm die Hand auf den Arm. »Wir können nit gehn. Ihr könnt nit durch den Tunnel kriechen. Was is', wenn die Fey auf der andren Seite warten? Dann sind wir alle tot.«

»Du hast die Rocaanisten schon einmal verlassen«, ergänzte Yasep. »Jetzt isses ihr Problem.«

»Aber ...«

»Nein«, bekräftigte Yasep. »'s wär nit vernünftig, wenn ihr beide den Löffel abgebt. Wenn der Rocaan tot is', sei's drum. Wenn nit, kann er kämpfen, und du kannst kämpfen. An verschiedenen Orten.«

Matthias fuhr mit der Hand über seine Verbände. Das klang

einleuchtend, aber es gefiel ihm nicht. Er mußte wissen, ob er als einziger übrig war, ob er jetzt die Hoffnung des Rocaanismus war.

Die Hoffnung der Insel.

»'s wär nit klug, zu sterben, um was rauszukriegen, was Ihr mit'n bissel Geduld genausogut rauskriegen könnt«, gab Marly zu bedenken.

»Auf den Straßen sagen sie, der Rocaan wär tot«, mischte sich Jakib ein. »Und der Tabernakel wär abgebrannt. Muß wohl stimmen.«

»'s bedeutet den Tod, jetzt hinzugehn«, bekräftigte Yasep. »Ich laß meine Leute nit gehn.«

Das war genau der Punkt. Matthias konnte nicht allein aufbrechen. Er wußte nicht, ob er es ohne Marly an seiner Seite, ohne Vorräte, ohne jemanden, der ihn auffing, wenn er ohnmächtig wurde, schaffen konnte. Er war immer noch sehr schwach.

Und die Männer hatten recht. Wenn Titus wirklich tot war, würde er es schon erfahren.

Wenn seine ganze Vergangenheit ausgelöscht war.

»Was schlagt ihr vor, wohin wir gehen sollen?« fragte Matthias. Er wußte, daß er sich mit dieser Frage geschlagen gab. »Hier können wir nicht bleiben. Die Fey werden uns finden. Sie werden die Tunnel entdecken, und zwar bald, wenn der Junge die Wahrheit gesagt hat.«

»Ich kenn' nit viele Verstecke«, erwiderte Yasep. »Und wenn die Fey so schlau sind, wie's aussieht, wern sie sie alle finden. Wie du sagst, 's is' nur 'ne Frage der Zeit.«

Matthias sah ihn an. In seiner stolzen Art bat ihn der Mann um Hilfe. »Wie weit nach Osten führen diese Tunnel?«

Yasep zuckte die Achseln und wandte den Blick ab. Denl beugte sich vor, eifrig und verängstigt zugleich. »Nach Osten?« fragte er. »Was is' im Osten?«

Matthias antwortete nicht. Er war nicht bereit, sich zu rechtfertigen, noch nicht. »Wie weit?« wiederholte er.

»Ich bin so weit gewesen, wie das alte Jahn reicht«, erklärte Jakib. »Da sind die Tunnels noch nit zu End. Aber ich weiß auch nit, ob sie noch viel weiter gehn.«

»Die Stadtgrenze des alten Jahn reicht uns«, erwiderte Matthias. »Brennt auch dieser Teil der Stadt?«

»Mehr der Westen und Süden«, gab Denl Auskunft.

»Dann laßt uns hoffen, daß es den ganzen Abend so bleibt.«

»Du solltest uns besser sagen, wohin wir gehn, falls wir uns verlieren«, gab Yasep zu bedenken. Er räusperte sich, um das Zittern seiner Stimme zu überspielen.

Matthias kämpfte einen Moment mit sich. Wenn sie es wußten, konnten sie es den Fey verraten, falls sie gefangen wurden. Aber wahrscheinlich spielte das auch keine Rolle mehr. Mit dem Verlust von Jahn, dem Tabernakel und dem Palast gehörte die Blaue Insel jetzt den Fey. Sie würden ohnehin nach und nach alles entdecken und an sich reißen.

»Wir gehen zu den Blutklippen«, sagte er. »Das ist weit weg, und die Dorfbewohner dort haben die Macht des Palastes nie anerkannt. Sie werden sich auch den Fey nicht einfach unterwerfen.«

»'s solln komische Leut' sein dort oben. Vielleicht wolln sie uns da nit«, wandte Yasep ein. »Jakib und ich ham noch Familie dort«, unterbrach ihn Marly. »Ihr auch, Heiliger Herr?«

Matthias schauderte es, als er sich erinnerte, wie man ihn weggejagt, ihn wieder einmal dem Tod ausgeliefert hatte.

Dämonenbrut.

Dann war er in den Tabernakel gekommen. Dort hatte man ihn akzeptiert, seinen wachen Geist und seine Wißbegierde. Sie hatten sich nicht von seiner Körpergröße abschrecken lassen und ihn so genommen, wie er war. Es war nicht seine Schuld, daß er nicht an den Roca glaubte. Er hatte es versucht.

Vielleicht zu sehr, hatte der alte Rocaan einmal gemeint. Vielleicht hätte er lieber auf die leise, ruhige Stimme hören sollen ...

»Nein«, erwiderte er. »Ich habe keine Familie dort.«

Aber der Roca stammte von den Blutklippen. Dort war die Geburtsstätte des Rocaanismus, und auch viele der Geheimnisse hatten in den Blutklippen ihren Ursprung. Nachdem Matthias den Tabernakel verlassen hatte, hatte er eine Weile dort gelebt und festgestellt, daß die Einheimischen ihn in Ruhe ließen, wenn er sie in Ruhe ließ. Die Klippen ließen sich gut verteidigen und würden eine gute Bastion gegen die Fey abgeben.

Wenn Matthias nur rechtzeitig eine Waffe fand.

»Wenn wir gehen wollen«, schlug er vor, »sollten wir sofort aufbrechen.«

»So könnt Ihr nit reisen«, wandte Marly ein.

»Wenn ich hierbleibe, sterbe ich sowieso«, ächzte Matthias und erhob sich mühsam. Ob es ihnen nun paßte oder nicht, er war jetzt der Anführer dieser kleinen Bande von Strauchdieben. Seine andere Truppe, die, mit der er nach Jahn gekommen war, war aller Wahrscheinlichkeit nach tot.

Wie Titus.

Und wie auch Nicholas, bevor dieser Tag zu Ende war.

Matthias' Herz schmerzte. Er hatte nicht erwartet, daß er für diese Leute auch nur noch den Funken eines Gefühls übrig hatte. Sie hatten nicht auf ihn gehört. Sie hatten sich mit den Fey eingelassen und alles verloren.

Er würde sich den Feinden entgegenstellen, und er würde es für sie alle tun.

Er hoffte nur, daß es noch nicht zu spät war.

37

Gefangen im eigenen Audienzzimmer. Diese Ironie des Schicksals erheiterte Nicholas nicht im geringsten. Noch nie in seinem ganzen Leben war er so wütend gewesen.

Und noch nie so hilflos.

Fast den ganzen Nachmittag hatte es so ausgesehen, als würden seine Leute siegen. Dann waren die Vögel zurückgekommen, ein Schwarm nach dem anderen, wie Rauchwolken vor einem Feuer, und voller Rachsucht. Ihre Erniedrigung hatte sie offenbar angestachelt, und sie hatten gekämpft wie wahre Ungeheuer.

Seine Wachsoldaten hatten keine Chance.

Und er hatte all das mitangesehen, zusammen mit Arianna. Arianna hatte kein Wort gesagt, nicht einmal, als die Vögel ihre Trophäen vor den Fenstern der Halle des Bauernaufstandes geschwenkt hatten.

Sebastian aber hatte geweint. Schließlich hatte ihn Arianna in den Arm genommen.

Die Fey im Zimmer hatten geschwiegen. Sie hatten das Geschehen wie etwas ganz Alltägliches betrachtet. Vielleicht hatte Matthias recht gehabt. Vielleicht besaßen sie keine Seelen.

Dann hatte Nicholas sich von dem Blutbad abgewandt, seine halbblütige Fey-Tochter angesehen und sich an seine reinblütige Fey-Gemahlin erinnert. Die Fey führten Krieg – das war ihre Natur. Sie waren wilde Geschöpfe, denen es nicht darum ging, wie angenehm sie lebten, sondern wie gut sie kämpften.

In dieser Schlacht hatte auch Nicholas gut gekämpft, aber eben nicht gut genug.

Er stand neben dem Podest im Audienzzimmer und musterte das Familienwappen. Zwei Schwerter, die sich über einem Herzen kreuzten. Wie passend war ihm dieses Bild einst erschienen, als er Jewel geliebt und Kinder mit ihr gezeugt hatte.

»Sie sind immer noch vor der Tür«, sagte Arianna leise. Sie kam zu ihm herüber und legte ihm die Hand auf den Arm. Genau wie er war sie sich der Horchposten bewußt. Nicholas war sich nicht sicher, ob die Fey schon die Nischen hinter den Wandpaneelen gefunden hatten, aber es konnte nicht mehr lange dauern. So wie sie alles andere gefunden hatten.

»Wir haben nicht mehr viel Zeit«, flüsterte Arianna. »Wir müssen uns etwas einfallen lassen.«

Manchmal vergaß Nicholas, daß Arianna erst fünfzehn war. Er legte seine Hand auf die ihre. Das war alles, was ihm blieb.

»Ich könnte mich Verwandeln, unter der Tür durchkriechen und Hilfe holen.«

»Woher?« fragte Nicholas leise in der unsinnigen Hoffnung, daß sie mehr wußte als er.

Aber sie zuckte die Achseln. Sie wußte nichts. Sie hoffte nur, daß ihr Vater die Dinge wieder ins Lot bringen, alles zum Guten wenden würde, wie damals, als sie noch ein kleines Mädchen war.

»Im Augenblick können wir überhaupt nichts tun«, sagte Nicholas. »Der Schwarze König wird bald eintreffen. Hoffen wir, daß er mit uns verhandelt.«

»Ich will aber nicht mit ihm zusammenarbeiten«, erwiderte Arianna trotzig.

»Vielleicht bleibt dir keine andere Wahl«, gab Nicholas zu bedenken. Er hatte es zwanzig Jahre lang mit den Fey ausgehalten. Seine Tochter – oder sein blutsverwandter Sohn – würden sie einst anführen. Das war auch eine Art Sieg.

Arianna wandte sich wieder Sebastian zu und fuhr ihm mit der Hand durch das struppige Haar. Er blickte sie an, ergriff ihre Hand und drückte sie an seine Wange. Er hatte sich noch immer nicht davon erholt, daß er den Kontakt zu Gabe verloren hatte, und all die Toten um ihn herum hatten ihn erschreckt. Nicholas wußte nicht, wie er ihn trösten sollte.

Nicholas hatte nicht gewußt, wie er sich selbst trösten sollte.

»Aber wir müssen irgend etwas tun«, beharrte Arianna.

»Wir können nichts tun«, wiederholte Nicholas, »außer den Schwarzen König zu ermorden und dich an seine Stelle zu setzen. Und das dürfen wir nicht. Die Warnungen der Schamanin, die das Schwarze Blut betreffen, sind unmißverständlich.«

Arianna richtete den Blick direkt auf einen der Horchposten. »Ich habe Angst, das Schwarze Blut anzutasten«, sagte sie laut.

Nicholas hob den Kopf, und Sebastian tat es ihm nach. So betont sprach Arianna sonst nie.

»Ich bin nicht so verrückt, jemanden anzugreifen.«

Sebastian zog sie an sich. »Ari ... bitte ...« Seine rauhe Stimme war voller Panik.

Arianna küßte ihn auf die Stirn und entwand sich seinem Griff. »Ich weiß, was ich tue, Sebastian«, beruhigte sie ihn.

Sie ging zurück zu Nicholas und legte die Arme um ihn. Auch er umarmte sie und vergrub seinen Kopf an ihrer Schulter.

»Ich habe eine Idee«, flüsterte sie.

Nicholas zuckte zusammen, aber sie hielt ihn fest.

»Ich kann den Schwarzen König nicht töten, aber du kannst es.«

»Arianna ...«

»Schsch! Wenn ich mir eine Waffe schnappe, dürfen sie

mich nicht angreifen. Und wenn ich sie dir zuwerfe, kannst du ihn damit töten.«

»Und was dann? Sie werden dich nicht als Anführerin akzeptieren.«

»Es wird ihnen nichts anderes übrigbleiben.«

»Sie werden dich töten, bevor du nachdenken kannst.« Oder mich, dachte er.

»Nicht, wenn ich mich Verwandle. Nicht, wenn du dich, mich und Sebastian hier herausbringen kannst. Dann haben die Inselbewohner immer noch ihren König, und jeder, der Anspruch auf den Schwarzen Thron erhebt, wird mit mir kämpfen müssen. Dann sind die Fey erledigt und werden sich nicht mehr rühren.«

Nicholas schüttelte den Kopf. »Das klappt nie und nimmer«, zweifelte er. »So etwas kann man nicht einmal planen. Das hat die Schamanin ganz deutlich gesagt.«

Arianna neigte den Kopf. »Aber wir könnten ihm drohen«, wisperte sie. »Daran kann uns niemand hindern.«

»Außer der gesunde Menschenverstand«, gab Nicholas leise zurück. »Es muß noch einen anderen Weg geben. Wir werden ihn finden, Ari. Ganz bestimmt.«

Arianna hob wieder den Kopf. »Aber finden wir ihn auch rechtzeitig?«

»Ari ...!«

Die Tür ging auf, und Arianna wich zurück. Ein Fey trat ins Zimmer. Er war jung und korrekt gekleidet. Das Schwert an seiner Seite war nach Fey-Art gearbeitet. »Der Schwarze König wird in Kürze eintreffen«, sagte der Fey in Inselsprache, indem er die Worte mit starkem Akzent auf den falschen Silben betonte. »Wir postieren Wachen, um seine Ankunft vorzubereiten.«

Und um die Gefangenen am Pläneschmieden zu hindern. Ariannas heller Blick traf Nicholas'. Sie dachten beide dasselbe. Die Horchposten waren tatsächlich mit Wachen besetzt. Sie konnten nichts gehört haben, aber sie wollten grundsätzlich nicht, daß die Gefangenen sich unterhielten.

Wachsoldaten strömten ins Zimmer. Alle trugen saubere Uniformen, manche von ihnen Schwerter. Es war die Sorte Fey, die Nicholas am meisten beunruhigte. Sie hatten lange Finger mit noch längeren Nägeln. Fußsoldaten, die mit einer einzigen Berührung töten konnten. Nicholas unterdrückte ein Schaudern. Er hatte sie schon früher bei der Arbeit gesehen.

Fünfundzwanzig Soldaten betraten das Zimmer und reihten sich ringsum an den Wänden auf. Wahrscheinlich sollte er sich geehrt fühlen, dachte Nicholas. Offensichtlich betrachtete der Schwarze König Nicholas und seine Familie als ernsthafte Bedrohung.

Nicholas ging zu Sebastian und legte die Arme um den Jungen. Ganz gleich, was Arianna vorhatte, es gab keine Garantie, daß Sebastian sich schnell genug bewegte, um zu entkommen. Es gab nicht einmal eine Garantie, daß nicht doch einer der Soldaten des Schwarzen Königs Arianna tötete.

Solanda hatte Rugar getötet, ohne etwas befürchten zu müssen. So etwas konnte sich wiederholen.

Sobald Nicholas Gelegenheit dazu hatte, würde er Arianna ausreden, überhaupt etwas zu unternehmen. Er würde versuchen, mit dem Schwarzen König zu verhandeln. Wenn das fehlschlug, mußte er eben abwarten, bis der Mann eines natürlichen Todes starb, und hoffen, daß seine Kinder die richtige Wahl trafen. Zu guter Letzt würden doch sie die Fey anführen, zu guter Letzt würde die Blaue Insel in den Händen der Familie bleiben.

Und das war alles, worauf es jetzt ankam, dachte er.

Alles andere war ohnehin längst verloren.

38

Wirbler schwebte über der leeren Straße. Allmählich erlahmten seine Flügel. So viel war er in Nye nicht geflogen. Er bezweifelte sogar, in seinem ganzen Leben so viel geflogen zu sein.

Und nun war auch noch Cinder spurlos verschwunden.

Er hätte sie nicht verlassen dürfen. Er hätte es besser wissen müssen. Er wußte so vieles besser. Und doch hatte er es getan. Er hatte geglaubt, sie könnte seine Anweisungen nicht mißverstehen, sie würde begreifen, wie wichtig sie waren, sie würde wenigstens eine Spur, einen Hinweis hinterlassen.

Aber er hatte so überheblich und anmaßend mit ihr geredet. Natürlich würde er den Urenkel und seine Begleiter finden, hatte er behauptet. Er wüßte, wohin sie geflohen seien.

Jetzt war er die Straße zweimal hinauf und hinunter geflogen, hatte alle umliegenden Gehöfte abgesucht und hatte doch nichts entdeckt.

Die Dämmerung warf blaue Schatten über das Land und machte es schwer, überhaupt irgend etwas zu erkennen. Wirbler konnte keine Einzelheiten mehr unterscheiden, erkannte nicht mehr, wo die Straße begann und wo sie endete.

Er konnte nichts *sehen.* Und die Fußsoldaten konnten jeden Augenblick eintreffen, um ihren Gefangenen festzunehmen.

Es gab keinen Gefangenen.

Wirbler würde Rugad sein Versagen eingestehen müssen.

Wir hatten deinen Urenkel, und wir haben ihn wieder verloren.

Schon bei dem bloßen Gedanken schauderte Wirbler.

Er flog tiefer. Etwas, das aussah wie eine Spur, zeichnete sich in den ordentlichen Reihen der Maisstauden ab. Wirbler war dieser Spur zwar schon einmal vergeblich gefolgt, wollte es aber noch einmal versuchen. Er war kein Versager. Rugad würde ihn nicht töten wie die anderen Versager.

Wirbler würde es nicht zulassen.

Er zögerte. Trotzdem mußte er das Schlimmste annehmen. Der Junge war von Schwarzem Blut. Was, wenn er wirklich so wertvoll war? Was, wenn er Cinder gesehen und erkannt hatte? Weißhaar hatte erzählt, der Junge sei bei Irrlichtfängern aufgewachsen. Er mußte wissen, wie man sie austrickste.

Wie konnte jemand einem Irrlichtfänger entkommen?

Blicke unauffällig vom Himmel herab. Versteck dich. Geh hinein. In ein Schattenland konnten sie sich nicht zurückgezogen haben, denn das würde jeder Irrlichtfänger sofort erspähen.

Die Soldaten sollten ruhig noch ein bißchen weitersuchen. Dann konnte Wirbler sie zurückbeordern und ihnen die Schuld, daß sie Gabe nicht gefunden hatten, in die Schuhe schieben.

Auf diese Weise konnte er sich, falls es nötig war, vielleicht noch einen Aufschub verschaffen.

Das Maisfeld war seine einzige und größte Chance.

Er schwebte tiefer und verfluchte die zunehmende Dämmerung. Im Zwielicht glich der umgeknickte Mais einem Fluß aus Blut inmitten eines Ozeans aus Mondschein. Wirbler wußte bereits, was auf der anderen Seite des Feldes lag. Ein Bauernhof. Der Junge würde nicht so dumm sein, sich auf einem Bauernhof zu verstecken.

Oder doch?

War das vielleicht ein besonders geschickter Schachzug? War das nicht ein Spiel, wie auch Rugad es spielen würde? Tu das Offensichtliche und nutze es zu deinem Vorteil.

Wirbler ließ sich noch tiefer sinken und begann zu glühen. Sein schwacher Schimmer erleuchtete die Spur unter ihm ein wenig. Auf der anderen Seite des Maisfeldes stand ein Heuhaufen, dann noch einer und noch einer, den ganzen Weg bis zur Scheune. Dahinter lag das Gehöft selbst.

Wirbler umkreiste zuerst das Haus. Der Bauer, seine Frau und ihre fünf Kinder aßen Abendbrot, ohne sich darum zu kümmern, daß rings um sie herum eine Schlacht tobte. Wenn sie tatsächlich Flüchtlinge versteckten, verhielten sie sich nicht so gelassen. Sie würden nicht so zulangen, hätten sie von der Invasion erfahren.

Das Haus besaß kein Kellergeschoß, kein unterirdisches Versteck, das Wirbler von außen erkennen konnte. Und er hätte es von außen sehen müssen, sonst versteckte jemand im Haus den Jungen, und dem war nicht so.

Dann flog er zur Scheune hinüber.

Sie besaß drei kleine Fenster, alle auf unterschiedlicher Höhe. Wirbler spähte in alle drei hinein und flog dann durch das unterste.

Die Scheune war leer. Der Boden war von Ähren übersät, die Schober selbst warteten auf die Herbsternte. Alles Getreide, das sonst hier aufbewahrt wurde, war entweder verkauft oder aufgezehrt.

Hier konnte sich der Junge nur verstecken, wenn er seine Größe verändern konnte, wie ein Irrlichtfänger, oder seine Erscheinung, wie ein Gestaltwandler. Nach allem, was Wirbler wußte, war der Junge weder zum einen noch zum anderen fähig.

Blieben noch die Heuhaufen.

Wenn Wirbler in sie hineinkroch und der Junge sich tatsächlich dort versteckte, würde er Wirbler erkennen und sich aus dem Staub machen, bevor die Soldaten eintrafen. Wirbler mußte sich etwas Besonderes einfallen lassen.

Müßte sich Wirbler verstecken, er hätte sich den mittleren Heuhaufen ausgesucht. Nicht zu dicht am Bauernhaus, aber auch nicht zu weit entfernt. Nicht zu nah am Maisfeld, aber auch nicht zu weit weg.

Wirbler flog so niedrig wie möglich. Der erste Heuhaufen war nicht einfach nur aufgeschüttet, sondern zusammengebunden. Mehrere Heubündel waren zusammengestellt und in der Mitte verschnürt worden. Sie neigten sich aneinander und stützten sich gegenseitig. Nur ein Sturm konnte sie trennen.

Aber der mittlere Haufen war nicht so sorgfältig gebaut. Auch in seiner Mitte standen mehrere Bündel, aber sie schienen sich an nichts anzulehnen. Die Schnur um sie herum war lose. Und ringsherum lagen geknickte und zertretene Halme auf dem Boden.

Wirbler zögerte einen Augenblick, bereit, hineinzuschlüpfen und nachzusehen. Aber jetzt konnte er endlich die Soldaten auf der anderen Seite des Feldes marschieren hören. Falls der Junge doch nicht hier war, würde er die Soldaten ein bißchen mit der Bauernfamilie herumspielen lassen. Das würde sie beschäftigen, während Wirbler weitersuchen konnte.

Doch das war nicht mehr nötig.

Seine Suche war zu Ende.

DIE KONFRONTATION

39

Das Schwindelgefühl, das ihn nach der ganzen Serie von Visionen überfallen hatte, war zurückgekehrt. Rugad rieb sich mit der Hand über die Augen. Seither war er schon die ganze Zeit unruhig gewesen, aber es schien nur noch schlimmer zu werden.

Rugad stand immer noch im Großen Empfangssaal und ließ den Blick über die mit Waffen dekorierte Wand schweifen. Auch wenn er diesen Saal nicht zu seinem Hauptquartier machte, gefiel er ihm von allen Räumen des Palastes am besten. Es war der einzige Raum, der ein bißchen nach Fey aussah. Das mußte wohl an den vielen Waffen liegen, die immer noch an der Wand hingen.

Die Stimmung seiner Truppe mißfiel Rugad. Im besten Falle waren sie verwirrt über die Beinahe-Niederlage, im schlimmsten völlig verängstigt. Sie schienen zu glauben, daß die Inselbewohner mehr geheime Kräfte besaßen als irgendein anderes Volk, gegen das die Fey je gekämpft hatten.

Wenn Rugad den Gerüchten nicht bald ein Ende machte, würden sie sich ausbreiten und eine Eigendynamik entwickeln, die nur schwer wieder in den Griff zu bekommen war.

Er durfte nicht länger zögern.

Als Hauptquartier hatte Rugad schließlich den Raum gewählt, in dem Nicholas gefangengenommen worden war, obwohl dieser Raum durch die vielen Fenster nach allen Seiten offen stand. Dafür bot er einen perfekten Ausblick auf die Stadt, wenn auch einen weniger guten auf die Umgebung. Er war groß genug, um als Versammlungsraum zu dienen, und klein genug, daß ein einzelner Mann sich darin nicht völlig verloren vorkam.

Das zerbrochene Fenster war mit einem Wandteppich verhängt. Gleich am nächsten Morgen würde Rugad einen Domestiken damit beauftragen, das ganze Glas zu entfernen und statt dessen mit Schutzzauber belegtes Fey-Glas einzusetzen.

Der Rest des Palastes erforderte mehr Zeit und Arbeit, als Rugad im Moment erübrigen konnte. Die Domestiken sollten die meisten persönlichen Besitztümer der Inselbewohner entfernen, aber nicht vernichten, sondern einlagern. Rugad wußte noch immer viel zu wenig über diese Kultur und hoffte, das Material werde ihm nützlich sein.

Trotzdem war er erstaunt gewesen, Jewels Porträt in einer Galerie voller rundgesichtiger, teigiger, blauäugiger, blonder Frauen zu entdecken. Königinnen und zukünftige Königinnen, nahm er an. Er hatte lange vor dem Bild gestanden und gewünscht, er hätte seiner Enkelin gegenüber anders gehandelt. Er hätte sie bei sich in Nye behalten und Rugar allein in sein Verderben rennen lassen sollen. Aber Rugad hatte die vergebliche Hoffnung genährt, Jewel sei in der Lage, das Unternehmen zu retten, die Blaue Insel zu erobern und Rugar viel Ärger zu ersparen.

Unter den schwierigen Umständen hatte sie getan, was sie konnte. Immerhin hatte sie Rugad zwei Urenkel geschenkt, unter denen er seinen Nachfolger auswählen konnte. Eines hatte Rugad während seiner langen Regierungszeit gelernt: Ohne einen vertrauenswürdigen Nachfolger war er ein Niemand.

Jetzt hatte er seinen Nachfolger gefunden. Die Frage war nur, ob er vertrauenswürdig war.

Oder sie.

Er hoffte, daß die Kinder mehr Fey als Inselbewohner waren. Er hoffte, daß sie die Bedeutung des Fey-Imperiums begriffen und verstanden, wieviel innere Größe es erforderte, solch ein Unternehmen zu führen.

Sollten Jewels Kinder nicht seinen Erwartungen entsprechen, wußte Rugad nicht, was er tun sollte. Die Enkel, die er in Nye zurückgelassen hatte, taugten nichts. Sie waren nicht einmal vorbildliche Fey. Sogar ihn hatte es überrascht, daß sie ihn hatten ziehen lassen. Wahrscheinlich hofften sie, daß auch er auf der Blauen Insel umkam und sie auf diesem Wege die Herrschaft erlangten.

Sie hatten sich nicht einmal klargemacht, was passieren würde, wenn er die Insel tatsächlich eroberte. Oder Jewels Kinder fand. Und wie bei Rugar war ihre Visionäre Kraft kläglich. Der Unterschied bestand allein darin, daß Rugar vielversprechend begonnen und dann nachgelassen hatte. Rugads Enkel dagegen gingen schon von schlechten Voraussetzungen aus und konnten sich nur noch zum Schlimmeren entwickeln.

So vieles hing von diesen Urenkeln ab. Und doch zögerte Rugad, jetzt, wo er eine von ihnen in seiner Gewalt hatte, sich ihr zu nähern. Er wollte nicht feststellen müssen, daß sie ihren Onkeln in Nye glich. Er wollte nicht wissen, daß sie sich nicht zur Nachfolgerin eignete.

Denn dann wäre es nur um so schlimmer, daß sie seinen Urenkel noch immer nicht gefunden hatten. Rugad zog es vor, zwei Wahlmöglichkeiten zu haben statt einer. Mit zweien hatte er vielleicht eine Chance.

Andererseits wäre er nicht dorthin gekommen, wo er jetzt war, wenn er sich von Sorgen und Zweifeln hätte lähmen lassen. Nur durch entschlossenes Handeln hatte er einen halben Kontinent erobert und nun diese Insel. Und der nächste Schritt war, endlich seiner Urenkelin gegenüberzutreten und zu versuchen, sie zu umwerben und auf seine Seite zu ziehen.

Trotzdem war er unsicher. Er hatte noch nie um jemanden geworben und nie mit einer solchen Absicht. Seine Gemahlin hatte sich nur zu geehrt gefühlt, Mitglied der Schwarzen Familie zu werden, und ebenso jede andere Frau, mit der er sich seit ihrem Tod eingelassen hatte. Sein Volk hörte auf ihn, genau wie die anderen Herrscher, deren Reiche er erobert hatte. Der Gedanke, jemandem zu schmeicheln, ihn auf seine Seite zu locken, war ihm so fremd wie die Sitten und Bräuche der Blauen Insel.

Und dann war da noch das Problem mit ihrem Vater. Der Mann war einfach zu klug. Er hatte einen Gegenangriff ausgelöst, der Rugads Leute mächtig verunsichert hatte, obwohl er letztendlich nicht erfolgreich gewesen war. Und er hatte die Fey schon einmal zurückgeschlagen. Er hatte Jewel verführt, und er wußte mehr über die Fey als die meisten Nicht-Fey.

Und, was noch wichtiger war, er war der König. Das war nicht zu unterschätzen. Entthronte Herrscher hofften immer, die Macht eines Tages wieder an sich zu reißen. Früher hatte Rugad die Gewohnheit gehabt, beliebte Herrscher einfach umzubringen, um dieser Hoffnung ein für allemal den Garaus zu machen.

Aber bevor Rugad über Nicholas richten konnte, mußte er feststellen, wie sehr seine Urenkelin an ihrem Vater hing. Wenn sie ihn sehr liebte, konnte Nicholas' Tod sie gegen Rugad einnehmen. Und das konnte Rugad sich nicht leisten.

Zu viele Fragen, und keine von ihnen konnte hier im Großen Empfangssaal beantwortet werden. Rugad verschwendete bloß seine Zeit damit, über Probleme nachzugrübeln, die er jetzt nicht lösen konnte, jedenfalls nicht ohne weitreichendere Informationen.

Er holte tief Luft. Die Konfrontation war unausweichlich. Er hatte keine Ahnung, was ihn erwartete.

Er durchquerte den Korridor und blieb vor der Tür zum Audienzzimmer stehen. Die meisten seiner Wachsoldaten befanden sich bereits hinter dieser Tür. Die Verstärkung, nach der er geschickt hatte, wartete noch draußen. Für Rugad bedeutete es eine Anerkennung von Nicholas' Fähigkeiten, daß er den Raum so schwer bewacht betrat, daß kein Mensch sich ihm nähern konnte.

Die Wachsoldaten waren eine Mischung aus Fußsoldaten, Infanteristen und Tierreitern. Die Reiter trugen Kleider und wirkten frisch und ausgeruht. Keinem von ihnen sah man an, daß er den ganzen Vormittag in der Schlacht gekämpft hatte.

Rugad wandte sich an sie. »Rührt die Gefangenen nicht an«, befahl er, »egal was sie tun. Aber verhindert, daß sie mir zu nahe kommen.«

Die Soldaten nickten. Wahrscheinlich war der Befehl überflüssig, aber Rugad fühlte sich dadurch sicherer. Dann riß er die Türflügel mit beiden Händen auf und betrat den Raum.

Er war es gewohnt, daß sein Erscheinen Aufruhr verursachte, und auch diesmal war es nicht anders. Die Wachsoldaten im Zimmer wichen ein Stück beiseite. Aber die drei Gestalten in der Mitte des Raumes schienen nicht sonderlich beeindruckt. Rugad blieb an der Tür stehen, bis seine Leibwachen ihre Plätze an seiner Seite eingenommen hatten.

Er beobachtete.

Das Zimmer war lang und schmal geschnitten. Ein Podest überragte alles andere. Darüber hing ein Wappen, was Rugad überraschte. Das Bild auf dem Wappen überraschte ihn noch mehr. Zwei Schwerter, die sich über einem Herzen kreuzten. Das Gegenstück zu diesem Bild hatte er vor Jahrzehnten auf seinem einzigen Ausflug in die Eccrasischen Berge gesehen. Zwei Herzen, durchbohrt von einem einzigen Schwert. Was für ein seltsamer Zufall!

Seine Verwirrung dauerte nur einen Augenblick, aber lang genug für den Inselkönig, um sich die Situation zunutze zu machen. Nicholas verbeugte sich und richtete sich wieder auf.

Er war mit Abstand der kleinste Mann im Raum. Sein gelbes Haar leuchtete wie eine Flamme zwischen all den schwarzen Köpfen.

»Ihr müßt der Großvater meiner Gemahlin sein«, sagte König Nicholas in passablem Fey.

Ein Punkt für den Inselbewohner. Das Mädchen neben ihm trat einen Schritt vor. Sie war ganz offensichtlich ein Halbblut. In solchen Gesichtern pflegten die Fey-Züge zu dominieren, aber dieses Mädchen sah auch seinem Vater ähnlich. Merkwürdig – bei dem schmalen Kinn und den aufwärts geschwungenen Fey-Augenbrauen. Aber ihre Haut und ihre Augen waren hell. Das Muttermal flammte auf der bleichen Haut wie ein Brandzeichen.

In den Augen erkannte Rugad Jewel wieder. Zielstrebigkeit, Intelligenz und Zorn. Im Geiste verneigte er sich vor allen drei Eigenschaften.

Er freute sich darüber.

Er durchbrach die plötzliche Stille nicht. Das war seine einzige Chance, die Situation wieder in den Griff zu bekommen. Und er benutzte die Pause nicht nur, um das Mädchen zu betrachten, sondern auch, um den Golem näher ins Auge zu fassen.

Er wirkte wahrhaftig erstaunlich lebenskräftig. Rugad hatte noch nie einen so lebendigen Golem gesehen. Die Person, die dahintersteckte, mußte große Zauberkraft besitzen. Aber der Golem mußte einmal zerbrochen sein, denn Sprünge durchzogen sein Gesicht bis zum Kragen. Auch seine Augen waren überraschend wach. Nur einmal hatte Rugad einen solchen Golem gesehen, einen Golem, der von einer solchen Kraft gespeist wurde, daß er sogar noch weiterlebte, nachdem der Spender seiner Lebenskraft schon gestorben war. Den Golem seines Großvaters. Der alte Mann hatte ihn in weit entfernte Gegenden geschickt, die er selbst nicht regieren konnte. Er war für ihn wie ein zweites Paar Augen gewesen. Er hatte versucht, dasselbe mit einem zweiten Golem zu machen, aber dieser hatte die Zauberkraft nur unvollständig angenommen. Und manche behaupteten, der erste Golem sei eifersüchtig auf den zweiten gewesen.

Dieser hier beobachtete Rugad mit einer fast bedrohlichen Eindringlichkeit. Er verbarg etwas, aber Rugad wußte nicht, was.

Noch nicht.

»Mädchen«, begann er. Er hatte beschlossen, daß es das Beste war, den König so weit wie möglich zu ignorieren. »Wie heißt du?«

Sie warf ihrem Vater einen Blick zu. Es war nur ein flüchtiger Moment, aber er erzählte Rugad alles, was er wissen wollte. Die beiden hatten einen Bund geschlossen. Rugad mußte behutsam vorgehen.

»In meinem Land ist es unhöflich, den König zu übergehen«, erwiderte das Mädchen mit trotzig vorgeschobenem Kinn und blitzenden blauen Augen.

Rugad unterdrückte ein Lächeln. Sie besaß noch mehr Mut, als er gehofft hatte. »Ich habe euer Land erobert. Ihr habt keinen König mehr.« Er machte eine kleine Kunstpause, damit der Satz seine volle Wirkung entfalten konnte. Dann wiederholte er: »Ich habe dich nach deinem Namen gefragt.«

»Ein Mann hat ein Land nicht deswegen erobert, weil er es behauptet«, antwortete das Mädchen. Ihr Vater berührte ihren Arm. Sie schüttelte ihn ab. Also war sogar der Vater ein bißchen von seiner impulsiven Tochter überwältigt. Um so besser. Der mächtige König Nicholas hatte einen schwachen Punkt.

»Das stimmt«, sagte Rugad. »Er erobert ein Land, indem er es mit einer Armee von überwältigendem Ausmaß überfällt, die Religion zerschlägt, die einzige Stadt von Bedeutung niederbrennt und den König gefangennimmt. Also, Mädchen, deinen Namen.«

»Sie heißt Arianna«, antwortete König Nicholas. Er schien trotz des Zwischenfalls nicht im geringsten eingeschüchtert. Er sah eher aus, als habe er sowohl Verständnis für Spiele aller Art als auch eine Abneigung dagegen.

Diesmal gestattete Rugad sich ein Lächeln. »Ein Name mit Geschichte. Hat Jewel ihn ausgesucht?«

»Jewel ist bei Ariannas Geburt gestorben.«

»Ihr könnt mir nicht erzählen, daß Ihr aus purem Zufall einen so eindeutigen Fey-Namen für Eure Tochter ausgesucht habt.«

»Nein«, erwiderte Nicholas. »Es war kein Zufall. Ich hatte kluge Berater.«

Die Wachen wurden unruhig. Sie bewegten sich kaum merklich, aber es entging Rugad nicht. Er stand keinem angriffslustigen Feind gegenüber. Er stand einem Feind gegenüber, der großes Wissen über die Fey besaß. Das mußte Rugad zugeben.

»Ihr habt meine Enkeltochter geheiratet.«

»Sie war eine bemerkenswerte Frau.«

»Und Euer Volk hat sie ermordet.«

Das Gesicht des Königs verdüsterte sich. Er trauerte noch immer um sie. Er hatte sie geliebt. Das hatte Rugad nicht erwartet. Er hatte an eine Vernunftehe gedacht, nicht an mehr.

»Ein einzelner Mann hat sie getötet«, erklärte Nicholas. »Wir haben uns mit ihm befaßt.«

Das klang ziemlich vage. Dahinter steckte eine Geschichte, aber Rugad hatte jetzt keine Zeit.

»Ihr erwartet eine bevorzugte Behandlung, weil Ihr sie geheiratet habt«, stellte Rugad fest. »Weil Euer Blut in den Adern meiner Urenkelin fließt?«

Einen Augenblick schwieg Nicholas. Sein Ausdruck war

gefaßt. Sein rundes Gesicht verlieh ihm etwas Knabenhaftes, und man lief schnell Gefahr, ihn zu unterschätzen. »Wann hätte ich um bevorzugte Behandlung gebeten?« fragte er zurück.

Seine Stimme klang eine Spur geringschätzig, gerade so deutlich, daß Rugad es hörte, aber zu schwach, um ihm Respektlosigkeit vorwerfen zu können.

»Ihr selbst habt mich um ein Treffen gebeten«, erwiderte Rugad.

»In meinem Land ist es Sitte, daß Herrscher sich treffen und verhandeln.«

»Wann hättet Ihr je Gelegenheit gehabt, Euch mit jemandem zu treffen und zu verhandeln?«

»Ich habe mit Jewel verhandelt«, entgegnete Nicholas.

Wieder ein Punkt für den Inselbewohner. Wider Willen spürte Rugad so etwas wie Zuneigung zu diesem jungen König. Vielleicht hatte Arianna einen Teil ihres Mutes auch von ihrem Vater geerbt.

»Und deshalb«, fuhr Nicholas nach einer kurzen Pause fort, »seid Ihr derjenige, der sich hier im Irrtum befindet.«

Wieder bewegten sich die Wachen. Manche warfen sich Blicke zu. Rugad entging es nicht. Niemand sprach so mit dem Schwarzen König.

»Mein Volk hat bereits ein Bündnis mit den Fey geschlossen. Ihr hattet keinen Grund, in unser Land einzudringen, unsere Hauptstadt niederzubrennen, unseren Tabernakel anzugreifen und mich als Geisel festzuhalten.«

»Ein Bündnis?« fragte Rugad leise. »Mein Volk schließt keine Bündnisse.«

»Eure Enkelin schon.« Nicholas ergriff den Arm seiner Tochter und zog das Mädchen eng an sich. »Meine Kinder sind der Beweis. Diese Insel ist bereits ein Teil des Imperiums der Fey. Durch Blutsbande.«

»Warum sind dann Eure Kinder die einzigen Halbfey?«

»Weil Euer Volk nicht bereit ist, sich anzupassen.«

Erstaunlich, dieser Mann. Wirklich erstaunlich. Er duckte sich nicht vor den Fey. Gab nicht auf, trotz seiner Niederlage. Er kämpfte noch immer. Wäre Jewel noch am Leben, hätte Rugad sie zu ihrer Wahl beglückwünscht.

»Mein Volk ist nicht gewohnt, sich anzupassen«, erklärte Rugad. »Wir erobern. Und deshalb hat meine Enkelin versagt.«

Nicholas' Wangen färbten sich in zartem Rot. Helle Haut hatte eben auch ihre Nachteile. Sie verriet Gefühle viel leichter als die dunkle Haut der Fey.

»Wäret Ihr nicht so blind, würdet Ihr erkennen, daß Eure Enkelin keineswegs versagt hat.« Nicholas schob seine Tochter einen Schritt vor. Sie blickte ihn erschrocken an. »Die Blaue Insel ist auf ewig mit den Fey verbunden. Das Blut unseres Heiligen Herrschers hat sich mit Eurem schändlichen Schwarzen Blut vermischt. Wir haben eine Erbmonarchie. Meine Kinder werden das Land regieren, ganz gleich, mit wem ich sie gezeugt habe. Und Ihr habt gerade ihr Erbe zerstört.«

»Ich habe gar nichts zerstört«, fiel Rugad ihm hastig ins Wort. »Der Reichtum der Blauen Insel bleibt unangetastet.«

»Seid Ihr da so sicher? Vielleicht sind die Städte in Galinas klein im Verhältnis zur Größe ihrer Felder, aber unsere Hauptstadt besaß unermeßlichen Reichtum. Allein der Tabernakel ist nicht nur reich, er verkörpert unsere Geschichte. Er ist ein Symbol. Und Ihr habt es zerstört.«

»Ich habe es zerstört, weil es das Leben der Fey bedroht.«

»Wenn der Tabernakel die Fey bedroht, wie konnten dann so viele Fey all die Jahre hier überleben? Ihr seid grausam um der Grausamkeit willen, und das hat Euch leichtsinnig gemacht.«

»Genug!« Rugad hatte so laut gesprochen, daß Arianna zurückwich. Ihr Vater ergriff wieder ihren Arm. Nicholas hatte sich nicht gerührt. Auch der Golem nicht, der Rugad immer noch mit seinen wachen Augen anstarrte. »Die Fey verbünden sich nicht. Sie erobern. Und darum hat Jewel versagt. Sie hat euer Land nicht erobert. Die Inselbewohner hatten keine Angst vor den Fey, und ihr habt in zwanzig Jahren nichts zu unserem Imperium beigetragen. Alle Waren und Dienstleistungen eines eroberten Gebietes gehören allein dem Imperium. Ihr dagegen habt euren Handel in dem Moment unterbrochen, als mein Sohn seinen Fuß auf eure Küste gesetzt hat, und habt ihn nicht wieder aufgenommen.«

»Weil wir die Insel nicht mehr verlassen konnten. Lange bevor Jewel und ich überhaupt an Heirat dachten, haben wir unsere Karten zerstört und die Wachen auf den Felsenwächtern fortgeschickt.« Nicholas' blaue Augen waren klar und sein Gesicht voller Unschuld. »Hättet Ihr Schiffe geschickt, hätten wir sie beladen. Und natürlich dafür gesorgt, daß sie die Felsenwächter passieren und den Cardidas befahren können.«

Er war verdammt klug, dieser König. Er hielt Rugad vor seinen eigenen Soldaten zum Narren. Die Inselbewohner hatten keine Ahnung vom Krieg. Rugad hatte recht gehabt. Aber so jemandem wie ihrem Anführer war Rugad noch nicht begegnet. Noch nie hatte er einen Menschen getroffen, der ihn in einem Wortwechsel oder einer Schlacht ausstach – und sei es auch nur für einen kurzen Augenblick.

Alles, was Rugad jetzt sagte, würde wie eine Verteidigung klingen. Also entschloß er sich, auf Nicholas' Vorwürfe nicht einzugehen. »Wo ist Euer Sohn?«

»Neben mir«, erwiderte Nicholas.

Rugad musterte den Golem, der seinen Blick ebenso furchtlos wie Nicholas erwiderte. Trotzdem konnte Rugad in dem sonderbaren Geschöpf kein echtes Lebenszeichen feststellen.

Er war unzweifelhaft ein Golem. Rugad würde später prüfen, ob er Verbindungen besaß.

»Euer wirklicher Sohn.«

»Sebastian ist sein ganzes Leben lang mein Sohn gewesen.«

»Diese Kreatur ist ein Golem«, fuhr Rugad ihn an. »Er ist bloß ein Steinbrocken.«

»Hört auf«, fauchte das Mädchen. »Er ist mein Bruder. Er ist eine Persönlichkeit, genau wie Ihr.«

»O nein, kleines Mädchen«, lachte Rugad. »Ich bin aus Fleisch und Blut. Ich zerbreche nicht, wenn ich zu kalt werde.«

»Nein«, erwiderte sie. »Aber Ihr müßt sterben, wenn jemand Euer Herz durchbohrt.«

Mehrere Wachsoldaten legten die Hand auf den Schwertknauf. Rugad blickte sie warnend an, um sie daran zu erinnern, daß sie das Mädchen nicht anrühren sollten. »Du auch, Kind«, sagte er schließlich. Er lächelte sie an und versuchte, die ganze Wärme, die er für sie empfand, in seine Augen zu legen. Sie war großartig. Er mußte sie nur auf seine Seite ziehen. »Du begreifst doch, daß ich nicht wegen der Blauen Insel gekommen bin, oder? Die Blaue Insel gehört den Fey, seit sie darauf Anspruch erhoben haben. Ich bin deinetwegen gekommen.«

»Meinetwegen?« Sie hob den Kopf. »Nun, jetzt habt Ihr mich.«

Rugad schüttelte den Kopf. »Ich habe dich erst, wenn du verstehst, wer du bist.«

Arianna senkte den Blick. Plötzlich sah ihr Gesicht flach aus, kalt und abweisend.

»Die Blaue Insel ist nur ein kleines Stück Land mitten im Infrin-Meer. Es gibt neun Meere und fünf Kontinente. Wenn du mit mir zusammenarbeitest, Mädchen, wirst du nicht nur über die Blaue Insel herrschen, sondern über alle diese Länder. Du wirst mächtiger sein als in deinen kühnsten Träumen.«

»Ich träume nicht von Macht«, gab sie zurück, aber an ihrer schwankenden Stimme merkte Rugad, daß sie schon darüber nachgedacht hatte. »Und nicht ich werde über die Blaue Insel herrschen, sondern mein Bruder.«

»Dein Bruder? Bei meinem Volk aufgewachsen und ohne Respekt für eure Traditionen?«

»Er ... kennt ... die ... Traditionen«, brachte der Golem hervor. Seine Stimme klang rauh und abgehackt. Einige Wachsoldaten zuckten zusammen. Sie wichen Rugads Blick aus. Es würde Tage dauern, die Moral der Truppe wieder auf ihr übliches Niveau zu heben.

»So, so«, spottete Rugad. »Du bist also das Schoßhündchen meines Urenkels.«

»Er ist niemandes Schoßhündchen«, fauchte das Mädchen.

»O doch«, entgegnete Rugad. »Sonst wäre er nicht so lebendig.«

»Laßt meinen Sohn in Ruhe«, mischte sich Nicholas ein.

»Er ist nicht Euer Sohn«, sagte Rugad. »Er ist ein Stück Stein.«

»Er ist ein Mensch und führt sein eigenes Leben«, widersprach Nicholas.

»Er ist nicht aus Fleisch und Blut«, konterte Rugad. Er fragte sich, woher dieser Mann wissen konnte, daß das, was er seinen Sohn nannte, nur ein magisches Gebilde war. Er hatte den König nicht für so klug gehalten. Er war auf dies alles nicht vorbereitet gewesen.

»Er ist vielleicht nicht aus Fleisch und Blut«, gab Nicholas zu, »aber er hat eine lebendige Seele – und die ist wahrscheinlich unschuldiger als Eure.«

Rugad betrachtete wieder den Golem. Auf dieser Insel schien er dauernd jemanden zu unterschätzen. Ein Golem mit einer unschuldigen Seele? Vielleicht war er doch mehr als nur ein magisches Gebilde. Aber was war er dann?

»Er muß seine Lebenskraft von jemandem bezogen haben«, erklärte Rugad in der Hoffnung, damit das Thema abzuschließen. »Und er scheint eine Menge über meinen Urenkel zu wissen.«

Der Golem rührte sich nicht. Das Mädchen blickte von ihrem Vater zu dem Golem und wieder zurück zu Rugad. »Laßt ihn in Ruhe«, wiederholte sie.

»Warum?« fragte Rugad, froh, auch bei ihr eine Schwäche entdeckt zu haben. »Wo er doch eine direkte Verbindung zu meinem Urenkel hat.«

Er trat einen Schritt auf die Gefangenen zu. Die Wachen rückten nach. Er würde prüfen, wie weit die Loyalität des Mädchens reichte. »Alles, was ich tun muß, um meinen Urenkel zu finden«, begann Rugad und griff nach dem Golem, »ist, entlang seiner starken Verbindung zu reisen.«

»Neeeiin ...«, stöhnte der Golem und warf den Kopf zurück.

»Das könnte den Golem natürlich zerstören, aber da er sowieso nicht lebendig ist ...«

»Ihr werdet ihm nicht weh tun!« Das Mädchen bewegte sich so rasch, daß Rugad nicht einmal Zeit hatte, einen Warnruf auszustoßen. Sie riß einem der Wachsoldaten das Schwert aus der Hand, schwang es über die Köpfe der anderen Wachen und drückte es an Rugads Kehle. Die scharfe Spitze ritzte seine Haut.

Die Wachen stürzten sich auf sie.

»Halt!« brüllte Rugad. Sein Adamsapfel hüpfte gegen die Schwertspitze. Es schmerzte. »Ihr sollt sie nicht anrühren.«

Die Männer hielten inne.

Rugads Blick begegnete dem des Mädchens. Ihre Augen funkelten furchtlos.

»Du weißt nicht, womit du spielst, Kind«, keuchte er.

»Ich weiß es.« Sie lächelte. »Aber es ist mir egal.«

40

Sie waren noch nicht weit gekommen, als der Tunnel plötzlich breiter wurde. Ein Geruch, den Con nicht eindeutig identifizieren konnte, hing in der Luft. Alter Urin, ein Hauch von Verwesung ... und noch etwas.

»Puh«, schnaufte Servis. »Riecht nach Tod.«

Con schauderte. Stimmte genau. Aber der Geruch war nur schwach, als sei er schon sehr, sehr alt. Irgendwie schaffte es Servis, sich vor Con zu drängen. Con war froh, daß der Wachsoldat mit seinem breiten Rücken und den muskelbepackten Armen dem, was vor ihnen liegen mochte, zuerst gegenübertrat.

Servis hielt die Fackel höher. »Die Wände sehn anders aus«, stellte er fest.

Con trat einen Schritt näher heran. Das waren keine Wände. Sie waren offen. Eisenstäbe. Gefängniszellen.

»Wir müssen direkt unter dem Palast sein«, murmelte er.

»Stimmt«, bestätigte Servis belustigt. »Da warn wir auch schon gewesen, als du mich gefunden hast.«

Con ignorierte diese Bemerkung. Er streckte die Hand aus und berührte einen der Gitterstäbe. Rostfetzen lösten sich unter seinen Fingern. »Nein«, sagte er. »Ich glaube, wir sind ganz dicht beim Palast. Das hier ist ein Verlies.«

»Hab' gar nit gewußt, daß wir so was auf der Insel ham«, gab Servis zurück.

Was weißt du überhaupt? hätte Con am liebsten gefragt. Aber er verkniff es sich. Servis war zwar schlau, aber nicht so gebildet wie Con, und das war schon damals, als sie sich vor ungefähr einem Jahr kennengelernt hatten, der einzige heikle Punkt zwischen ihnen gewesen.

»Wir hatten welche beim Palast«, erklärte Con. »Aber ich dachte, die seien schon längst vergessen.«

»Nit vergessen«, erwiderte Servis. »Bloß nit benutzt.«

»Wie auch immer.« Wieder überlief Con ein Schauder. Er wußte nicht, was bei den Fey üblich war. Machten sie überhaupt Gefangene? Oder schlachteten sie jeden gleich ab, der ihnen in die Quere kam?

Vielleicht spielte das keine Rolle mehr. Vielleicht leisteten die Wachsoldaten über ihnen ja gute Arbeit. Vielleicht hatten sie die Fey schon zurückgeschlagen.

Con hoffte es.

»Ist das der Weg, auf dem du gekommen bist?«

»Nee«, erwiderte Servis. »Wir sind nit durch den Palast gekommen. Is' schon lang her, daß wir durch diese Tür gegangen sind.«

Con leckte sich die Lippen. Also hing alles von ihm und seiner Kenntnis der Karte ab. Er wollte die Karte nicht hier hervorziehen. Er wollte keine Sekunde länger an diesem Ort verweilen, als unbedingt nötig war.

»Also los, laß uns gehen«, sagte er. »Und die erste Tür, die wir sehen, nehmen wir.«

»Und was solln wir tun, wenn wir in den Palast kommen?« fragte Servis.

»Na, den König suchen«, erwiderte Con, als sei das die einfachste Sache der Welt.

Aber er bezweifelte es. Ehrlich gesagt hatte er keine Ahnung, was als nächstes passieren würde.

Das Verlies verbreiterte sich, mehrere schmale Gänge mit Zellen gingen davon ab. Der Geruch war jetzt stärker.

»Mäuse«, knurrte Servis.

Con hoffte, daß der andere recht hatte. Er glaubte nicht, daß König Nicholas das Verlies benutzt hatte, und er wollte auch nicht eines Besseren belehrt werden. Sie hielten sich noch immer an den breiten Mittelgang. In manchen Zellen lag Stroh, wahrscheinlich die Reste alter Matratzen. In anderen hingen Ketten von den Wänden.

Servis glotzte mit offenem Mund. »Ich weiß nit«, sagte er. »Scheint 'n grausamer Ort zu sein. Komisch, dasser leer is'.«

»Wen sollte der König denn hier einsperren?«

»Fey.«

»Vor zwanzig Jahren vielleicht«, gab Con zurück. »Aber das hat auch nichts genützt.«

»Nee, hat's wohl nit.«

Einen Augenblick lang schwiegen beide. Hätte König Nicholas sich den Fey entgegengestellt, statt eine von ihnen zu heiraten, wäre womöglich alles anders gekommen. Vielleicht hätten die Fey es dann nicht gewagt, ein zweites Mal anzugreifen.

Aber Con konnte das nicht beurteilen. Er war noch nicht geboren, als die Fey auf der Blauen Insel einfielen. Sie waren so sehr ein Teil seines Lebens, daß er sich die Blaue Insel ohne sie gar nicht mehr vorstellen konnte.

Die Tür war auf der rechten Seite so verkrustet mit Schmutz und Spinnweben, daß er sie fast übersehen hätte.

»Warte mal.« Con blieb stehen und betrachtete die Tür. Sie bestand aus schwerem Eichenholz und besaß keinen Riegel. Er drückte zögernd dagegen. Schmutz fiel auf seine Hand, und er schüttelte ihn angeekelt ab. Quietschend öffnete sich die Tür.

Servis hielt die Fackel ins Innere. Dieser Gang war anders als die übrigen. Er schien älter zu sein, eher wie die Gänge im Tabernakel, wo die Steine sorgfältig zu einem Gewölbe gemauert waren. Der Boden war mit Stroh, Fellresten und Tierexkrementen bedeckt. Riesige Spinngewebe hingen von Dekke und Wänden.

Hier war schon sehr, sehr lange niemand mehr gewesen.

»Das ist er, glaub' ich«, verkündete Con.

»Guck nach«, bat Servis. Zum ersten Mal seit Beginn ihres Unternehmens schien er nervös.

Con zog die Karte hervor, und die beiden Männer beugten sich darüber. Nach der Zeichnung zu urteilen, befanden sie sich im ältesten Teil des Palastes, und dieser Gang führte zum Hauptgeschoß.

Sie wechselten einen fragenden Blick. Wenn einer von ihnen abspringen wollte, war jetzt der richtige Augenblick dafür. Die Stille war beinahe mit Händen zu greifen. Dann ließ Servis sein Ende der Karte los. Das Pergament knisterte. Con rollte es auf und verstaute es sorgfältig in seinem Gewand.

Junge Menschen, die bereit waren, um einer Weisung und ihrer Ehre willen dem Tod ins Auge zu blicken. Und die als einzige darum wissen würden, wie Servis sagte. Aber im Grunde waren sie ja auch die einzigen, die darum wissen mußten.

Servis ging mit ausgestreckter Hand voran, um die Spinnweben wegzuwischen. Mit der anderen hielt er die Fackel so dicht wie möglich am Körper, um nichts, was sich vor ihm befand, in Brand zu setzen.

Der Gang erstreckte sich schier endlos geradeaus. Dann endlich stieg der Boden an. Sie bogen um eine Ecke und entdeckten kleine Stufen, alt und ausgetreten vom häufigen Gebrauch, die sich durch einen schmalen Spalt in der Wand schlängelten.

Con nahm Servis die Fackel aus der Hand. Schließlich war es Cons Weisung und damit seine Aufgabe. Servis mochte ihm folgen, wenn er wollte, aber als Anführer war er fehl am Platze.

Con tastete sich mit einer Hand an der Wand entlang und hielt mit der anderen die Fackel. Die Stufen machten einen Bogen und wanden sich kreisförmig nach oben, eine alte Bauweise, wie sie auch im Tabernakel nur noch in einem Flügel erhalten war. Dann endeten die Stufen plötzlich vor einer Mauer.

Hinter der Mauer hörte man Stimmen auf Fey sprechen.

Con warf Servis einen Blick zu. Dessen Gesicht sah im Fackelschein ganz gelb aus. Der Treppenabsatz, auf dem sie standen, war so schmal, daß sie sich fast auf die Füße traten.

»Die Stufen können doch nit einfach so aufhörn«, flüsterte Servis.

»Wenn sie nicht mehr gebraucht werden, schon«, gab Con zurück. »Wenn jemand eine Mauer gebaut hat, um den Eingang zum Verlies zu verstecken.«

»Nee«, widersprach Servis. »Die Mauer is' auf der Karte drauf. Muß einen Weg geben, sie zu öffnen.«

Con befühlte den Stein. Die Fey-Stimmen beunruhigten ihn. Wenn sie so laut waren, daß man sie durch eine Steinmauer hören konnte, mußten es sehr viele Fey sein.

Der Mörtel zwischen den Steinen war locker. Sonst fühlte Con nichts.

Schließlich hatte Servis genug. »Geh mal weg da«, befahl er.

Con gehorchte.

Servis warf sich mit der Schulter gegen die Mauer. Dann stemmte er einen Fuß gegen die gegenüberliegende Wand und schob mit seinem ganzen Gewicht. Der Stein knirschte. Es regnete Schmutz und Mörtel, und fast wäre die Fackel verlöscht.

Das Knirschen klang betäubend laut in dem kleinen Raum. Con konnte die Fey nicht mehr hören. Er stellte sich vor, daß sie mit gezückten Waffen auf der anderen Seite der Wand lauerten und beobachteten, wie die Mauer sich langsam öffnete.

Seine Kehle war trocken und schmeckte nach Staub.

Aber es gab kein Zurück. Sie mußten durch die Wand. Ganz gleich, was sie auf der anderen Seite erwartete.

Schweiß strömte über Servis' Gesicht und malte Streifen in die Schmutzschicht. Die Mauer bewegte sich millimeterweise. Wenn auf der anderen Seite wirklich Fey standen, waren sie hinreichend gewarnt. Endlich hatte sich die Mauer so weit geöffnet, daß beide Männer hindurchpaßten.

Con legte Servis die Hand auf den Arm. »Ich gehe zuerst«, sagte er.

Servis widersprach nicht. Er trat beiseite, und Con schlüpfte durch den engen Spalt.

In einen leeren Raum. Die Stimmen schienen vom Ende eines Korridors zu kommen, als wären die Fey weitergezogen. Schweiß prickelte auf Cons Rücken. Er winkte Servis, ihm zu folgen.

Der Raum war groß, fast so groß wie die Sakristei. Mehrere Tische standen herum. Einen davon hatten sie beim Eintreten umgestoßen. Schwerter und andere Waffen bedeckten die Wand, durch die sie gekommen waren. Auf vielen Steinen waren noch die Umrisse von Schwertern zu sehen, als hätte sie jemand erst vor kurzem abgenommen.

»Mach zu«, befahl Con.

»Aber dann können wir nit zurück.«

»Da unten sind noch andere. Die Fey brauchen sie nicht zu finden.«

Servis starrte Con einen Augenblick lang an, dann verstand er. Er hatte gewußt, daß ihr Unternehmen selbstmörderisch war, aber offenbar hatte er sich immer noch die Möglichkeit eines Rückzugs offenhalten wollen. Jetzt gab er klein bei. Mit der Schulter schob er die Mauer wieder zu. Das Knirschen schien hier leiser. Con verstand jetzt, warum die Fey es nicht gehört hatten.

Dann nahm Servis zwei Messer von der Wand. Eins davon steckte er in seinen Gürtel, neben das Schwert und ein anderes Messer. Das zweite reichte er Con.

Der betrachtete die Waffe. Die Fey waren hier, und sie mußten den König finden.

Aber Con besaß keinerlei Übung im Umgang mit Waffen. Wenn er ein Messer benutzen mußte, bedeutete das, daß ihm die Fey schon viel zu nahe gekommen waren. Er gab Servis die Waffe zurück.

Servis öffnete den Mund, aber Con bedeutete ihm zu schweigen.

Statt dessen nahm er ein Schwert von der Wand. Es ließ sich nur schwer herunternehmen – es mußte wohl schon lange Zeit dort gehangen haben. Aber es gefiel ihm. Es erinnerte ihn an die Zierschwerter im Tabernakel. Das Metall war dünn und sorgfältig bearbeitet und glich keiner Waffe, die Con je gesehen hatte. Und es war blitzsauber. Ohne jede Spur von Rost, anders als die anderen Waffen.

Servis spähte in den Korridor. »Sind 'ne Menge Fey.«

»Ich habe Weihwasser«, beruhigte ihn Con, ohne dem Flur einen Blick zu gönnen. Er wollte es lieber nicht so genau wissen. Sein Weihwasservorrat war nicht besonders groß.

»Ich hoff', es reicht«, knurrte Servis.

»Das hoffe ich auch«, gab Con zurück.

Sie waren bewaffnet, sie waren bereit, nun mußten sie nur noch den König finden. Jetzt, wo sie endlich in den Palast eingedrungen waren, hatte Con keine Ahnung, wo sie zuerst suchen sollten.

»Man sollt' doch denken, sie hätten sie ins Verlies gesteckt. Vielleicht ham sie's noch nit gefunden«, überlegte Servis, als könne er Cons Gedanken lesen.

»Dann müssen sie wohl oben sein, oder?« sagte der Junge.

»Scheint so«, bekräftigte Servis.

Con sah sich um. Überall im Palast mußte es Treppen geben. Er wollte gerade hinter den anderen Türen nachsehen, als er plötzlich ein Stöhnen hörte.

Er wirbelte herum. Servis lag auf den Knien. Eine Schwertspitze ragte aus seinem Magen. Sechs Fey standen hinter ihm. Sie waren hochgewachsen und schlank und sahen den Fey, mit denen Con aufgewachsen war, nicht im mindesten ähnlich. Ihre Gesichter mit den geschwungenen Augenbrauen und hochgezogenen Mundwinkeln hatten einen stolzen Ausdruck.

Mit zitternder Hand riß Con seine Weihwasserflasche aus der Tasche und entstöpselte sie.

Der Fey direkt hinter Servis lachte und zog sein Schwert aus Servis' Rücken. Servis griff sich an den Magen und fiel aufs Gesicht.

»Seht mal«, sagte der Fey mit schwerem Akzent in Inselsprache, »der Kleine da hat Wasser.«

»Oh, wie ich mich fürchte!« spottete ein anderer.

Mit einer gemurmelten Entschuldigung an den Heiligsten schleuderte Con ihnen das Weihwasser entgegen. Aber sie wichen nicht zurück, wie er erwartet hatte. Das Weihwasser traf den ersten Fey ins Gesicht und lief ihm übers Kinn. Der Fey wartete einen Augenblick, dann wischte er die Flüssigkeit einfach weg.

»Das klappt nicht mehr, kleiner Mann«, sagte der Fey. »Und jetzt hast du die Wahl. Du kannst dich ergeben, oder wir können dich töten. Aber ich kann dir versprechen, daß es nicht so schnell gehen wird wie bei deinem Freund. Ich habe hier ein paar Fußsoldaten, die in letzter Zeit für ihren Geschmack zu rasch töten mußten. Sie sind ganz wild darauf, sich einmal wieder richtig Zeit zu lassen. Du könntest ihnen viel Vergnügen bereiten.«

Con blieb nur ein Augenblick, und er wußte nicht, was er

tun sollte. Er hatte eine Weisung zu erfüllen, aber seine Lage schien ausweglos.

»Denk an ... den König ...«, ächzte Servis, dann füllte sich sein Mund mit Blut. Er gurgelte noch einmal und starb.

»Ihr werdet mich wohl töten müssen«, sagte Con und hob sein Schwert in dem sinnlosen Versuch, die Fey aufzuhalten.

41

Die staubigen Halme zerkratzten sein Gesicht und lösten einen heftigen Niesreiz aus. Gabe kauerte sich neben Leen in dem Heuballen zusammen. Der Schweiß strömte ihm aus allen Poren. Noch nie in seinem ganzen Leben hatte er sich so verschwitzt, schmutzig und unbehaglich gefühlt.

Die kleine Rotkappe hatte die Heuhaufen entdeckt und ihnen befohlen, sich im mittleren zu verstecken. Gabe war nicht daran gewöhnt, von Rotkappen Befehle entgegenzunehmen, besonders nicht von desertierten. Es überraschte und beunruhigte ihn gleichermaßen, daß die Rotkappe intelligent zu sein schien. Er hätte nie gedacht, daß diese Geschöpfe viel Persönlichkeit besäßen. Aber dieser hier besaß Persönlichkeit für zwei, dazu Verstand und die unbedingte Entschlossenheit, jeden zu töten, der sich ihm in den Weg stellte. Diese Bereitschaft zu töten hatte Gabe bis jetzt nur mit Fußsoldaten in Verbindung gebracht. Die Rotkappe stellte alles in Frage, was er im Schattenland gelernt hatte.

Sie hockten jetzt schon ziemlich lange in diesem Heuballen, und die Rotkappe hatte ihnen angekündigt, sie dürften frühestens bei Anbruch der Dunkelheit wieder herauskommen. Dunkelheit war ein dehnbarer Begriff. Gabe spürte, wie die Sonne auf das Heu brannte und es aufheizte. Aber in dem Ballen war es so dunkel, daß man schlafen konnte. Gabe hätte gern den versäumten Schlaf nachgeholt, aber es war einfach zu heiß.

Und obendrein waren da die seltsamen Geräusche, die vor ein paar Minuten eingesetzt hatten.

Anfangs war das Feld voller unbekannter Geräusche gewesen. Die Maisstauden ächzten in der Wärme, und das Heu raschelte in der leichten Brise. Aber mit der Zeit hatte sich Gabe an diese Geräuschkulisse gewöhnt. Es waren die neuen Geräusche, die ihn beunruhigten.

Ein Knistern und Knacken. Das Geräusch geknickter Blätter.

Leen langte zu ihm herüber und nahm seine Hand. Vielleicht war es nur der Bauer, der seine Ernte inspizierte.

Vielleicht.

Aber dafür klang es nach zu vielen Füßen.

Gabe preßte Leens Hand so fest, daß sie sich nicht rühren konnte. Auf diesem abgelegenen Stück Land hatten sie sich vor den Fey sicher geglaubt. Aber vielleicht hatte Gabes Urgroßvater beschlossen, jeden einzelnen Hof zu durchsuchen, jeden Ort, an dem Gabe Zuflucht gefunden haben könnte.

Die Schritte kamen näher. Sie waren leise, eher ein Tappen als richtige Schritte. Fast konnte man hören, wie der Lehmboden unter dem Gewicht der Herankommenden zusammengedrückt wurde.

Dann war es plötzlich still.

Gabes Nackenhaare sträubten sich. Leen machte Anstalten, ihre Hand wegzuziehen, aber Gabe packte nur noch fester zu. Jemand lag dort draußen vor dem Heuhaufen auf der Lauer.

Wartete.

Gabe hielt den Atem an. Sein Herz pochte, seine Finger zitterten. Er schwitzte so stark, daß man ihn bestimmt von draußen riechen konnte. Sein Mund war wie ausgedörrt. Er hätte alles für einen Schluck Wasser gegeben.

Dann hörte er ein Knirschen auf der gegenüberliegenden Seite des Heuhaufens. Die Halme um ihn herum zitterten. Jemand grub sich ins Innere. Bestimmt war es vergebens zu hoffen, daß sie ihn nicht fanden.

Das Knirschen hörte auf, und Gabe hörte ein Quieken. Die Rotkappe. Vielleicht würden sie sich mit ihm zufriedengeben.

»Wer bist du?« schnauzte eine männliche Stimme auf Fey.

»F ... Fledderer«, stotterte die Rotkappe.

»Was machst du hier«, fragte der Fey.

»Ich, äh, ich hielt euch für Rugars Leute. Sie suchen manchmal nach mir.«

»*Rugars* Leute?« wiederholte der Fey ungläubig. »Rugar ist schon seit Jahren tot.«

»Schon, aber seine Leute suchen immer noch nach mir. Ich bin einer von den Fey, die nicht an den Waffenstillstand glauben.«

Eine glatte Lüge. Gar nicht dumm, die kleine Rotkappe. Wenn er damit durchkam, waren sie gerettet.

Leen zog ihre Finger aus Gabes Hand. Ihre Fingerspitzen berührten sich noch immer, aber Gabes fester Griff hatte ihr offenbar weh getan. Gabe drückte sich noch tiefer in den Heuballen, obwohl die Halme ihm unangenehm in den schweißfeuchten Rücken stachen.

»Und warum versteckst du dich jetzt, Rotkappe?«

»Ich habe Fey gesehen. Ich dachte, sie kommen vielleicht meinetwegen.«

»Wir sind Rugads Leute«, erklärte die Männerstimme. »Wir suchen seinen Urenkel. Man hat uns gesagt, er sei der Anführer der Fey auf der Blauen Insel.«

»Ich dachte, seit Rugars Tod und dem seiner Tochter haben die Fey auf der Blauen Insel keinen Anführer mehr«, erwiderte die Rotkappe.

Gabe biß sich auf die Unterlippe. Vorsicht, Rotkappe. Sonst durchschauen sie dich.

»Deshalb regiert ja auch sein Urenkel an ihrer Stelle«, erwiderte der Fey.

»Aber bei ihrem Tod war er noch ein Baby. Niemand hat ihre Stelle eingenommen. Es sind ein Haufen Versager. Sie haben nicht einmal versucht zu kämpfen.«

Ein Tropfen fiel auf Gabes rechte Wange. Er widerstand dem Impuls, ihn wegzuwischen. Es mußte Schweiß sein. Was sonst.

Ein Haufen Versager.

Und sie waren alle tot.

Auch Gabe hätte eigentlich tot sein müssen. Aber er war in Jahn gewesen, um Sebastian zu retten, und hatte nicht gemerkt, was vor sich ging.

»Wenn sie keinen Anführer mehr haben, warum versteckst du dich dann vor ihnen?«

»Weil sie mich hassen«, antwortete die Rotkappe. »Sie sagen, ich zerstöre alles, wofür Jewel gekämpft hat.«

»Für eine Rotkappe bist du verdammt sauber.«

»Ich habe meinen Beruf lange nicht mehr ausgeübt.«

»Und diese ganze Schweinerei hier hast du alleine angerichtet?«

»Es war schwierig, in den Ballen zu kriechen.«

»Komisches Versteck. Warum bist du nicht in die Scheune geflohen?«

»Weil mich die Inselbewohner genauso hassen wie die Fey«, erwiderte die Rotkappe.

»Du bist wohl nicht besonders beliebt, was?« höhnte der Fey.

»Das ist der Fluch aller Rotkappen«, gab Fledderer zurück.

»Na schön«, knurrte der Fey schließlich. »Laßt ihn laufen.«

Gabe fühlte, wie sich seine Schultern entspannten. Leens Finger zuckten. Sie hatten es geschafft. Die Rotkappe hatte sie gerettet.

Dann teilten Hände den Ballen. Wie gelähmt beobachtete Gabe, wie lange braune Finger die Halme beiseiteschoben. Es regnete Heu, als mehrere Händepaare ihn am Hemd packten und herauszogen. Neben ihm passierte dasselbe mit Adrian, Coulter und Leen. Gabe konnte kaum stehen. Er fühlte sich schwach und schwindlig von der Hitze. Fledderer stand vor einer Truppe von Fußsoldaten und Infanteristen und sah bestürzt aus.

»Du hast gelogen, Rotkappe«, sagte eine Feystimme neben Gabe. Gabe drehte den Kopf ein kleines bißchen. Der Fey hatte Flügel und wirkte zerbrechlich. Es war ein Irrlichtfänger. Wider Willen füllten sich Gabes Augen mit Tränen, und er mußte blinzeln, um sie zurückzuhalten.

»Du bist der richtige Urenkel«, verkündete der Fey. »Der, den die Fey aufgezogen haben.«

Leugnen war zwecklos. Vielleicht konnte Gabe wenigstens die anderen retten, wenn er lange genug redete.

»Habt ihr Sebastian gesehen?« fragte er. »Den Wechselbalg?«

»Den Golem? Ja, ich habe ihn gesehen, vor zwei Tagen, als er das Amt entgegennahm, das dir gebührt. Aber wir haben diesem Unsinn ein Ende gemacht. Wenn du das Angebot deines Urgroßvaters annimmst, wirst du nicht nur über die Blaue Insel herrschen, sondern über das gesamte Imperium der Fey.«

»Welches Angebot?« fragte Gabe. Coulter beobachtete ihn. Strohhalme ragten aus seinem gelben Haar.

»Dein Urgroßvater will, daß du freiwillig mit uns kommst. Er wird dich unterweisen, und dann wirst du ihm als Herrscher des Fey-Imperiums nachfolgen.«

Adrians Gesicht war flammend rot und schweißüberströmt. Die Rotkappe sah wütend aus. Leen war vom Stroh ganz zerkratzt. Sie zog die Schultern hoch, offenbar völlig erschöpft.

»Wohin wollt ihr mich bringen?« fragte Gabe weiter. Er versuchte, Zeit zu gewinnen, hoffte, daß die anderen sich etwas einfallen ließen. Vielleicht hatte ja sogar die kleine Rotkappe die rettende Idee. Er schien von allen noch am klarsten denken zu können.

»In den Palast«, entgegnete der Irrlichtfänger. »Dein Urgroßvater erwartet dich dort.«

Plötzlich vergaß Gabe seinen Wunsch zu fliehen. Das Bild von Sebastian, der vor dem Schwarzen König stand, formte sich in seinem Geist. Sebastian, der in Stücke sprang.

»In den Palast der Inselbewohner?« Übelkeit stieg in Gabes Kehle auf. Magensäure brannte von seinem Adamsapfel bis hinunter zum Ende seiner Speiseröhre. »Der Schwarze König ist im Palast der Inselbewohner?«

Der Irrlichtfänger grinste. »Jetzt ist es sein Palast.«

»Aber was ist mit Sebastian? Und meinem Vater? Meiner Schwester? Was ist mit ihnen passiert?«

»Ich dachte, sie bedeuten dir nichts«, erwiderte der Irrlichtfänger.

»Sie sind meine Familie.« Gabe ballte die Fäuste. Er wehrte sich gegen die Hände, die ihn festhielten. »Sie sind alles, was mir geblieben ist.«

»Und deswegen sind sie dir so wichtig?« Die Stimme des Irrlichtfängers verriet eine leise Befriedigung. Zu leise für die anderen, aber deutlich genug für Gabe. Normalerweise zeigten Fey keine Zuneigung zu anderen Menschen. Nicht, wenn diese ihrer Zukunft im Wege standen.

»Ihr dürft meiner Schwester nichts tun«, keuchte Gabe. »Sie besitzt Schwarzes Blut.«

»Ich habe niemandem etwas getan«, gab der Irrlichtfänger zurück.

Coulters rechte Hand zuckte, als versuche er, einen kleinen Ball zu fangen, der vom Boden hochsprang. Ein schwaches Licht schimmerte durch seine Finger.

Gabe leckte sich die Lippen. »Wenn Sebastian tot ist, werde ich gar nichts für den Schwarzen König tun.«

»Das müßtest du doch als erster wissen«, höhnte der Irrlichtfänger. »Er ist doch dein Golem. Oder etwa nicht?«

Coulters andere Hand machte dieselbe unmerkliche Bewegung. Auch dort erschien das seltsame Licht.

»Was ist hier los?« schrie ein Mann in Inselsprache.

Der Bauer und seine Familie waren plötzlich hinter den Fey aufgetaucht. Adrian wirbelte so rasch herum, daß die Fey, die ihn hielten, fast das Gleichgewicht verloren hätten. »Lauft!« rief er in derselben Sprache. »Schnell!«

Das ließ sich der Bauer nicht zweimal sagen. Er rannte los, aber schon waren ihm ein paar Fey auf den Fersen.

Gabe versuchte, sich loszureißen. Die Rotkappe tat es ihm nach.

Mit einem Schlag stand Coulter in Flammen. Die Fey, die ihn festhielten, heulten auf. Feurige Zungen leckten über ihre Arme und ihre Kleider. Coulter befreite sich aus ihrem Griff. Er schleuderte Feuerbälle in die Gruppe der restlichen Fey, und ihre Stiefel gingen in Flammen auf. Nur die Erde brannte nicht.

Auch diese Fey schrien jetzt. Die anderen versuchten vergeblich, die Flammen zu löschen. Die Rotkappe packte eines ihrer Schwerter und stach auf die Fey ein, die Gabe immer noch gepackt hielten. Coulter trat näher und streckte ihnen einen brennenden Finger entgegen. Die Männer wichen zurück. Gabe blickte seinen Freund verblüfft an, aber er sagte nichts.

Auch Leen entwand sich den Händen der Fey. Adrian brüllte immer noch hinter dem Bauern her. Leen packte ihn und zog ihn in das Handgemenge. Der Irrlichtfänger griff verzweifelt nach Gabe, aber Gabe stieß ihn so kräftig, wie er konnte, vor die Brust, so daß er rückwärts in das Maisfeld taumelte. Gabe zuckte zusammen: Bestimmt hatte er dem Irrlichtfänger die Flügel und die meisten Knochen in den Beinen gebrochen.

Überall schrien Fey. Die Luft roch nach versengtem Fleisch. Coulter packte Gabe am Arm, aber das Feuer griff nicht auf Gabe über.

»Komm«, zischte Coulter. »Wir haben nicht viel Zeit.«

Gabe ließ sich von ihm ins Maisfeld ziehen. Als sie zwischen den hohen Stauden verschwanden, erloschen Coulters Flammen. Leen folgte ihnen, Adrian und die Rotkappe im Schlepptau. Sie hinterließen einen deutlich sichtbaren Trampelpfad, aber das war Gabe egal. Er rannte mit letzter Kraft.

»Was war das?« keuchte die Rotkappe.

»Ich habe einen ganzen Vorrat an Zaubersprüchen«, gab Coulter zurück. »Sie sind allerdings nicht besonders mächtig und wirken nur kurze Zeit.«

Immer noch hörten sie hinter sich das Gebrüll der Fey.

»Der Bauer«, stieß Adrian hervor.

»Wir können ihm nicht mehr helfen«, entgegnete die Rotkappe. Er packte den zögernden Adrian am Hemd und zerrte ihn hinter sich her.

»Sie werden nach uns suchen«, sagte Gabe.

»Aber sie werden uns nicht finden«, erwiderte Coulter. »Du hast ihren Irrlichtfänger verletzt. Sie müssen erst zu Fuß Verstärkung holen, um unsere Verfolgung aufzunehmen. Wenn wir uns verstecken können ...«

Sie hatten den Rand des Feldes erreicht. Gabe und Coulter brachen als erste zwischen den hohen Stengeln hervor. Und blieben wie angewurzelt stehen.

Eine Reihe von Fey, die sich so weit erstreckte, wie das Auge reichte, umspannte die Felder. Weitere Fey patroullierten auf der Straße.

»Sie werden uns nicht finden?« ächzte die Rotkappe, als er neben Gabe zum Stehen kam. Adrian fluchte, und Leen stöhnte. »Die Kraft der Vision besitzt du wohl nicht, Inselbewohner?«

»Das ist Gabes Sache«, erwiderte Coulter. »Jemals eine Vision zu dieser Situation hier gehabt?« Gabe schüttelte den Kopf. Er hatte heute schon eine ganze Reihe Visionen gehabt, aber keine davon hatte sich mit diesem Bild befaßt. Und die meisten Visionen endeten damit, daß Sebastian in Stücke zersprang.

»Sie werden mich nicht kriegen«, schwor Gabe.

»Großartig«, spottete Leen. »Und was bedeutet das für uns?«

»Den Tod«, gab Fledderer zurück. »Aber sie werden uns sowieso töten, ob sie uns nun fangen oder nicht. Also können wir ebensogut kämpfen.«

Und ohne eine Antwort abzuwarten, schwang er sein blutiges Schwert hoch über den Kopf und stürzte sich ins Getümmel.

42

Arianna keuchte. Das Schwert war schwerer, als sie erwartet hatte, und ihre Arme begannen zu erlahmen. Sie hatte sie in den letzten Tagen zu oft als Flügel benutzt.

Alle Augen waren auf sie gerichtet. Die Wachen hatten die Hände auf die eigenen Schwertgriffe gelegt. Ihr Vater rührte sich nicht, und neben ihm stand Sebastian. Der Schwarze König beobachtete sie. Nur seine Augen in dem sonnenverbrannten Gesicht schienen lebendig.

»Weißt du, was passieren wird, wenn du mich mit diesem Schwert verletzt?« fragte er. Er sah noch nicht einmal aus, als fürchte er sich.

Arianna wußte es, aber sie war sich nicht sicher, ob sie den alten Geschichten Glauben schenken sollte. Das waren alles Fey-Schauermärchen, manche davon wahr, andere nicht. Sollte sie das Leben ihrer Familie wegen der Lüge einer Schamanin aufs Spiel setzen?

Aber wenn sie den Schwarzen König wirklich tötete, würden sich im nächsten Augenblick die Wachen auf sie stürzen.

Und auf ihren Vater.

»Man sagt, dann bricht das Chaos aus«, erwiderte sie. Ihre Stimme klang ganz ruhig, obwohl sie sich nicht so fühlte. Ihre Arme zitterten.

»Aber ich glaube nicht daran.«

»Du kannst es ruhig glauben, Mädchen.« Es war, als wären sie ganz allein im Zimmer. Arianna fühlte, welche Macht ihr Urgroßvater ausstrahlte. Er war es gewöhnt zu befehlen, alles unter Kontrolle zu haben. Sogar daß ihr Vater in dem vorangegangenen Wortgefecht die Oberhand gewonnen hatte, schien den Schwarzen König nicht weiter zu beunruhigen. Und selbst jetzt, den Tod vor Augen, wirkte er gelassen.

»Wenn das wahr ist, laßt uns frei«, sagte sie.

»Wozu?« fragte Rugad. »Ich würde euch doch bloß wieder einfangen.«

»Und ich würde wieder versuchen, Euch zu töten.«

»Das würdest du nicht«, entgegnete der Schwarze König. »Du würdest nicht alles für nichts aufs Spiel setzen.«

»Ihr bietet mir nicht alles. Nach Eurem Tod gelange ich sowieso an die Macht, ob Ihr mich nun ausbildet oder nicht. Ich brauche Euch nicht, alter Mann.«

Das hatte gesessen. Rugad schluckte fast unmerklich, aber Arianna hatte es genau gesehen.

»Wenn du mich tötest«, sagte er, »dann tötest du alles, wofür die Fey gekämpft haben. Alles.«

Arianna lächelte. Sie mußte ihre Hand leicht bewegen, um das Schwert noch halten zu können. »Ich habe nie verstanden, wofür die Fey eigentlich kämpfen. Es bedeutet mir nichts.«

»Du würdest die Welt ins Chaos stürzen, Mädchen. Bruder gegen Bruder hetzen, Freund gegen Freund.«

»So wie Ihr es bereits getan habt? Mein Vater hat recht. Ihr hattet keinen Grund, uns anzugreifen. Vielleicht hätten mein Bruder und ich ja freiwillig mit Euch zusammengearbeitet. Vielleicht hättet Ihr das zuerst einmal herausfinden sollen.«

»Du weißt nicht, was du tust«, wiederholte der Schwarze König. Diesmal hörte man seiner Stimme die Verzweiflung an. Sie hatte ihm Angst eingejagt.

Große Angst.

Er wußte nicht, was sie tun würde, wozu sie fähig war.

Es gefiel ihr. Es verschaffte ihr die Macht, die sie brauchte.

»Und trotzdem wollt Ihr, daß ich mit Euch zusammenarbeite«, fuhr sie fort. »Ihr wollt, daß ich Seite an Seite mit Euch kämpfe. Ihr haltet mich für dumm, aber Ihr wollt trotzdem, daß ich ein riesiges Imperium regiere.«

»Du bist nur dumm und unwissend, weil du unter Inselbewohnern aufgewachsen bist. Das läßt sich ändern. Du kannst lernen.«

»Ich bin bei meinem eigenen Volk aufgewachsen.«

Ihr Vater trat einen Schritt vor. Nur einen winzigen Schritt, aber damit geriet er in Ariannas Blickfeld. Im Geiste dankte sie ihm dafür. Es machte alles leichter.

»Dein Volk sind die Fey.«

»Die Fey sind ebensowenig mein Volk wie das meines Vaters«, konterte Arianna. »Euer Volk hat mich nicht haben wollen. Sie wollten mich nicht aufziehen. Sie haben mich hier zurückgelassen, damit ich sterbe. Ohne meinen Vater und Solanda wäre ich schon längst tot. Also erzählt mir nichts über mein Volk.«

»Diese Fey sind ausgelöscht«, erwiderte der Schwarze König leise, fast vorsichtig. »Es waren Versager. Die Fey dulden kein Versagen.«

»Und was wird dann aus Euch, der Ihr Euch von einem kleinen Mädchen habt überwältigen lassen?«

»Du hast mich nicht überwältigt«, sagte der Schwarze König und griff nach der Klinge.

Arianna sah die Bewegung voraus und warf das Schwert mit der rechten Hand ihrem Vater zu. Er fing es im Flug auf. Die Waffe glitt in seine Hand, als wäre sie dafür geschaffen. Der Schwarze König wirbelte herum, ihr Vater stürzte vor, und Sebastian schrie auf.

Auch die Wachen setzten sich in Bewegung, aber darum konnte Arianna sich jetzt nicht kümmern. Wenn ihrer Familie die Flucht gelingen sollte, mußte sie handeln.

Sie begann sich zu Verwandeln und hoffte, sie würde den Prozeß überleben.

43

Die Fey lachten, als sie auf ihn losstürmten. Con schwang sein Schwert und spießte drei von ihnen auf: den einen durch den Hals, wobei er ihm ein Stück Fleisch von der Schulter absäbelte; den zweiten verletzte er erst am Arm und stieß die Klinge dann durch seinen Brustkorb, bis das Schwert auf der anderen Seite wieder zum Vorschein kam; und dem dritten durchbohrte er den Magen und kam bei der Hüfte wieder heraus. Der Kopf des ersten Fey fiel in einer Blutfontäne nach hinten, der Körper folgte einen Augenblick später. Die beiden anderen wurden in der Mitte gespalten. Blut sprudelte aus ihren Unterkörpern, während ihre Oberkörper zu Boden fielen.

Con wurde regelrecht von Blut übergossen.

Sein Arm war noch nicht einmal müde geworden. Die Klinge hatte keinen Widerstand gespürt. Wären nicht die zukkenden Körper vor ihm gewesen, hätte er geglaubt, es sei nichts passiert. Es hatte sich angefühlt, als teilte er die Luft.

Die anderen drei Fey hielten wie auf Kommando inne.

»Zurück«, brüllte Con. »Zurück, oder ich töte euch alle.«

Das Schwert lag leicht in seiner Hand. Es bestand aus einem Material, das er nicht kannte. Die meisten Schwerter konnte er kaum halten.

Dieses schon.

Seine Füße waren naß. Der Boden war glitschig vor Blut. Die drei toten Fey lagen zwischen ihm und Servis, neben dem umgestoßenen Tisch. Dann setzten sich die drei übrigen Fey wieder in Bewegung. Einer von ihnen kam mit ausgestreckten Händen auf Con zu. Seine Fingernägel waren so lang, daß sie wie Krallen aussahen.

»Zurück mit dir«, zischte Con. »Zurück, oder euch allen ergeht es schlecht.«

Ein Fey war jetzt hinter ihm und packte ihn am Gewand. Con wirbelte herum, verlor fast das Gleichgewicht und stach mit seinem Schwert auf den Mann ein. Das Schwert durchtrennte den Arm des Fey kurz vor dem Ellenbogen. Der Fey umklammerte mit der anderen Hand den Stumpf, aber er schrie nicht.

Ein anderer Fey zog ihn zurück, näherte sich Con vorsichtig und ergriff den Rest des Armes. Con sah zu. Er war ebenso verblüfft wie die Fey.

Sie konnten ihm nur etwas anhaben, wenn sie ihm seine Waffe entrissen. Dieses Schwert schien besondere Kräfte zu besitzen.

Er stellte sich mit dem Rücken zur Wand. Jetzt konnte er sie alle gleichzeitig abwehren.

Aber sie drangen nicht auf ihn ein. Sie starrten ihn an, als sei er kein gewöhnlicher Mensch, als sei er etwas Größeres als sie.

Der zweite Fey zog sein Schwert und schwang es Con entgegen. Con parierte. Als die Schwerter gegeneinander schlugen, sprang die Waffe des Fey in Stücke. Metall klirrte auf den Boden, und einer der Splitter klatschte in die Blutlache.

Con atmete nicht einmal schneller. Es war so mühelos gewesen, drei Fey zu töten, einen weiteren zu verwunden und die Waffe des fünften zu vernichten. Verlieh es ihm solche Kraft, daß er eine Weisung zu erfüllen hatte? Waren deshalb nur so wenige auserwählt?

Oder war es das Schwert?

Es schien tatsächlich an dem Schwert zu liegen.

Die zwei letzten Fey starrten ihn immer noch über den Leichenhaufen hinweg an. Fey-Gesichter: lang, kantig, schmal, ein Mann und eine Frau, die vor Verblüffung den Mund aufrissen. Aber da eilten ihnen auch schon sechs weitere Fey aus dem Korridor zu Hilfe. Als sie das Gemetzel erblickten, blieben sie stehen. Die Hälfte von ihnen trug Schwerter, die anderen hatten diese Finger mit den langen Nägeln. Fußsoldaten, die ihrem Opfer mit einer einzigen Berührung die Haut abzogen.

Auch sie konnte er abwehren, aber wie lange noch? Die Fey verfügten über zahllose Zauberkräfte. Früher oder später würde ihnen eine Methode einfallen, Con unschädlich zu machen. Sie würden sich in etwas Kleines verwandeln und ihn von oben angreifen, einen Lichtstrahl auf ihn schießen oder ihn sogar durch bloße Gedankenkraft töten.

Er wußte nicht, wie viele dieser Fähigkeiten sie tatsächlich beherrschten oder worin überhaupt ihre Fähigkeiten bestanden. Er wußte nur, daß sie zu guter Letzt siegen würden. Das war unausweichlich. Ein einzelner Mann konnte sich nicht gegen Hunderte verteidigen.

Oder etwa doch?

Wenn Gott auf seiner Seite war?

Die Fey beobachteten ihn gespannt. Con konnte förmlich sehen, wie blitzschnell sie nachdachten. Eine Frau im Hintergrund machte einen Schritt nach vorn, und er hob erneut sein Schwert.

»Keine Bewegung«, befahl er. »Oder ich töte euch alle.«

Die Fey-Frau blieb stehen. Ihre Augen waren groß und braun. Sie fingen das Licht ein und schienen Furcht widerzuspiegeln.

»Sagt mir, wo mein König ist«, verlangte Con.

Niemand antwortete. Sie glotzten ihn immer noch an wie einen Verrückten.

Er mußte sich ihre Furcht zunutze machen.

Er trat vor und wäre beinahe im Blut ausgerutscht.

»Sagt es mir sofort!«

»Da drin«, sagte ein Mann mit schwerem Akzent und deutete auf den Korridor.

»Dort, wo all die anderen sind?« fragte Con.

»Ja«, bestätigte der Mann. »Im Audienzzimmer.«

Con hätte wissen müssen, wo das war, aber er erinnerte sich nicht. Er erinnerte sich an gar nichts. Er wußte nur, daß er mit acht Fey in diesem Raum stand, daß jederzeit weitere durch die Tür kommen konnten und daß noch mindestens zwanzig von ihnen im Korridor waren.

Er konnte drei auf einmal töten, aber das war vielleicht nicht genug, besonders, wenn niemand ihm den Rücken freihielt.

Aber das mußten die Fey nicht erfahren. Sie hatten genausowenig Ahnung wie er, was er – oder dieses Schwert – vermochte.

Er stieß ein stummes Gebet aus. Wenn Gott ihm hier heraushalf, würde er ihm den Rest seines Lebens widmen.

»Holt meinen König und bringt ihn hierher«, befahl Con.

»Das können wir nicht«, erwiderte ein Fey. »Er spricht mit dem Schwarzen König.«

»Es ist mir egal, mit wem er spricht«, gab Con zurück. »Bringt ihn her, oder ich töte jeden einzelnen von euch. Und euren Schwarzen König noch dazu.«

»Das kann er gar nicht«, warf die Frau ein, die eben noch hatte weglaufen wollen. »Er ist bloß ein gewöhnlicher Inselbewohner.«

»Ich bin ein Heiliger Mann«, drohte Con, »und ich besitze mehr Macht, als ihr euch je habt träumen lassen. Was glaubt ihr, wie ich mich durch eure wüste Truppe hierher durchgeschlagen habe? Zu Fuß?«

»Du bluffst«, sagte die Frau.

»Willst du das wirklich ausprobieren?« fragte Con zurück.

»Wir sterben auf jeden Fall«, rief ein männlicher Fey dazwischen. »Entweder durch seine Hand oder durch die des Schwarzen Königs.«

»Ich verschone euren König, wenn ihr mir meinen bringt«, versprach Con. Schweiß strömte über seine Wange. Sein Herz pochte so heftig, daß er das Gefühl hatte, die Fey müßten es hören.

»Unseren Schwarzen König kannst du nicht töten«, widersprach die Frau. »Wenn du das könntest, hättest du es schon längst getan.«

Darauf hatte Con keine Antwort. Sie gingen auf ihn zu. Er schwang wild sein Schwert und verfehlte den Fey direkt vor sich um Haaresbreite.

»Es ist das Schwert«, rief die Frau. »Es ist das Schwert, das ihm Macht verleiht. Nehmt es ihm weg!«

Sofort bewegten sich die Fey wie eine Wand auf ihn zu, die Augen starr auf das Schwert in seinen Händen gerichtet.

44

Adrian sah zu, wie Fledderer sich in die Menge der Fey stürzte. Die Rotkappe schwang in beiden Händen Schwerter, richtete aber nur wenig Schaden an. Fußsoldaten packten ihn, aber er hörte nicht auf zu kämpfen. Adrian schwang seinen Bogen herum und griff mit zitternden Händen nach dem Köcher.

Zum zweiten Mal in seinem Leben würde er zum Gefangenen der Fey werden.

Wenn sie ihn nicht sofort töteten.

Das würde er nicht zulassen.

Fledderer focht seltsam stumm. Ein paar Grunzer, ein Stöhnen und ein Aufheulen, als die Fußsoldaten ihn packten. Leen trat einen Schritt vor und hielt inne – offenbar wußte sie genau, wozu ihre Leute fähig waren –, und Gabe sah aus, als habe er endgültig allen Mut verloren. Adrian zielte und schoß einem von Fledderers Peinigern einen Pfeil in die Schulter.

Es schien nicht viel auszumachen.

Aber Coulter, Coulter sah größer aus als je zuvor.

Er trat mitten in das Getümmel und stellte sich vor Gabe. »Hört auf«, wandte er sich an die Fey. »Hört sofort auf.«

Die Fey, die ihm am nächsten standen, lachten. Aber Coulter gönnte ihnen noch nicht einmal einen Blick. Er sandte einen Feuerstrahl mitten in die Truppe der Feinde. Der Strahl traf – und explodierte – direkt hinter den Fey, die Fledderer festhielten. Die Fey wandten sich um wie ein Mann ...

... und der Kampf brach ab.

Die Fey konnten den Rauch, der hinter ihnen aufstieg und den Himmel verfinsterte, nicht übersehen, ebensowenig wie die Tatsache, daß der Tag heißer war als normal. Wenn es um Magie ging, waren sie nicht dumm. Sie wußten, daß es mit Coulter eine besondere Bewandtnis hatte, aber sie wußten nicht, welche.

Adrian zog einen weiteren Pfeil aus dem Köcher und zielte. Leen packte ihr Schwert. Gabe griff nach Leens Messer. Plötzlich waren sie eine kleine Streitmacht.

»Ich verteidige dieses Mitglied der Schwarzen Familie«, verkündete Coulter. »Besiegt mich, und ihr alle werdet sterben.«

»Du bist ein Inselbewohner«, wandte eine Frau neben ihm ein.

»Gut beobachtet«, spottete Coulter mit einem Sarkasmus, der ihm sonst fremd war. »Laßt Fledderer los.«

Die Fußsoldaten rührten sich nicht. Der verwundete Soldat, in dessen Schulter immer noch Adrians Pfeil steckte, hielt Fledderer nach wie vor fest. Auch sonst bewegte sich niemand. Immer noch stieg beißender Rauch auf, und es schien immer heißer zu werden. Schweißbäche rannen über Adrians Gesicht. Er hatte schon lange nichts mehr getrunken. Er fragte sich im stillen, wie lange sein Körper noch Wasser verlieren und sich dabei aufrecht halten konnte.

»Laßt ihn los«, wiederholte Coulter.

Die Fey warteten. Es war offenbar eine Art Test. Sie wollten sehen, wozu er noch fähig war.

Trotz der Hitze überlief Adrian ein Frösteln. Coulter hatte gesagt, er verfüge zwar über ein ganzes Arsenal an Waffen, aber nur über wenig Kraft. Die Fey dagegen hatten Verstärkung auf der Straße und mehr Waffen, als Adrian sich vorstellen mochte.

Zu bluffen war das einzige, was sie noch retten konnte. Aber Coulter schien nicht zu wissen, wie er das anstellen sollte.

Adrian hatte immer noch den Pfeil auf die Sehne gelegt, ließ den Bogen jetzt aber langsam sinken. »Tut, was er sagt.« Adrian bemühte sich, laut zu sprechen. »Oder er wird euch alle töten.«

Ein Meer von völlig unbeeindruckten Fey-Gesichtern.

»Kannst du hexen?« zischte Gabe Coulter mit gedämpfter Stimme zu, aber Coulter schien ihn nicht zu hören. Statt dessen blinzelte er, und Adrian glaubte, einen kleinen Blitz in der Sonne auflodern zu sehen. Aber der Blitz war so schnell verschwunden, wie er gekommen war.

Dann taumelten die Soldaten, die Fledderer hielten, plötzlich zurück. Die vorderste Frau fiel auf die Knie. Blut tropfte ihr aus Augen, Nase und Ohren. Sie starrte Coulter einen Augenblick an, bevor sie vornüberkippte. Der nächste griff sich an die Stirn, als habe er Kopfschmerzen. Er torkelte rückwärts in die Menge seiner Gefährten, die sich teilte wie Gras im Wind. Als er den Rand der Straße erreichte, sank auch er mit weit aufgerissenen Augen zu Boden.

Tot.

Der dritte, der Fey mit Adrians Pfeil in der Schulter, riß Augen und Mund auf, stieß ein leises Quieken aus und kippte nach hinten.

Tot.

Coulter betrachtete sie. Seine Mundwinkel waren blau, und er ballte so heftig die Fäuste, daß seine Arme zitterten. Adrian wußte, welche Anstrengung das alles für ihn bedeuten mußte. Coulter war immer der Friedliche gewesen, der seine Zauberkräfte nur im Guten anwenden wollte. Jetzt wurde er zu diesem Kampf gezwungen, weil er den einzigen Menschen verteidigen mußte, den er liebte.

Gabe.

Offenbar war Coulter unfähig zu sprechen. Adrian hatte diesen Ausdruck schon einmal, vor wenigen Stunden, auf seinem Gesicht gesehen. Mit jedem Toten schien Coulters Seele ein kleines bißchen zu sterben.

»Nun? Will auch der Rest von euch so enden? Laßt uns durch«, wiederholte Adrian.

»Er kann uns nicht alle töten«, knurrte ein Fey aus dem Hintergrund in seiner eigenen Sprache.

»Macht nichts. Der Schwarze König wird uns bestrafen, wenn wir den Jungen laufenlassen«, erwiderte ein anderer.

»Kannst du hexen?« flüsterte Gabe wieder.

»Es wird nicht funktionieren«, zischte Leen zurück. »Sie haben recht.«

Fledderer schien sich von seinem Schreck erholt zu haben. Er gesellte sich wieder zu seinen Freunden, und während die Fey noch diskutierten, verteilte er Waffen. Er reichte Gabe ein weiteres Messer und Leen ein zusätzliches Schwert. Er bot auch Coulter ein Messer an, aber dieser würdigte ihn keines Blickes.

Adrian wartete, den Pfeil immer noch auf der Sehne.

Jemand mußte den ersten Schritt tun, aber das würde nicht er sein.

Eine Träne rann über Coulters Wange. Eine zweite folgte. Er schloß die Augen, hob die Hände über den Kopf und flüsterte ein Wort in Inselsprache. »Blitz!«

Sofort grollte Donner über ihren Köpfen. Die Rauchschwaden verwandelten sich in Gewitterwolken, und der Himmel verdunkelte sich.

»Duckt euch«, befahl Coulter in Inselsprache. Er blickte Adrian an. »Bitte. Duckt euch.«

Adrian ließ den Bogen fallen, packte Gabe und riß ihn mit sich zu Boden. Fledderer tat das gleiche mit Leen. Knisternd zuckte ein Blitz in gewaltigen Zickzackbögen über den Himmel.

Die Luft war elektrisch geladen. Adrians Nackenhaare stellten sich auf. Gabe blinzelte und versuchte etwas zu sehen, aber Adrian drückte ihn zu Boden. Der Blitz kroch über den Himmel, langsamer als jeder gewöhnliche Blitz. Adrian hob den Kopf und beobachtete ihn. Einige der Fey hatten sich kurz nach Adrian zu Boden geworfen. Andere waren stehengeblieben. Das unheimliche grüne Licht erleuchtete ihre Gesichter und färbte sie aschgrau.

Dann, endlich, schlug der Blitz ein, und ein ohrenbetäubendes Klagegeheul erhob sich. Adrian preßte das Gesicht auf die ausgedörrte Erde. Ein Knistern übertönte das Geschrei, und ein Gestank stieg auf, ein Gestank, den Adrian seit der ersten Invasion der Fey vor vielen Jahren nicht mehr gerochen hatte. Aber dieser neue Gestank war noch anders. Er war dikker und ätzender, roch weniger nach Verwesung.

Der Gestank von brennendem Fleisch.

Adrian drehte sich der Magen um, aber er ließ Gabe nicht los. Bis jetzt hatte der Blitz Coulters Freunde verschont, aber Adrian wußte nicht, wie gut Coulter die Situation unter Kontrolle hatte.

Also blieb Adrian auch liegen, als der Gestank stärker wurde und die Schreie abbrachen – alle außer einem einzelnen hohen Klageton. Gabe scharrte auf der trockenen Erde.

»Coulter«, keuchte er.

Adrian hob den Kopf. Gabe hatte es erkannt, bevor Adrian begriffen hatte. Den letzten Schrei hatte Adrians Adoptivsohn ausgestoßen.

Coulter stand hoch aufgerichtet vor einer Straße voller versengter und brennender Menschen. Ein paar Fey bewegten sich noch inmitten des Schlachtfeldes, aber sie waren die einzigen, deren Körper noch unversehrt waren. Der Himmel klarte auf, die Wolken zogen weiter, der Blitz war verschwunden.

Und Coulters Mund stand offen, seine Augen starrten geradeaus, ohne etwas zu sehen, und er schrie.

»Er soll aufhören. Wir müssen ihn dazu bringen, daß er aufhört!« Gabe entwand sich Adrians Griff, rannte zu Coulter und legte die Arme um ihn. Coulter rührte sich nicht.

Auch Fledderer und Leen hatten sich erhoben. »Wir haben wenig Zeit«, warnte die Rotkappe. »Ich wette, sie haben schon um Hilfe geschickt. Und wenn die, die noch am Leben sind, sich von ihrem Schreck erholt haben, nehmen sie unsere Verfolgung auf. Wir müssen los.«

Leen musterte die Leichen. Ein Meer verkohlten Fleisches. »Er ist ein Zauberer!« flüsterte sie.

»Hast du das jetzt erst gemerkt?« spottete Fledderer.

Gabe hielt Coulter immer noch umarmt, aber dieser rührte sich nicht von der Stelle. Sein Klageschrei war in ein heiseres Jammern übergegangen.

»Bring ihn dazu, daß er sich in Bewegung setzt«, forderte Fledderer.

»Wohin?« fragte Adrian. Hinter ihnen war das Feuer und vor ihnen der Tod.

»Nicht nach Jahn, soviel ist mal sicher. Und zum Hof können wir auch nicht zurück. Wir haben nur die Wahl, ob wir nach Osten oder nach Westen gehen.«

»Macht sowieso keinen Unterschied«, meinte Adrian.

»Im Westen sind Fey«, sagte Leen. »Sie haben alle Bewohner des Schattenlandes abgeschlachtet.«

»Hier können wir das jedenfalls nicht entscheiden«, erklärte Fledderer und deutete mit dem Kinn auf eine Fey-Soldatin, die sich inmitten der Toten mühsam aufrichtete. »Laßt uns gehen.«

»Ich werde Coulter holen.« Adrian schob Gabe beiseite und legte Coulter sanft die Hand auf den Mund. Dann drückte er Coulters Kopf an seine Schulter. Coulter beugte steif den Nakken, am ganzen Körper zitternd.

»Adrian«, stammelte Coulter. »Adrian.« Und dann brach er

in ein nicht enden wollendes Schluchzen aus. So hatte Coulter nicht mehr geweint, seit er vor fünfzehn Jahren entdeckt hatte, daß seine Zauberkraft auch Schaden anrichten konnte.

Damals hatte es einen ganzen Nachmittag gedauert, bis er sich wieder beruhigt hatte. Soviel Zeit hatten sie jetzt nicht.

»Es ist nicht deine Schuld«, tröstete ihn Adrian. »Manchmal bleibt einem keine Wahl. Manchmal muß man die Menschen verteidigen, die man liebt.«

»A...a...aber ...«

»Kein Aber«, unterbrach ihn Adrian. »Wir müssen jetzt gehen, oder alles war umsonst. Sie würden uns alle töten.«

Coulter zitterte noch immer.

»Hab Vertrauen. Ich bin stark«, beschwichtigte Adrian. »Ich helfe dir. Stütz dich auf mich. Gemeinsam schaffen wir es.«

»Und ich helfe dir auch«, erklärte Gabe. Er legte eine Hand auf Coulters Rücken. Ein letztes Mal blieb Coulter stehen. Er betrachtete die Fey zu seinen Füßen, deren Tod er verursacht hatte, und seine Schultern zuckten. Adrian drehte Coulters Gesicht zur Seite, damit er nicht länger hinsehen mußte.

»Am besten machen wir einen großen Bogen um dieses Schlachtfeld«, sagte Adrian.

»Mitten hindurch ist besser«, widersprach Fledderer.

»Drumherum. Er schafft es nicht.«

»Wir können es uns nicht leisten, ihn zu verhätscheln.«

»Wir verhätscheln ihn nicht. Ich möchte nur, daß er das hier überlebt.«

»Ihm geht's gut.«

»Äußerlich vielleicht«, sagte Adrian. »Aber er hat nicht deine Ausbildung. Er ist nicht so abgebrüht wie du. Er ist ein Inselbewohner. Wir pflegen das Leben anderer Menschen zu respektieren.«

Adrian unterbrach sich. Er hatte Fledderer nicht verletzen wollen. Die Rotkappe hatte sie seit Jahren unterstützt.

Aber Fledderer zuckte nur die Achseln. »Das habe ich schon immer für euren größten Fehler gehalten«, gab er zurück und setzte sich Richtung Norden in Trab.

Leen warf Adrian einen erstaunten Blick zu. Aber überraschenderweise hatten ihre Wangen wieder etwas Farbe bekommen. Adrian hatte ganz vergessen, wie sehr die Fey Vergeltung liebten. Und diesen Kampf konnte man durchaus als Vergeltung für die Ermordung von Leens Familie betrachten.

Leen bückte sich, hob Adrians Bogen auf und reichte ihm die Waffe. Er warf sie über die andere Schulter.

»Kommt«, befahl Adrian. Zusammen zerrten er und Gabe Coulter vorwärts. Sie gingen so schnell sie konnten. Vor sich sah Adrian schon das Ende des Leichenfeldes. Lag das Schlachtfeld erst einmal hinter ihnen, konnten sie wählen, welche Richtung sie einschlugen.

»Haßt du mich jetzt?« fragte Coulter leise.

»Nein«, beschwichtigte Adrian. Aber Coulter schien nicht erleichtert. Er wartete auf Gabes Antwort.

Und Gabe schwieg.

45

Nicholas fing das Schwert auf. Es fühlte sich an, als habe es sein Leben lang auf ihn gewartet. In diesem Augenblick wußte er, daß Arianna recht hatte. Wenn der Schwarze König ihnen nicht mehr im Wege stand, würde sie die Fey regieren und über die Blaue Insel herrschen.

Aber das war jetzt Nicholas' Entscheidung, nicht ihre.

Ohne nachzudenken, stürzte Nicholas vor. Aus dem Augenwinkel sah er noch, wie Ariannas Kleider zerrissen, als ihre Beine länger wurden, ihr Leib sich blähte und ihr Gesicht sich streckte. Sie Verwandelte sich.

Sebastian schrie.

Der Schwarze König beobachtete sie beide. Er sah völlig verblüfft aus. Die Wachen gerieten in Bewegung, aber Nicholas achtete nicht auf sie. Er kam dicht vor dem Schwarzen König zum Stehen und schwang das Schwert mit beiden Händen und mit aller Kraft in einem unbeholfenen Winkel steil nach oben, aber es gelang ihm nicht, die Brust seines Gegenspielers zu durchbohren. Die Kleidung des Schwarzen Königs mußte verzaubert sein. Sein Hals und sein Gesicht waren die einzigen verletzlichen Stellen an seinem ganzen Körper.

Während Nicholas zustieß, fühlte er seine ganze Wut über alles, was die Fey ihm genommen hatten, alles, was er verloren hatte, seit er sie zum ersten Mal getroffen hatte. Seinen Vater, sein Reich, seinen echten Sohn.

Jewel.

Etwas prallte gegen Nicholas' Rücken. Irgendwie gelang es ihm, das Gleichgewicht nicht zu verlieren und sein Ziel im Auge zu behalten. Der Schwarze König wich nicht schnell genug aus, und die Schwertspitze bohrte sich in seine Kehle. Es fühlte sich an, als versuche Nicholas, mit einem stumpfen Messer einen Baum zu fällen.

Der Schwarze König röchelte und griff nach der Klinge. Blut sickerte aus seinem Hals. Das Gewicht auf Nicholas' Rücken wurde schwerer. Arianna hatte ihre Verwandlung fast vollendet, und die Wachen kamen mit gezückten Schwertern immer näher.

Der Schwarze König starrte Nicholas ungläubig an. Nicholas versuchte, die Waffe wieder herauszuziehen, aber sie steckte fest. Rings um ihn stießen jetzt die Schwerter der Wachen zu, aber etwas riß Nicholas zu Boden. Sein eigenes Schwert entglitt seinen Händen, und er landete zu Füßen des Schwarzen Königs.

Arianna scharrte nervös mit den Hufen. Sie war ein Pferd geworden.

Ein Pferd.

Sie war wirklich unschlagbar, seine Tochter.

»Papa«, rief sie.

Schwerter klirrten direkt hinter Nicholas' Rücken, und jetzt merkte er auch, was ihn gestoßen hatte.

Sebastian.

»Nein«, schrie Nicholas und versuchte, sich herumzurollen, aber Sebastian war zu schwer.

Der Schwarze König taumelte zurück. Er versuchte, das Schwert mit bloßen Händen aus seiner Kehle zu ziehen, und die scharfe Klinge schlitzte ihm die Handballen auf. Blut tropfte auf Nicholas. Die Wachen senkten ihre Waffen zum Hieb. Immer noch versuchte Nicholas, sich herumzurollen, aber Sebastian – der Junge aus Stein – lag mit seinem vollen Gewicht auf ihm. Nicholas bekam keine Luft mehr.

»Sebastian!« gellte Arianna. Ihr Schrei klang wie ein Wiehern. »Sebastian!« Sie schlug mit den Hinterbeinen nach den Wachen aus und traf ein paar von ihnen, aber nicht alle.

Schwerter klirrten auf Sebastians Rücken. Nicholas fühlte die Schläge durch Sebastian hindurch.

»Halt!« schrie Arianna. »Er besitzt Schwarzes Blut.«

Aber die Wachen wußten, daß sie log. Wieder stießen sie zu, und diesmal flogen Brocken aus Sebastians Körper dicht an Nicholas' Kopf vorbei.

Nicholas konnte noch nicht einmal schreien. Er konnte nicht atmen. Er wollte Sebastian zurufen, auf Ariannas Rükken zu springen und zu fliehen, aber er hatte keine Kraft.

»Sebastian, steig auf«, brüllte Arianna in Inselsprache.

Ein Schwert sauste gefährlich nahe an Nicholas' Nase vorbei. Mit letzter Kraft wich Nicholas aus. Das Schwert traf Sebastians Wange und verfing sich in einem der Risse, die sein Gesicht durchzogen. Der Junge stieß ein Grunzen aus und rollte sich von Nicholas herunter.

Sebastians Augen funkelten, und Licht strömte aus all den Spalten und Rissen in seinem Körper. Einen Augenblick lang sah er aus, als hätte er die Sonne verschluckt.

Trotz seiner Schmerzen und des heftigen Schwindelgefühls kam Nicholas mühsam auf die Füße. Er packte Ariannas Mähne – sie war ebenso makellos schwarz wie ihr Haar – und griff nach Sebastian. Sebastian streckte die Hand aus – auch sie leuchtete –, und sein Mund formte Worte, die Nicholas nicht verstand.

»Nein!« schrie Arianna.

Die Wachen wichen zurück, als wüßten sie, was passieren würde. Der Schwarze König war mit geschlossenen Augen an der Wand zusammengesunken. Er sah aus wie tot.

Nicholas ergriff Sebastians Hand. Licht strömte in seinen Körper hinüber und erfüllte ihn einen flüchtigen Moment lang mit Wärme. Dann wurde das Licht gleißend hell. Es blendete Nicholas. Er versuchte, Sebastian wegzuziehen ...

Und Sebastian zerbarst in tausend Stücke.

46

Endlich hatten sie das Gemetzel hinter sich gelassen. Sie überquerten ein mit hohem Gras bewachsenes Feld, nicht weit von der Straße entfernt. Die Rotkappe trieb sie zur Eile an. Fledderer haßte das offene Land.

Gabe konnte es ihm nicht übelnehmen.

Sie hatten sich für die Berge im Osten entschieden und wollten versuchen, entweder die Spangen des Todes oder die Blutklippen zu erreichen. Adrian war noch nie so weit gereist und auch sonst keiner von ihnen. Sie schlugen einfach den Weg ein, der ihnen am meisten Schutz versprach.

Erst wenn sie ihr Ziel erreicht hatten, würden sie entscheiden, ob sie ein Schattenland errichten sollten oder nicht. Adrian hatte von Höhlen und anderen Verstecken in den Bergen gehört, die eine solche magische Construktion vielleicht unnötig machten.

Gabe hatte immer noch den Arm um Coulter geschlungen. Seit Coulter den Blitz zwischen die Fey geschickt hatte, hatte er kein Wort mehr gesprochen. Ab und zu durchzuckte ihn ein Schauder, und hätten Adrian und Gabe ihn nicht mitgezogen, wäre er einfach stehengeblieben.

Gabe wußte nicht, wie es sich anfühlte, so viele Menschen mit der Kraft eines einzigen Gedankens zu töten. Er war sich auch nicht sicher, ob er es wirklich wissen wollte.

Immer noch hing der Geruch von verbranntem Fleisch in ihren Kleidern. Erstaunlicherweise schien das die Rotkappe am meisten zu stören. Er wollte den Cardidas suchen oder neue Kleider stehlen. Er beklagte sich pausenlos.

Die anderen ignorierten ihn.

Auch Gabe.

Es wurde allmählich dunkel. Gabe fürchtete, daß sie auch in der Nacht nicht rasten durften. Je weiter sie sich von den Truppen seines Urgroßvaters entfernten, desto besser. Aber sie brauchten Essen und Wasser. Er selbst und Leen mußten sich dringend ausruhen. Und Coulter bestimmt auch.

Gabe wollte gerade mit Adrian darüber sprechen, als die Welt sich plötzlich wie wild zu drehen anfing. Er fühlte einen seltsamen Schwindel. Helles Licht umfing ihn, und er befand sich in jenem Zimmer, das er schon früher gesehen hatte, dem Zimmer im Palast. Überall standen Wachen. Sein Vater hielt ein Schwert umklammert, das in der Kehle seines Urgroßvaters steckte. Sein Schwester Verwandelte sich in ein Pferd.

Und Sebastian warf sich auf den Rücken seines Vaters und riß sie beide zu Boden.

Nein! schrie Gabe, aber er war nicht wirklich anwesend. Es war, als hätten sich die Schranken zwischen ihm und dem Palast plötzlich gehoben, wie ein Vorhang, der zurückgezogen wird, so daß er sehen konnte, was in diesem Augenblick im Palast geschah.

Die Wachen hatten die Schwerter gezogen. Sie schwangen sie über seinem Vater, aber sie trafen Sebastian. Sebastians ganzer Körper bekam auf einmal Sprünge. Ein zweites Schwert traf seinen Nacken und vertiefte die Risse noch. Sebastian rollte von Nicholas herunter. Licht strahlte durch die Sprünge. Gleißendes Licht. Sebastians Licht. Ihr Vater erhob sich, schrie auf, griff nach Sebastian. Auch Sebastian streckte die Hand aus. Dann traf sein suchender Blick Gabe.

»Gabe ...«, stöhnte er. Lichtstrahlen griffen von seinem Arm auf den seines Vaters über und zielten in Gabes Richtung. Ein Zittern durchlief Sebastians Körper, und dann zersprang er in tausend Stücke.

Steinbrocken spritzten in alle Richtungen. Das Licht, eben

noch so blendend hell, verlor an Kraft, zersprang mit dem Stein.

Nein! schrie Gabe wieder, aber vergebens. Er konnte die Lichtsplitter nicht wieder zusammenfügen.

Dann begann die Welt sich wieder zu drehen. Er lag auf dem Boden, die Hände zu Fäusten geballt, den Mund voller Erde. Er fühlte Hände auf seinem Rücken. Coulters Hände. Adrians Hände. Die Rotkappe saß etwas weiter weg auf dem Boden und sah verärgert aus. Und Leen stand über ihnen und bewachte sie.

»Gabe? Gabe?« Das war Coulters Stimme. Anscheinend hatte er sich ausreichend erholt, um jetzt seinerseits Gabe beizustehen.

Gabe setzte sich auf, wischte sich Erde von der Wange und verbarg das Gesicht auf den angezogenen Knien. Sebastian war tot. Er hatte es selbst gesehen, den Tod seines Wechselbalgs, seines Bruders, seines engsten Freundes. Und er hatte ihn nicht verhindern können. Er hatte seit Tagen davon gewußt, und er hatte nichts dagegen tun können.

Sebastian war tot, und Gabe lebte.

Irgendwie machte das alles noch schlimmer.

»Was hast du Gesehen?« erkundigte sich Adrian.

Aber es war Coulter, der sich neben Gabe auf den Boden hockte, Coulter, der ihm den Arm um die Schultern legte und ihn an sich zog. Gabe lehnte sich an ihn und atmete tief durch.

Sebastian war gestorben, weil er ihren Vater retten wollte.

Sebastian war gestorben, damit ihr Vater den Schwarzen König töten konnte.

Coulters Griff um Gabes Schulter wurde fester.

Auch wenn Gabe mit Sebastian Verbunden war – seinen Tod hatte er nicht abwenden können. Sebastian war gewarnt worden. Er hatte gewußt, was passieren würde, und er hatte seine Wahl getroffen.

Die Wahl, ihren Vater zu retten.

Die Wahl, Arianna zu retten.

Eine Wahl, die Gabe nicht hätte treffen können, sogar dann nicht, wenn er wirklich dabei gewesen wäre. Sein Erbe verbot es ihm.

Immerhin hatten sie jetzt eine Chance. Der Schwarze König war verwundet, vielleicht sogar tot. Vielleicht konnte Gabe Coulter in ein paar Tagen dazu bewegen, die Verbindungen wieder zu öffnen. Dann konnte Gabe sich mit seiner Familie verbünden und die Feinde aus dem Land vertreiben.

Sebastian hatte sich für sie geopfert. Vielleicht hatte er sie alle gerettet.

Aber das spielte eigentlich keine Rolle. Gabe kannte seine Familie kaum.

Er hatte Sebastian geliebt.

Und Sebastian war tot.

47

Einen Augenblick lang leuchtete die Welt so hell wie die Sonne. Dann, als sich das Licht ausbreitete, verblaßte und verschwamm sie.

Es regnete Steine. Die Wachen duckten sich. Einige schützten den Schwarzen König mit ihren Körpern.

Arianna schrie, aber ihre Verwandlung war jetzt endgültig abgeschlossen. Ihre Kleider lagen zerrissen auf dem Boden, sie war ein prächtiges braunes Pferd mit glänzender schwarzer Mähne. Sie scharrte auf dem leeren Fleck, wo Sebastian eben noch gestanden hatte, und wieherte verzweifelt.

Nicholas schützte nicht einmal seinen Kopf. Stücke seines Sohnes prasselten auf ihn nieder und hinterließen Schrammen, die er wahrhaftig verdiente. Der Junge war für ihn gestorben.

Und er hatte ihn gerettet, jedenfalls im Augenblick.

Nicholas konnte nicht trauern. Dafür war jetzt keine Zeit. Und er konnte nichts mehr für Sebastian tun. Es war nichts mehr von seinem Sohn übrig.

»Wir müssen hier raus«, zischte Nicholas in Inselsprache. Wenn sie nicht schleunigst die Flucht ergriffen, war Sebastian umsonst gestorben. Sie mußten sich beeilen. Noch waren die Fey durch den Tod des Schwarzen Königs verwirrt und verstört, aber sie würden sich rasch wieder erholen. Es waren zu viele, um mit ihnen zu kämpfen. Nicholas' und Ariannas einzige Chance war die Flucht.

Aber Arianna schien Nicholas nicht zu hören. Sie klagte immer noch um ihren Bruder, scharrte unablässig auf der Stelle, an der er eben noch gelegen hatte.

Auch auf sie hatte es Steinbrocken gehagelt, aber sie schien es gar nicht bemerkt zu haben.

»Arianna!«

Immer noch hielt Nicholas mit einer Hand ihre Mähne gepackt. Er zog daran. Aber Arianna rührte sich nicht von der Stelle. Die Leibwachen des Schwarzen Königs kauerten auf dem Boden und hielten die Hände schützend vor die Gesichter. Was sollte Nicholas tun, wenn sie wieder aufstanden? Würden sie sich daran erinnern, daß Arianna Schwarzes Blut besaß? Würden sie sich auf ihn stürzen?

Er konnte nicht abwarten, bis die Wachen sich wieder erholt hatten. Er legte Arianna eine Hand auf den Rücken und schwang sich hinauf.

Arianna wieherte und bäumte sich auf – eine instinktive Pferdereaktion, die Nicholas freute. Als sie wieder niederging, gab er ihr einen Klaps auf die Hinterhand.

»Wir verschwinden«, befahl er. »Jetzt!«

»Sebastian ...«, begann sie.

»Ist tot. Er soll nicht umsonst gestorben sein. Los!«

Sie gehorchte. Vor der Tür blieb sie kurz stehen und trat sie mit den Vorderhufen auf. Im Korridor wimmelte es von Fey, die dem davonjagenden Pferd verblüfft hinterhersahen. Ein paar von ihnen riefen ihnen etwas nach, aber niemand nahm ihre Verfolgung auf.

Überraschung. Überraschung verfehlte ihre Wirkung nie. Aber sie mußten sich beeilen. Sobald die Fey wieder zur Besinnung kamen, schwebten sie beide in Lebensgefahr.

Arianna galoppierte mit donnernden Hufen durch den Großen Empfangssaal, an einer blutüberströmten Gruppe von Fey vorbei – Nicholas glaubte einen Aud in ihrer Mitte zu erkennen – und durch den Haupteingang ins Freie.

Der Gestank im Hof war überwältigend. Aus der Nähe sahen die Leichen noch schlimmer aus. Jemand hatte die Fakkeln an den Außenmauern angezündet, aber das war gar nicht nötig. Der Feuerschein der brennenden Stadt warf sein orangefarbenes Licht über die Szenerie.

Zum zweiten Mal in seinem Leben hatte Nicholas innerhalb eines einzigen Tages alles verloren, was er besessen hatte. Immerhin hatte er diesmal noch seine Tochter. Was aus seinem Fey-Sohn geworden war, ahnte er nicht.

»Wohin jetzt?« fragte Arianna.

Sie setzte die Hufe vorsichtig zwischen die überall herumliegenden Leichenteile.

Nicholas blickte sich um. Feuer im Süden und Westen. Auf dem anderen Ufer des Flusses stand der Tabernakel in Flammen. Die Luft war voller Ruß und Asche, und es war so heiß wie beim höchsten Stand der Mittagssonne.

»Nach Norden«, entschied er.

»Was ist mit Sebastian?« fragte Arianna.

»Er ist gestorben, damit wir leben.« Er würde sie später trösten. Sie konnten sich gegenseitig trösten. Aber noch war die Zeit nicht gekommen. Noch lange nicht.

»Nach Norden«, wiederholte Arianna nachdenklich. Sie schlug den Weg zum Tor ein und schüttelte sich. Beinahe hätte Nicholas ihre Mähne losgelassen. Sie holte tief Luft, und dann befahl sie: »Halt dich fest, Papa.«

Nicholas gehorchte, und sie preschte los. Nicholas lehnte sich vor, schlang die Arme um ihren Hals und preßte seine Wange an ihren Kopf. Sie war alles, was ihm geblieben war. Seinen Sohn, seinen Palast und seine Stadt hatte er verloren. Und seine Herrscherwürde vermutlich auch. Aber das spielte keine Rolle mehr. Nur Arianna spielte noch eine Rolle. Und wenn es sein mußte, würde er sein Leben für sie aufs Spiel setzen.

Er warf einen Blick über die Schulter zurück. Noch war ihnen kein Fey auf den Fersen. Aber sie würden nur zu bald nach ihnen suchen. Sie würden sie suchen und Vergeltung üben.

Sie würden suchen, und wenn Nicholas nicht sehr vorsichtig war, würden sie auch finden, was sie suchten.

Nicholas würde vorsichtig sein.

48

Con schwang sein Schwert wie ein Wahnsinniger. Und jedesmal, wenn die Waffe auf Widerstand traf, schnitt sie etwas mittendurch. Hände, Finger, Arme übersäten den Boden zu seinen Füßen. Er mochte schon nicht mehr hinsehen.

Aber er mußte doch hinsehen. Die Fey waren unermüdlich. Sie bedrängten ihn unablässig und zeigten keine Furcht vor seiner neu entdeckten Macht. Fünfzig, hundert, er wußte nicht, wie viele es waren, wußte nur, daß er sie zurückschlagen mußte, und er wagte nicht, sich von der Stelle zu rühren.

Er wagte nicht, seine Rückendeckung aufzugeben.

Plötzlich hallte ein lauter Knall durch den Korridor.

Alle hielten wie auf Kommando inne.

Im Korridor ertönte lautes Stimmengewirr, und dann erschien ein Pferd. Es glich keinem anderen Pferd, das Con je gesehen hatte. Es war kleiner als die meisten Pferde, hatte aber genauso lange Beine. Sein Fell war braun, die Mähne tiefschwarz. Die blauen Augen rollten wild in dem dreieckigen Kopf, und auf der Unterseite seines Maules sproß ein Büschel weißer Haare.

Der Mann auf dem Pferderücken kam Con seltsam bekannt vor. Bloß daß Con ihn bis jetzt nur in zeremonieller Kleidung gesehen hatte. Der König ritt ohne Sattel, die Finger in die lange schwarze Mähne gekrallt. Er beugte sich tief über den Hals des Tieres und rief ihm etwas ins Ohr, als könne es ihn verstehen.

Das alles erfaßte Con im Bruchteil eines Augenblicks. Um ihn herum schrien die Fey. Das meiste konnte Con nicht verstehen, weil er ihre Sprache nur schlecht beherrschte, aber einiges begriff er doch.

Sie behaupteten, Nicholas habe den Schwarzen König getötet.

Die meisten Fey in Cons Nähe waren verwundet. Im Blut ihrer gefallenen Mitstreiter kniend, versorgten sie notdürftig ihre Verletzungen.

Die Fey, die sich im Korridor aufgehalten hatten, riefen durcheinander und strömten zum Audienzzimmer, auf der Suche nach dem toten Schwarzen König. Keiner von ihnen folgte dem Pferd.

Con fand das seltsam. Er hatte erwartet, daß sie etwas unternahmen, dem König nachsetzten, Verstärkung herbeiriefen, *irgend etwas*. Aber das taten sie nicht. Und das beantwortete auch nicht die Frage, wie das Pferd überhaupt in den Palast gekommen war.

Offenbar hatte sich jemand entschlossen, den König zu befreien. Und dieser Jemand hatte Erfolg gehabt. Das Pferd preschte durch den Empfangssaal, in den Korridor und durch das Hauptportal hinaus. Immer noch folgte ihm niemand.

Die Fey liefen in völliger Verwirrung durcheinander. Sie schrien einander an, fragten sich, was zu tun sei, ob man dem Schwarzen König noch helfen könne. Ohne ihn schienen sie völlig verloren.

Diejenigen, die Con bedrängt hatten, ließen ihn einfach stehen und liefen den Korridor entlang zum Audienzzimmer. Ihre Gesichter waren von nackter Angst gezeichnet.

Con schob sich mit dem Rücken an der Wand entlang, weg von dem Blutbad, das er angerichtet hatte. Seine Füße trieften, und sein Arm prickelte. Trotzdem war er noch immer nicht müde. Seine Erschöpfung war wie weggeblasen.

Er erreichte die geschwungene Doppeltür und beugte sich vor, um den Saal und den Korridor besser überblicken zu können. Alle Fey im Korridor starrten wie gebannt auf das Audienzzimmer. Dann machten sie Platz, um einige ihrer Landsleute durchzulassen. Diese Fey trugen eine Leiche auf den Schultern.

Der Tote war ein großgewachsener Fey. Seine Augen waren geschlossen, und aus seiner Kehle ragte ein Schwert.

Ein Fey-Schwert.

Vielleicht hatten die Schreienden recht gehabt.

Vielleicht war der Schwarze König tatsächlich tot.

Die meisten Fey folgten ihrem König. Die Tür zum leeren Audienzzimmer ließen sie offen. Die übrigen kümmerten sich um die Verwundeten hinter Con.

Das war seine einzige Chance zu entkommen, aber die verwundeten Fey versperrten ihm den Fluchtweg. Wenn er dem Pferd durch das Hauptportal folgte, führte er die Feinde vielleicht zu seinem König.

Er mußte sich verstecken.

Und wo gab es ein besseres Versteck als das leere Zimmer, aus dem man gerade den Schwarzen König hinausgetragen hatte. Dort würde zumindest für einige Zeit niemand nach ihm suchen.

Er bog um die Ecke, zog die Sandalen aus und wischte sich die blutigen Füße an seinem Gewand ab, damit er keine Spuren hinterließ. Dann durchquerte er den Korridor, schlüpfte ins Zimmer und schloß aufatmend die Tür hinter sich.

Der Raum war größer, als er erwartet hatte. An den Wänden standen Speere und ein paar Sessel. Auf einem Podest erhob sich ein Thron, und an der Wand dahinter hing das Wappen der königlichen Familie. Der Fußboden in der Mitte des Zimmers war blutbefleckt, der Rest des Bodens mit Steinen übersät.

Der ganze Raum prickelte, genau wie Cons Arme.

Con legte das Schwert auf einen Steinhaufen und schickte sich an, die Tür zuzuriegeln.

Sofort begann das Zimmer sich um ihn zu drehen. Es fühlte

sich an, als werde alle Luft herausgesaugt. Con taumelte zurück und prallte gegen eine unsichtbare Wand. Donner grollte. Con fiel nach vorn und landete neben dem Blutfleck auf dem Boden.

Die Luft strömte zurück. Er konnte wieder atmen.

Aber das seltsame Prickeln war verschwunden.

Und die Steine auch.

Con stützte sich auf die Hände und drehte sich um.

Ein Junge, kaum älter als er selbst, saß mitten im Zimmer. Er war nackt. Sein Körper war graubraun und mit einem Netz von Linien überzogen. Sie sahen aus wie Risse. Neben ihm lag das Schwert, mit der Klinge an seine nackten Füße gelehnt.

Der Junge hob den Kopf. Sein Gesicht verblüffte Con. Fey und nicht Fey zugleich. Seine Augen standen voller Tränen.

»Meine ... Familie«, stammelte er mit langsamer Stimme, die nicht zu seinen unheimlichen Augen paßte. »Wo ... sind ... sie?«

Con blinzelte. Abgesehen von all den Rissen kam ihm der Junge bekannt vor. Con schnappte nach Luft, als ihm endlich ein Licht aufging.

Der Sohn des Königs.

Sebastian.

»Euer Vater ist auf einem Pferd aus dem Zimmer geritten«, erklärte Con. Er verstand das alles nicht. Wo kam der Junge plötzlich her? Noch einen Augenblick zuvor war das Zimmer völlig leer gewesen.

Sebastian schloß die Augen. Eine Träne hing an seinen Wimpern, rann langsam seine Wange herab und verschwand in einem der Risse. Er schien nicht einmal zu atmen.

»Was bist du?« fragte Con.

»Ein Nichts ...«, erwiderte Sebastian langsam. »Ohne ... sie.«

DER RIVALE

(Drei Tage später)

49

In seinem ganzen Leben war Gabe noch nie so erschöpft gewesen. Es war fünf Tage her, seit er zum letzten Mal mehr als ein paar Stunden am Stück geschlafen hatte. Das Tempo, auf dem Fledderer bestand, war kaum zu schaffen. Sie gingen schneller und legten größere Strecken zurück, als es Gabe je zuvor getan hatte. Und auch jetzt liefen sie noch immer ohne Pause einen schmalen braunen Pfad entlang, der sich einen Hügel hinaufwand. Das Tal unter ihnen verschwamm im Nebel. Die Westseite der Berge vor ihnen leuchtete gelb in den Strahlen der untergehenden Sonne.

Gabes Reisegefährten schienen ebenfalls am Ende ihrer Kräfte zu sein. Auch Leen hatte zuwenig Schlaf bekommen. Ihr Gesicht war aschgrau und die Ringe unter den Augen so dunkel, daß ihre Wangen ganz eingefallen aussahen. In einer verlassenen Hütte hatte sie für sich und die anderen einen kleinen Vorrat eines Lebensmittels gefunden, das Adrian ›Tak‹ nannte, und das hatte ihnen ein wenig geholfen. Aber selbst das Essen konnte sie nicht den ganzen Weg bei Kräften halten. Dazu war wohl nichts mehr imstande.

Adrian, Coulter und Fledderer hatten etwas mehr geschlafen. Aber deshalb wirkten sie nicht weniger erschöpft. Als Adrian geglaubt hatte, wieder in die Gefangenschaft der Fey zu geraten, hatten Angst und Entschlossenheit sein Gesicht gezeichnet. Offenbar hatte er sich geschworen, daß so etwas nie wieder passieren durfte. Außerdem machte er sich Sorgen um Luke, seinen Sohn, der allein auf dem Hof zurückgeblieben war. Als müsse er sich selbst überzeugen, behauptete er ständig, Luke gehe es bestimmt gut.

Fledderer wäre wohl lieber gestorben, als sich wieder den

Fey anzuschließen. Er blickte ständig zurück und in den Himmel, um sicherzugehen, daß ihnen niemand folgte. Außerdem bestand er darauf, daß Gabe täglich kontrollierte, ob jemand die Siegel auf seinen Verbindungen aufgebrochen hatte.

Um Coulter machte sich Gabe ernsthafte Sorgen. Seit er ihnen allen das Leben gerettet hatte, waren kaum mehr als ein paar Worte über seine Lippen gekommen, und das waren Antworten auf Fragen oder seine Meinung, in welche Richtung sie gehen sollten, gewesen.

Coulter sah nicht nur erschöpft, sondern gehetzt aus.

Gabe wußte nicht, wie es ihm selbst mit so vielen Toten auf dem Gewissen ginge.

Endlich hatte die kleine Truppe den Osten der Blauen Insel erreicht. Hier war der Weg steinig und von struppigen Kiefern gesäumt. Die Luft war kühler, obwohl es Sommer war, und Fledderer behauptete, der Weg stiege langsam an. Gabe glaubte ihm erst, als sich vor ihnen ein Tal auftat, das von Wolken fast verdeckt wurde.

Sie folgten dem Cardidas und beobachteten, wie er sich durch die Täler zur Ostküste der Insel schlängelte. Später konnten sie die Schneeberge im Süden und die Augen des Roca im Norden erkennen. Die Augen des Roca waren fast doppelt so hoch, zerklüftet und von kahlen Gipfeln gekrönt. Dagegen nahmen sich die Schneeberge beinahe wie harmlose Hügel aus, obwohl auch sie zu hoch waren, um sie zu ersteigen.

Jedenfalls waren sie zu hoch gewesen, bevor Gabes Urgroßvater gekommen war.

Gabe kannte diesen Teil der Insel bis jetzt nur vom Hörensagen. Er war sich nicht sicher, ob er jenen Teil der Augen des Roca, der zum Cardidas abfiel, jenen Teil, den man Blutklippen nannte, wirklich mit eigenen Augen sehen wollte, und mit der Schlucht des Cardidas in den Schneebergen erging es ihm ebenso. Diese Felsformation war unter dem Namen ›Spangen des Todes‹ bekannt.

Er hoffte, sie würden vorher haltmachen.

Eigentlich hatten sie keinen richtigen Plan. Sie wußten nur, daß sie ein Versteck finden mußten. Sie hatten einen Bogen um die Dörfer gemacht und waren auf der Straße den anderen Reisenden ausgewichen. Fledderer glaubte, daß sie bis jetzt niemand gesehen hatte.

Gabe hoffte, daß die Rotkappe Recht behielt. Sie brauchten etwas zu essen, Schlaf und Ruhe, um sich zu erholen.

Plötzlich blieb Fledderer, der an der Spitze ging, stehen. Er breitete die Arme aus, so daß auch die anderen haltmachen mußten.

»Zeit für eine Entscheidung«, sagte er zu Gabe, der die Nachhut bildete und zuletzt eintraf. »Dies ist unser letztes Tal. Entweder wir steigen hinunter und riskieren einen Zusammenstoß mit den Dorfbewohnern, oder wir suchen uns eine Bleibe in den Bergen.«

»Woher weißt du das so genau?« fragte Adrian. Adrian war nie so weit in den Osten vorgedrungen und hatte das schon ein paarmal erwähnt. Es schien ihn zu ärgern, daß er sich nicht auskannte.

»Antworten auf Fragen«, erklärte Fledderer.

»Und wie alt sind diese Fragen?«

»Fünfzehn Jahre. Wenn einen die Fey suchen, hört man nie auf, sich Sorgen zu machen, daß sie einen doch noch finden.«

»Gibt es denn einen geeigneten Platz in den Bergen?« fragte Gabe.

»Nicht in den Spangen des Todes«, erwiderte Fledderer. »Ich habe von einem Dutzend geeigneter Stellen in den Blutklippen gehört, aber um dorthin zu gelangen, müssen wir den Cardidas überqueren.«

»Ich kann kein Schiff bauen«, mischte sich Coulter ein. »Jemand muß uns führen.«

»Sieht aus, als ob uns in jedem Fall jemand führen muß«, ergänzte Adrian.

»Und wie werden sie sich drei Fey und zwei Inselbewohnern gegenüber verhalten?« fragte Gabe.

»Gar nicht«, erklärte Fledderer. »Sie werden fünf Inselbewohner über den Fluß bringen und keine Fragen stellen. Adrian wird sie anheuern.«

»Was soll ich dafür anbieten?« gab Adrian zurück.

»Wir haben mehr als genug Tauschobjekte«, entgegnete Fledderer. »Allein meine Waffen dürften reichen.«

»Nehmen wir mal an, es klappt«, meinte Leen, »wie willst du uns denn in Inselbewohner verwandeln?«

»Nicht ich«, lachte Fledderer. »Er da.« Er deutete auf Coulter.

Coulter schüttelte den Kopf. »Meine Fähigkeiten sind nicht unbegrenzt«, murmelte er.

»Du bist doch ein Zauberer, nicht wahr?« fragte Fledderer.'

»So nennen das deine Leute wohl«, gab Coulter zu.

Fledderer zuckte die Achseln. »Wo liegt dann das Problem?«

Coulter schüttelte wieder den Kopf, als sei Fledderer taub. Gabe blickte stirnrunzelnd von einem zum anderen.

»Wenn du Coulters Mitwirkung bereits eingeplant hast, solltet ihr zwei euch wohl besser einigen«, sagte er.

Fledderer seufzte. »Deine Ausbildung ist wirklich begrenzt, Coulter.«

»Ich habe gar keine Ausbildung. Das weißt du genau.« Coulter ballte die Fäuste. Er war so aufgebracht, daß Gabe seine Hand ergriff, weil er nicht wußte, was Coulter als nächstes tat.

»Ein Zauberer kann seine eigenen Zaubersprüche erfinden, so wie den, den du vorhin benutzt hast«, erklärte Fledderer. »Außerdem kann er in einem gewissen Rahmen alles, was andere Fey können. Spione zum Beispiel können ihre äußere Erscheinung verändern, um auszusehen wie Inselbewohner. Du kannst so etwas auch.«

»Aber er kann es nicht bei anderen«, wandte Gabe ein. Mit Spionen kannte er sich aus. Ihre Zauberkraft beschränkte sich auf die eigene Person.

»Du glaubst wohl, ich bin Gott«, sagte Coulter.

»Ich glaube nicht, daß du Gott bist«, widersprach Fledderer. »Ich glaube nur, daß du in der glücklichen Lage bist, die Zauberkraft zu besitzen, die ich mir immer gewünscht habe.«

Coulter warf ihm einen so verächtlichen Blick zu, daß Gabe ihn wie einen physischen Schlag empfand. »Wenn ich dir meine Zauberkraft schenken könnte«, sagte Coulter, »würde ich es tun.« Er hockte sich auf den Boden und legte den Kopf auf die angezogenen Knie. Adrian blickte in die Runde. Dann ging er zu Coulter, setzte sich neben ihn und legte ihm den Arm um die Schultern.

Gabe zog Fledderer beiseite. Der Nebel unter ihnen lichtete sich und gab den Blick auf einige grüne Baumwipfel und eine Handvoll Gehöfte frei.

»Du solltest ihn in Ruhe lassen«, tadelte Gabe. »Er ist mit den Nerven am Ende.«

»Ich würde ihn ja in Ruhe lassen«, verteidigte sich Fledderer, »aber er ist alles, was wir haben.«

Gabe runzelte die Stirn. »Und was ist mit mir?«

»Du bist nicht gerade ein Meister im Kämpfen, deine Führungsqualitäten lassen zu wünschen übrig, und über Magie verfügst du auch nicht«, erklärte Fledderer.

»Ich besitze die Kraft der Vision«, widersprach Gabe.

Fledderer nickte. »Und wohin hat uns das gebracht? Du kannst uns noch nicht einmal sagen, ob dein Urgroßvater tot oder noch am Leben ist.«

»Was spielt das schon für eine Rolle?« fragte Gabe, dem langsam die Lust verging, mit dieser arroganten Rotkappe zu diskutieren.

»Wenn er noch lebt, hast du ein Problem. Aber wenn er tot ist, kannst du die Fey regieren, jedenfalls auf der Blauen Insel.«

»Du hast mir doch gerade bestätigt, daß ich keine Führungsqualitäten habe.« Gabe verschränkte die Arme vor der Brust und trat einen Schritt vor. Jetzt lag wieder Nebel über dem Tal, und mit Einbruch der Dunkelheit wurde es kühl. »Außerdem würden mich die Fey niemals als Anführer akzeptieren.«

»Wenn ich mit dir fertig bin, schon.«

Gabe schüttelte den Kopf. Diese Rotkappe war wirklich ein komischer Kauz. »Was verstehst du denn schon von Führung?«

»Mehr als du«, gab Fledderer zurück. »Ich habe uns schließlich hierhergebracht.«

»Fünf Leute anzuführen, ist etwas anderes, als über ein ganzes Imperium zu herrschen.«

»Vielleicht«, sagte Fledderer. »Vielleicht auch nicht. Aber ich finde, du solltest mir vertrauen. Denn wenn du es nicht tust, kann ich nicht garantieren, daß du noch lange lebst.«

»Mein Urgroßvater darf mich nicht töten.«

»Aber er kann sich jemanden suchen, der es darf. Das ist nicht schwer. Er braucht noch nicht einmal einen direkten Befehl auszusprechen.«

Ein Schauder rieselte vom Hals bis zur Hüfte über Gabes Rücken. Er konnte ein Frösteln nicht unterdrücken. »Was willst du damit sagen?«

»Ich sage, daß jetzt deine Interessen gegen seine stehen. Darüber mußt du dir im klaren sein.«

»Du glaubst doch, er sei tot.«

Fledderer schüttelte den Kopf. »Vielleicht ist er tot. Deine jüngste Vision scheint es zu beweisen. Aber die anderen Visionen, von denen du mir erzählt hast, zeigen ihn lebendig. Und er hat schon früher gefährliche Verletzungen überstanden. Er ist kein Mann, den man unterschätzen sollte.«

»Und was ist, wenn er doch tot ist?« wiederholte Gabe und schlang die Arme um sich.

»Dann kehren wir nach Jahn zurück, sobald wir die Nachricht erhalten.«

»Und wenn nicht?«

»Dann verstecken wir uns so lange, bis du es mit ihm aufnehmen kannst.«

Gabe wandte sich ab und blickte ins Tal hinunter. Die Rotkappe folgte seinem Blick, als sei dort eine Antwort zu finden. »Glaubst du, daß ich jemals soweit sein werde?«

»Deine Chance steht gar nicht so schlecht. In deinen Adern fließt sein Blut. Du kommst aus einem guten Stall. Und man sagt, er ist nur hier, um dich zu finden. Also muß er davon überzeugt sein, daß du die Mühe wert bist.«

»Eine Chance«, wiederholte Gabe. »Klingt nicht sehr ermutigend.«

»Ich habe schon früher das Unmögliche möglich gemacht«, konterte Fledderer. »Warum sollte mir das nicht noch einmal gelingen?«

Er hob den Kopf und blickte Gabe ins Gesicht. Fledderers Augen waren dunkel und undurchdringlich. Gabe spürte, wie sie ihn voller Interesse taxierten. Das Problem war nur, daß Gabe gar nicht das Oberhaupt des Fey-Reiches sein wollte. Er wollte seinem Urgroßvater überhaupt nicht ebenbürtig sein.

Denn das bedeutete, solche Entscheidungen treffen zu müssen, wie sie Coulter im Maisfeld getroffen hatte.

Entscheidungen, denen Gabe sich nicht gewachsen fühlte.

Fledderer schienen Gabes Zweifel nicht entgangen zu sein. Er runzelte die Stirn und entließ ihn mit einer Handbewegung. »Hilf deinem Freund, dem Zauberer, wieder auf die Beine. Wir haben noch einen langen und gefährlichen Weg vor uns.« Dann drehte er sich um und ging davon.

Gabe seufzte. Seine Adoptiveltern waren tot. Sebastian war tot. Das Schicksal seines richtigen Vaters und seiner Schwester kannte er nicht. Trotzdem sollte er jetzt eine Entscheidung über seine eigene Zukunft treffen.

Sein Erbe hatte ihm nie eine Wahl gelassen.

Auch jetzt nicht.

Er war dazu geboren, über die Fey zu herrschen.

Es war an der Zeit zu lernen, wie er das anstellen sollte.

50

Seit sie die ersten Ausläufer der Augen des Roca erreicht hatten, waren sie ununterbrochen gelaufen. Hier war die Landschaft unwirtlich, voller Geröll und Erdspalten. Trotzdem war der Bewuchs überraschend üppig und grün. Rosafarbene Blüten sprossen in der Mitte grüner Blattpflanzen, die Nicholas noch nie gesehen hatte. Die Luft war kühler als in der Stadt und würde wohl noch weiter abkühlen, je höher sie stiegen.

Auf den Berggipfeln lag sogar Schnee.

Nicholas hatte von den Dörfern am Fuße der Augen des Roca gelesen. Dorthin wollte er gehen, sich wieder sammeln und neue Pläne schmieden. Er wußte, daß sie nur eine Hoffnung hatten, und ahnte nicht, wie sie ihr Ziel erreichen sollten.

Wenn der Schwarze König wirklich tot war, mußte Arianna seinen Platz einnehmen. Aber Nicholas mußte abwarten, bis die Truppen des Schwarzen Königs sich wieder beruhigt hatten. Er wollte nicht, daß Arianna irgendeinem wahnwitzigen Vergeltungsakt zum Opfer fiel.

Arianna ging an Nicholas' Seite. Sie trug Männerhosen und einen viel zu langen Mantel. Ihr Gesicht war ausgezehrt. Alle ihre Verwandlungen, ein rasender Galopp von zwei Tagen und die Fußwanderung des vergangenen Tages hatten sie erschöpft. Sie hatte sich noch einmal von einem Pferd in einen Hund Verwandelt und diese Kleider gestohlen.

Auch ihrem Vater hatte sie welche mitgebracht: ein weites Hemd, das an den Handgelenken schmaler wurde, eine enge Hose und einen Umhang, den er über dem Arm trug. Nicholas brachte es nicht übers Herz, Arianna zu erzählen, daß dies dieselbe Zusammenstellung war, die er damals, als er ihre Mutter kennenlernte, getragen hatte. Außerdem brauchte er die Kleider dringend.

Seine blutgetränkte Robe hatte Nicholas vernichtet. Er wollte nicht, daß jemand sie fand.

Wenn sie erst einmal das nächste Dorf erreichten, war ihr Plan einfach. Arianna würde sich wieder Wandeln. Sie sagte, sie könne aussehen wie einer der Stallknechte (Nicholas hatte sie nicht gefragt, warum sie sich das beigebracht hatte), und so würden sie als zwei Männer auftreten, die Unterkunft und Arbeit suchten. Sie würden essen, sich ausruhen und auf Neuigkeiten warten. Und währenddessen würde Nicholas einen Plan entwerfen, wie er entweder seinen Thron zurückerobern oder Arianna auf den ihr zustehenden Platz an der Spitze der Fey verhelfen konnte.

Beides beunruhigte ihn. Am liebsten wäre er einfach in diesen Hügeln untergetaucht und hätte sich in einen Niemand verwandelt. Die Augen des Roca waren der unzugänglichste Landstrich der Insel. Zwischen den Blutklippen und den Spangen des Todes gab es nur noch den Cardidas und sonst nichts. Der östliche Teil der Insel war spärlich besiedelt und voller Geheimnisse.

Aber sich zu verstecken war seiner Tochter gegenüber unfair und seinem Volk gegenüber auch.

Sein Volk brauchte ihn jetzt mehr denn je.

Unterwegs hatte Arianna nur wenig gesprochen, und wenn doch, dann von Sebastian. Nicholas erinnerte sich noch gut an die Trostlosigkeit frischer Trauer. Auch er trauerte, aber nicht so intensiv wie bei Jewels Tod. Im Gegensatz zu Jewel hatte sich der Junge sein eigenes Ende selbst ausgesucht, und er hatte gut gewählt.

Und doch würde Nicholas ihn sehr vermissen, Sebastians liebes Lächeln und auch seine stockende Stimme, seine Freundlichkeit und seine ungewöhnliche Weisheit. Und er würde die Stunden vermissen, die sie einfach als Vater und Sohn miteinander verbracht hatten.

Aber Nicholas hatte ja noch Arianna. Jetzt galt es, an sie zu denken.

»Papa«, zischte Arianna. Sie packte ihn am Ärmel. »Da ist jemand vor uns. Soll ich mich Verwandeln?«

Nicholas kniff die Augen zusammen. Tatsächlich. Jemand kam ihnen entgegen. Er war noch zu weit entfernt, als daß man ihn erkennen konnte.

»Nein«, sagte Nicholas leise und reichte Arianna den Umhang. »Hülle dich gut darin ein.«

Beim Verwandeln hatte er immer zuviel Angst um sie, besonders, wenn sie so erschöpft war. Solanda hatte ihn einmal gewarnt, daß zu häufiges Verwandeln zu Unfällen führen konnte, wie sie Gestaltwandlerkindern häufig zustießen. Nicholas erinnerte sich nur zu gut daran, wie Arianna als kleines Mädchen zwischen zwei Gestalten steckengeblieben war oder sich in Gestalten Verwandelt hatte, die sie nicht hatte beibehalten können. Nicholas besaß keine magischen Kräfte. Er konnte ihr in einem solchen Fall nicht beistehen.

Schon in den vergangenen Tagen hatten sie auf dieser Straße andere Reisende getroffen. Der Umhang hatte Arianna immer geschützt.

So schwang sie ihn auch jetzt über die Schultern, zog die Kapuze in die Stirn und senkte den Kopf. Nicholas hakte sie unter, so daß ein Vorübergehender seine eigenen Schlüsse ziehen konnte.

Aber je näher sie dem Fremden kamen, desto unbehaglicher fühlte sich Nicholas. Der Gang des Reisenden kam ihm irgendwie vertraut vor. Der Unbekannte trug ebenfalls eine Robe und war größer als die meisten Inselbewohner.

Mit einem Mal wurde Nicholas' Mund trocken. Das Haar,

das wie ein Heiligenschein um den Kopf des Näherkommenden stand, war schlohweiß.

Die Schamanin.

Vor ihr konnte Nicholas sich nicht verstecken. Und es war ihre Pflicht, den Fey über diese Begegnung Bericht zu erstatten.

Sie blieb stehen, als wüßte sie, daß Nicholas sie erkannt hatte. Nicholas ging weiter. Er wollte Arianna noch nicht erzählen, daß ihre Flucht umsonst gewesen war. Als sie die Schamanin erreicht hatten, neigte er statt einer Begrüßung kurz den Kopf. Die Frau hatte ihm geholfen, wann immer sie konnte, aber daß sie eine Fey war, hatte für sie trotzdem an erster Stelle gestanden.

Nicholas hätte selbst nicht anders gehandelt.

Sie sah dünner aus als früher und irgendwie jünger. Ihre Wangen waren zart gerötet, und ihre nußbraunen Augen funkelten voller Wärme und Intelligenz.

»Ich habe lange Zeit auf Euch gewartet«, begann sie und strich ihm mit der Hand über die Wange.

»Ihr habt doch selbst gesagt, daß wir uns wiedersehen würden.«

Sie lächelte. Ihre Augen waren ungetrübt. Kein Doppelgänger hatte sie gefunden und getötet. Es war eindeutig die Schamanin.

»Ihr habt die Zukunft verändert. Alles ist unklar geworden.«

Nicholas verstand diese Bemerkung nicht ganz, aber er wollte lieber nicht darüber nachdenken, was er vielleicht angerichtet hatte.

Er würde später nachfragen.

»Arianna«, sagte er. »Du brauchst dich nicht länger zu verstecken.«

Arianna setzte die Kapuze ab. Ihre Lippen bewegten sich,

als sie die Schamanin erkannte, aber kein Laut war zu hören. Dann brach sie völlig überraschend in Tränen aus.

Nicholas nahm sie in die Arme und drückte ihr Gesicht gegen seine Schulter. Arianna schluchzte so heftig, daß es sie schüttelte. So hatte sie noch nie geweint. Tatsächlich vergoß sie nur selten Tränen. Und seit Sebastians Tod hatte sie überhaupt nicht mehr geweint.

»Was soll nun geschehen?« fragte Nicholas, das Kinn auf dem Haar seiner Tochter.

»Ihr kommt mit mir«, erwiderte die Schamanin. Sie lächelte.

Nicholas strich seiner Tochter über den Kopf und zog sie noch enger an sich. »Das können wir nicht«, erklärte er. »Ich habe den Schwarzen König getötet.«

Das Lächeln der Schamanin verschwand. »Wenn du nur recht hättest, mein Sohn«, murmelte sie. »Unser Leben wäre um so vieles einfacher. Aber er lebt. Und weil er lebt, braucht ihr Hilfe.«

»Ihr wollt uns nicht vor ihn bringen?«

Die Schamanin schüttelte den Kopf. »Warum sollte ich?« sagte sie. »Für ihn bin ich eine Versagerin. Er würde erst mich töten, dann Euch, und dann Eure Tochter in ein Geschöpf verwandeln, das keiner von uns wiedererkennen würde. Nein, Nicholas. Ich bin hier, um Euch zu helfen.«

Nicholas strich Arianna das Haar aus dem Gesicht und schob sie sanft von sich. Ihre Haut war fleckig und ihre Augen gerötet.

»Sie lügt«, flüsterte Arianna.

Nicholas schüttelte den Kopf. »Sie hat noch nie gelogen. Sie trachtet dir nicht nach dem Leben, Arianna. Sie ist diejenige, die dir das Leben gerettet hat.«

»Nein«, widersprach die Schamanin. »Ich bin nur meiner Vision und meinem Herzen gefolgt. Und nun müßt ihr beide es ebenso machen. Wir haben hundert Möglichkeiten der Zukunft. Wir müssen die richtige wählen.«

Arianna wischte sich mit dem Handrücken die Tränen ab. »All diese Visionen? Sie bedeuten, daß wir eine Wahl haben?«

»Eine Menge Wahlmöglichkeiten«, berichtigte die Schamanin. »Das hat dein Vater für uns alle erreicht, indem er gekämpft und sich nicht freiwillig dem Imperium der Fey unterworfen hat.«

»Warum seid Ihr gegen den Schwarzen König?« fragte Arianna.

»Ich bin nicht gegen den Schwarzen König«, erwiderte die Schamanin. »Ich bin für dich, deinen Bruder und deinen Vater und für eine Zukunft, die uns den Frieden bringt.«

»Glaubt Ihr wirklich, daß wir das erreichen können?« fragte Nicholas. »Wir haben es schon früher nicht geschafft.«

»Die Blaue Insel besitzt viele Kräfte«, entgegnete die Schamanin. »Wir müssen lernen, uns ihrer zu bedienen.«

»Wie?« fragte Nicholas. »Wir haben nicht mehr viel Zeit.«

»Im Gegenteil, Jung-Nicholas. Wir müssen uns die Zeit nehmen. Der Schwarze König wird nichts unternehmen, bevor er nicht seine Urenkel gefunden hat. Wir müssen dafür sorgen, daß ihm das nicht gelingt. Und dann werden wir uns überlegen, wie wir ihn besiegen.«

»Aber ich weiß nicht, wo Gabe ist«, wandte Nicholas ein.

»Ich weiß es«, erwiderte die Schamanin. »Momentan ist er in Sicherheit. Rugad wird ihn nicht finden. Wir haben viel Zeit.«

»Zeit wofür?« fragte Arianna.

»Zeit, die Zukunft zu finden, die die Fey verändert, Kind.« Die Schamanin streckte die Hand aus. »Kommt mit mir. Wir werden diese Zukunft gemeinsam finden.«

Nicholas sah seine Tochter an. Er vertraute der Schamanin.

Er wußte, daß sie tat, was sie für richtig hielt. Aber Arianna war unberechenbar, und sie war diejenige, auf die es ankam.

Arianna erwiderte seinen Blick. Ihre Augen waren müde und traurig. Sie hatte keine Kraft mehr zu kämpfen. Sie brauchte noch dringender Ruhe als er selbst.

Langsam streckte sie die Hand aus, bis sie die der Schamanin berührte. Die Schamanin lächelte wieder. Dann streckte die alte Frau die andere Hand nach Nicholas aus. Er nahm sie. Ihre Haut war so zäh wie gegerbtes Leder und ihre Finger warm.

Seit er Jewel geheiratet hatte, hatte die Schamanin ihm immer zur Seite gestanden, wenn er sie gebraucht hatte. Eines Tages würde er herausfinden, warum.

Aber in diesem Augenblick war er einfach bereit, seine Zukunft und die seiner Tochter in ihre Hände zu legen. Sie Sah klar. Sie würde sie auf den rechten Weg führen.

Zum ersten Mal seit Tagen schöpfte er wieder Hoffnung.

51

Rugad lehnte sich im größten Schlafzimmer des Palastes an einen Kissenstapel. Man hatte ihm erzählt, hier sei das Schlafgemach des Königs gewesen, nicht Nicholas', sondern das seines Vaters. Von diesem Zimmer aus blickte man durch blasige Glasscheiben in einen großen Garten. Rugad war froh, daß er hier die Luft von draußen nicht riechen mußte.

Die ganze Stadt stank immer noch nach Rauch.

Die Truppen hatten zwei Tage gebraucht, um alle Feuer zu löschen. Weißhaars jüngsten Berichten zufolge war die halbe Stadt zerstört, der Tabernakel nur noch eine schwelende Fassade. Weißhaar zufolge gab es keine Anzeichen von Überlebenden.

Rugad mußte sich mit eigenen Augen davon überzeugen. Er verfluchte die Wunde, die ihn an dieses Bett fesselte. Hätten seine Wachen nicht richtig reagiert und das Schwert steckenlassen, wäre er verblutet.

Eine Vision hatte sich erfüllt.

Rugad erinnerte sich lebhaft daran. Wie lange hätte Nicholas wohl gebraucht, um ihm den Kopf ganz abzuschlagen?

Diesen Angriff hatte Rugad nicht erwartet. Er verfluchte sich dafür, wenn auch notgedrungen im stillen. Das Schwert hatte seine Stimmbänder verletzt. Die Heiler hatten ihm versprochen, er werde seine Stimme wiedererlangen, aber nicht so bald. Sie berieten sich mit den Hütern über einen Zauber, um den Schaden zu beheben. Bis dahin mußte Rugad seine Befehle aufschreiben oder sich mit Handzeichen verständigen.

Der Verlust der Sprechfähigkeit war erniedrigend und frustrierend. Noch mehr ärgerte ihn seine körperliche Schwäche.

Er konnte das Bett nicht verlassen. Seine Beine trugen ihn nicht.

Die Heiler behaupteten, daß eine Person jeden Alters an dieser Wunde hätte sterben können. Bei einer Person seines Alters war es sogar sehr wahrscheinlich. Nur sein Starrsinn hielt ihn am Leben.

Sein Starrsinn und seine Sorgen.

Er hatte immer noch keinen Nachfolger.

Ohne einen Nachfolger war die Eroberung der Blauen Insel bedeutungslos.

Die Blaue Insel war eine kleine Oase inmitten einer Wasserwüste. Rugad hatte seit Jahrzehnten gewußt, daß er es schaffen würde, diesen Ort zu erobern. Sein Sohn, Rugar, hatte weder die Intelligenz noch die Fähigkeiten seines Vaters besessen. Daß seine Invasion der Blauen Insel gescheitert war, sagte nichts über Rugads Erfolgschancen aus.

Aber Rugad war nicht nur hierhergekommen, um die Blaue Insel zu erobern. Er hatte größere Länder erobert, und das nicht zum letzten Mal.

Er war wegen Jewels Kindern gekommen, und bis jetzt hatte er keines von ihnen in seine Gewalt gebracht. Das Mädchen war in der Tat vielversprechend. Ihr Feuer und ihr wacher Geist erinnerten Rugad an ihre Mutter. Ihre Rücksichtslosigkeit allerdings erinnerte Rugad an sich selbst. Und von ihrem Vater mußte sie eine gehörige Portion Mut geerbt haben.

Rugad betastete vorsichtig seinen Hals. Der Angriff des Mannes war blitzschnell und äußerst präzise erfolgt. In Rugads ganzem Leben hatte kein anderer Herrscher versucht, ihn anzugreifen. Keiner hatte es gewagt. Rugad hatte den Verdacht, daß der junge Nicholas für Jewel mehr als eine unter gewissen Umständen passende Partie gewesen war, und das zeigte sich auch an ihren Kindern.

Rugad hatte keinen blassen Schimmer, wo sein Urenkel steckte.

Und was noch schlimmer war, der Golem, den Rugad für zerstört gehalten hatte, hatte sich mit der Hilfe eines dieser Religiösen wieder zusammengefügt. Der Wächter, der den Vorgang von seinem Horchposten aus verfolgt hatte, war zu spät herausgekommen, um die beiden an der Flucht zu hindern.

Im physischen Sinne mochte Rugad die Insel besitzen, aber ihr Herz hatte er nicht erobert. Er war erst dann ihr richtiger Herrscher, wenn der König gefangen und öffentlich hingerichtet worden war.

Als es klopfte, seufzte er verbittert. Er war noch nicht einmal in der Lage, jemanden hereinzubitten oder ihm zu befehlen, draußenzubleiben. Er wünschte, die Leute würden überhaupt nicht klopfen. Es hielt sie sowieso nicht davon ab, dauernd hereinzukommen.

Genau wie Rugad erwartet hatte, trat Weißhaar ein, ohne eine Aufforderung abzuwarten. Er schnappte sich einen Stuhl, zog ihn vor das Bett und schwang ein Bein über die Sitzfläche. In den letzten Tagen war er Rugads Stimme gewesen, und auch das mißfiel Rugad. Er würde alles dreimal überprüfen müssen, wenn er erst wieder auf den Beinen war.

»Mein Urenkel?« formten Rugads Lippen. Diese Frage hatte er schon so oft gestellt, daß Weißhaar sie offenbar auf Anhieb verstand.

Weißhaar schüttelte den Kopf und verzog den Mund. Sein Gesichtsausdruck beunruhigte Rugad. Irgend etwas mußte gründlich schiefgelaufen sein.

»Dein Urenkel hat einen mächtigen Zauberer bei sich«, verkündete Weißhaar. »Zwei verschiedene Truppen von Fußsoldaten hatten ihn schon so gut wie geschnappt. Die einen haben ihm in einem Feld eine Falle gestellt, die anderen auf einer Straße. Beide Gruppen sind in Flammen aufgegangen. Die Überlebenden haben böse Brandwunden davongetragen.«

»Mein Urenkel?« wiederholte Rugad stumm.

Weißhaar lehnte sich zurück. Offensichtlich hatte er trotz Rugads Zustand immer noch Angst, den Schwarzen König zu erzürnen. »Dein Urenkel ist spurlos verschwunden. Wir haben sogar Vogelreiter und Bodentruppen auf ihn angesetzt, aber wir haben nichts gefunden.«

Rugad wartete auf eine Erklärung.

»Er hat eine Nacht Vorsprung. Als wir endlich begriffen, was passiert war, war er schon über alle Berge. Wir glauben, daß er nach Norden gegangen ist, aber wir haben auch Leute ausgeschickt, die den Süden und Westen absuchen sollen.«

Rugad griff nach den kostbaren losen Blättern aus handgeschöpftem Papier. Es paßte ihm nicht, daß Weißhaar sah, wie seine Hände zitterten. *Durchsucht die Stadt*, kritzelte er.

Weißhaar nahm den Zettel. »In die Stadt wird er sich nicht wagen. Dazu haben wir zu viele Soldaten hier ...«

Rugad riß ihm das Blatt aus der Hand, zerknüllte es und warf es Weißhaar ins Gesicht. Der blinzelte nur. »Gut, wir suchen ihn. Mein Fehler.«

Rugad nickte. Dann verschränkte er die Arme vor der Brust, schloß die Augen und beendete auf diese Weise die Unterhaltung.

Seine Urenkel waren verschwunden, und die beiden waren verdammt schlau. Sie würden sich nicht so einfach fangen lassen. Er mußte sie überlisten und sich dann eine Strategie ausdenken, wie er sie auf die Seite der Fey ziehen konnte.

Falls das überhaupt möglich war.

Er war so alt und so müde.

Trotz all seiner Siege kam er sich in diesem Augenblick wie ein Verlierer vor.

52

Der Schwarze König war also noch am Leben.

Nicholas saß in der Höhle der Schamanin. Unter seiner Decke war die Erde weich und die Luft warm. Die Schamanin hatte am Eingang der Höhle ein Feuer entzündet und wandte ihm den Rücken zu.

Sie dachte, er schliefe.

Er konnte nicht schlafen.

Er wagte es nicht. Er hatte zuviel zu tun, zu viele Pläne zu schmieden. Und zuallererst mußte er darüber nachdenken, wie sein Leben sich in den letzten Tagen verändert hatte.

Beim ersten Überfall der Fey auf die Blaue Insel war er nicht viel älter als Arianna gewesen. Mit Hilfe des Weihwassers, und weil Rugar sich selbst überschätzt hatte, hatten die Inselbewohner gesiegt. Die Fey hatten auf der Blauen Insel in der Falle gesessen.

Vor vier Tagen hatten Fey und Inselbewohner die Zweite Schlacht um die Blaue Insel geschlagen.

Diesmal hatten die Inselbewohner verloren.

Nicholas lehnte den Kopf an die kühle Felswand. Neben ihm schlummerte Arianna. Sie hatte dunkle Ringe um die Augen, und ihre Hand ruhte auf der Decke, die Nicholas zu einem Kissen zusammengerollt hatte. Sie war jung, so jung und voller Leidenschaft.

Aber sie war am Leben.

Sebastian hatten sie verloren.

Aber nicht Gabe. Die Schamanin behauptete zu wissen, wo sie den Jungen finden konnte.

Seine zwei echten Kinder, diejenigen, die Jewel ihm geboren hatte. Sein wahrer Reichtum. Der Schwarze König war gekommen, um sie zu holen, aber er hatte sie nicht bekommen.

Das war Nicholas' erster echter Sieg.

Den zweiten Sieg hatte er errungen, als er zurückgeschlagen und die Vogelreiter gegen ihren eigenen Herrn gewandt hatte. So hatten die Fey, die sich für unbesiegbar hielten, lernen müssen, daß auch sie Überraschungen erleben konnten. Das hatte ihr Selbstvertrauen gewaltig erschüttert. Nicholas hatte es in ihren Augen gesehen.

Sein dritter Sieg war es gewesen, dem Schwarzen König das Schwert in die Kehle zu stoßen. Der Schwarze König, der Anführer aller Fey, war verwundbar. Es war möglich, ihn zu schlagen.

Und Nicholas würde derjenige sein, der ihn eines Tages schlug.

Er durfte nur nichts überstürzen. Zuerst mußten die Inselbewohner erfahren, daß ihr König noch lebte. Hatten sie das erst begriffen, würden sie für ihn kämpfen. Und wenn sie glaubten, daß sie den Schwarzen König besiegen konnten, würden sie sich noch entschlossener für die Freiheit der Blauen Insel einsetzen.

Nicholas mußte handeln, solange der Schwarze König noch nicht wieder bei Kräften war, bevor er die Insel fest in seinem Würgegriff hielt. Die Schamanin würde ihm helfen, einen Plan zu entwerfen. Und auch Arianna besaß einen klugen Kopf. Außerdem hatte sein leiblicher Sohn überlebt.

Er hielt genug Trümpfe in der Hand.

Er würde sie alle ausspielen.

Es zeichnete sich also noch eine dritte Schlacht um die Blaue Insel ab.

Und Nicholas würde sie gewinnen.